KB105851

빅파더 1

빅 파더 1

발행일 2015년 6월 3일

지은이 원 영
펴낸이 손 형 국
펴낸곳 (주)북랩
편집인 선일영 편집 서대종, 이소현, 김아름
디자인 이현수, 윤미리내 제작 박기성, 황동현, 구성우, 이탄석
마케팅 김회란, 박진관, 이희정
출판등록 2004. 12. 1(제2012-000051호)
주소 서울시 금천구 가산디지털 1로 168, 우림라이온스밸리 B동 B113, 114호
홈페이지 www.book.co.kr
전화번호 (02)2026-5777 팩스 (02)2026-5747

ISBN 979-11-5585-582-9 04810(종이책) 979-11-5585-583-6 05810(전자책)
979-11-5585-615-4 04810(세트)

이 도서의 국립중앙도서관 출판예정도서목록(CIP)은 서지정보유통지원시스템 홈페이지(http://seoji.nl.go.kr)와 국가자료공동목록시스템(http://www.nl.go.kr/kolisnet)에서 이용하실 수 있습니다.
(CIP제어번호 : CIP2015014857)

BIG FATHER

빅파더

우리들이 외면한 이야기

1

원영 장편소설

북랩 book Lab

차 례

1부

1부

프롤로그

인간은 우주의 일부이다. 그렇기 때문에 인간이 진보하는 것은 우주의 일부가 진보하는 것이며, 인간이 타락하는 것은 우주의 일부가 타락하는 것이다. 그렇다. 나는 나의 인생뿐 아니라 우주의 한 부분을 책임지고 있다. 그러니 나와 같은 우주의 일부를, 존재하는 모든 것을 소중하게 대해야 한다는 생각을 가진 한 남자가 있었다.

태평양의 부유한 국가인 나만타 섬의 세습 귀족이자 부유한 일상 속에서 수많은 종교의 경전을 접하고 신화와 전설 속에 등장하는 신들과 교감하며 늘 이 세상을 위해서 헌신적으로 봉사하는 인생을 살겠다고 말하는 중년의 남자인 존 나이테가 바로 그 사람이다. 본명이 있었지만, 사람들은 그의 별명이 그에게 참 잘 어울린다고 생각했고, 그의 본명은 잊혀졌다. 그는 오랜 명상과 수행을 통해 마법이라 불리는 고도의 과학 원리를 깨달았다고 하며, 풍부한 문학적·철학적 지식을 바탕으로 청소년 교육에 헌신했고, 누구보다 이 세상을 사랑하고, 우주를 아낀다는 소문이 있다. 사실 마법 이야기만 하지 않았어도, 그는 교양 있고 기품 있는 시골신사 정도로 여겨졌을 것이다.

그의 생활은 『80일간의 세계일주』의 주인공인 포그나 철학자 칸트처럼 규칙적이었다. 매일 여섯 시에 일어나서 각 문화권의 주신들과 명상을 통해 대화하는 것으로 일상을 시작하고, 7시에 아침을 먹었다. 8시에 샤워를 하고 쉬다가, 9시부터 11시 30분까지 책을 읽었으며, 30분 동안 명상을 하고 정오가 되면 모든 잊힌 존재들에게 기도를 하였다. 기도가 끝나면 주로 샌드위치나 스테이크로 점심을 먹었는데, 가끔 삶은 달걀이나 이안 플레밍[1]이 좋아하는 007스타일의 스크램블 에그 및 젓지 않고 흔들어서 제조한 마티니를 즐기기도 했다. 오후가 되면 그는 마법수행을 하거나 자신이 우주를 위해 무엇을 할 수 있을 지 고민하고, 각 종교의 경전을 읽었다. 저녁 해가 질 무렵에 그는 살아 있는 모든 존재를 위한 기도를 하였다. 기도를 마치면 그는 광장이나 카페에 나가서 주민들과 담소를 하였고, 밤 11시가 되면 잠자리에 들었다. 그가 이렇게 생활할 수 있는 이유는 그가 대단해서가 아니고, 넉넉한 재산이 있어서 생업에 종사할 필요가 없기 때문이다. 만일 그가 가난했다면, 현대 사회에서 생존하는 것조차 힘들었을지 모른다. 사실, 우리끼리 이야기인데 이 책을 사서 읽을 정도의 사람이라면 60억 인류 기준에서 상위에 속하는 사람이니 존처럼 살지 못한다고 슬퍼하지는 말자. 인류의 대다수는 책 한 권이나 커피 한 잔 살 돈으로 하루 먹고 살기도 힘들다. 글도 읽을 수 있고, 책도 살 수 있는 부유한 엘리트 계층에 속하는 당신이 내 글을 읽기 위해 소중한 인생의 일부를 사용하는 것에 대해 새삼 감사드린다.

사건이 일어나기 전날, 존 나이테는 평소처럼 11시에 잠자리에 들었

1) 007시리즈의 원작자

다. 그는 늘 그래왔듯이 자신이 여타 종교의 창시자처럼 고결한 영혼을 갖추고 인류를 위해 봉사할 기회를 달라고 신들에게 기도를 하였다. 그는 잠꼬대도 그렇게 하였는데, 남들이 보기에는 그냥 헛소리와 잠꼬대였지만, 그에게는 위대한 신성과 자신의 지고한 영혼이 대화를 나누는 것이었다. 그는 여행을 떠나기에 적당한 날의 전날 밤, 신화 속에 나오는 위대한 영웅들처럼 신의 계시를 받는 꿈을 꾸었다.

그 꿈이란 무엇이냐?

나타나자마자 대단한 숭배 열풍을 가져와서, 흡사 예수의 파급력과 유사하다는 평가를 받기도 한 위대한 술의 신 디오니소스가 나타나서 그의 머리에 포도주로 세례를 하면서 인류의 문제를 구원할 사자로 움직일 때가 되었다며, 그를 축복해 주었다. 포도주가 흘러내리자 앞에는 커다란 백조[2]가 나타나서 더 이상 나만타에 머물지 말고, 세상을 향해 나아갈 때가 되었다고 말을 하였다. 그 백조는 방금 누군가를 임신시키고 온 제우스가 분명했다. 존 나이테가 제우스의 말을 듣고 하늘을 향해 날아오르자, 어느새 구름 위에 서 있는 자신을 느낄 수 있었다. 그가 하늘에서 방향을 잃자, 염소가 끄는 마차를 타고 망치를 휘두르면서 달려온 오딘이 내가 토르에게서 망치와 마차를 훔쳐오는 데 얼마나 큰 어려움이 있었겠는가? 너도 나처럼 고난을 극복해야 한다면서 이 마차는 1인승이라 존 나이테가 탈 수 없으니, 친구의 탈 것을 빌려주겠다고 하였다. 오딘은 친절하게 브라흐만의 비마나까지 안내해 주었고, 어느새 사랑과 평화의 상징으로 오해받는 비둘기의 모습을 한 파괴의 신 시바

2) 제우스가 레다를 임신시켰을 때의 모습

가 비마나의 문을 열어주었다. 시바는 비마나에 탄 존 나이테와 세상을 한 바퀴 돌고 사람들이 개선해야 할 여러 가지 문제가 있음을 말해 주었다. 존 나이테는 신들이 자신에게 이런 계시를 주는 것에 감사했지만, 자신에게는 그럴 만한 힘이 없다고 말했다. 그러자 시바는 새로운 인간으로 태어나도록 도와주겠다고 말했다. 말이 끝나자마자, 존 나이테의 앞에는 동굴이 나타났다. 그리고 단군[3]이 나타나서 쑥과 마늘을 주면서 동굴 안으로 그를 떠밀었다. 그는 오랜 시간 동안 쑥과 마늘을 먹으면서 햇빛을 보지 않았다. 그러자 동굴의 어둠 속에서 오시리스가 나타나서 이제 너는 새로운 인간으로 거듭났으니, 신들이 너에게 맡긴 임무를 완수하라고 말하면서 날개 달린 뱀 케찰코아틀의 등에 그를 태워서 집으로 돌려보내는 내용의 장엄한 꿈이었다. 꿈이 깨기 전, 케찰코아틀은 그가 사명을 수행할 시간이 되었다고 말해 주었다.

보통 사람들은 꿈 내용을 이렇게 자세히 기억하지도 못하거니와, (보통 이런 꿈을 꾸지도 않지.) 일어나서 아침을 먹고 나면 그 내용을 잊게 마련인데, 존 나이테는 그렇지 않았다. 그는 꿈을 꾸고 6시 5분에 잠에서 깼으며, 신이 자신에게 계시를 내렸다고 생각했다. 그는 신이 주신 사명을 수행해야 한다고 믿었으며, 그 믿음이 확신에 찬 신념으로 변해서 바로 지금이 떠나야 할 때라고 자기 확신을 하기까지 2분도 걸리지 않았다.

그는 지체할 시간이 없었기에 여행용 가방에 짐을 꾸리고, 필요한 서류와 돈을 준비했다. 그리고 가장 중요한 것을 챙겼다. 그의 침대를 지

3) 한민족 최초의 사제왕, 천신의 아들인 그의 아버지 환웅이 사람이 되고 싶어 하는 곰과 호랑이를 동굴에서 지내게 하며, 쑥과 마늘을 먹인 뒤, 여자가 된 곰과 결혼하여 단군을 낳았다는 전설을 가지고 있다. 호랑이는 견디지 못 하고 도망가서 사람이 되지 못했다.

키는 특별한 선물. 가죽 구두가 그것이었다. 그것은 이 세상에서 가장 위대한 구두 장인의 옆집에 살던 친구의 조카의 아내의 사촌과 잠깐 사귀었던 사람의 동생이 운영하는 햄버거 가게에서, 노동법에 보장된 권리이자, 의무인 근로 계약서 한 장도 쓰지 못하고, 괴상망측한 경제개념인 노동유연성을 위해 창조된 계약직으로 일했던 평범한 사람이 존 나이테만을 위해 만들어준 맞춤형 가죽 구두였다. 그 구두를 처음 산 날, 존은 신들이 그의 미래를 축복해 주는 꿈을 꾸었다. 헤르메스의 날개 달린 신발처럼 존 나이테가 원할 때마다 정확한 시기에 정확한 장소로 그를 데려다 준 이 멋진 마법의 구두는 신의 사자에게 가장 어울리는 위대한 동반자가 될 운명을 타고 났다.

"오, 나의 둘시난테."

존 나이테는 황혼녘 리비에라[4]의 으슥한 그늘 아래서 서로를 탐닉하는 프랑스와 이탈리아 연인처럼 가죽 구두에게 열정적인 키스를 퍼부었다. 그리고 비싼 돈을 주고 만든, 세상의 단 하나뿐인 그의 맞춤구두지만, 크기가 맞지 않아서, 두꺼운 양말을 두 개 신어야 제대로 걸을 수 있는 둘시난테를 신고, 짐을 챙긴 채, 자신의 집을 나섰다.

혹시 이 글을 읽다가 『돈키호테』와 비슷한 점을 느끼는 사람들에게 말하자면, 내가 그 소설을 읽고, 꽤 영향을 받아서 이 글을 쓴 것은 맞다. (단, 이 소설은 『돈키호테』를 읽기 전에 기획된 작품이다. 주인공이 두 명이라는 것이 가장 영향을 받은 부분이지.) 그러나 나는 세르반테스 협회로부터 『돈키호테』 홍

---

4) 프랑스의 남부 지중해 연안의 지명

보에 관한 어떤 대가도 받은 적이 없고, 오히려 그 작품에 누를 끼칠까 걱정하면서 이 글을 썼다. 적어도 내가 아는 한, 『돈키호테』라는 소설은 인류가 만든 모든 것 중 가장 완벽에 가까운 예술품이니까…. 그리고 2부는 걸리버 여행기를 내 방식대로 재해석해 보았다.

시간이 오래 지났지만, 그들이 비판하고자 했던 많은 사회문제들은 현대에도 여전히 존재하고, 유효하다. 그 당시에 심각했던 문제가 전혀 해결되지 않았다면, 내가 다루는 주제는 새롭지 않을 수도 있다. 수백 년이 지났지만, 아직도 변하지 못한 인간과 사회의 모습에 답답함을 느낄지도 모른다. 안타까운 현실이다.

우리는 살면서, 자신이 보고 싶은 것만 보고, 믿고 싶은 것만 믿는다. 그러나 그것이 세상의 전부는 아니다. 때로 자신이 모르는 것, 외면하고 싶은 것도 알아야 할 필요가 있다. 우리가 누리는 많은 권리가 누군가의 희생과 고통, 어려움으로 이루어진 결과물이라는 것을 알고 있는가? 돈만 주면 살 수 있는 전자제품들이 어떻게 만들어지는지, 석유를 캐기 위해 어떤 동식물이 희생당하는지…. 그래, 사실 우리는 모두 알고 있다. 하지만 대수롭게 여기지 않는다. 내 문제가 아니고, 내 가족의 문제가 아니며, 내 나라의 문제가 아니기 때문이다. 하지만, 언젠가 내 문제가 될 수 있다. 그때 누굴 탓하겠는가?

악마의 장난감

존 나이테는 신에게 계시를 받을 정도로 위대한 지성과 통찰력 및 행동력을 갖춘 존재였기 때문에 긴 여행에서 가장 필요한 것은 돈이라는 사실을 알고 있었다. 인간들의 편리한 물물교환을 돕기 위해 만들어진 이래, 수많은 인간들을 지배하고 있는 이 어마어마한 괴물은 사실 존 나이테의 여행 편의를 위해 신들이 수천 년 전에 발명하여 인간들에게 준 선물이었을지도 모른다고 그는 생각했다.

존 나이테는 자신의 예금을 맡겨둔 은행으로 향했다. 그는 ATM 기기를 이용하는 것을 좋아했는데, 그 이유는 은행직원들에게 귀찮은 권유를 받는 것을 싫어했기 때문이었다. 그의 앞에서는 아니라고 하지만, 은행직원들은 그의 재산이 얼마나 남아 있는지 언제나 확인이 가능한데, 존은 그들이 존의 재산을 눈앞에서 확인한 뒤에 변하는 태도를 싫어했다. 그의 풍족한 잔고를 확인한 그들은 항상 투자상품이나 다른 금융상품에 가입할 것을 권유하였던 것이다. 만일 그의 잔고가 여유롭지 않았다면, 대출을 권유했을 것이다. 존은 둘 다 싫었다.

존은 자신의 집에서 제일 가까운 은행지점을 찾아갔다. 아직 은행이 문을 열기 전이어서, 직원들은 보이지 않았다. 그는 자신이 맡긴 돈을 자신이 찾으러 가는데도 은행 직원들의 출근시간에 맞추어야만 돈을 받을 수 있었던 과거의 기억을 떠올렸다. 지금은 24시간 거래가 가능하지만, 그것은 고객들에게 편의를 제공하기보다 은행의 이익을 얻기 위해 개발된 시스템인지도 모른다. 어쨌든 그가 기억하는 은행은 세상에 처음 모습을 드러낸 이후에 고객을 위해 행동한 적이 없었다. 그보다 먼저 들어온, 한때 부유했던 것처럼 보이는 남자 한 명이 ATM기 앞에 앉아 있었다. 질 좋고 고급스러운, 그러나 유행이 지난 지 오래된 낡은 정장을 입은 남자였다. 존 나이테는 그에게 인사를 했다.

"좋은 아침입니다. 이름 모를 신사 분. 은행이 문을 열려면 아직 한 시간은 남았습니다. 하지만 ATM기는 항상 고객의 지갑을 비우기 위해 열려 있죠."

"예. 하지만 제게 필요한 것은 ATM기가 아닙니다. 은행원과 대화죠. 내 모든 재산이 법원 명령에 따라 동결되었어요. 난 하루아침에 거지가 되었습니다."

"무슨 말씀이신가요? 하루아침에 거지가 되다니요."

마이클이라는 평범한 이름을 가진 중년 남자는 사업가였다. 그는 모든 재산을 여러 계좌에 분산하여 입금시켜 놓았다. 얼마 전 회사가 실수로 부도를 냈는데, 그는 그 부도를 막고도 남을 개인 재산이 있었다. 그러나 법원은 일정 기한 동안 그의 재산권을 동결시키는 판결을 내렸다. 법을 잘 몰랐던 그가 적절히 대응하지 못한 결과, 갑자기 비극이 일어난 것이다. 그래서 그는 은행에 예금한 돈을 한 푼도 찾을 수 없었다. 존 나이테는 딱한 그 남자 대신 한숨을 쉬어 주었다.

"전 재산을 은행에 맡겼는데, 법원의 판결에 의해서 지금 한 푼도 사용할 수 없다니…. 당신이 모은 재산을 사용할 권리도 남에게 있고, 실제 그 재산도 남에게 있군요. 만일 당신 회사의 경리가 실수한 것처럼, 은행 전산시스템이 오류로 당신의 잔액을 0으로 만들어버리면, 당신은 한순간에 모든 재산을 잃어버리게 되는 것과 같군요."

"예. 맞습니다. 사실 난 내 돈으로 회사를 살릴 수 있어요. 나는 돈이 많아요. 그런데 나는 오늘 당장 내 아이들의 학원비조차 낼 수 없는 신세가 되었습니다. 카드도 안 되고, 지갑에는 현금도 없습니다. 은행이 내 재산을 못 쓰게 한 순간, 난 부자인데도 거지와 다를 바 없는 신세가 되었습니다. 평소 은행원들의 권유로 가입한 보험을 해지하려고 해도 당장은 안 되더군요. 그래서 대출을 받을 수 있는지 알아보려고 지금 기다리고 있습니다. 그래도 안 되면 소중한 집의 가구들을 헐값에 내다 팔아야 해요. 그렇게 되면 누군가는 나의 불행으로 이익을 보겠죠. 나의 가치 있는 자산이 아주 저렴한 가격에 남에게 넘어갈 것입니다. 사실 난 돈이 많은데도 말이죠."

"은행은 우리 돈을 가지고 우리가 알지도 못하는 사람에게 돈을 빌려주고 이자를 받아서 배를 불리면서 정작 우리가 돈이 필요할 때는 외면하는군요."

존 나이테는 잠시 은행에 대해 생각했다. 은행이라는 것이 인간이 살아가는 데 꼭 필요한 것일까? 그들이 존재함으로 인해 현금을 들고 다닐 필요 없이 플라스틱 카드 하나로 많은 물건을 구입할 수 있게 되었고, 손가락을 몇 번 움직여서 멀리 떨어진 사람에게 즉시 돈을 보내는 것도 가능하게 되었다. 은행은 서로 다른 화폐를 교환할 수 있게 해 주고, 내 재산을 안전하게 지켜주는 역할도 할 수 있다. 하지만 그들이 선전하는 것처럼 인간이 살아가는 데 필수 불가결한 존재는 아니었다. 은행이 만들어지기 이전에도 인간들은 잘 살아왔으며, 예수나 붓다, 마호메트 같은 사람들은 은행의 VIP 고객이 된 적은 없지만, 누구보다 훌륭한 삶을 살다 갔다. 그는 ATM기를 바라보았다. ATM기는 점차 거대한 국제은행의 위상을 가진 괴물로 변하였다. 존 나이테는 그제야 ATM기의 정체를 알아차릴 수 있었다. 그것은 은행의 탈을 쓴 탐욕의 악마였다. 악마는 교묘하게 변신해서 ATM기 안에 숨어 있었다. 보통 사람들에게는 보이지 않았지만, 위대한 신의 사자인 존 나이테의 눈까지 속일 수는 없었다.

"돈이 필요한 것은 인간인데, 정작 필요한 인간은 돈이 없고, 돈이 필요 없는 기계는 그 뱃속에 돈을 가득 품고도 돈이 필요한 인간에게 티끌 같은 자비도 보이지 않는구나. 그 기계 속에 돈을 넣어준 인간이 지금 자기 돈을 돌려달라고 하는데, 저 검고 딱딱한 기계는 한 번 자기 뱃속에 들어온 돈은 오직 자신만을 위해 쓸 뿐, 그 진정한 주인이 가난 속에서 파멸할 때까지 돌려주지 않는구나. 내가 돈이 많을 때는 내 돈을 달라고 그 속을 다 보이며 다가오고, 내가 돈이 필요하면 굳게 다문 강철의 입을 결코 열지 않는구나."

존 나이테가 갑자기 성난 목소리로 외치자, 마이클은 존 나이테를 피해 물러났다. 존 나이테는 결연한 의지의 눈으로 마이클을 보았다.

"걱정 마시오. 나는 오늘 저 기계를 통해서 은행의 비밀을 알았소. 그리고 이것이 신이 내린 첫 번째 사명이라는 것도 깨달았소. 저건 기계가 아니라 악마가 변신한 것이오. 사실 저 악마는 돈이 전혀 필요하지 않소. 하지만, 인간이 돈을 모으기 위해 삶의 시간을 낭비하고, 인간이 돈에게 의지하게 하고, 돈 때문에 인간다움을 잃어버리게 만들기 위해 돈을 가지고 있는 겁니다. 은행에 예금이 많은 사람이 부자이며, 모든 사람들이 그를 부러워하게끔 만드는 것이 악마의 책략이지요. 전산상의 숫자가, 은행구좌의 잔고가 인간이 가진 내면과 영혼의 가치를 평가할 수 있다고 생각하시오? 절대 그럴 수 없소. 하지만, 계속되는 세뇌 속에 사람들은 돈을 많이 가진 것이 중요한 능력인 듯 착각하고 살아가고 있소. 평생 돈을 제대로 써보지도 못하고, 죽은 뒤에 그 돈을 가져가지도 못할 것을 알면서 사람들은 예금하기 위해 먹을 것을 안 먹고, 입을 것을 안 입으면서 살아가고 있소. 그러나 은행은 사람들의 그런 고생에는 아무 관심이 없지요. 사람들이 자신의 재산을 은행에 맡길수록 은행은 점점 커져가고, 주인의 돈을 주인이 알지도 못하는 자에게 빌려주어서 얻은 이자로 자신의 욕망의 불을 지펴 괴물이 되어가는 겁니다. 저건 단순한 기계가 아니오. 악마가 설계한 괴물이며, 그 하수인이지. 난 저 악마의 하수인을 그냥 두고 갈 수 없소."

존 나이테는 근처 공사장으로 달려가서 쇠파이프를 찾았다. 마이클은 멀쩡한 신사처럼 보이는 저 사람이 약간 미친 사람이라는 것을 알게 되었다. 마이클은 몇 번을 다시 보았지만, ATM기는 그저 평범한 기계로 보였고, 악마와는 아무 상관이 없었다. 존 나이테는 어디서 주웠는지 모르는 길고 반쯤 녹슨 쇠파이프를 오른쪽 겨드랑이에 끼고, 옛날이야기 속에 나오는 중세 기사처럼 달려오고 있었다. 그는 큰

소리를 지르면서 ATM기를 향해 돌진했다.

“강철의 금고 속에 사람들의 희망과 재산을 감춘 악마야. 내가 너의 검은 속을 세상에 드러내어 진실을 만천하에 알리겠다. 둘시난테. 나에게 추진력을 다오. 더 빨리, 더 빨리, 달리게 해다오.”

존 나이테는 쇠파이프를 휘둘러서 유리를 모두 깨버렸다. 시끄러운 소리가 났지만, 다행히 주변에 지나가는 사람은 아무도 없었다. 누군가 지나갔더라면, 모른 척할 수 없었을 소음이었다. 존 나이테는 쉴 새 없이 쇠파이프로 ATM기를 내리쳤다. ATM기는 완전히 박살났고, 존 나이테는 그 안에서 돈다발을 꺼냈다. 마이클은 존 나이테가 은행 강도임에 틀림없다고 생각했다. 그는 경찰에 신고해야겠다고 생각했지만, 존 나이테의 앞에서 전화를 걸었다가 쇠파이프에 맞아 죽을지도 모른다는 생각에 겁이 나서 손가락 하나도 움직일 수 없었다. 존 나이테는 마이클을 매수하거나 공범으로 만들려는 듯 엄청난 돈다발 중 한 뭉치를 집어서 그에게 건넸다.

“여기 당신의 돈이 있소. 내가 저 불한당들에게서 당신의 권리를 되찾았소. ATM기는 중요한 진실을 모르고 있소. 그녀석이 여러 사람의 돈을 먹었다 뱉었다 하면서 바꿔치기하는 것을 사람들이 모르고 있다고 생각하는 거지. ATM기 안에 들어가 있는 돈은 한계가 있소. 마치 은행이 지급준비율이라는 그럴듯한 이유를 만들어서 예금의 전액을 금고 속에 넣지 않고, 그중 일부만 가지고 있는 것과 마찬가지지. 우리가 ATM기의 잔액을 모두 인출한다면, ATM기는 뱃속이 텅 비어서 더 이상 남의 돈을 가지고 장난치지 못할 거요. 그건 거대 은행도 마찬가지인데, 실제로 그런 일을 하기는 어렵지만, 언제든지 고객들이 자신의 돈을 모두 되찾아갈 수 있다는 인식만 주어도 은행은 위험한 돈놀이를 하지 않을 거라는 말이지. 내가 이 괴물을 부숨으로써 그런 가능성을 보여 준 것이오. 내가 이렇게 우수한 통찰력을 지닐 수 있었던 것은 한 달 전에 도둑의 신인 헤르메스와 홍차를 마시면서 대화를 나누었을 때 그에게 들은 이야기를 잘 기억했기 때문이오. 헤르메스는 은행이 어떻게 돈을 버는지 나에게 알려주었지."

존 나이테는 부서진 기계를 노려보았다. 악마는 어느새 도망가고 고철덩어리만이 그 자리에 남아 있었다. 존 나이테는 자신이 세상을 구하기 위해 나만타를 떠난 다음에 악마가 돌아와서 사람들에게 보복하면 어떻게 될지 걱정하였다. 그러다가 그는 곧 좋은 해결책을 생각해내었다.

"아, 아름다운 지혜의 여신 아테나여. 나에게 이런 명민한 통찰력을 내려주심에 감사드립니다. 악마는 복수를 하고, 돈을 얻기 위해 다시 이곳에 돌아올 것인즉, 내가 돈을 모두 가져가 버리면 악마는 이곳에 돌아올 이유가 없습니다. 원래 악마는 돈이 필요 없는 존재인데 인간을 괴롭히기 위한 목적으로만 돈을 사용하기 때문입니다. 그러나 악마는 위대한 신의 사자인 나에게 도전할 수 없으니, 내 뒤를 졸졸 따라다니면서 내 돈을 노리거나 다른 곳의 돈을 벌기 위해 가겠지요. 어느 쪽이 되건, 나만타는 그 악마로부터 벗어나 자유로워질 수 있습니다. 당신의 계시대로 악마를 나만타에서 쫓아내기 위해 내가 이 돈을 모두 가져가도록 하겠습니다."

마이클은 혼잣말로 크게 떠들고 있는 이 남자가 정말 무서웠다. 그는 존 나이테가 은행 강도라는 것을 확신했는데, 어차피 돈을 가져갈 거면서 아테나 여신에게 감사한다고 외치는 것을 보아 평범한 은행 강도는 아니고, 사이비 종교에 빠진 광신도가 아닐까 하는 생각이 들었다. 혹시 자신을 납치해서 제물로 삼지 않을까하는 생각이 미치자 그는 더 이상 그 자리에 서 있을 수 없었다. 그는 존 나이테가 눈을 감고 감사의 기도를 올리는 동안, 발소리를 죽여서 천천히 도망가기 시작했다. 오늘 지급해야 할 아이들의 학원비는 아무 세간이나 팔아서 마련하면 되는 것이고, 당장은 저 미친 은행 강도에게서 도망치는 것이 중요했다. 존은 여전히 눈을 감고 기도를 하고 있었다. 그 외침을 기도라고 할 수 있다면 말이다.

"작은 고철 기계 속에 숨어 있는 악마야. 나는 저 기계를 보는 것만으로 네가 만든 악을 간파해낼 수 있었다. 두 번 다시 내 고향에 이런 더러운 술수를 부리지 마라. 난 너에게서 고통받는 남자를 구해 주었다. 그는 오늘의 깨달음으로 같은 실수를 반복하지 않으리라. 그리고 나의 이 위대한 업적은 그의 입을 통해 널리 알려져서 사람들에게 깨달음을 줄 것이다. 사람을 위해 돈이 만들어진 것이지, 돈을 위해 사람이 태어난 것은 아니다. 넌 어떤 계략을 써도 이 진실을 아는 나를 정복할 수 없다."

존 나이테는 기도를 마치고 눈을 떴다. 마이클은 사라지고 없었다. 그는 마이클이 그에게 가르침을 주기 위해 나타난 천사이며, 그 임무를 다해서 천국으로 돌아갔다고 상상했다. 마이클은 미카엘로 읽을 수 있는데, 미카엘은 불타는 칼을 들고 사탄을 물리친 대천사였다. 그는 이 모든 것이 자신의 여행을 위해 준비한 신의 깊은 배려라고 생각했다. 그는 악마를 유인하기 위해 돈을 모두 챙겨서 자신의 가방

속에 넣었다. 그리고 오늘 그에게 가장 큰 도움을 주었던 둘시난테에게 칭찬을 한 뒤, 위대한 여정을 시작했다.

마이클의 제보와 CCTV에 찍힌 영상을 보고 나만타의 경찰서는 존 나이테가 은행을 턴 것이 확실하다고 생각했다. 다만, 이해가 가지 않는 점이 있었다. 그는 훔친 돈보다 수십 배나 많은 재산이 있었다. 교사이자 학자로 평생을 선량하게 살아온 그가 왜 갑자기 그런 짓을 했느냐는 것이었다. 그것은 경찰들이 도저히 알 수 없는 의문이었다. 경찰들은 일단 그를 데려와서 그 이유를 묻기로 하고, 그를 데려올 수 있는 유능한 경찰을 찾았다. 나만타 사람들은 나라 밖으로 나가는 일이 거의 없었고, 외국과 범죄자 인도협정을 맺은 적이 없었기 때문에 외국에서 함부로 자국의 용의자를 체포하는 것은 국제적인 문제를 야기할 수 있었다. 그래서 나만타 경찰서는 건국 이래 가장 똑똑하고 유능한 경찰인 산초 판사를 불렀다. 산초 판사는 세 달 동안 세계 일주를 하면서 뉴욕 시내 상공을 몇 분 동안 날아갔던, 마을 유일의 뉴요커이고, 일곱 개 언어로 인사말을 할 수 있는 천재였으며, 세 개 무술도장의 사범을 알고 지내는 무도가이자, 그의 친구들이 가진 학위를 합치면 학사 학위만 30개가 넘는 엘리트 경찰이었다. 그리고 그는 존이 고등학교에서 강의를 하던 무렵, 그에게 철학을 배웠던 제자 중 한 명이기도 했다. 가장 중요한 것은 그를 제외한 다른 경찰들은 외국에 나가본 적이 없다는 것이었다. 나만타의 슈퍼엘리트경찰 산초는 명령을 받자마자 존 나이테를 쫓아서 출국해야만 했다. 그는 행동하는 남자였다.

빅 파더

존은 바다를 건너서 대륙에 도착했다. 진짜 인간들이 사는 세상에 온 것이다. 그는 꼬박 이틀을 걸어서 도시에 도착할 수 있었다. 그는 나이에 비해 우수한 체력을 가지고 있었고, 충분한 식량도 있었지만, 예상치 못한 노숙은 그의 심신을 피곤하게 만들었다. 그는 짐을 잃어버리지 않고, 목적지에 도착한 것에 만족하면서 도시의 입구에 들어섰다. 도시는 건물마다 광고판이 있었는데, 광고하는 물건이 너무 많아서 도대체 뭐가 뭔지 알 수 없을 정도였다. 편안한 휴식을 취하고 싶었던 그는 좋은 호텔에 들어가기 위해 후미진 골목에서 옷을 갈아입었다. 그는 머리 손질을 하기 위한 제품이 필요해서 마트의 진열대로 갔는데, 울트라, 하드, 슈퍼라고 적혀 있는 제품들이 도대체 무슨 차이가 있는지 구분할 수 없었다. 그래서 그는 머리 손질하는 것을 포기하고, 모자를 하나 산 뒤, 주변을 살펴보다가 파란색 각설탕처럼 생긴 호텔에 들어갔다. 여러 호텔 중에서 특별히 그 호텔을 선택한 이유는 그 이름이 매우 특별했기 때문이었다. '빅 파더'라는 이름의 호텔은 마치 피라미드 위에 있는 호루스의 눈을 연상케 하는 장식을 가지고 있었다. 그는 현재 프리메이슨 음모론의 상징이 된 호루스 신에게 기도를 하던 과거를 생각하면서 호텔로 들어섰다.

프런트의 직원은 반갑게 그를 맞이하였다.

"안녕하십니까, 손님. 무엇을 도와드릴까요?"

"여기서 제일 좋은 방을 하나 주십시오. 하루나 이틀 묵어갈 예정인데 계산은 매일 아침마다 하겠습니다. 혹시 이 호텔만의 특징이나 주의 사항이 있으면 설명 부탁드립니다."

"예, 손님. 저희는 호텔 투숙객 모두의 안전을 위해서 보안을 철저히 하고 있습니다. 그게 가장 큰 특징이고, 손님이 원하시는 것을 가장 빠른 시간에 제공하기 위한 특별한 시설을 갖추고 있습니다. 이 모든 것은 손님들의 숙박료에서 지급되지만, 교묘하게 감추기 때문에 손님들은 이 사실을 알지 못하십니다. 즉, 무지의 즐거움도 추가로 제공해 드리는 셈이죠."

"그것이 꼭 필요한 것인가요?"

"예, 호텔의 보안을 위해 꼭 필요한 것입니다. 과거에는 좀 느슨한 적이 있었지만, 호텔 내 911번 기둥에 사고가 난 이후로 보안이 강화되었습니다. 이해해주시기 바랍니다."

"알겠습니다. 그러면 그 규칙에 따르도록 하겠습니다."

존은 벨보이에게 짐을 맡기고 자신의 방에 들어갔다. 회색의 통유리로 된 천장과 기둥과 벽마다 조각되어 있는 수십개의 사람의 귀 모형이 참 인상적이었다. 마치 자신이 어디서 무슨 말을 하더라도 누군가가 항상 듣고 있는 것 같은 느낌이 들었다. 그는 짐을 풀어 놓았고,

욕실에 들어갔다. 욕실도 마찬가지로 회색빛 통유리로 된 천장에 귀 모형이 가득했다.

“어디 보자, 면도부터 하고, 머리를 감아야 되겠군.”

그때 세면대 앞에 놓인 전화기에서 벨이 울렸다. 존은 전화기를 들었다.

“안녕하십니까, 고객님. 저희는 가장 좋은 면도기를 제공하는 알파 회사입니다. 저희 회사의 제품은 3중 면도날로 피부에 자극을 최소화하면서 깔끔한 면도를 할 수 있게 만들어주고, 최초 구입 고객님께는 무료로 면도날을 두 개 더 드리고 있습니다.”

“어떻게 내가 면도기가 필요한 것을 알고 전화를 주셨는지 모르겠는데, 세면대 앞에 면도기 하나가 놓여있군요. 제가 그 제품을 사는 것보다는 이걸 쓰는 것이 좋겠네요. 감사합니다. 다른 사람에게 많이 파세요.”

존은 대수롭지 않게 전화기를 내려놓고 깔끔하게 면도를 하였다. 그는 머리를 감기 위해 샴푸를 찾았다. 그가 샴푸를 손에 집자마자, 전화가 울렸다.

“안녕하십니까, 고객님. 저희는 가장 좋은 샴푸를 제공하는 베타회사입니다. 저희 회사의 제품은 천연과일로 만들어서 두피, 모발에 최고의 영양분을 제공해 드립니다. 특히 빠른 배송을 장점으로 하고 있기 때문에 주문하시면 30분 내로 제품을 받아보실 수 있습니다.”

“내가 머리를 마침 감으려던 참이었는데, 어떻게 알고 이렇게 전화를 주시는군요. 감사하지만, 마침 내 손에 샴푸가 있습니다. 다음에 사도록 하지요.”

존은 머리를 감고 욕조에 물을 틀었다. 여정에 지친 몸이 쉬는데, 따뜻한 욕조 안에서 이완하는 것보다 더 좋은 것은 없다고 생각했기 때문이다.

"흠. 휴식의 시간이 찾아왔군. 신에게 헌신한 충실한 나에게 어울리는 시간이야."

그가 옷을 모두 벗자, 전화기가 울렸다.

"안녕하십니까, 고객님. 저희는 최고의 목욕소금을 제공하는 찰리회사입니다. 피곤에 지친 몸의 긴장을 풀어주고, 생기를 불어넣어서 숙면을 취한 것처럼 힘을 드리는 저렴한 제품을 판매하고 있습니다."

"괜찮습니다. 어떻게 알고 내가 욕조에 들어가기 바로 전에 전화를 했는지 모르지만, 저는 그 제품이 필요 없습니다. 감사합니다."

존은 물속에서 휴식을 취한 뒤, 방으로 돌아왔다. 그는 무척 피곤했기에 침대에 바로 누웠다. 그는 자기도 모르게 피곤하다는 말을 하였다. 그때 침대 옆에 있던 전화기 두 대가 동시에 울렸다. 그는 두 개를 모두 들어서 양쪽 귀에 대었다.

"안녕하십니까, 고객님. 저희는 숙면에 최적화된 베개를 판매하는 델타회사입니다."

"안녕하십니까, 고객님. 저희는 피로회복에 최고인 비타민을 판매하는 에코회사입니다."

"오, 도대체 뭐가 뭔지 하나도 모르겠군. 이 호텔에서 제품을 파는 사람들은 어떻게 내 마음을 읽는 거지? 아니면 신의 배려인가? 어찌되었든, 난 너무 졸려서 아무것도 못 사고 자야겠어요."

존은 전화기를 놔두고 그대로 잠이 들었다. 다음 날 아침, 그는 그리 늦지 않은 시간에 눈을 떴다. 그가 침대에서 몸을 일으키자 옆에서 전화가 울렸다.

"안녕하십니까, 고객님. 상쾌한 아침입니다. 당신의 아침을 더욱 활기차고 만들어줄 체조비디오를 파는 플라워회사입니다. 고객님이 원하시는…."

존 나이테는 교양 있고 훌륭한 매너를 가진 신사였지만, 아무 말 없이 전화기를 내려놓았다. 그는 이 모든 것이 신의 배려가 아니라는 느낌을 받았다. 이것은 오랜 시간 신과 대화를 하며 명상을 한 사람만이 얻을 수 있는 직감이라는 것이었다. 존은 천천히 일어나서 옷을 찾았다. 그가 옷을 집자, 옷 아래 있던 전화기에서 벨이 울렸다.

"안녕하십니까, 고객님. 저희는 최고의 세탁 서비스를 제공하는 감마회사입니다."

존은 전화기를 내려놓으려다가 먼지가 묻은 자신의 옷을 보았다.

"예. 세탁하고 싶은 옷이 좀 있습니다."

"고객님은 911호에 머무시는 존 나이테 님 맞으시죠? 문을 여시면 저희 직원이 문 앞에서 대기하고 있습니다."

존은 자신의 방과 이름을 아는 감마회사에 대해 놀랐지만, 일단 옷을 가지고 가서 문을 열었다. 앞에는 평범한 남자직원이 감마회사의 명찰을 달고 서 있었다.

"아, 정말 빨리 오셨네요. 고마워요."

"천만에요. 이것이 고객 감동 서비스라는 것이죠. 언제든지 필요하시면 이야기해 주십시오. 저희가 찾아가도록 하겠습니다."

"마침 그 말이 나와서 말인데, 어떻게 여기 회사들은 내가 필요로 하는 것을 알고, 정확한 타이밍에 전화를 하는 거죠?"

"고객님께서 동의하셨기 때문입니다. 우리 호텔에 머문다는 것은 고객님의 모든 것을 호텔에게 맡긴다는 뜻이죠. 그에 동의하셨기에 고객님은 그 비용을 숙박료에서 지불하셨고, 호텔은 고객님의 모든 것을 통해 필요한 것을 즉시 제공해 드리기 위한 최선의 서비스를 제공하고 있습니다."

"음… 난 동의한 기억은 없는데…."

"원래 고객을 대하는 호텔의 자세는 어린아이를 대하는 아버지의 자세와도 같죠. 모든 것을 책임지고 돌봐주어야 하는 것입니다. 꼭 서면으로 동의하지 않으셔도 됩니다."

"음… 그런가요? 고객이 어린아이는 아니잖아요. 호텔이 아버지가 될 이유가 있나요?"

"있겠죠. 그런데 저는 모르겠어요. 저는 그저 상관들이 시키는 대로 할 뿐입니다. 아버지건 큰형이건 무슨 상관있겠어요? 시키는 대로 하지 않으면, 해고당하고, 해고당하면, 안 되니까, 그런 의문은 갖지 않는 것이 현명하죠. 혹시 프런트에서 설명을 듣지 못하셨나요? '무지의 즐거움'이란 것을…. 우리 직원들은 모두 그것을 즐긴답니다. 알면 괴롭고, 모르면 행복하죠. 그렇다면 모르는 게 좋잖아요!"

"나 말고 다른 고객들은 이에 대해 뭐라고 이야기하던가요?"

"이건 사실, 고객들이 원한 체계입니다. 고객들은 자신들의 생명과 재산이 위협받는다고 생각되자, 호텔에게 강력한 보안을 요청했어요. 그 이후의 고객들은 그 당시 만들어진 매뉴얼에 따르는 것이죠. 정확한 이유는 모르지만, 호텔이 보안을 강화하고, 여러 시스템을 바꾸려던 그 순간에 그 사건이 일어났어요. 고객들은 불안해했지만, 우리 호텔의 경영진은 마치 그것을 기다리고 있었다는 듯이 모든 고객들이 만족할 수 있는 보안책을 제시했죠. 그들은 우리와 전혀 다른 사람들 같았어요. 어떻게 그런 미래를 예측하고 대응할 수 있는지 놀라웠죠. 궁금했지만, 그런 궁금증을 가지는 것은 옳지 않다는 것을 알고 있어요. 우리 호텔의 보안시스템과 전산망은 매우 특별해서 제가 경영진의 비밀을 탐색하다가 아무도 모르게 죽을 수도 있거든요. 전 그냥 시키는 일을 하고, 급료를 받으면서 살고 싶어요. 괜한 호기심을 충족시키려다가, 경영진의 분노를 사서 아무도 모르게 죽고 싶지는 않아요. 왜 영화를 보면, 늘 이런 호기심을 못 참는 사람들이 죽잖아요. 혹시 그런 영화를 보고 싶다면 이야기하세요. 직원 대기실에는 그런 영화들이 24시간 내내 상영된답니다."

"자신에게 위협이 될 만한 사건이 일어나자마자, 고객들은 호텔의 직원들이 바로 알 수 있을 만큼 사생활의 권리를 포기했고, 호텔 경영진은 마치 고객들이 그렇게 할 것을 알았다는 듯이 해결방안을 제시했으며, 그 결과가 지금 이 호텔 시스템이라는 말이군요. 그리고 어떻게 그런 일이 일어났는지 궁금하지만, 그런 궁금증을 가진 사람은 쥐도 새도 모르게 죽는 내용의 영화가 늘 직원 대기실에서 상영되고 있군요."

그 직원은 존의 탁월한 이해능력에 감탄했다. 사실 방금 전에 본인 입으로 했던 말을 반복했을 뿐이지만, 그것을 모르는 것인지, 아니면 그것도 호텔 시스템에 있는 서비스의 일환인지는 알 수 없었다. 존은 방 안으로 들어갔다. 그는 이 호텔에 대해서 열심히 고민했다. 생각을 많이 하다 보니 배가 고팠고, 전화기를 들어서 식당에 연결하였다.

"911호에 룸서비스 부탁드립니다. 가능하면, 베이컨과 롤빵, 치즈와 신선한 오렌지 주스를 포함해 주세요."

그가 전화를 내려놓자마자 전화기가 울렸다.

"안녕하십니까, 고객님. 늘 먹던 베이컨이 아닌 새로운 베이컨을 드시고 싶다면, 저희 한스회사에서 이번에 새로 나온…."

다른 전화가 울렸다.

"안녕하십니까, 고객님. 룸서비스 이후에 최고의 후식을 제공해드리는 일마회사입니다. 저희 후식은 36가지 종류가 있는데…."

다른 전화가 울렸다.

"안녕하십니까, 고객님. 저희는 오렌지 주스를 대신할 새로운 주스 혁명, 망고 주스를 수입해서 판매하는 쥬시회사입니다."

더 이상 참을 수 없다고 생각한 존은 눈에 보이는 전화기의 선을 모조리 뽑아버렸다. 이것이 신의 사자인 그가 할 수 있는 가장 신사적인 행동이었다. 그는 도대체 어떻게 이런 전화들이 자신에게 올 수 있는지 알 수 없었다. 마치 악마의 장난이라는 생각이 들었지만, 여전히 그의 직감은 신도 악마도 이 사건에 개입되어 있지 않다고 말하고 있었다. 그때, 문에서 노크 소리가 들렸다.

"실례합니다. 저는 보안팀장인 엉클 톰이라고 합니다. 톰 엉클이라고 부르셔도 됩니다. 하하하. 고객님 방에서 심각한 문제가 발생하여 찾아 왔습니다."

존은 의상을 단정히 갖추고 문을 열었다. 보안책임자는 2차 대전 당시 미국의 병사 모집 포스터에 나오는 백인 남자 같은 외모를 하고 있었다. 그는 존이 문을 열자마자 오른손 검지로 존을 가리켰다.

"고객님 방에서 전화선 다수가 뽑혔습니다. 혹시 무슨 사고가 있었나요?"

"아, 사고요? 사고라고 할 수는 없지만, 평범하지 않은 일이 있었지요. 그것이 무슨 일이냐 하면…."

"잠시만."

그가 손짓하자, 복도에서 대기하고 있던 사람들이 들어와서, 익숙한 솜씨로 전화선을 연결했다. 그들은 임무를 완료하자마자 복도로 나갔다.

"이건 매우 중요한 일이라서 먼저 해결해야만 했습니다."

"이게 왜 중요하죠?"

"그래야 우리 호텔과 제휴한 업체들이 고객님에게 물건을 팔 수 있고, 물건을 팔아야, 호텔과 업체들이 수익을 낼 수 있거든요."

"나는 조용히 살고 싶어요. 호텔과 업체의 수익 및 그 주주들의 이익은 나와 아무 상관없는 일입니다. 왜 전화선을 뽑은 것이 보안상 중요한 일입니까?"

"고객님 같은 분이 존재하면 안 되기 때문입니다. 우리 호텔은 과거의 위험한 사건이 재발되지 않도록 고객님들의 생명과 재산을 지키기 위해 여러 조치를 취했습니다."

"고객들을 잠재적 범죄자로 보고 감시하는 것은 옳지 않습니다."

"그건 당신 생각이고, 다수의 사람들이 이에 동의했습니다. 민주주의는 다수결인 것 아시죠? 그리고 우리 호텔 경영진의 의사결정도 다수의 고객과 같습니다. 어떤 절차적인 문제도 없고, 지극히 합리적이고 민주적인 방법으로 결정된 것입니다. 그리고 사실 그런 것을 따져봐야 소용없어요. 당신이 무엇을 궁금해하건, 어떤 정당한 논리를 제시하건, 당신이 지칠 때까지 나는 이따위 궤변을 계속 늘어놓을 테니, 시간낭비하지 말고 질문을 포기하세요. 그리고 전화선은 그대로 놔두십시오."

"아, 그런데 어떻게 알았죠? 전화선이 빠진 것을?"

존은 그제야 정신을 차리고 물었다. 보안팀장은 싱긋 웃으면서 말했다.

"그 정도는 바로 알아야 고객님의 보안을 책임진다 할 수 있죠. 어렵지 않아요. 혹시 어떤 불법적인 방법을 동원하지 않았나 하고 의심하실지도 모르지만, 고객들의 묵언의 동의가 있는 한, 어떤 방법도 다 합법입니다. 법을 고친다는 간단한 방법도 있어요. 하하하!"

"당신은 '무지의 즐거움'을 즐기지 않는 사람이군요?"

"물론입니다. 저는 일반 직원들보다 높은 직위와 권한을 가지고 있습니다. 저는 알지 못한다는 것을 즐겁다고 하지 않아요. 보통 사람들은 알 수 없는 비밀스러운 즐거움을 즐기고 있죠. 궁금하시겠지만, 그걸 알려드릴 수는 없습니다. 그럼, 즐거운 시간을 보내십시오."

존은 자신이 머무는 호텔이 구조를 이해할 수 있었다. 소수의 통제권자는 호텔 내 모든 것을 알고 있다. 아무것도 모르는 다수의 직원들은 그들의 하수인일 뿐이다. 보안이라는 미명하에 그들은 모든 직원과 고객의 정보를 파악할 수 있다. 정보파악의 비용은 고객의 주머니에서 나간다. 그 정보는 제휴업체에게 제공되고, 제휴업체는 그를 통해서 고객을 대상으로 돈을 번다. 그 돈은 업체와 호텔이 나눠가진

다. 존은 더 이상 가만히 있을 수 없었다.

“이건 불합리하군. 호텔이 국가도 아니고, 내 돈이 세금도 아닌데 말이야. 국민이 낸 세금을 통해 국가가 국민을 감시한다는 것도 말이 안 되는 것인데, 호텔이 나를 감시한다니. 무엇보다도 일반 회사들이 내 정보를 안다는 것이 잘못되었어.”

그는 프런트로 내려갔다. 그곳은 어제처럼 친절한 여직원이 미소를 지으면서 그를 반겼다.

“묻고 싶은 것이 있습니다. 어떻게 내가 무언가를 하려고만 하면, 알아서 관련 회사에서 전화를 해서 물건이나 서비스를 제공해 주려고 하는 거죠?”

“아, 전에 설명해드린 우리 호텔만의 특별서비스입니다. 안전을 위한 보안시스템을 활용해서 고객님들이 원하시는 것을 즉시 제공해드리는 것이죠.”

“나는 그에 동의한 기억이 없는데요.”

“빅 파더에 머문다는 것 자체가 그에 동의한다는 뜻입니다. 확실하게 동의한다는 것을 말씀하시지 않으셔도 암묵적으로 동의한 것으로 간주됩니다.”

“내가, 그에 동의하지 않는다면 어떻게 되나요?”

“더 이상 이 호텔에 계실 수 없습니다.”

“왜 그런 규정이 만들어진 거죠?”

“과거 불미스러운 사고이래, 다른 고객 분들의 안전을 위해 평범한 고객으로 위장한 위험한 인물들의 계획을 정확하게 파악해야 할 필요성이 증가했습니다. 조금 불편하실지 모르겠지만, 공공의 선을 위해 개인의 작은 희생은 필요한 것입니다. 이런 보안시스템을 통해 고객님들은 더 안전한 환경에서 휴식을 취하실 수 있습니다."

"좋습니다. 의도는 좋군요. 그런데, 문제는 그 보안시스템이 왜 상업적인 목적으로 이용되고 있느냐는 것입니다. 내 방의 모든 것이 도청되고 감시당하고 있다는 것만으로도 불쾌한데, 그것이 호텔 보안팀 내부에서 보안을 위한 목적으로만 사용되는 것이 아니라, 수많은 회사에서 자기 제품을 광고하는 자료로 사용되고 있는 것은 어떻게 설명하시겠습니까?"

"고객님의 개인정보는 부당하게 사용되지 않습니다. 그것은 빅 파더에서 제공하는 또 다른 서비스입니다. 고객님의 모든 것을 감시, 통제할 수 있는… 아니, 안전하게 지켜드릴 수 있는 우리 시스템을 유지하기 위해 돈이 필요합니다. 물론 그 돈은 고객님의 숙박비에 공제되지만, 그것을 고객님은 모릅니다. 우리 호텔은 수익 극대화를 원하거든요. 그래서 안전하고 믿을 수 있는 업체들과 제휴를 맺었습니다. 고객님이 원하는 것을 바로 제공해드리는 서비스는 모두 이 업체들과 계약에 의한 것이며, 판매 수익 중 일부는 호텔의 경비로 사용되어 더 나은 서비스를 제공해드리는 데 사용되고 있습니다. 결국 보안과 고객맞춤형 서비스가 고객님을 위해 제공되는 것이고, 그 비용이 약간 들긴 하지만, 그 비용조차도 더 나은 서비스 제공에 쓰인다는 것이죠."

존은 잠시 생각을 했다. 자신의 생각은 틀리지 않았다. 고객과 호텔의 입장이 바뀌어 있었다. 마치 국민을 위해 만들어진 조직인 국가가 어느새, 국민들을 가장 억압하고 통제하는 조직이 되어버린 것처럼 말도 안 되는 상황이 벌어지고 있는 것이었다.

"'빅 브라더'라는 말을 아십니까? 조지 오웰이 쓴 책에 나오는. 그런데 이 호텔의 이름인 빅 파더는 마치 그보다 더한 통제시스템을 연상시키는군요."

"물론입니다. 고객님. 가끔 고객님처럼 생각하는 분들이 있기 때문에 그런 고객들을 교란시키기 위한 매뉴얼에서 대응방안을 보았습니다. 아… 그런데, 바로 생각이 나지 않네요. 잠시만 기다려주세요. 매뉴얼을 보면…"

"매뉴얼에 있는 내용 말고 아는 대로 말해 주실 수 없나요? 그에 상응하는 대가를 지불하겠습니다. 프런트에서 일하시는 수준 높고 교양 있는 숙녀 분의 통찰을 듣고 싶군요."

존은 계속 그녀를 추켜세웠고, 그녀는 매뉴얼에 없는 이야기를 하기 시작했다.

"빅 브라더가 교육과 내부고발을 이용한 강압적인 사회 시스템에 의해 국민을 통제하는 느낌이 강하다면, 빅 파더는 공식적으로 국민들에게 자유의지를 주는 척하면서 보이지 않는 곳에서 모든 것을 감시하고 통제하며, 국가의 적이라 판단되는 사람들을 사회적으로 완벽하게 말살시킬 수 있는 느낌이 강합니다. 부드럽고, 교활하게, 국가가 원하는 사고를 국민들에게 교육시키고 조종할 수 있죠. 지금은 21세기잖아요. 우린 더 진화하는 거죠. 조지 오웰이 예견한 사회는 외부의 침입에 의해 붕괴되고, 다른 지배체제로 대체될 수 있지만, 빅 파더는 그렇지 않아요. 외부에서 온 정복자라 해도 피정복자들을 통치하기 쉬운 이 시스템을 파괴할 리 없죠. 자신들을 드러내지만 않으면 어느 국가, 어느 조직에서나 유용하게 사용할 수 있는 통제시스템입니다. 그들이 자유의지대로 행동하는 것처럼 착각하게 만들고, 우리는 모든 것을 통제하며, 그 비용조차도 상대에게 뜯어내는 걸요. 이 경우, 외부의 자극이 와도 충격이 크지 않아요. 그동안 내가 했던 행동은 누군가에 의해서 프로그램된 것이 아니라, 나 스스로 판단한 것이라고 생각하게 되거든요. 사실 특정 행동을 할 수 밖에 없는 환경을 만들면, 예를 들어 교육 같은 것… 그 행동을 하게 되는데, 본인들은 그것이 자기 의지라고 생각해요. 그것을 우리가 미리 계획했다는 것을 모르죠."

"어떻게 그런 것이 가능한가요? 사람의 마음속을 읽어서 미래를 예측할 수는 없는 거잖아요."

"개별적으로 불가능하지만, 대중적으로는 가능해요. 그때 필요한 것이 수많은 개인정보와 기호, 취미들이죠. 대중들의 정보를 수집하고 분석한 뒤, 적절한 타이밍에 우연처럼 보이는 사건들을 배치해서 사회흐름을 조종합니다. 지배자가 원하는 미래를 대중들이 요구하게 만들고, 지배자는 대중들의 요구에 부응하는 척하며, 자신이 원하는 미래를 만드는 것이죠. 그럼 대중들은 자신이 원하는 미래를 만들었다고 착각하게 됩니다. 이것이 빅 파더죠. 단순히 대중들을 감시하는 빅 브라더의 시대는 이제 갔습니다. 새로운 국가통제시스템의 시대가 온 것이죠. 이 아이디어를 활용하고 우리 사업방식에 맞추어 적절히 바꾼 것이 우리 호텔에서 활용하고 있는 보안시스템의 원리이고, 이를 바탕으로 우리가 원하는 것을 고객이 원하는 것처럼 만드는 최상의 서비스를 제공할 수 있는 토대를 구축했습니다."

"911번 기둥이 무너진 위기를 기회로 바꾸었군요. 호텔 측은 보안

및 타 업체와 이익이 되는 제휴를 원했고, 이것을 고객이 요구한 보안 강화 및 편의 제공 서비스로 포장했고, 고객들은 자신이 원하는 바를 이루었다고 착각했기에 그에 합당한 유지비용을 지불하게 되는 구조가 되었군요. 물론 고객주머니에서 모든 비용이 나가고…. 그나저나 빅 파더라…. 멋진 작명이군요."

"그건 경영진이 보고서를 부탁한 한국의 원영이라는 분이 빅 브라더보다 더 정교한 사회지배개념을 표현하기 위해 이틀 동안 고민해서 지은… 어머나, 이건 고객님들에게 말하면 안 되는 정보인데, 말해 버렸네요. 중요한 정보를 알게 된 고객님들을 대하는 방법이…."

여직원은 아래에서 매뉴얼을 꺼내서 무언가를 찾았다. 그녀는 밝게 웃으면서 존에게 말을 건넸다.

"고객님. 이 호텔에서 나가주실 의향이 있으신지요? 아니면, 원인을 알 수 없는 사고사를 당하셔야 합니다. 이미 세탁 담당 직원에게 충분한 설명을 들으신 것으로 알고 있습니다."

존은 고민하지 않았다. 여기서 죽을 수는 없기 때문이었다. 그는 짐을 챙기고 둘시난테를 신은 뒤에 방문을 나섰다. 프런트에서 체크아웃을 마친 그는 떠났다.

그가 떠나자, 청소원이 그의 방에 들어갔다. 그는 기둥에 있는 귀장식에 대고 말을 하였다.

"아, 아, 청소 중입니다. 잘 들리십니까?"

그러자 통유리로 된 천장의 색이 변했다. 그 유리는 아래서는 위가 보이지 않지만, 위에서는 아래를 내려다 볼 수 있는 특별제작품이었다. 존이 머물던 객실의 천정에는 수많은 사람들이 자신들의 회사 제품 카탈로그를 한 손에 들고, 다른 손에는 전화기를 든 채 천정 아래의 방을 내려다보고 있었다. 그들은 동시에 전화기를 들고 대답했다.

"예, 잘 들립니다."

"위에 있는 여러분. 제가 여기서 무엇을 하는지 잘 보이십니까?"

위에 있던 사람들 모두가 동시에 대답했다.

"예, 잘 보입니다."

존이 떠나가고 시간이 흐른 뒤 산초가 호텔에 도착했다. 그는 존보다 더 힘들어 보이는 몰골이었다. (ATM기의 돈이 사라져서 은행은 그의 예금액 중 일부만 인출해 주었다. 그래서 그는 여비가 좀 부족한 상태로 출발했다.) 그는 아가씨에게 윙크를 하면서 방을 주문했다.

"산초 판사 고객님. 911호에 가서 쉬시면 됩니다. 짐은 여기 놓고 가시면 바로 들어드리겠습니다."

"고마워요. 귀여운 아가씨."

산초는 문제의 911호에 도착했다. 그가 샤워를 하고, 옷을 갈아입고, 잠을 자기까지 그는 이 호텔이 자랑하는 서비스를 받았다. 그의 숙박료에서 그가 모르게 지불된 금액에 해당하는 안전과 편의를 존처럼 제공받은 그는 자신의 모든 것이 노출된 그 상황이 미쳐버릴 것 같았다. 산초는 똑똑한 사람이었기에 그는 이불을 뒤집어쓰고 불을 끈 상태에서 은밀히 행동하였다. 나름의 효과를 볼 수는 있었지만, 보안팀장 엉클 톰의 방문에 의해서 그의 시도는 실패했다. 사생활을 소중히 여기는 산초는 다음 날 오후에 체크아웃을 하고 호텔을 나올 수밖에 없었다. 프런트에는 여전히 귀여운 아가씨가 있었다.

"감사합니다, 고객님. 저희는 항상 고객님의 안전과 편의를 위해 최선을 다하는 것을 잊지 마시고 다음에도 들려주시기 바랍니다."

"난 이 호텔이 심각한 문제가 있다고 생각하는데, 이를 개선하려면 어디에 말해야 하죠?"

"너처럼 힘이 없는 사람은 어디에 말해도 개선되지 않습니다. 포기하고 떠나시는 게 가장 빠른 길입니다."

"난 잠시 머무는 사람들이지만, 직원들은 이 직장에 만족하나요? 잘못된 것이 있으면 고쳐야죠. 내가 생각하기에 이 호텔의 보안시스템은 문제가 있어요."

여직원은 책상 아래서 매뉴얼을 꺼내들었다. 그 이후에 산초는 어떤 질문을 해도 제대로 된 답변을 듣지 못했다. 산초는 여러 직원들을 불러서 사생활 침해 여지가 있는 시스템을 개선하려 했지만, 실패했다. 더구나 직원들은 그가 다른 사람에게 했던 말을 모두 알고 있었다. 갑자기 두려움을 느낀 산초는 밖으로 도망쳐 나왔다.

그러나 산초는 조금 시간이 지나자, 자신이 이 문제를 해결해야 한다는 사명감을 느끼게 되었다. 그는 한 번 더 그 호텔에 들어가서 이야기를 해 보았지만, 보안요원들에 의해서 쫓겨나고 말았다. 산초는 나오면서 고민했다. 그가 고민한 것은 자신이 알면서도 이를 고치지 않은 대가로 다른 누군가가 피해를 보지 않을까 하는 것이었다.

그는 '나치가 집시를, 공산당을, 유태인을 잡아갈 때 나는 침묵했었다. 나치가 나를 잡아가려 할 때, 내 주위에 아무도 없었다.'라고 말했던 독일의 목사이자, 반 나치운동가였던 디트리히 본회퍼의 말을 생각했다. 그는 다시 호텔에 들어가서, 과도한 보안시스템의 개선을 요구하려 했지만, 보안요원들에 의해서 신고당하고 경찰서에 가서 신분을 밝힌 뒤에야 풀려날 수 있었다. 그는 경찰서를 나오면서 생각했다. 고객들이 침묵하는 한, 그 호텔의 이름은 영원히 빅 파더일 것이라고….

가입하지 못한 자

마을을 벗어나는 오솔길에 접어든 산초는 바위에 걸터앉아서 도시락을 꺼내 먹기 시작했다. 버터를 발라서 구운 식빵과 베이컨, 약간의 샐러드와 사과주스를 마시던 산초는 존이 지나갔을 것으로 추정되는 길을 물끄러미 바라보았다.

"언제까지 이런 식으로 그를 따라다닐 수는 없지. 다른 방법을 생각해야 해. 그보다 앞설 수 있는 방법이 있을 거야."

도시락을 먹은 산초는 고민했다. 그는 다음 마을로 가는 길이 하나였음에도 불구하고 그 길을 가지 않았다. 아니, 잠시 보류했다. 산초는 근처의 경찰서에 들려서 인터넷 검색을 시작했다. 존은 자신이 신의 사명을 이루기 위해 여행을 한다고 했다. 나만타에서 보았던 존은 학식이 있는 신사였지만, 그의 모습은 산초가 지금껏 이야기로 들은 신의 사자들의 전설적인 이야기(어지간한 소설의 주인공보다 더 대단한…)와 거리가 좀 있었다. 그러나 신중한 산초는 존이 수행한 오컬트 명상 등을 생각하며, 그가 보통 사람과 다른 정신상태를 가지고 있을 것이며,

혹시나 그의 기벽으로 모은 물건들 중에 특별한 물건이 있을 수도 있다고 생각했다. 존이 정말 뛰어난 능력을 가지고 있거나 그런 물건이 있다면 어떻게 해야 할까? 그때 문득 그는 마법은 마법으로 대응할 수 있다는 이야기를 기억해냈다. 기억력이 우수한 산초는 어릴 때 그의 할머니가 해 준 숲의 마법사 이야기를 떠올렸다. 숲의 마법사들은 위기에 처한 사람들을 잘 도와주었다. 그들은 뛰어난 의사들이고, 추적자였으며, 따뜻한 마음을 가진 사람들이었다. 사람들은 고마움에 사례를 했지만, 사례는 대단한 것이 아니었으며, 숲의 마법사들은 가난한 사람들에게 사례를 받지 않는 경우도 있었다. 산초는 할머니에게 들은 이야기 중 도둑을 잡는 데 도움을 준 숲의 마법사의 이야기를 가장 재미있어 했는데, 어쩌면 존을 찾는 데 그 도움을 받을 수도 있다고 생각했다. 그는 숲의 마법사가 사는 지역을 검색했다.

오! 인터넷의 편리함이란…. 숲의 마법사들은 더 이상 은둔자들이 아니었고, 그들의 홈페이지는 유명 포털 사이트에 프리미엄 링크로 올라와 있었다. 홈페이지에는 그들이 제공하는 서비스는 물론, 대표 연락처와 입금계좌까지 자세하게 설명되어 있었다. 회원과 비회원의 차이 등 여러 가지가 적혀 있었지만, 산초는 그것을 다 읽어보지 않았다. 그가 원했던 것은 특정 인물이나 물건을 추적하는 것이 가능하냐는 것이었고, 그와 유사한 마법서비스가 제공되는 것을 찾을 수 있었다. 모든 것을 손쉽게 구할 수 있는 인터넷세상 만세! 산초는 경찰서를 나온 뒤, 그곳에서 가장 가까운 숲의 마법사 지부로 출발했다.

숲의 마법사들은 직접 사람들을 만나지 않는다. 연락을 하면 중간에서 고객과 마법사를 연결해 주는 브로커가 먼저 고객을 만나고, 그

브로커가 금액과 서비스 내용을 협상한 뒤, 마법사들을 만나는 방법을 취했다. 산초와 통화한 브로커는 과장된 웃음을 반복하는 남자였는데, 그는 교외의 한산한 카페에서 산초와 저녁에 만나기로 약속하였다. 산초는 10분 먼저 약속장소에 도착했다. 큰 통나무로 인테리어를 한 바비큐구이집 2층, 남미의 원두를 직수입해서 판매하는 카페에서 만나기로 한 산초는 카페로 올라가는 계단에서 여러 생각을 했다. 모든 것을 자연에서 구하는 숲의 마법사들의 중개역할을 하는 사람은 어떤 모습일까? 상상력이 풍부한 산초는 가죽이나 나뭇잎으로 치장한 늙은 노인을 카페에서 찾아보았다. 당연히 없었다. 그는 문명에 눈을 뜬 시골사람이나 자연을 벗어나 인간을 만나는 것에 두려움을 가진 것 같은 느낌의 사람을 찾았다. 그러나 그런 사람도 보이지 않았다. 자신이 상상 속에서 만든 이미지에 맞는 사람을 찾기 위해 카페 안을 두리번거리는 그의 앞에 명품 양복을 빼입은 대머리 중년 남자가 인사를 하며 앉았다.

"안녕하십니까, 산초 판사 고객님. 전화로 통화한 스미스 요원입니다. 만나서 반갑습니다."

그는 가격표가 붙은 선글라스를 끼고 있었다. 그러나 그보다 눈에 띄는 것은 양 손목에 모두 황금색으로 번쩍이는 롤렉스시계를 차고 있었다는 점이다. 스미스 요원이라 자신을 밝힌 남자는 눈에 보이도록 벤츠와 아우디의 차 열쇠꾸러미를 식탁 위에 올려놓았다. 그의 손은 5, 6캐럿 정도 되어 보이는 다이아몬드 반지와, 홍옥 장신구로 치장되어 있었고, 이탈리아나 파리의 연회장에서나 맡을 법한 향수 냄새를 풍기고 있었다. 산초는 웃음을 지으며 말했다.

"스미스 씨. 제가 산초 판사는 맞지만, 뭔가 잘못 알고 오신 것 같습니다. 저는 숲의 마법사들을 만나기 위해 왔습니다. 월가의 변호사를 만나러 온 게 아니에요."

"하하. 제가 변호사처럼 보이나요? 우리 둘 다 돈이 많다는 공통점이 있기는 하지만, 전 변호사가 아닙니다. 하하하하. 제가 숲의 변호사들과 아니, 마법사들과 고객을 이어주는 일을 하는 에이전트입니다. 그리고 고객님은 어제 저와 통화한 경찰, 산초 판사님이 맞으시구요. 주문은 하셨나요? 전 이 집에 오면 콜롬비아 원두를 즐겨 마십니다. 가격이 좀 비싸지만, 그만한 가치가 있죠. 제가 사는 거니 부담 없이 주문하셔도 됩니다. 하하하하."

"아, 부담 없이요? 그럼 일단 이 카페에서 파는 커피 중 제일 비싼 걸로 하나 주시고… 저, 어디서부터 상담을 해야 하나요? 숲의 마법사 이야기는 할머니에게 들었는데, 상상하던 것과 많이 다르군요. 난 나뭇잎이 붙은 모자를 쓴 할아버지를 상상했는데… 호빗 시리즈에 나오는 갈색의 라다가스트 같은 이미지의 노인 말이죠."

"시대가 변했잖아요. 10년이면 강산도 변한다. 동양의 속담이죠. 사냥과 채집을 하던 인류가 농사를 짓기까지는 수만 년이 걸렸고, 농사를 짓던 인류가 공장에서 일하는 인류로 변하기까지는 수천 년이 걸렸지만, 공장에서 일하던 인류가 정보를 사고파는 인류로 변하기까지는 수백 년밖에 안 걸렸고, 수십 년 내로 새로운 인류의 패러다임이 제시될 겁니다. 숲의 마법사들이라고 해서 언제까지 동굴과 통나무집에 숨어서 약초나 캐고 살 수는 없죠. 숲의 마법사들은 새로운 비즈니스를 발견했고, 새로운 패러다임 속에서 번영하고 있습니다."

숲의 마법사들은 더 많은 사람들에게 더 나은 마법과 의료 서비스를 제공하기 위해 조직을 구성하였다. 이들은 과거 몇몇 선택받은 이들만 마법사의 능력에 도움을 받던 동화 속 이야기가 영원할 수 없다는 것에 동의했다. 그들의 도움을 받은 사람들이 모두 선한 사람들도 아니었고, 그들에 의해서 마법은 종종 왜곡되기도 하였다. 마법사들은 보다 많은 이에게 자신들의 마법을 이용할 기회를 주고자 했다. 그들은 대중들에게 자신들을 홍보하기 시작했다. 많은 사람들은 저렴하게 마법을 이용하거나 치료를 받기 위해 숲의 마법사들을 찾았다. 그러나 여기서 문제가 발생했다. 대중들은 저마다 원하는 것이 달랐고, 대가가 달랐으며, 서비스를 당연시하는 사람들도 발생했다. 숲의 마법사들 간에 대립과 경쟁이 시작되었고, 본래의 선한 의도와 다른 상황이 발생하였다. 이에 그들은 숲의 마법사들의 전통적인 법칙 대신 문명화된 사람들과 만남을 전문적으로 하기 위해 새로운 규칙을 만들었다. 마법사 의회는 마법과 의료서비스를 각 마법사 모임에 자율적으로 맡기게 되었고, 대원칙만을 만들어 이를 감시했다. 마법사 의회가 사실상 그들을 통제하는 것을 포기하고, 경쟁의 정글 속에 마법사들을 풀어놓은 것이었다. 가장 큰 이유는 천차만별인 가격과 서비스를 일원화시키는 기준을 만들기 위해서, 수요와 공급에 따른 시장의 반응을 알기 위해서였다. 그렇게 형성된 기준을 적용시키기 위해 약간의 희생은 감수할 생각이었으나 실제 상황은 마법사 의회가 예측한 것과 다르게 돌아갔다. 마법사들은 그들의 마법 능력과 상관없이 자본의 힘에 의해서 조직의 생사가 결정될 수 있다는 것을 알게 되었다. 그들은 뛰어난 경영자들을 영입했고, 그들은 각 마법사 모임에 최대 수익을 창출하는 방법을 접목시켰다. 각 마법사 모임은 경쟁을 통해 성장했고, 일부는 도태되거나 흡수되었다. 성공한 일부 마법사 모임은 사회적으로 힘 있는 조직이 되었다. 그들은 유능한 마법사들과, 좋은 장비, 훌륭한 건물 및 유력한 인적 네트워크를 보유하게 되었다. 그들이 힘을 갖게 되자, 그들은 다른 마법사 모임과 차별성을 두기 위해 자신들과 만나는 고객을 선별했다. 그들을 대하는 태도가 좋지 않거나 바람직하지 못한 사고를 가진 고객은 더 이상 그들의 서비스를 이용할 수 없게 되었다. 그것 외에 고객을 선별하는데 필요한 기준이 있다면 무엇일까? 돈이 없지만, 태도가 좋은 고객 혹은 바람직한 사고를 가진 고객은 그들에게 어떻게 비춰졌을까? 돈? 돈이 없는 고객? 그건 당연히 기피대상 1순위고, 자본을 통해 성장한 그들은 어떤 고객이라도 일단 돈이 없으면 다 소용 없다는 것을 이미 알고 있었다. 외상도 가능하고, 담보도 가능하지만, 무일푼의 고객에게는 어떠한 서비스도 제공하지 않는다. 그것은 그들에게 불변의 진리였다. 그들은 상류층의 예의바르고, 돈 많은 고객들을 상대하면서 업무스트레스도 덜 받게 되었고, 본인들도 대접받으면서 서비스를 제공할 수 있게 되었다. 그런 고객들을 프리미엄 고객이라고 불렀는데, 그런 고객들을 유치하기 위해 영입한 사람들이 스미스 씨 같은 브로커들이었다. 부유한 고객과 부유한 마법사들 사이에서 그들을 연결시켜주는 브로커들은 새 시대가 만들어낸 직업이었다.

가게에서 제일 비싼 커피가 나오자, 산초는 진한 커피 향을 음미했다. 스미스 씨는 부드러운 목소리로 말했다.

"향기가 좋죠? 천천히 드시면서 원하는 것을 이야기해주십시오."

“음… 나는 나만타의 경찰이고, 존 나이테라는 사람을 쫓고 있어요. 이 사람은 나만타 출신의 사람인데, 오컬트에 관심이 많고, 자신을 신의 사자라고 생각하고 있어요. 완전히 미치광이는 아니고, 이웃에서 흔히 볼 수 있는 선량한 사람이었고, 철학과 문학 쪽에도 상당한 지식이 있던 사람이었습니다. 교양서적도 펴냈고, 고등학교와 대학교에서 강의도 했었죠. 그가 마을에서 사고를 일으키고 떠났는데… 아, 그게 심각한 범죄는 아니고요, 사람이 다치거나 하지는 않았어요. 어찌되었건, 저는 그를 만나야 하는데, 그를 쫓는 게 그리 쉽지 않습니다. 그래서 그를 추적할 수 있는 마법이나 도구를 좀 얻을까 해서 연락했습니다.”

“오, 알겠습니다. 그런 쪽 일을 하시는 분들이 있죠. 예전에는 많았지만, 지금은 많지 않아요. 요새 우리들은 의료서비스를 제공하는 일이 주업무거든요. 하지만, 솜씨 좋은 분을 제가 하나 알고 있으니 아무 걱정하지 않으셔도 됩니다. 그럼 이제 본론으로 들어가시죠. 제가 좀 직설적이니 이해 부탁드립니다. 고객님의 시간은 소중하니까요.”

스미스는 고급스럽게 생긴 갈색 가죽 가방에서 계약서와 함께 표가 그려진 서류를 꺼냈다. 계약서는 양피지로 되어 있었고, 그에게 내미는 만년필은 ‘아주 비싸’ 회사의 것이었다. 스미스는 서비스의 가격이 적힌 표를 먼저 보여주었다.

“사실 우리는 정기적으로 고객님들의 후원을 받습니다. 멤버로 가입하셔야 일반 서비스를 저렴하게 이용하실 수 있어요. 그것은 안정적인 재정을 기반으로 하여 더 나은 서비스를 고객님들에게 제공하기 위해 반드시 필요한 것이죠. 숲의 마법사들의 생활과 연구가 안정되면 그 결과는 고객님들이 받는 서비스와 직결되거든요. 여기는 후원회비에 따른 회원등급과 제공받으실 수 있는 서비스죠. 최고등급 고객님의 경우, 혹시 몸이 아프셔서 방문하면 순서를 무시하고 가장 좋은 의료서비스를 가장 먼저 받으실 수 있어요. 위기 상황에서 본인이나 본인 가족의 생명을 구할 수 있는 가장 든든한 보험이라고 생각하시면 됩니다. 산초 고객님 같은 경우, 거주지인 나만타도 여기서 멀고, 지금 여행 중이시기에 이 서비스를 받는 것이 적절하지 않다고 생각하실 수도 있어요. 우리 멤버가 아닌 고객님들은 멤버와 다른 서비스를 받게 되십니다. 품질은 같지만, 가격이 좀 비싸죠."

스미스가 보여준 표를 산초는 자세히 보지 않아서 어떤 서비스가 제공되는지는 몰랐지만, 제일 낮은 등급의 연회비가 1만 달러이고, 제일 높은 등급의 연회비가 30만 달러인 것은 확실히 읽을 수 있었다. 그리고 제일 높은 등급은 금색으로 인쇄되어 있었다. 스미스는 다른 표를 꺼내서 산초에게 보여주었다.

"이게 일반 고객님들을 위한 표입니다. 산초 고객님은 의료서비스가 아니고 직업도 확실한 경찰이시기에 제가 특별 할인을 적용시켜드리려고 합니다. 여기 2등급 1회 서비스이고, 가격은 4천 달러인데 할인가를 적용하면 3천 달러입니다."

"비싼 만큼 할인 폭도 넓군요. 25%나 할인을 해 주다니…."

"세부 금액이나 옵션에 따라서 최종 비용은 조금 달라질 수 있지만, 많아야 3,300달러이고 적어도 2,800달러 내외가 될 것입니다. 상황에 따라서 더 할인도 가능합니다. 다른데 가보셔도 다 비슷합니다. 저희가 특별히 싼 것은 아니지만, 다른 곳이라도 금액이나 서비스는 큰 차이가 없으니, 고객님의 소중한 시간을 아끼시는 의미에서 그냥 저희랑 하시는 것이 좋을 것이라 솔직하게 말씀드립니다."

"그렇게 하죠. 난 시간이 많지 않으니까요. 그럼 언제 어디서 만날까요? 보아하니, 대금 지급은 현금뿐 아니라, 카드나 계좌이체도 가능하겠군요. 모든 종류의 카드를 다 받겠죠?"

스미스는 찡긋 웃으면서 악수를 청했다.

"물론입니다. 역시 이해가 빠르시군요. 공무원 복지카드도 가능하고, 카드에 따라서 3개월 무이자 할부도 가능합니다. 결제에 대해서는 고민하실 필요 없어요. 담보를 맡기신 고객님이 그냥 담보를 가지라고 하시는 경우, 담보를 팔아서 현금을 마련하는 과정을 저희가 다 책임지고, 차액이 남으면 차액을 돌려드리는 일까지 할 수 있습니다. 산초 고객님. 당신은 현명한 선택을 하신 겁니다. 제가 내일 오후까지 연락드리겠습니다."

스미스 요원이 돌아가고 산초는 비스킷과 블루베리 케이크를 주문해서 저녁을 먹었다. 그가 기억하는 옛 이야기 속 숲의 마법사는 사라졌다. 그들은 일류기업이 되었다. 매년 연회비를 30만 달러씩 내는 고객이 매일 서비스를 제공받지는 않을 것이다. 세상에, 전 세계의 숲의 마법사들의 사업 수익을 모은다면, 과거의 스탠다드 오일[5]보다 더 클지도…. 일개 브로커가 명품으로 치장하고 다니는 것만 보아도, 알만했다. 위험수당을 포함해서 2천 달러의 월급을 받는 경찰은 꿈도 못

5) 록펠러 1세의 석유 회사. 한때 미국 석유산업의 95%를 독점 지배했으나, 반독점법에 의해 엑손, 모빌 등 30여 개 회사로 해체되었다. 30여 개 회사들의 주식 가격이 오르면서 록펠러 1세는 미국 최대 갑부가 되었다.

꿀 상황이었다. 나만타의 의료서비스를 받기 위한 기본 보험은 1달에 10달러, 연 120달러 수준이었기에 경찰 급여가 적다고 생각해본 적은 없는데, 질 좋은 의료서비스를 받기 위한 최하등급이 1년에 1만 달러인 이곳에서 경찰이란 직업은 생존이 불가능한 직업이었다. 산초는 나만타에서 태어난 것을 새삼 다행으로 여겼다. 뭐, 숲의 마법이 없는 동네 병원에서 의료서비스를 받아도 사는 데 큰 지장이 없었지만….

산초는 이틀 뒤, 약속장소로 갔다. 숲 속에서 만나기로 한 산초는 숲 가운데 타지마할 같은 궁전이 있고, 8차선의 아우토반 같은 도로가 뻥 뚫려 있을 줄 알았는데, 그건 아니었다. 차가 들어갈 수 있는 곳까지 택시를 타고 간 그는 걸어서 10분을 더 가야 했다. 그가 가는 길에 갑옷을 입은 사람들이 동물들이 이끄는 수레를 타고, 나무 수액을 추출하는 것이 보였다. 산초는 시계를 보았다. 약속시간까지는 30분이 남아 있었고, 그것은 산초가 저 사람들에게 무엇을 하는지 물어보기에 시간이 충분하다는 것을 의미했다. 산초는 선량한 미소를 지으며 그들에게 다가갔다.

"안녕하십니까, 저는 숲의 마법 서비스를 이용하기로 한 사람인데 길이 좀 헷갈려서…. 이쪽으로 가는 게 맞나요?"

나무에서 수액을 뽑던 한 남자가 산초 쪽으로 걸어왔다.

"우리 손님이시군요. 급하지 않으면 잠시만 기다려주시겠습니까? 저희가 10분 내로 마을로 돌아가는데 같이 가시죠."

"아, 그렇습니까? 그렇게 하죠. 감사합니다."

"하하. 저기 수레에 잠시 앉아 계시면 됩니다."

사슴과 멧돼지가 거품을 물고 지친 상태로 앉아 있는 수레 위에서 산초는 새끼 여우와 여러 나무 열매들을 보았다.

"약을 만드는 데 필요한 것을 채집하고 계시는군요. 순수한 자연에서 얻은 약들을 쓰는군요. 효과가 좋겠는데요."

수액을 모두 담은 남자들이 수레에 탔다. 그중 한 남자가 산초 곁으로 다가왔다.

"그렇습니다. 우리는 자연이 자발적으로 제공한 모든 선물을 받죠."

"자발적으로 제공해요?"

"예. 숲의 마법사들과 맺은 협약에 의해서죠."

위대한 숲의 마법사들은 사람뿐 아니라 식물과 동물과도 대화가 가능했다. 마법사들은 인간들에게 적용하는 것과 같은 기준을 식물과 동물에게도 적용했다. 그들은 숲의 마법사들에게 자신이 제공할 수 있는 것을 제공하는 대가로 산불이나 질병 등에게서 보호받을 수 있었다. 처음에는 이에 대한 불만도 많았지만, 산불사건 이후로 모든 것이 달라졌다. 원인불명의 산불로 인해 소나무 숲이 불탔을 때, 숲의 마법사들과 협약을 맺은 나무들은 그들이 지켜준 반면, 그렇지 않은 나무들은 산채로 불타고 있음에도 도와주지 않았던 사건이 널리 알려진 이후, 이 숲의 거의 모든 식물과 동물들은 마법사들과 협약을 맺었다. 식물의 경우, 식물의 뿌리, 줄기, 열매, 잎, 수액 등을 정기적으로 마법사에게 제공하는 것이었다. 동물들은 자신들의 노동력을 제공하는 것을 원칙으로 하되, 신체의 일부를 제공하기도 하였으며, 특별한 경우, 자신의 새끼를 마법사들에게 주는 경우도 있었다. 식물과 동물들은 자신들의 변한 생활에 대해 좀 힘들다고 느꼈을 수도 있지만, 그래도 숲의 마법사들이라는 든든한 보험을 얻었기에 안심할 수 있었다. 일부 그들과 협약을 맺지 않은 식물이나 동물들도 남아 있었다. 주로 마법사들이 원하는 것을 제공할 수 없는 존재들이었다. 그들은 늘 자신들이 자유롭다 말하며 살았지만, 아픈 경우, 마법사들의 치료를 제때 받을 수 없었다. 왜인지는 모르지만, 협약을 맺지 않은 식물이나 동물들은 더 자주 아팠고, 심할 경우 죽기도 했다. 동물과 식물의 선택은 스스로의 몫이었기에 마법사들에게 있어서 그들과의 협약과 그 대가는 자발적인 자연의 선물이라 할 수 있었다. 산초는 고개를 끄덕였다. 그는 이제 숲이 어떻게 돌아가는지 그 구조를 대충 파악할 수 있었다.

"그럼 여러분들도 스미스 씨처럼 고용된 분들이신가요?"

"아니요. 우리도 숲의 마법사들입니다. 숲의 마법사들도 여러 종류가 있습니다. 새로운 마법이나 약을 개발하고, 복제약을 만들거나 복제 마법을 파는 제조약마법사, 줄여서 제약사라고 하죠. 오랜 시간 마법을 공부해서 마법을 시행하는 의식마법사, 줄여서 의사라고 하는 둘이 중심이지만, 고객님이 만난 사람처럼 고객상담업무나 조직관리를 담당하는 경영전문마법사, 저처럼 원료를 수집하거나 후원비 수금, 부적절한 비후원자들의 도움요청으로부터 숲의 마법사들을 지키는 보호마법사들도 숲의 마법사의 정식일원입니다. 고용이라기보다 서로 돕는 관계죠. 중세 기사와 영주들이 맺은 쌍무적 계약관계라고나 할까요?"

산초가 도착하자, 스미스가 나와서 기다리고 있는 것이 보였다. 그는 마법의식에 도움을 주기 위해 흰색 실크로 만든 로브를 입고 있었다. 머리에는 일곱 개의 별을 그린 고깔모자를 썼고, 허리에는 사자가 죽으로 만든 허리띠를 착용했으며, 물푸레나무로 만든 마법지팡이를 손에 들고 있었다. 그는 뛰어난 의식마법사에게 산초를 소개했다. 그 마법사는 수정구슬 앞에 앉아 있었다. 산초는 대강의 사정을 이야기 했고, 마법사는 수정구슬을 통해 존을 찾았다.

"오, 나만타의 마법사군. 이 사람을 알고 있지. 내가 아는 사람이야."

"존이 마법사라구요? 매일 노는 백수인데…."

"조용히! 그는 아주 강력한 마법사라서, 그에게 직접 추적마법을 걸 수는 없어. 그가 알게 되면, 마법을 해제하고 역으로 나를 공격할 거야. 그만큼 강한 마법사는 세상에 드물지. 어디 다른 것이 있나 보자…."

그 마법사는 황홀경 상태에서 알아들을 수 없는 주문을 외우면서 존의 신발을 클로즈업했다.

"오, 둘시난테. 아, 둘시난테. 우, 둘시난테."

산초는 가만히 그 마법사의 의식이 끝나기를 기다리고 있었다. 스미스 씨는 어디로 사라졌는지 보이지 않았다. 주문을 외우던 마법사는 나무 상자에서 나침반을 하나 꺼낸 뒤 붉은 실로 나침반을 동여맸다. 그가 주문을 외우자, 주변 영상이 흐릿하게 변하면서 수정구에서 존의 구두 형상이 나타났다. 마법사는 실의 한쪽 끝을 그 영상에 묶는 시늉을 했다. 그 영상이 사라지자, 모든 것이 정상으로 돌아왔고, 마법사는 모자를 벗고 흐르는 땀을 닦았다.

"뭐가 어떻게 된 건가요?"

"자네가 찾고 있는 존은 특별한 마법물품을 가지고 있었다네. 그래서 이 나침반과 그 마법물품을 연결했지. 이제 이 나침반의 붉은 바늘은 항상 그 마법물품이 있는 방향을 가리킬 걸세."

“그 신발이 마법 물품인가요?”

“그럼, 아주 유명한 신발 3형제 중의 하나지.”

“풉! 신발 3형제는 뭡니까? 아, 너무 웃기네요. 누가 이름을 그렇게 지었대요? 신발 3형제 이야기 아시면 좀 들을 수 있을까요? 돼지고기 3형제도 아니고….”

“아기돼지 3형제겠지….”

신화나 동화에 나오는 여러 신발 중, 헤르메스의 날개 달린 신발과 신데렐라의 유리구두가 결혼해서 만들어낸 신발이 세 켤레가 있는데 둘시난테는 그중 하나였다. 둘시난테는 그 주인을 원하는 곳으로 데려다 준다는 전설을 가진 신발이었는데 실체가 확인된 것은 이번이 처음이라고 했다. 마법사는 친절하게 그 뒷이야기도 해 주었다. 헤르메스의 날개 달린 신발은 그 후 그리스로 돌아갔고, 이에 슬퍼한 유리구두는 궁전을 돌아다니다가 그만 깨져버렸다. 그 유리조각은 사방으로 흩어졌는데, 마침 불어온 바람에 의해서 동쪽으로 많은 유리조각이 날아가 버렸다. 그래서 한국 드라마 여주인공들 대부분은 영혼 속에 신데렐라의 구두 조각이 깊이 박혔다고 하였다. 산초는 손을 들어 그의 말을 제지했다.

“예. 그만하면 충분합니다. 난 둘시난테가 뭔지 궁금했던 거지, 한국 드라마 여주인공들이 궁금했던 것은 아니었어요.”

마법사는 나침반을 산초에게 내밀었고, 산초는 나침반을 받기 위해 마법사를 향해 손을 뻗었다. 나침반이 막 그에 손에 닿으려는 찰나, 옆에서 흰색 실크장갑에 감싸인 손이 나타나 산초의 손 위에 나침반보다 먼저 계산서를 얹었다. 산초가 놀래서 옆을 보자, 스미스 씨가 윙크하면서 미소를 지었다.

산초는 나침반과 계산서를, 아니 계산서와 나침반을 받고, 금액을 보았다. 상담료 등을 포함해서 총 비용은 3,100달러였고, 산초는 3개월 무이자 할부로 결제를 했다.

나침반을 든 산초는 마음이 개운했다. 이제 그는 존과 만나서 무슨 이야기를 할 것인지만 생각하면 되었다. 그는 다음에 다시 들려주길 바란다는 스미스 씨의 접대성 발언을 뒤로 하고, 걸어서 마법사들의 숲을 빠져나왔다.

숲이 거의 끝날 때쯤, 상처 입은 사슴 한 마리가 헐떡이는 것이 보였다. 그리고 녹색 옷을 입은 남자가 그 사슴을 가만히 바라보는 모습도 산초의 눈에 들어왔다. 산초는 달려가서 사슴의 맥을 짚고, 상처를 살펴보았다. 총에 맞은 상처 같은데 이미 피를 많이 흘려서 살리기 어려워보였다. 그의 뒤에서 녹색 옷을 입은 남자가 낮은 목소리로 말하였다.

“그 사슴은 사냥꾼의 총에 맞은 것 같습니다. 너무 피를 많이 흘려서 살리기 어려우니, 그냥 두고 가십시오.”

“어떻게 치료를 해줘야죠. 난 수의사가 아니라서 잘 모르지만, 이걸 그냥 지켜보고만 있을 수는 없지 않습니까?”

“도와주고 싶지만, 그 사슴은 숲의 마법사들과 협약을 맺은 동물이 아닙니다. 치료해 줘도 그 대가를 지불할 능력도 없고요. 안타깝지만, 그냥 놔두는 수밖에 없습니다.”

“꼭 대가를 줘야만 치료해 줄 수 있는 건 아니잖아요. 좀 도와줘요. 이러다가 진짜 죽겠어요.”

"저도 그러고 싶습니다. 생명을 살리기 위해서 숲의 마법사가 되었으니까요. 하지만, 제가 그 동물을 구해 준 것이 알려지면 저는 이곳에서 제명당하고 쫓겨날 겁니다. 도움을 드리지 못해서 정말 미안합니다."

"아무리 그래도 그렇지, 이렇게 지켜보고만 있겠다는 겁니까?"

힘없는 눈을 껌뻑거리던 사슴은 천천히 눈꺼풀을 닫았다. 자신과 아무 상관없는 동물이었지만, 품 안에서 한 생명의 육체가 천천히 굳고 식어가는 것을 느끼자, 산초는 마음이 아팠다. 그는 죽은 사슴을 내려놓고, 옷에 묻은 피를 닦지도 않은 채, 녹색 옷의 마법사를 보았다.

"꼭 이래야만 했습니까?"

그 마법사는 산초의 시선을 피한 채 아무 말도 하지 않았다. 산초는 산불사건 당시 산채로 타 죽어가던 나무들을 바라보기만 했었다는 이야기가 생각났다. 그는 경찰 특유의 감을 이용해서 한 가지를 추리해내었다.

"소나무 숲을 태운 것도 당신들입니까? 그 사건 이후, 이 숲의 거의 모든 동식물은 숲의 마법사들과 협약을 맺었죠. 그 대가로 얻은 것은 당신들에게 의지해서 살아야 하는 삶이고, 당신들은 이 숲의 지배자가 되었습니다. 밖에서 당신들과 만나는 프리미엄 고객들은 이런 사실을 알고 있나요? 그들이 얻는 자연산 재료들이 어떤 과정을 통해 제조되는지?"

"누구신지 모르지만, 우리는 숲을 태운 적이 없습니다. 그리고 이건 어쩔 수 없는 일입니다. 합리적인 대가를 지불하는 사람들에게 그에 걸맞은 마법과 의료 서비스를 제공하기 위해서…."

"돈이 없어 소외되는 사람들이나 동식물들까지 돌볼 수는 없다는 것이군요."

"우리는 전지전능한 신이 아닙니다. 이해해 주십시오."

산초는 말을 마치고 잠시 사슴을 내려 보았다. 그리고 한숨을 내쉬었다.

"내가 참견할 일은 아닌데… 내가 이런 말을 한다고 해서 달라질 것이 아니란 것을 알지만… 그래도 이건 좀 아닌 것 같습니다."

산초는 근처의 돌과 나무를 이용해서 구덩이를 팠고, 사슴의 시체를 묻어주었다. 그는 모든 것을 가만히 서서 지켜보던 마법사를 뒤로 한 채 숲 밖으로 나왔다.

산초는 가까운 도시까지 히치하이킹을 하려고 하였으나, 그의 옷에 묻은 피를 보고 차들이 그를 피해갔다. 그는 자신이 운전사라도 피 묻은 옷을 입고 숲에서 나타난 남자를 태우지는 않을 거라 생각했다. 그는 다른 옷으로 갈아입은 후에야 차를 얻어 탈 수 있었다. 달리는 차창 밖으로 녹색 옷을 입은 마법사와 수레를 탄 보호 마법사가 사슴의 시체를 수레에 싣고 가는 것이 보였다. 그대로 시체를 두지 않고, 남은 몸에서 필요한 것을 취해가리라고 대충 짐작은 했지만….

"마법사들의 보험에 가입하지 못한 자의 최후로군…."

산초는 고개를 돌렸다.

산초는 도시에 도착해서 추적기를 작동시켰다. 방향은 확실했다. 하지만, 마음은 개운하지 않았다. 그가 얻은 이 나침반도 어떤 과정을 통해서 만들어졌는지 어렴풋이 짐작할 수 있었다. 그러나 그의 생각이 옳다 해도, 3,100달러를 주고 산 이 기계를 땅에 던져버릴 만큼의 용기는 없었다. 아니, 정확하게 말하면 그런 용기를 낼 만한 돈이 없었다.

그는 다시 숲의 마법사 사이트를 검색했다. 검색 결과 중 숲의 마법사를 비난하는 사이트가 보였다. '국경 없는 마법사'라는 사이트였다. 그들은 숲의 마법사들의 경쟁체제에 반발하여 탈퇴한 마법사들 모임이었다. 그들은 비영리단체였고, 국가와 인종을 가리지 않고, 필요한 사람들이 있는 곳에 찾아가서 의료와 마법서비스를 제공하고 있었다. 산초는 자신이 만났던 영업사원의 롤렉스시계를 떠올렸다. 그리고 죽어가는 사슴을 무심히 바라보던 마법사의 얼굴도 떠올렸다. 보지 못했지만, 흙을 파서 죽은 사슴의 시체를 꺼냈을 보호마법사들의 모습도 떠올렸다. 인터넷 검색을 마친 산초는 자신이 개입할 일이 아니었는데도 쉽게 생각을 떨쳐버리지 못했다.

"생명을 살리기 위해 숲의 마법사가 되었다고? 그들에게 생명이란 무엇인가?"

즐거운 동물원

도시를 거닐던 존은 전봇대에 붙어 있는 화려한 전단지를 보았다. 전단지의 내용은 전설의 동물들이 각종 예술을 하는 동물원에 대한 내용이었다. 그는 영웅들이나 신의 사자들은 늘 전설의 무기나 동물들과 함께 한다는 사실을 기억했다. 여러 신화의 영웅들과 모험을 함께 했던 동물이나 영웅들을 상대로 싸웠던 괴물을 만날지도 모른다는 생각을 하자, 존은 기대가 되었다. 그는 혹시 그 동물들이 자신의 여정을 도와줄지 모른다는 생각도 하게 되었다. 그래서 그는 동물원을 향했다.

사람들이 붐빌 거라는 존의 생각과 달리 매표소 앞은 한산했다. 표를 구입하기 위해 가격을 물어본 존은 그 이유를 알 수 있었다. 1번 관람하는 데 필요한 비용은 3천 달러였다. 1인당 3천 달러였으며, 유아 할인처럼 특별한 할인 메뉴는 없었다. 음식물은 반입 금지였고, 동물원 안에서 파는 음식만 먹을 수 있었다. 존은 보통 사람들이 그 동물들을 보기 위해 그만한 비용을 내는 것은 좀 무리라고 생각했다. 그는 역시 예술은 비싼 것이라는 생각을 하면서 표를 구입했다. 동물원은 아침 8시부터 시작하여 매 두 시간마다 문을 열고 안내자가 동반하여 설명을 하며 관람객을 안내하는 시스템이었다. 점심시간이 두 시간이었고, 관람객들은 한 시간 반 동안 동물들의 모습을 관람할 수 있었다. 존의 표는 오후 4시 입장이었다. 존은 누군가가 자신을 감시하는 것 같았지만, 크게 개의치 않았다. 그저 기분 탓이려니 했다. 시간이 되자, 동물원은 개장했고, 표를 살 만한 경제적 여유가 있어 보이는, 다시 말해서 고급스러운 옷차림을 한 사람들이 존과 함께 동물원으로 입장했다. 저 뒤에서 익숙한 목소리가 들여 보내달라고 하는 것 같은 느낌이 들었지만, 표를 사야 입장이 가능하다는 목소리가 더 크게 들렸다. 그 익숙한 목소리의 주인공에 대한 궁금증이 점점 커져서 한 번 뒤를 돌아볼까, 말까 고민하던 찰나에 약간 노란색이 감도는 오렌지색 코트를 입은 남자가 지팡이를 들고 그들 앞에 나타났다. 그는 어깨에 달고 있는 천사 날개 장식을 펄럭이면서 말했다.

"안녕하십니까, 신사 숙녀 여러분. 저는 동쪽에서 온 바람의 안내자입니다. 우리 동물원은 동서남북, 네 명의 안내자들이 있고, 1일 1회만 안내를 합니다. 오늘의 마지막 관람은 저와 함께 하시면서 편안한 치유의 시간을 보내시기 바랍니다."

그가 소개를 마치자, 그의 뒤에서 동물원의 지도와 프로그램을 100달러에 파는 직원 한 명과 콜라와 팝콘 등의 간식을 50달러에 파는 직원 두 명이 필요한 사람들에게 물건을 팔았다. 존과 사람들은 안내자를 따라서 첫 번째 장소로 이동했다.

관람객들은 약간 어두운 실내로 들어갔다. 그들은 질 좋은 가죽의자에 앉아서 그림을 그리는 페가수스와 유니콘의 모습을 볼 수 있었다. 무대는 각각 반으로 나뉘어져 있었고, 왼쪽은 페가수스, 오른쪽은 유니콘이 사용하고 있었다. 페가수스는 자신의 날개에 물감을 묻힌 뒤, 커다란 캔버스에 힘 있게 원색을 칠해 나갔다. 적색, 청색, 보라색 등 강렬한 느낌의 색이 캔버스에 칠해졌고, 그의 날갯짓에 따라 굵은 색이 퍼져나갔다. 온몸에 물감을 가득 칠한 페가수스는 대단히 역동적인 모습으로 그림을 그려나갔다. 그것은 초현실주의와 후기 인상파를 섞어 놓은 듯한 느낌을 주었다. 사실 그림보다도 페가수스의 거친 신음, 펄럭거리는 날개, 캔버스뿐만 아니라 무대 가득히 퍼지는 물감들이 더 강한 인상을 주는 것 같았다. 그는 관객의 시선을 전혀 의식하지 않고, 캔버스를 자신의 느낌대로 채워나갔다.

유니콘은 페가수스와 다른 그림을 그리고 있었다. 그는 많이 닳았다고 느껴지는 자신의 뿔로 물감을 찍고, 캔버스에 점을 하나 찍는 방법으로 그림을 그려나갔다. 주제를 알 수 없는 페가수스의 그림과 달리 유니콘의 주제는 한가로운 시골 마을의 풍차와 풍차를 향해 말을 달리는 중세의 기사임을 알 수 있었다. 기사의 종자인 듯한 뚱뚱한 남자가 당나귀를 타고 기사의 뒤에서 쫓아가는 모습도 그리다 만 것이 보였다. 안내자는 잠시 관객들이 그림을 감상할 시간을 주고 마이크를 잡았다.

"여러분, 여러분은 가장 위대한 화가들의 작품을 보고 계십니다. 먼저 페가수스, 정열이 넘치는 이 고귀한 인상파 화가는 페르세우스와 함께 메두사[6]의 목을 날려버리던 그 열정을 아직 잊지 않고 있습

6) 자신을 본 사람을 돌로 만든다는 괴물. 집안 대대로 아테나를 섬기던 무녀로, 아테나를 섬기기 위해 포세이돈의 구애를 거절했으나, 아테나의 신전에서 포세이돈에게 강간당했다. 비겁한 아테나는 강한 포세이돈에게 항의하는 대신, 만만한 메두사에게 불경죄를 적용해서 괴물이 되는 저주를 내렸다.

니다. 영웅의 기개 그대로 어떤 기교도 없이 자신의 야성과 내면의 열정 그대로를 표출해내고 있습니다. 여러분 잘 아시는 인상파의 화가 고흐, 그가 그렇게 이름을 남길 수 있었던 것은 페가수스가 단지 그보다 늦게 붓을 잡았기 때문입니다. 만일 이 친구가 고흐보다 먼저 붓을 잡았다면, 전 세계를 인상파 화풍으로 뒤덮었을 것입니다. 고흐는 죽어서도 가난했을 겁니다. 이 친구의 작품은 일주일에 한 번씩 소더비 경매에 올라갑니다. 예외가 있는데, 이곳 관람객들을 대상으로 한 달에 한 번, 경매에 올라가지 않은 그림이나 유찰된 그림들을 모아서 우리끼리만의 경매를 할 때가 있습니다. 만일 그 경매에 참가하길 원하신다면, 동물원 퇴장하시기 전에 저에게 이름과 연락처 그리고 당신의 연봉을 기재한 메모를 주시면 제가 그림을 살 만한 지위나 재산이 된다고 판단되는 분들에게 연락드리겠습니다.

아, 잠시 제가 고독한 예술가를 설명하는 것을 잊고 있었군요. 고결한 성인과 같은 유니콘의 작품도 여러분께 소개합니다. 순결한 처녀의 친구, 한때 그 뿔이 대단한 마법의 힘을 가지고 있다고 하여 사람들의 표적이 되었던 유니콘. 그는 세심하고 예민한 친구입니다. 그는 위대한 문학작품에서 영감을 받고, 클라이맥스를 그림으로 그립니다. 보시다시피, 그의 그림은 한 점, 한 점으로 이루어져 있고, 그림 하나를 완성시키는 데 들이는 노력과 정성은 이루 다 말할 수 없습니다. 그는 괴테의 『파우스트』, 셰익스피어의 『맥베스』, 타고르의 『기탄잘리』, 헤밍웨이의 『노인과 바다』와 같은 작품들에게서 영감을 받아서 그림을 그렸습니다. 가장 최근 소더비 경매에서 2천만 달러에 팔린 몽테크리스토 백작도 이 친구의 작품입니다. 지금 그리고 있는 작품은 세르반테스의 『돈키호테』입니다. 유럽에서 최고로 여기는 소설이죠. 성경을 제외하고 가장 많이 팔린 책 중의 하나이기도 합니다. 일부 국가는 아이들 동화처럼 번역하여 이 작품을 제대로 망쳤습니다만, 그 매력이 듬뿍 담긴 이 작품은 늘 저희를 성원해 주시는 고객님들을 위해 특별히 우리끼리만의 경매로 판매할 예정입니다. 신청 방법은 똑같습니다. 허위 연봉을 기재하지는 마세요. 어차피 우리는 은행을 통해서 여러분의 금융정보를 모두 확인하니까요. 후후. 은행이 아니라도 사실 금융정보는 알아보기 쉬워요. 여러분의 개인정보는 공공재니까요. 후후후."

사람들은 페가수스와 유니콘에게 박수를 쳤다. 안내자는 몇 명에게 메모를 받았다.

그곳을 떠난 안내자는 사람들을 데리고 넓은 새장 속으로 들어갔다. 돌벽을 깎아 만든 것 같은 무대가 있었고, 사람들은 그 반대편 대형 파라솔 아래 부드러운 짚이 깔린 자리에 앉았다. 새로 나타난 직원이 저렴한 가격 40달러에 크림소다 한 잔씩을 팔았다. 그리고 이번 쇼를 보기 위해 꼭 필요하다면서 개당 150달러인 선글라스도 팔았다. 관람객들의 대다수는 선글라스를 구입했다. 그러는 사이, 천천히 천장의 돔이 닫히면서 주위가 어두워져 갔다. 그리고 돌벽 가운데에 있는 거대한 철문이 열리면서 온몸이 불타오르는 불사조 한 마리가 나타났다. 그와 동시에 돌벽의 여러 구멍에서 하피들이 나타나서 날아다니기 시작했다. 안내자는 처음부터 마이크를 잡고 설명하기 시작했다. 전과 달리 울림 마이크에서 그의 목소리가 들려왔다.

"여러분, 여러분이 보고 계시는 것은 불사조와 하피들입니다. 불사조는 수명이 수천 년이 되며, 노쇠하면 스스로 불타고 그 재에서 다시 어린 새로 다시 탄생하는 존재입니다. 인간의 오랜 꿈을 담고 있지요. 하피는 그리스 신화에서 악역을 담당했지만, 원래 그리 나쁜 동물은 아닙니다. 이들은 더 이상 저주받은 왕을 괴롭히는 일을 하지 않고도 먹고 살만큼의 보수를 받고 있습니다. 동물원 입장권 가격이 비싸다고 생각하셨습니까? 그 돈은 다 동물들의 안락한 생활과 복지를 위해 쓰입니다. 일종의 기부금이나 자선이라고 생각하셔도 됩니다. 저희가 기부금 지정 단체가 아니라서 기부금 영수증을 발행해드리지 못하는 것이 아쉬울 따름입니다. 오늘 여러분이 보실 춤의 주제는 하늘에서 지상으로 내려온 신입니다."

안내자의 말이 끝나자마자 높이 솟구친 불사조가 천천히 시계 반대 방향으로 돌면서 지상으로 내려오기 시작했다. 하피들은 불사조를 따라 날았다. 불사조는 내려오다가 방향을 바꾸어 올라가기도 했고, 하피들은 불사조를 따라 날다가 자기들끼리 그룹을 만들어서 퍼포먼스를 하기도 했다. 아름답게 타오르는 불사조의 모습은 정말 볼 만했다. 선글라스를 낀 사람들은 좀 어둡지만, 그 모습을 잘 볼 수 있었다. 나안으로 그 모습을 보는 사람들은 눈이 좀 아팠지만, 그래도 불덩어리가 날아다니는 정도는 구분할 수 있었다. 물론 동물원의 직원은 다시 나타나서 매우 친절하게 그런 사람들에게 선글라스 구매의사를 물었고, 남은 사람들은 그 선글라스를 구입했다. 양심적으로 장사를 하는 이 동물원은 예술을 아는 사람들답게 뒤늦게 구매한 사람들에게 선글라스의 가격을 올려 받지 않았다. 똑같은 선글라스를 시장에서 산다면, 10달러면 충분하겠지만, 시장에 다녀오는 동안 이미

쇼는 끝나버렸을 것이다. 그 점을 생각하면 140달러 정도는 충분히 감내할 수 있는 금액이었다. 그 돈도 동물들의 복지에 들어간다고 하는데, 아니 정확하게 말하면 확인할 수는 없지만, 안내인이 그렇게 주장하는데 일단 그것을 믿는 것이 나의 정신건강에 좋지 않겠는가? 한참 관람객들이 쇼에 집중하자, 안내인의 울림이 들렸다.

"이건 무슨 뜻일까요? 인간의 죄를 씻기 위해 지상에 내려온 메시아를 의미하는 것일까요? 아니면, 교만하여 하늘에서 떨어진 타천사 루시퍼, 빛을 가져오는 자를 의미하는 것일까요? 에덴동산에 있었던 인간 영혼의 타락을 말하는 것일까요? 오, 예술은 위대하고 오묘하고도 어렵습니다. 머리로 이해하려 하지 마시고 가슴으로 느껴보십시오. 현대과학으로는 도저히 증명할 수 없고, 이해할 수 없는 무한의 생명을 가진 존재가 불타오르며 여러분들과 같은 시간, 같은 공간에 머물고 있습니다. 불은 지성, 불은 창조, 불은 의지, 불은 깨달음! 지금 여러분의 마음속에도 위대한 신성이 하늘에서 내려오고 있을지도 모릅니다."

존은 안내자가 말을 참 잘한다고 생각했다. 처음 안내자의 의상을 본 그는 신의 의사인 라파엘을 떠올렸다. 동쪽의 천사, 지팡이, 바람과 노란색…. 아마 네 명의 안내자는 카발라에서 말하는 동서남북 4방의 천사들을 모티브로 한 것이리라. 하지만, 안내자의 영적 성숙도는 형편없이 낮았다. 그는 예술을 소개하기보다 만병통치약을 파는 약장수에 가까운 영적 성숙도를 가지고 있었다. 그러나 그의 말에는 관람객의 지갑을 열게 하는 마력이 있었다. 아마도 그는 동물원의 수익창출에 지대한 공헌을 한 사람일 것이다. 존이 이런 생각을 하고 있는 동안 공연은 끝나고, 불사조는 다시 돌벽의 문 속으로 들어갔다. 사실 새들이 날아다닌 것을 해설로 포장한 것이긴 했지만, 보는 것만으로도 대단한 체험이었던 것은 사실이었다.

안내자를 따라서 그들이 다음 이동한 곳은 폭포 아래 큰 호수였다. 관람객들은 호수를 내려다볼 수 있는 돌의자에 앉았다. 따뜻하게 데워진 돌의자에 앉은 사람들에게 부드러운 치즈케이크 한 조각을 70달러에 파는 직원들이 나타났다. 그들은 치즈케이크와 곁들여 먹을 수 있는 커피를 한 잔에 40달러, 우유 한 잔을 20달러에 파는 것 또한 잊지 않았다. 존은 예술을 하려면 신경 써야 할 것이 참 많다고 생각했다. 우유와 커피마저도 철저하게 계산된 시기에 팔다니…. 정말 예술적인 타이밍이었다.

호수의 표면이 일렁이기 시작했다. 호수에서 하얀 손이 천천히 올라왔다. 존은 마치 자신이 아발론에서 비비안의 손[7]을 보는 듯한 착각이 들었다. 호수에서 열 명이 넘는 인어들이 나타났다. 금색, 붉은색, 검은색, 청록색의 머리카락을 가진 아름다운 인어들은 작은 조개껍데기로 가슴을 가린 채 호수 위로 올라와서 노래를 부르기 시작했다. 그들의 맑고 고운 음색은 정말 아름다웠다. 존은 눈을 감고 노래를 들으면서 세이렌의 전설이 거짓이 아니었음을 실감했다. 그들의 노래가 끝나자, 안내자가 신나는 목소리로 설명하기 시작했다.

"자, 이제부터 본격적인 무대가 시작됩니다. 노래의 이름은 '인간들은 몰라, 아는 척하지만 아무것도 몰라'입니다. 우리 동물원의 스타,

7) 아서왕 이야기에서 나오는 멀린의 아내이자, 호수의 여왕인 비비안을 말한다.

드러머 포세이돈을 소개합니다."

물이 흘러내리던 폭포의 물줄기가 점차 가늘어지면서 그 뒤에 있던 거대한 그림자가 모습을 드러냈다. 그것은 거대한 선글라스를 끼고, 드럼을 칠 준비를 하고 있던 크라켄이었다. 그는 드럼채를 촉수로 쥐고, 신나는 음악을 연주하기 시작했다. 인어들은 그 음악에 맞춰서 노래를 부르기 시작했다. 안내자도 가사를 따라 부르면서, 선글라스를 끼고 통통한 몸을 이용해서 춤을 추기 시작했다. 관람객들은 아까 구입한 선글라스를 끼고 안내자를 따라서 춤을 추거나 노래를 따라 부르기도 했다. 존은 동물원에 들어온 뒤로 아무것도 사지 않았기 때문에 그냥 앉아서 인어들을 보았다. 음악 장르는 다양했다. 자세히 들어보면 유명한 노래들을 조금씩 섞어 놓은 것 같았는데, 표절 기준에 걸릴 정도는 아니었다. 한마디씩만 따와서 섞은 느낌이랄까? 만일 저 크라켄이 작곡가라면, 그의 키보드는 Ctrl, C, V와 엔터, 스페이스만 있었을 것이다. 물론 그렇다 하더라도 법적으로 볼 때 표절은 아니었다.

"우리 공연은 날이면 날마다 오는 것이 아니오. 이 음악 한번 들어보시오. 이해 못하는 애들은 가, 애들은 가."

안내자는 흥에 겨워서 노래를 따라 불렀다. 인어들은 상당히 섹시한 퍼포먼스를 하면서 춤을 추었다. 그 춤은 익숙한 멜로디나 표절 같다는 느낌을 잊게 만들기에 충분한 것이었다. 동물원 측이 그런 효과를 원해서 일부러 선정적인 퍼포먼스를 준비했다면 그것은 기대한 만큼의 효과를 보여주었다. 존의 옆에 앉은 남자는 무척이나 흥분된 표정으로 인어들을 보고 있었다. 누가 봐도 그는 인어를 보기 위해

온 사람이었다. 동물원의 규정상 촬영기기를 휴대하는 것은 금지되었는데, 그것이 참 다행이라는 생각이 들었다. 분명 그 남자는 허가 없이 공연 영상을 찍어서 유튜브에 올리는 것은 물론, 자기 집 컴퓨터에서 매일 보고 있을 것이 분명해 보였다. 그리고 화보나 기타 제품들을 엄청 사서 보관하겠지. 존은 유명한 대중가수들, 특히 일부 여가수들의 노출을 생각하면서 저런 남자의 지출이 그런 가수들을 먹여 살리고 있음을 확신할 수 있었다.

"아름다운 나, 자신 있는 나, 너를 원하는 나, 그러나 너는 내 맘 몰라. 그러니까 이제 내가 너에게 다가갈래."

인어들의 목소리는 더욱 커졌다. 어쩜 노래의 가사들이 하나같이 만남, 고마움, 이별 같은 사랑 노래들뿐인지…. 노래만 들으면 인간의 감정은 사랑 외에 없는 것 같은 착각마저 부를 정도였다. 마침내 대단원의 막이 내리고 공연은 끝이 났다. 사람들은 기립 박수를 쳤다. 특히 일부 관람객은 열광했다. 때를 놓치지 않고, 동물원 직원들이 들어왔다. 그들은 눈여겨본 몇몇 관람객들에게 인어들의 섹시화보가 담긴 달력과 기념품을 팔았다. 존이 옆에서 들어본 바에 의하면 달력은 1천 달러, 기념품은 500달러였다. 존의 옆에 있던 그 남자는 기꺼이 돈을 지불했다. 존은 아까 자신의 생각이 잘못된 것임을 깨달았다. 치즈케이크와 커피, 우유를 파는 타이밍이 예술이 아니었다. 인어들의 공연 직후에 화보와 기념품을 파는 것이야말로 동물원의 예술이었다. 동물원은 1분도 안 되는 시간에 수만 달러를 벌었다.

안내인을 따라 마지막으로 도착한 장소는 첫 번째 장소와 비슷한 곳이었다. 그곳에서 주연배우인 스핑크스는 1인 다역을 하면서 연극을 시작했다. 안내인은 스핑크스의 몸짓을 하나하나 해석해 주었다. 스핑크스는 약간의 방백과 독백만 할 뿐, 거의 대사를 하지 않았다. 그러나 안내인의 친절한 설명을 통해서 관람객들은 연극을 이해하는 데 거의 어려움을 겪지 않았다.

"아아, 지금 그는 얼굴 표정을 통해 자신이 지닌 인성과 수성을 표현하고 있습니다. 그것은 신과 악마의 대립을 의미합니다. 그가 한 바퀴 돌아서 제자리에 서 있는 것은 양과 음의 조화입니다. 스핑크스가 의자로 뛰어 올라간 것은 전기와 자기의 부딪힘, 그가 내려 온 것은 질과 양 중 무엇이 중요한가를 의미합니다. 저 손짓은 선과 악의 대립을 나타내는 것입니다. 그리고 저 발가락의 모양은 하늘과 땅, 낮과 밤을 의미합니다. 저 꼬리가 위아래로 흔들리는 것은 북유럽 신화의 불의 세계인 무스펠하임과 얼음의 세계인 니플헤임을 표현하는 것입니다. 아아, 이집트의 고독한 괴수여…. 그대는 문지기. 성장을 원하는 인간의 자격을 검증하는 문지기. 토트가 인간에게 준, 넘어서야 할 장애물… 오시리스의 친구…."

이번에도 안내자는 해설을 잘했지만, 존이 생각하기에 별로 재미는 없었다. 차라리 연극을 두 번째나 세 번째로 배치하는 것이 더 낫지 않을까 싶은 정도였다. 그는 관람이 끝나가자, 화장실에 들어갔다. 사실 존은 동물들과 대화를 하기 위해서 이 동물원에 온 것인데, 정작 대화를 할 기회는 그에게 주어지지 않았다. 그래서 그는 밤에 몰래 동물들과 대화를 해야겠다고 생각해서 화장실에 숨기로 결심했다. 박수 소리가 끝나고 사람들이 나가는 소리가 들렸다. 존은 시간을 보내기 위해서 명상을 시작했다. 마침 변기가 있었기에 그는 변기에 앉아서 신좌[8]를 취했다. 그러나 화장실은 여러 사람들이 자주 이용하는 장소였기에 숨어있기에 적합하지 않았다. 그는 일어서서 사람들이 없어진 것을 확인한 다음 쾌적하고 안전한 장소를 찾았다. 아무도 오지 않을 것으로 여겨지는 외딴 곳의 낡은 통로에 누운 뒤, 그는 동물들과 진정한 대화를 위해 유체이탈을 시도했다. 그의 영혼은 육체로부터 떨어져 나왔다. 머리에서 나온 은빛 선이 그의 영혼과 육체를 이어주었다.

그는 먼저 페가수스를 찾아갔다. 페가수스는 막 털 관리를 마치고, 자신의 날개깃털을 관리해 준 사람들에게 팁으로 5달러씩을 준 뒤, 우유와 와인을 풀어놓은 욕조에 들어가려던 참이었다. 그는 존의 영혼을 알아보고 먼저 인사했다.

"안녕하시오, 마법사 양반. 머리에 은선이 이어져 있는 것을 보니 죽은 사람은 아니군요. 여긴 무슨 일로 오셨습니까?"

"놀라지 않는군요. 당신의 휴식에 방해가 되지 않는다면 대화를 좀 하고 싶습니다."

"하하하. 아시다시피 난 신화의 시대부터 살아온 몸이오. 사실 유체이탈을 한 마법사와 대화를 하는 것은 이번이 처음이 아니라오. 가장 최근에 그런 방식으로 나와 대화를 한 사람은 생제르맹 백작[9]이었지. 아마 요새는 리키라는 이름을 사용하고 다닐 겁니다."

"아, 나는 마법사가 아니고, 신의 사자요. 나는 예술을 대하는 당신

8) 이집트의 신들이 앉아 있는 형상.
9) 천 년을 넘게 살았다는 남자로 신비한 이야기 속에 가끔 등장한다.

들의 생각이 궁금해서 찾아온 것이오. 그리고 혹시 당신들 중 누군가가 나와 함께 위대한 여정을 떠나고 싶지 않나 하는 생각도 알 겸해서 왔소."

페가수스는 욕조 옆에 놓인 크리스털 잔에 와인을 따라서 존에게 건네려다가 그가 영혼이라는 사실을 깨닫고 자신이 대신 그 잔에 든 와인을 들이켰다.

"좋아요. 우리의 이런 대화는 엿들을 상대도 없으니 모든 것을 솔직히 말해도 되겠군요. 일단 그 제안은 거절하겠어요. 난 이 동물원 최고의 스타죠. 이 동물원을 이끌고 나가야 할 사명이 있어요. 나 같은 슈퍼스타에게도 가끔은 이런 혼자만의 시간이 필요하지요. 일단 나는 프로라고 생각합니다. 결과인 작품뿐 아니라 그 과정이 사람들에게 공개된다면 그것도 프로답게 할 의무가 있어요. 보일 때도 최선을 다하고 보이지 않을 때도 최상의 관리가 필요하죠. 스타란 그런 존재입니다. 사람들에게 희망을 주기 위해 스스로를 더욱 빛내야 할 의무를 가진 존재. 그러기 위해서는 일단 물감부터 달라야죠."

페가수스는 욕조에서 일어나서 물감통으로 이동한 뒤, 물감을 핥아서 먹었다.

"이건 식용물감입니다. 나만을 위해 특별히 제작된 것이죠. 그냥 물감을 쓰면 몸에 해로워요. 그래서 천연재료를 이용한 식용물감을 만들어서 사용합니다. 물감통도 질 좋은 물푸레나무로 만든 거에요. 난 금속을 가능한 한 사용하지 않아요. 온몸에 물감 칠을 하고 열정적으로 그림을 그릴 수 있는 이유가 거기에 있죠. 사람들은 그런 모습을 보여주는 것을 좋아하잖아요. 그리고 역동적인 모습으로 그림을 그릴 체력을 유지하기 위해 매일 영양제를 먹고, 두 시간씩 운동을 하죠. 일주일에 한 번은 마사지를 받습니다. 내 그림은 비싼 가격에 거래되기 때문에 그 정도는 할 수 있어요. 이 동물원에서 나와 비슷한 생각을 가진 친구는 크라켄인데, 그 친구는 나에 비하면 프로의식이 부족하죠. 쾌락주의자랄까….”

“음, 보이는 것으로 이상으로 대단한 노력파군요. 당신은….”

존은 감탄했다. 페가수스는 웃으면서 말했다.

“하하하. 알아주시니 감사합니다. 예술가는 작품만이 아니라, 그의 인생을 통해서도 무언가를 표현할 수 있어야 한다고 생각합니다. 삶과 하나 되는 예술을 추구해야죠. 아름다운 작품을 만드는 예술가가 추악한 인생을 산다면, 그 작품이 올바른 평가를 받을 수 있겠습니까? 사실, 이런 그림이나 음악들보다, 인생 그 자체가 예술 아니겠습니까? 그러니 가능한 아름답게 살아야지요. 아름다운 삶에서 나오는 아름다운 예술… 그것이 내가 추구하는 바입니다. 그래서 자기 관리에 신경을 많이 씁니다. 이렇게 보이지 않는 곳에서도 말이죠. 나는 대중 앞에서는 착한 척, 훌륭한 척하고, 뒤돌아서면 더럽게 사는 사람들을 경멸합니다. 그런 더러운 삶 속에서는 아름다움이 피어날 수 없어요. 무슨 말인지 알죠?”

“하지만, 늘 행복하고 즐거운 삶을 살 수는 없잖아요? 누구나 고난의 시간과 슬럼프는 겪게 됩니다. 그런 상태에서 작품은 조악할 수 있죠. 그럴 때는 어떻게 하나요?”

“가장 좋은 것은 쉬는 겁니다. 사실 열심히 살다 보면 그런 시간은 스치듯 사라지죠. 그때는 조금 쉬어도 되요. 그렇지 않다면, 자신의 삶 속의 고난 그 자체를 예술로 표현하도록 해야죠. 그게 예술가들의 사명입니다. 의무죠. 자기가 좀 힘들다고, 힘든 티 팍팍 내면서 다른 사람들의 관심을 구걸하는 행위는 신성모독 같은 것입니다. 일부 몰상식한 사람들이 대중의 관심을 끌기 위해 그런 짓을 하죠. 그런 하찮은 짓을 통해 잠깐 동안은 대중의 눈길을 끌 수 있어요. 하지만, 시간이 지나면서 깨닫게 되면 후회할 겁니다. 내 작품이 인정받은 이유가 작품이 훌륭해서가 아니라 아름답지 못한 자신을 노출시키면서 사람들의 동정을 구걸한 대가였다는 것을…. 오, 상상만 해도 끔찍하군요. 아, 벌써 시간이 이렇게 지났군요. 죄송하지만, 이제 그만 쉬어야 하니 가주실 수 있겠습니까? 너무 늦게 잠자리에 들면 컨디션에 좋지 않아서…."

페가수스는 금색 비단으로 만든 옷을 입고, 푹신한 침상 위에 누웠다. 그는 몇 번 머리를 흔들더니 즐거운 표정으로 눈을 감았다. 나름대로 자기암시를 하는 것 같았다. 존은 그의 전문성에 감탄했다. 그는 감사하다는 인사를 하고 유니콘이 사는 곳으로 이동했다.

페가수스와 달리 유니콘은 허름한 동굴 속에 있었다. 약간의 짚더미가 있을 뿐, 아무것도 없는 그곳에서 그는 벽을 뿔로 긁고 있었다. 존은 다가가서 인사했다.

"안녕하십니까. 저는 신의 사자 존 나이테라고 합니다. 실례가 되지 않는다면 대화를 좀 할 수 있을까요?"

유니콘은 존을 한 번 쳐다보고 고개를 끄덕거린 뒤, 벽에 뿔을 긁었다.

"예술에 대해 어떻게 생각하시는지 개인적인 견해를 좀 듣고 싶습니다.”

유니콘은 대수롭지 않은 듯이 그 대답을 하기 시작했다.

“예술이라? 그것이 무엇을 뜻하는 단어인지 나는 잘 모른다네. 난 돈도 관심 없고, 남이 나를 평가하는 것도 관심 없어. 내 세계 속에서 내가 얼마나 만족할 수 있는지가 중요하지. 예술이라는 이름으로 내 작품을 평가하려 드는 무리들은 그림을 이해하지도 못하면서 함성과 감탄을 보내는 자들과 하등 다를 게 없지. 사실 내 그림을 이해하지 못해도 좋아할 수 있어. 그런데 그런 놈들은 항상 아는 척을 한단 말이야! 왜? 마치 자신이 예술을 이해하는 사람인 양 다른 사람들에게 자랑을 하기 위해서지. 그런 사람들에게는 아무리 위대한 예술품을 준다 해도 그냥 비싼 액세서리에 불과할 뿐이야. 그런 사람들을 위해 내가 영혼을 소모하면서 잘 보일 필요가 있을까? 없어. 내 소중한 작품들이 무지한 사람들에게서 무시당할 것을 생각하면, 밥을 먹어도 배가 부르지 않고, 잠을 자도 깨어 있는 것과 같지. 왜 그런 일이 발생하였느냐? 돈과 명성을 위해 현실과 타협한 자들 때문이야. 난 그렇게 되지 않아. 그게 그림을 그리는 나의 자세야.”

“방금 페가수스와 이야기를 나누었습니다. 그는 당신에 비하면 상당히 호화로운 생활을 하고 있고, 생각도 좀 다른 것 같더군요.”

“돈은 나도 많아. 페가수스와 나는 벌이를 반으로 나누거든. 하지만, 나와 그 친구는 생각하는 것이 많이 다르지. 난 그가 아직 타락한 예술가라고 생각하지는 않는다네. 요새 크라켄을 자주 만나는 것이 좀 위험해보이긴 하지만…. 예술이란 말이야. 인간이 고난과 역경에 처했을 때, 그것을 극복하기 위한 영혼의 깊은 울림에서 탄생하는 거야. 위대한 예술의 길을 걷고 타협하지 않았던 사람들. 그들의 삶이 부유했던가? 그렇지 않았음에도 그들은 위대한 예술을 창조해냈어. 어설픈 부자들과 그들과 결탁한 예술가들의 취미생활은 정말 역겨워. 그런 위선자들은 모두 신의 저주를 받아 마땅하지. 난 말이야. 내 뿔이 닳을수록 내 완성에 가까워진다고 생각해. 이건 예술을 위한 고행이지. 나 자신과의 싸움인거야."

"너무 전투적인 자세 아닌가요? 대중이 다가가기 힘든 예술을 하면 예술을 누가 알아주겠습니까?"

"마법사 양반. 나를 떠보기 위해 하는 질문이라면 그러지 말게나. 빈센트 반 고흐[10]를 생각하게. 그가 대중을 위한 예술을 했던가? 살아 있을 때 그 진가는 알려지지 않았지만, 죽은 후에 그가 누린 영광을 보게. 그게 예술가의 마음가짐이야. 대다수의 예술가들 중 유명한 사람은 극소수라네. 그들이 부를 독점하고 있지. 하지만, 명성이 작품의 가치를 결정하는 것은 아니야. 예를 들어, 어떤 나라는 작가의 명성만을 보고 책을 출간해 준다고 하자고. 신인 작가의 작품이 항상 유명한 작가보다 못한 것인가? 아니야. 아니지만, 신인 작가는 무명이기 때문에 더 좋은 책을 내도 유명한 작가보다 책을 못 팔아. 많이 팔리지 않았다고 해서, 신인 작가의 책이 무가치한가? 유명 작가의 책이 더 훌륭한가? 대중은 예술을 소비하는 존재야. 그들에게 이해받기 위해 예술을 하면 안 돼. 예술이 소모품이 되어서는 안 돼. 대중에게서

10) '해바라기', '자화상' 등의 그림으로 세상에서 가장 유명한 화가 중 한 사람. 사는 동안 가난에 시달렸고, 평생 동안 그림 1점을 팔았는데, 그것도 그의 친구가 몰래 사준 것이다.

떠나야 해. 그들에게 얽매이는 순간, 예술의 영혼은 나를 떠나간다네. 누구에게 인정받기 위해 하는 게 아니야. 이건….”

존은 유니콘에게 좀 더 말을 걸었지만, 유니콘은 더 이상 대답하지 않았다. 존은 자신과 함께 여행을 떠날 것인지 물어보지 못했지만, 이런 동물과는 함께 여행을 다녀도 피곤할 것이라고 생각했다. 존은 이런 타입의 예술가에 대해서 많이 들어왔기 때문에 유니콘에게 감사의 인사를 전하고 새장으로 날아갔다.

돌벽은 밖에서 보기와 달리 안은 이중 구조로 되어 있었다. 불사조는 2층에서 살고 있었고, 하피들은 모두 1층에서 모여 살았다. 1층에서 나가는 구멍이 여러 개 있던 것이었다. 존은 불사조에게 먼저 다가갔다. 불사조는 그의 존재를 알고 일어서서 그를 반겼다. 불사조의 거처는 끊임없이 불타오르는 화로 속이었고, 기계에 의해서 일정 시간마다 기름과 장작이 그 화로 속으로 운반되었다. 화로 옆면에는 자라투스트라의 이름이 새겨져 있었다. 아마도 그가 불사조를 위해 선물한 화로일 것이리라.

“유체이탈을 해서 오다니, 대단하군요. 당신의 육체를 누군가가 만져서 은선이 끊어지는 사고가 없기를 바라겠습니다. 그렇게 되면, 영혼과 육체가 분리되서 바로 죽어버리니까요. 후후, 좀 끔찍한가요? 여긴 무슨 일입니까? 인간이여.”

“안녕하십니까? 저는 신의 사자, 존 나이테라고 합니다. 오늘 공연 감동적이었습니다. 그래서 불사조 님을 비롯한 여러 분들이 자신들이 하는 예술에 대해 어떻게 생각하는지 한 번 듣고 싶어서 찾아왔습니다. 페가수스와 유니콘과는 이미 이야기를 했죠. 둘 다 주관이 뚜렷

하더군요."

"음, 그 친구들은 그렇죠. 하지만 내게 그런 어려운 이야기라니…. 후후, 저는 이 일을 그냥 직업으로 여깁니다. 아시다시피, 직업이란 상황에 따라 변할 수 있는 것이죠. 저는 이 짧은 인생에서 가능한 많은 경험을 하는 것이 중요하다고 생각합니다."

"짧은 인생이라고요?"

"길고 짧은 것은 상대적인 개념입니다. 인간들에 입장에서 보면 나는 수만 년을 사는 것처럼 보이지만, 우주의 입장에서 보면 나는 짧은 인생을 사는 존재지요. 언젠가 지구가 멸망하면 나는 죽고 말 겁니다. 그런데 우주에서는 수많은 별들이 만들어지고 멸망하고를 반복하잖아요. 그런 것에 비하면 나는 길게 사는 것이 아닙니다. 영원한 존재도 아니고요. 어쨌든 나는 많은 경험을 원합니다. 내가 하는 일에 너무 집착하고 싶지 않아요. 그러면 인생은 고달프죠. 세상에는 이런 예술 말고도 할 일이 많아요. 내가 하는 일이 언제나 최고이자 최선은 아닌 것입니다. 지금은 일이 즐거우니까 즐겁게 하지만, 언젠가 이 일을 하는 것이 식상해지거나 더 이상 내 가슴에 설렘과 열정을 주지 못한다면 나는 언제든지 이 일을 그만두고 다른 일을 찾아 떠날 것입니다. 그것이 내가 이 일을 대하는 태도입니다. 예술이라고 해서 특별한 것은 아니에요."

"즐거우니까 한다는 것이군요."

"굳이 이유를 말하라면 하나 더 있습니다. 나는 몇 번 재생을 하면서 다시 태어납니다. 그때마다 새로운 육체를 얻는 것이죠. 하지만, 정신과 기억은 남아 있어요. 감성과 지성은 계승되는 것이죠. 그래서 육체적인 경험보다 지적인 자극이나 감성적인 자극을 많이 경험하고 싶어요. 다시 태어나도 그건 남아 있거든요. 마치 인간들이 환생을 하면서 전생의 일부를 기억해서, 직감이나 선천적인 재능에 이용하듯이 말이에요."

"인간들이 환생을 한다는 당신의 말은 참 흥미롭군요. 인간과 불사조는 다른 존재라서… 뭐 그게 중요한 것은 아니고…. 당신은 예술을 직업과 경험으로 여기는 건가요? 그리고 이것이 즐겁기 때문에 하지만, 즐겁지 않으면 언제든지 그만 둘 수 있다는 것이군요."

"맞아요. 중요한 건 예술이나 예술행위가 아니에요. 내가 얼마나 행복할 수 있는가? 내가 이 일을 하면서 즐거운가 하는 거죠. 어려운 철학은 필요 없어요. 내가 만족하면 멋진 작품이 나오고, 남들도 만족하게 되는 거죠. 내가 맘에 안 들면, 그 반대가 되는 거죠. 그러니, 나를 위해 예술을 하는 것이 최선이자 최고인 겁니다."

존은 더 이상 묻지 않아도 될 만큼 불사조의 확신을 느낄 수 있었다. 불사조의 자부심과 개인적인 관점은 인상적이었지만, 그와 여행을 함께 하기에는 적합하지 않았다. 자기애가 강한 자는 자기 마음속에 신을 받아들일 공간이 없다. 위대한 신의 사명보다 스스로를 더 가치 있게 여긴다. 그렇게 되면, 신은 그를 더 이상 사랑하지 않고, 인도하지 않는다.

존은 인사를 한 뒤, 1층으로 내려갔다. 하피들은 다른 동물들과 달리 영혼 상태의 그를 볼 수 없었다. 그는 자신에게 근원에서 내려오는 빛을 투과시켜서 평범한 육체의 눈으로도 볼 수 있도록 만든 뒤, 자신의 소개를 하고 알고 싶은 것을 물어보았다. 가장 나이가 많은 하피가 먼저 말했다.

"난 태어날 때부터 여기서 태어났고, 배운 것도 이것뿐이었지. 그래서 사실 다른 일이 뭐가 있는지 잘 몰라. 젊었을 때는 바깥 세상에 대해 궁금해한 적도 있지만, 이젠 아무 느낌이 없어. 사실 말이야. 지금은 이것 외에 다른 것은 못해. 이것을 예술이라고 포장해 놓으니까, 그렇게 불리는 거지. 사실 우리에게는 그냥 생활일 뿐이야."

젊은 하피 하나가 말을 이어갔다.

"우리 모두 마찬가지에요. 사실 이거 아니면 직업이 없고, 직업이 없으면 살아가기 힘들죠. 언제나 만족스러운 것은 아니지만, 이 정도면 요즘 같은 불경기에 괜찮은 일자리라고 생각해요. 가족과 함께 있을 수 있고, 먹고 살 만하고, 힘닿는 데까지 일할 수 있잖아요. 더 이상 춤출 수 없다 하더라도 가족들이 있으니 부양해 줄 수 있어요. 요즘 이런 일이 흔하지는 않잖아요. 당신이 이것을 예술이라고 부르건, 노동이라고 부르건, 그건 중요한 게 아닌 것 같아요. 중요한 것은 우리가 춤을 추는 것이 우리를 먹고 살게 만들어 준다는 것이죠."

옆에 있던 하피들은 고개를 끄덕거리면서 동의를 표했다.

"우리도 다른 일을 하면 어땠을까 하는 생각을 해 본 적은 있어. 하지만, 환경이나 기회가 충분하지 않았지. 그래서 체념하기로 했어. 포기하면 편해. 불만은 거의 없어. 우리는 환경에 순응함으로써 얻을 수 있는 행복함을 배웠지. 이건 소중한 교훈이라고 생각해. 거창하게 예술이니, 꿈이니 하는 말로 거짓 포장하는 것은 내가 원하는 것이 아니야."

"그래. 모든 존재가 늘 대단한 목표를 향해 달려가는 것은 아니야.

우리에게는 가족과 함께 하는 것이 가장 소중하지. 그것을 위해서 이곳에서 함께 지내는 것이 밖으로 나가서 무언가를 시도하는 것보다 더 중요해. 누군가가 나에게 말한 적이 있지. 더 높은 하늘을 향해 날아갈 용기도 없냐고? 그런데 난 하늘을 날고 싶지 않아. 왜 나에게 그런 걸 강요하는지 모르겠어. 왜 하피들은 높은 하늘을 날아야 한다고 생각하는 걸까? 왜 자기 기준에서 모든 것을 판단하려 드는 건지…. 그때는 마치 내가 나약한 것 같다는 생각도 했었지만, 그 사람이 다시 내게 그런 말을 한다면, 네가 바라보는 하늘과 내가 바라보는 하늘은 다르다고 말해 줄 거야."

"다른 동물들은 어떻게 생각할지 몰라도, 이상을 향해 많은 것을 희생하면서 도전해야 할 의무 같은 것은 없다고 생각해. 이건 비겁해서도 아니고, 꿈이 없어서도 아니야. 그냥… 이런 사람이 있으면, 저런 사람도 있는 것처럼 저마다 가진 생각의 차이일 뿐이라고. 난 나에게 도전 없는 삶을 산다고 비난하는 사람들이 싫어. 다른 누군가가 보기에는 그 사람들도 안주하는 삶을 사는 것처럼 보일 수 있어. 그렇게 말하는 자기는 얼마나 잘났기에 남의 삶에 참견하는 건지…. 그건 상대적인 거라고. 남에게 어설픈 충고를 하는 참견쟁이들에게 나는 두 가지를 말하고 싶어. 이 세상 모두가 너와 같은 생각을 하는 것은 아니니까, 차이를 존중하는 법을 먼저 배워라. 그리고… 남 걱정할 시간에 너나 잘해."

하피들은 크게 웃었다. 다른 하피들도 그와 생각이 비슷했다. 존은 하피들에게 고맙다는 인사를 하고 호수로 날아갔다. 하피들의 강한 유대와 공동체적 의식을 바탕으로 생각하건대, 그들 중 일부와 여행을 한다는 것은 불가능에 가까워보였다. 그들 전체와 함께 여행을 하는 것은 오, 상상만 해도….

그는 오늘 가장 열렬한 환영을 받았던 인어들의 폭포 근처에 도착했다. 폭포 뒤에서 크라켄이 몇 명의 인어들과 함께 진한 스킨십을 하고 있었다. 그는 존의 영혼을 보고 인사한 뒤, 잠시 기다려달라고 말했다. 인어들과 즐거운 시간이 끝난 후, 그는 인어들을 모두 내보냈다. 그는 올리브오일을 온몸에 바르고 쿠바산 고급시가를 꺼내서 한 대 피운 뒤, 존에게 자신이 생각하는 예술에 대해서 이야기하기 시작했다.

"첫인상이 좋지 않을까 싶어서 말하는데, 이건 사업의 일부지. 이 바닥에서 살아남으려면 이 정도는 해줘야 해. 물론 내가 원한 것이 아니고 그녀들이 먼저 접근한 거지. 이건 결코 부적절한 관계[11]가 아니니 오해 없기를 바라네. 난 미혼이거든."

크라켄은 맛있게 시가를 빨면서 말했다.

"예술은 좋은 거지. 팍팍한 인생에 많은 즐거움을 주니까. 중요한 건 예술이 아니라 인생이야. 즐거운 인생을 사는 것이 중요한 거지. 왜 탈무드에도 이런 말이 있지 않은가? '사람이 죽어 신 앞에 설 때에 신은 모처럼 인간에게 준 온갖 즐거움을 피한 것에 대해서 좋아하지 않는다.'라고 말이야. 푸하하하!"

크라켄은 기분 좋게 웃었다. 그 웃음은 저속하다기보다 상당히 유쾌한 웃음이었다. 인어들이 반할 만큼의 품격은 있었다.

---

11) 정확한 단어의 뜻을 찾고자 한다면, '지퍼게이트'와 함께 인터넷에 검색하면 된다.

"예술을 통해 얻은 돈과 명성은 인생을 윤택하게 하는 데 사용됨이 마땅하다고 생각하네. 이 동물원에서 이것을 명확하게 이해하는 이는 나밖에 없지. 제일 멍청한 놈은 유니콘이야. 배고픔 속에서 명작이 탄생한다고 믿고 있지. 그게 가능한가? 베토벤이 가난함 속에서 음악을 작곡했나? 베토벤이 먹고 살기 힘들었다면, 그런 음악은 나오지 않았어. 괴테는 재상을 지낸 적이 있어. 요새 『파우스트』를 읽고 있는데, 나는 그가 재상을 역임할 때 쓴 부분이 어디일까 무척 궁금하다네. 괴테가 가난한 작가였다면, 『파우스트』를 쓸 수 있었을까? 아니야, 전혀 그렇지 않아. 가난과 예술의 위대함은 별개인 거지. 난 자신이 무능해서 가난한 것을 예술가의 의무이자, 영혼처럼 표상하는 위선자들을 세상에서 가장 경멸한다네. 괴테가 『젊은 베르테르의 슬픔』으로 경제적인 성공을 거두지 못했다면, 그렇게 오래 살면서 위대한 작품을 남기기는 어려웠을 거야. 가난한 예술가들은 그것을 인정하지 못하고 왜곡하려 들어. 세상을 삐뚤어진 시선으로 바라보지. 그뿐인가? 『셜록 홈스』를 쓴 코난 도일은 의사를 겸직했고, 『반지의 제왕』을 쓴 톨킨은 교수를 겸직했지. 예술에만 빠져 있지 않고 다른 일을 병행해도 좋은 작품은 얼마든지 나올 수 있다는 뜻일세. 먹고 살기 바쁜 사람들은 예술에 필요한 여유가 없어. 졸작이 나온다고. 좋은 작품을 만들면 돈을 벌 수 있고, 돈을 벌면 인생을 즐겁게 살 수 있고, 인생이 즐거우면 좋은 작품이 나온다네. 이 완벽한 선순환의 구조를 이해하는 것이 성공한 예술가가 되는 첫걸음이지. 물론 나라고 처음부터 대단했던 것은 아니야. 나도 힘들고 어려웠던 시절이 있었지. 하지만, 나는 그것을 딛고 일어섰어. 가난한 예술가들의 마음도 알아. 하지만, 그들은 성공의 경험이 없기 때문에 나보다 많이 부족한 친구들이지."

크라켄은 잠시 말을 멈추고, 지중해에서 직수입해온 바닷물을 마셨다. 그 옆에는 남극에서 얼음을 잘라 만든 물과 마리아나 해구[12]의 깊은 곳에서 퍼온 물이 담긴 병이 있었다. 그는 뉴질랜드산 양모로 만든 손수건으로 입을 닦은 뒤에 몸을 이완시키듯 천천히 물에 잠기면서 말했다.

"난 왜 가난함과 예술이 연관되는지 이해 못하겠어. 일부 그런 사람들이 있다 하더라도, 그건 예술뿐 아니라 모든 분야에 있지 않나? 성공하지 못한 사람들이 가난하다는 것은 일반적인 상식인데, 설령 예술과 가난이 친구라 하더라도 그것이 영원한 진리는 아니지. 진정 즐길 줄 아는 예술가라면 그런 친구는 멀리 하는 편이 좋다고 생각하네."

존은 크라켄과 좀 더 대화를 나눈 뒤, 다음에 육체를 가지고 오면 인어들과 즐거운 밤을 누릴 수 있게 해 주겠다는 그의 제안을 거절하고 스핑크스를 찾아갔다. 크라켄에게 신의 사명을 이야기하는 것은 무의미하다는 느낌을 받았다. 그는 스스로를 신처럼 여기는 자였다. 어떤 의미에서 지금까지 만난 동물들 중 가장 강한 신념의 소유자라 볼 수 있었다.

스핑크스는 깨끗하고 모든 것이 잘 정돈된 오두막 안에 있었다. 그는 모래로 된 사막보다는 맑은 공기를 마실 수 있는 숲속의 고즈넉한 오두막 안에서 지내는 것이 더 편하다고 말했다. 그는 안경을 끼고 칸

12) 현재까지 가장 깊다고 알려진 태평양의 해구

트와 헤겔이 말하는 양과 질의 차이, 이황과 이이[13]가 말하는 이와 기의 차이가 담긴 철학사상을 비교하는 글을 작성하는 것이 요새 취미라고 했다. 자신의 고향에서 배우던 마법과 동양의 마법의 차이점을 분석하는 것은 그가 지겨울 때 푸는 퍼즐 같은 것이라는 농담도 잊지 않았다. 일상의 대화를 나눈 뒤, 존은 그에게도 질문을 했다.

"음, 예술에 대해서 어떻게 생각하냐고? 그건 좀 어려운 질문이라네. 나는 크라켄이나 유니콘처럼 극단적인 입장에 동조하지 않는다네. 그 친구들의 견해를 인정하지만, 그것이 모두를 대표하지는 않아. 나도 돈은 적당히 벌지만, 다른 일들을 생각하다 보면 정작 향락을 누릴 시간이 풍족하지는 않아. 나는 자네 같은 사람들과 예술에 대해 이야기하는 것을 좋아하지만, 그것이 내가 예술을 계속해야만 하는 이유가 되지는 않지. 나는 중도적인 사람이네. 음, 뭐랄까…. 난 연극에 대해 이야기하기 위해 오는 사람들을 환영하기 위해 늘 문을 열어놓고 있어. 하지만, 그 안에 들어온다고 해서 늘 나를 만날 수 있는 것은 아니야. 내 만족도 타인의 만족도 중요하지. 내가 열심히 하는 것도 중요하지만, 그것이 나를 지치게 한다면 나는 쉬면서 재충전을 할 필요가 있어. 난 이 일을 좋아서 하는 것도 아니지만, 억지로 하는 것도 아니라네. 적절한 범위 내에서 내가 조절해가면서 일을 하고 있지. 가능한 많은 것을 염두에 두고 있고, 어떤 일이 발생해도 괜찮다고 생각하면서 긍정적이고 열린 마음을 가지려고 노력해. 한마디로 요약하자면, 난 예술을 위해 태어난 것은 아니지만, 이 일을 하면서

13) 조선의 유명한 유학자들이다. 천 원권과 5천 원권 한국화폐에 초상이 있다.

사는 것이 적당히 즐겁다고 생각한다는 거지."

존은 스핑크스의 말이 무척 복잡하다고 생각했고, 이해하기 위해 노력했다. 무슨 말을 하는지 알기는 어려웠지만, 적절한 수준에서 만족하고 있다는 것은 확실히 알 수 있었다. 스핑크스는 그런 존을 보고 웃으면서 말을 이어나갔다.

"예술이란, 인간의 감성을 표현할 수 있는 가장 아름다운 행위지. 그것에 가치를 두면, 예술에는 무한한 가치를 부여할 수 있어. 하지만, 인간의 생존을 위한 관점에서 보자면, 예술은 가장 무가치한 행위 중의 하나지. 그러니 극단적으로 생각하지 말고, 적당히 만족하는 법을 배워야 해. 나는 늘 생각해. 언제든지 다른 일을 할 수도 있다고…. 하지만, 적절한 수준에서 현실과 타협하는 거지. 이만큼 나에게 편하고 좋은 일이 없다고. 그러다 보니, 이보다 더 좋은 일을 찾지 못하는 것이고, 찾을 필요를 못 느끼기도 하는 거지. 그리고 이 수준에 맞춘 현실을 즐기게 되는 거지. 적절한 수준의 순환이랄까? 다만, 그 예술이라는 것에 파묻혀서 다른 많은 것을 놓치는 것이 싫어. 때로는 일출이, 누군가의 문학이, 낡은 의자 하나가, 길바닥에 핀 꽃 한 송이가 내가 평생 해온 예술보다 더 큰 감동을 줄 수도 있는 거라고. 감동이란 것은… 감정이란 것은… 주관적인 거잖아. 알고 보면, 내 평생을 바친 예술보다 그런 평범한 것들이 더 감동적인 것일 수 있어. 그런 것이 진정한 예술작품일 수 있다는 거지…. 그 정도 열린 사고가 필요해."

존은 대화를 마친 뒤, 천천히 자신의 육체로 되돌아 왔다. 피곤함이 느껴졌다. 그는 잠들었고, 일어나 보니, 다음날 2시가 되어 있었다. 그는 가만히 화장실로 내려가서 새로운 일행이 오기를 기다렸다가, 그 일행에 합류한 뒤 무사히 동물원을 나갈 수 있었다. 그는 예술과 감성에 대해 좋은 경험을 했다고 생각했다. 그러나 그와 동행할 동물을 찾지 못한 것은 아쉬웠다. 그는 길을 따라서 다음 도시를 향해 떠났다.

여기서 시간을 돌려 어제로 돌아가자. 나침반에 의지해서 존을 추적하여 도시에 도착한 산초는 존이 이곳에 있음을 확신했었다. 그도 동물원에 관한 전단지를 보았고, 동물원 앞에서 잠복하여 존이 오기를 기다리고 있었다. 그러나 그는 표를 사지 않았다. 눈앞에서 존의 모습을 보고 존을 잡기 위해 달려간 그는 표를 사지 않았다. 천천히 걸어가는 존을 보고, 동물원에 입장하기 전에 존을 잡으려 했던 그는 표를 사지 않았다. 존을 바로 앞에 두고 경비원들에게 잡힌 그는 표를 사지 않았다. 그래서 그는 존을 놓칠 수밖에 없었다. 예술을 즐길 수 있는 가장 기본적인 대가를 지불하지 않았기 때문에 그는 거리에서 기다려야만 했다. 돈이 없었던 것은 아니지만, 그는 아무것도 할 수 없었다. 표를 사지 않았기 때문에… 산초는 몰랐다. 예술은 비싼 것이라는 것을.

다음 날 오전 내내 그를 기다린 산초는 존이 그 안에서 며칠간 머물 것이라 생각하고 4시에 입장하는 표를 구입하였다. 존이 2시 일행과 함께 떠난 것을 모르는 산초는 누구보다 빠르고 용감하게 동물원에 들어갔다. 산초와 함께 다니는 일행들은 자신이 예술을 이해한다거나 그림을 얼마 주고 샀다거나 하는 이야기만 하였다. 산초는 그들과 함께 다니면서 안내자의 설명을 들었지만, 그것이 무엇인지 이해되지 않았다. 그는 틈틈이 존의 흔적을 찾아보았지만, 존은 어디에도 보이지 않았다. 페가수스와 유니콘의 그림은 이해할 수 없었고, 불사조와 하피가 날아다니는 것은 그냥 내셔널 지오그래픽 채널의 야생동물 프로그램을 보는 것 같았다. 산초에게 그런 것들은 예술이 아니었다. 산초를 예술에 눈뜨게 한 것은 인어들의 공연이었다. 산초는 그 공연에 흠뻑 빠져서 인어들의 화보가 담긴 달력을 구입했다. 산초는 예술의 참맛을 느꼈다. 그에게 진정한 예술이란 바로 그것이었다. 산초의 열린 지갑을 바라보면서 안내자는 기쁘게 웃었다. 모든 사람이 존과 같을 수는 없었다. 그리고 우리가 사는 세상은 산초 같은 사람들을 더 많이 품고 있다. 오늘도 동물원은 엄청난 수익을 만들면서, 새로운 예술과 문화를 창조하고 있다. 물론 오늘도 누군가는 그 동물원의 VIP 고객으로 대접받고 있을 것이다.

풍차 대담

오래 걸어서 지친 오후, 해질녘이 되자, 둘시난테가 점점 무거워졌다. 한 번도 이런 적이 없던 절친한 동료의 신호에 존은 잠시 주변을 둘러보았다. 낮은 언덕이 이어져 있는 구릉지가 있었고, 여러 대의 풍차가 늘어서 있는 것이 보였다. 존은 무슨 일이 일어날 것을 직감했다. 그는 풍차 곁으로 다가섰다. 문득 돈키호테의 유명한 장면이 떠올랐다. 풍차를 거인으로 착각해서 창을 들고 풍차에게 달려들었던 기사. 존은 잠시 앉아서 둘시난테를 벗고, 휴식을 취했다. 존이 걸어온 길로 장엄한 황금빛을 뿌리며, 태양이 서서히 내려앉고 있었다. 태양의 뿌리가 대지에 닿을 무렵, 언덕에서 그 태양을 등지고 길게 늘어진 그림자를 앞세우며 나타난 남자가 보였다. 순간 그의 모습은 전설 속에 나오는 거인 같았다. 존은 그제야 돈키호테가 풍차를 거인으로 착각한 것이 우연이 아니었음을 알 수 있었다. 석양을 등지고 나침반을 손에 든 채, 존을 향해 걸어오고 있는 남자는 나만타에서 유명한 경찰인 산초였다. 온통 붉어진 배경 속에서 다가오는 산초의 실루엣만을 보고, 존은 그가 자신에게 도움을 줄 동료로서 오는 건지, 자신의 여행을 방해할 악당으로 오는 건지 알 수 없었다. 존은 다시 둘시난테를 신었다. 그가 산초를 향해 한걸음을 내딛자, 둘시난테는 가벼워졌다. 존은 산초와의 만남이 자신의 사명 중 하나임을 깨달았다. 그는 붉게 타오르는 세상을 등지고 다가오는 산초를 향해서 창을 지고 달려드는 기사의 심정이 되었다. 존은 자기도 모르게 시공간을 초월해 있는 돈키호테에게 말을 걸었다.

"위대한 슬픈 얼굴의 기사[14]여. 나도 거인과 싸우러 간다네."

산초는 풍차 사이에서 걸어오는 남자를 보았다. 나만타의 대표 지성 중의 하나이자, 그의 철학 스승이기도 했던 존 나이테. 그는 겸손하고, 학구열이 불타는 사람으로 많은 이들의 귀감이 되었다. 재산도 많고, 귀족의 지위에 모든 것이 안정되었던 그가, 자기 재산의 반의 반도 안 되는 돈을 도둑질하여 나만타를 떠났다는 것은 이해할 수 없는 일이었다. 지금의 그는 마치 길을 잃은 어린 양처럼 보였다. 산초는 만나자마자 그를 체포할 생각은 없었다. 마치 오랜 스승을 만나는 것 같은 편한 기분이 들었다. 존이 천천히 걸어오는 것이 보였다. 산초도 걷는 속도를 늦추었다. 풍차의 날개 아래서 둘은 마주 보고 설 수 있었다. 산초가 먼저 모자를 벗어서 인사했다. 그에게서 장엄한 태양빛이 마지막 빛줄기를 뿌리듯이 흘러나왔다. 존은 잠시 그를 바라볼 수 없었다. 산초가 힘 있는 목소리로 준비했던 말을 하기 시작했다.

---

14) 세르반테스의 『돈키호테』 중 돈키호테가 스스로에게 붙인 별명

"오랜만입니다. 존 선생님. 제가 학교를 졸업한 뒤, 처음 만나는 것 같군요. 그때 선생님은 시간의 상대성에 대해서 이야기를 해 주셨죠. 당시 충격적이었습니다. 나중에 알고 보니, 아인슈타인의 특수 상대성 이론과 닮은 점이 많았지만, 철학적인 사고에서 접근했던 신선함을 기억합니다. 시간이 지나서 우리는 변했고, 이런 자리에서 만나게 되었군요. 잘 아시겠지만, 나만타 은행의 기물 혐의 및 절도 혐의를 받고 계시기에 제가 오게 되었습니다."

존은 잠시 과거를 회상했다. 존이 고등학생들에게 강의를 하던 시절, 그의 주제는 늘 하나였다. 시간의 상대성. 나중에야 아인슈타인이 자신과 비슷한 이론을 완성했다는 것을 알게 되었지만, 당시에 그는 혼자서 그 개념을 만들어내었다. 아인슈타인의 주장을 듣고, 자신의 생각이 틀린 것이 아니었음을 안도하였으나, 누군가는 자신이 아인슈타인의 이론을 모방한 것이 아닌가 하는 의심도 가질 수 있다고 생각했었다. 그 후, 그는 강의를 그만두었다. 그는 학생 중의 산초를 기억하지는 못했다. 산초는 기억하기에 너무 평범했다. 그는 경찰이 된 산초를 기억할 뿐이었다. 나만타에서 젊은 경찰은 산초가 유일하니까.

"바쁘지 않다면, 우리 이야기를 길게, 돌려서 말해도 되겠나?"

아직도 산초의 뒤에 있는 태양빛은 강했다. 산초는 커보였다. 좋게 보자면, 아폴론 같았고, 나쁘게 보자면 다스베이더[15]같았다. 아직 자신의 때가 오지 않음을 알고 있는 존은 크게 기대하지 않으면서 산초에게 말했다. 산초는 옆에 큰 통나무에 걸터앉을 것을 권했다.

15) 영화 '스타워즈'에 나오는 악역 캐릭터

"그렇게 하죠. 바쁘지 않습니다. 사실, 오랜만에 선생님을 봤는데, 보자마자 수갑을 채우거나 범죄 이야기를 하는 것은 내키지 않네요. 어제 선생님과 함께 즐겁게 세상을 여행하는 꿈을 꾸었거든요."

"신의 도우심이군."

누군지 몰라도 꿈을 관장하는 신이 자신을 위한 준비를 했을 것이고, 그 신의 힘이 더 강해지기 위해서는 산초를 지원해 주는 저 태양이 사라져야 한다. 존은 태양이 잠들 시간까지 기다리기로 했다.

"시간의 상대성에 관한 이야기 기억하나?"

"아, 조금은요. 하지만, 선생님의 것과 아인슈타인의 것이 좀 헷갈립니다. 오랜만에 그 이야기나 할까요?"

산초는 최대한 이야기를 부드럽게 풀어나가고 싶었다. 나만타는 범죄자 인도 협정을 타국과 체결한 적이 없는데, 이 상황에서 그를 체포하는 것은 외교적 문제를 야기할 수 있는 일이었다. 그래서 그는 대화를 통해 그를 데려가겠다고 생각했다. 그리고 존의 행동에 대한 이유도 알고 싶었다. 그러기 위해서는 여유를 가지고 접근하는 방법이 필요했다. 그리고 산초에게 시간은 충분했다. 존은 잠시 생각하다가 오래 전, 교실에서 강의하던 톤으로 입을 열었다.

"나는 시간의 상대성에 관한 강의만 했지. 아직도 기억하네. 다시 그 이야기를 하지. 내게는 시간이 필요하니까… 잘 듣도록 하게. 옛 기억을 되살리면서 말이지."

존은 일어서서 산초를 마주 보았다. 그는 스승이 제자를 가르치듯이 강의하기 시작했다.

"우리는 시간에 대해서 많은 이야기를 한다. 시간에 관한 이야기 중 사람들에게 가장 쉽게 받아들여지는 개념은 시간이란 절대적인 양의 개념이라는 것이다. 1초, 1분이라는 것은 어떤 상황에서도 변하지 않는 측정의 단위라는 것이다. 그러나 내가 말하고자 하는 시간이란 상대적인 질의 개념이다.

첫 번째, 우리가 측정하는 시간의 단위는 지구의 공전과 자전을 기준으로 만들어졌다. 우주의 다른 공간의 다른 행성에서는 그들의 공전과 자전을 기준으로 우리와 다른 시간체계가 있을 수 있다. 둘 중 어떤 것이 옳은 단위인가? 아니, 정확히 말하자면, 전 우주에서 통용될 수 있는 올바른 시간의 측정단위라는 것이 존재하는가?

두 번째, 우주의 구성요소 중에 눈에 보이는 물질과 공간도 있지만, 눈에 보이지 않는 것들도 있다. 사랑이나 분노 같은 감정들 그리고 변치 않는 개념들이 그것이다. 1+1=2이라는 법칙이 있다고 하자. 그 법칙이 시간이 지난다고 변하는가? 기존의 숫자에 1을 더 하면 숫자는 증가된다. 그렇게 증가되는 숫자의 양은 끝없이 무한하다. 그런 개념들이 시간이 지난다고 변하는가? 변하지 않는 개념은 영원한 존재라고 할 수 있다. 영원에게 시간은 어떤 의미를 갖는가? 영원을 시간으로 분할할 수 있는가? 영원이란 시간이 없어도 존재할 수 있는가? 영원에서 태어난 것이 시간인가, 아니면 시간에서 태어난 것이 영원인가? 영원이란 무엇인가?

세 번째, 사람들은 명상을 하거나 자신이 좋아하는 일을 할 때, 혹은 사랑하는 사람과 함께 할 때 시간이 빨리 흐른다고 말한다. 그러나 재미없는 일을 하거나 싫어하는 사람과 함께 할 때 시간은 늦게 흐른다고 말한다. 왜 그렇게 느낄까? 정말로 시간이 빠르게 흐르거나 느리게 흐르는 것이 아닐까? 1시간, 10년, 50년을 사람들에게 주어보자. 같은 시간 동안 사람들은 다른 결과물을 만들어낸다. 맞는가? 누군가는 남들보다 대단한 결과물을 만들어낸다. 그것이 인생이건, 학문이건, 예술이건…. 다르게 생각해 보자. 다른 결과물을 만들어낼 때 정말로 사람들은 같은 시간을 쓰는 것일까?

우주의 공간, 개념으로 대상을 확대해서 볼 때 측정단위로서의 시간을 기준할 수 있는 절대적인 법칙은 없다. 어떤 존재에게 시간은 무의미할 수 있다. 그리고 원인과 결과를 뒤집어 생각하면, 시간이 흘러서 무언가가 되는 것이 아니라, 무언가가 되기 위해서 시간을 필요로 한다고 볼 수도 있다. 시간이 고정되어 있는가? 아니면, 당신의 사고방식이 고정되어 있는가? 시간은 언제, 어디서나, 누구에게나, 무엇에게나 절대적인가? 아니면, 상황이나 장소나, 대상에 따라서 시간의 의미는 변하는가? 추상적인 관념에게 시간이란 무엇인가? 물리적으로 동일한 시간이라도 관념적으로 다른 시간이 흐를 수 있지 않을까? 그래서 우리는 같은 시간 동안 다른 결과물을 만들어낼 수 있는 것이 아닐까?"

태양이 서서히 사라지는 것이 보였다. 차가운 어둠이 대지위에 드리우자, 존은 자신을 축복한 신의 힘이 자신에게 깃들고 있음을 느꼈다. 존이 알기로, 일반 사람들의 생각과 달리 빛과 어둠은 선과 악의 개념은 아니다. 동양의 양과 음, 서양의 전기와 자기, 확장과 수축은 자신이 존재하기 위해 반드시 상대가 필요한 개념이었고, 모두 같은 근원에서 창조되었다. 필요에 따라서 원하는 힘을 쓰면 되는 것이었다. 지금 존에게 필요한 것은 차분하고, 냉철하며, 타인을 자신에게 끌어당기는 자기력이었고, 자기력은 낮보다 밤에 더 활용하기 쉬웠다. 완전한 밤을 부르기 위해 시간이 더 필요했고, 존은 강의를 이어나갔다.

"내가 느낀 것을 말하자면…. 자신이 좋아하는 일을 할 때 시간이 빨리 흐른다고 느끼는 것, 그것이 진실이라면 나는 그 일을 할 때 많은 시간을 쓰고 있는 것이다. 싫어하는 일을 할 때는 그만큼 시간을 적게 쓰고 있는 것이다. 시간을 많이 사용할수록 더 좋은 결과를 얻을 수 있다는 말이다. 뒤집어서 생각해 보자. 좋은 결과를 얻기 위해서는 시간을 많이 써야 한다. 절대적으로 동일한 시간일지라도, 상대적인 시간은 누구에게나 똑같이 주어진 것이 아니다. 그렇기에 좋아하는 일을 집중해서 함으로 남보다 더 많은 시간을 쓸 수 있다. 우리의 과정과 결과가 인생이라면 더 많은 시간을 쓰는 인생은 더 좋은 결과를 만들어냄을 반복하는 인생이라 할 수 있다.

시간이 양이 아니라, 질의 개념이라면, 좋은 결과물을 만들어낼 수 있는 시간을 사용하자는 것이다. 그것은 시간이 상대적이라는 개념과도 일맥상통한다. 물리적인 시간과 우리가 사는 시간은 똑같은 시간이 아니라는 것이다. 같은 10년을 살아도, 관념의 세계에서 보는 시간은 5년일 수도, 15년일 수도 있다. 그리고 관념이란, 우리에게도 적용될 수 있는 법칙이다.

여기서 한 가지 의문이 생긴다. 그렇다면, 왜 우리에게 시간을 사용할 자격이 주어지는가? 우리는 시간을 사용해서 무엇을 해야 하는가? 시간이 우리에게 왜 의미가 있는가에 대한 질문은 우리가 영원불멸의 존재가 아니기 때문이라고 답하고 넘어가도록 하자.

물론 정답은 없다. 각자 자신에게 주어진 답을 찾아야 한다. 참고

할 수 있게 내가 찾은 답을 말하자면, '살아가는 동안 최대한 많은 시간을 사용하여 자신의 삶을 가치 있는 결과물로 만드는 것'을 위해서이다. 이 답은 어떤 사람에게는 적합하지 않으며, 언젠가 생각이 바뀌나에게 적합하지 않을 수도 있지만, 현재의 내가 생각하는 답의 개념에 가장 근접한 단어의 나열이다."

태양은 완전히 사라지고, 새로운 시간이 존에게 주어졌다. 산초는 더 이상 빛나지 않았고, 거인처럼 크게 보이지도 않았다. 이제부터의 시간은 존의 것이었다. 그리고 이 시간을 갖기 위해 그는 물리적인 시간보다 매우 많은 관념적인 시간을 사용했다. 산초는 오랜만에 들은 존의 강의에 감탄했다.

"이런 지성을 갖춘 분이 왜 그런 행동을 했는지 의문입니다. 제가 수갑을 꺼내지 않은 것은 그에 대한 솔직한 대답을 듣고 싶기 때문입니다. 말해 주실 수 있겠습니까?"

"그것이 내게 주어진 사명이기 때문이지. 내 지성이 신이 주신 것이라면, 지금 여기 있는 내 행동도 신에게 받은 것이야. 내가 은행에서 한 행동은 인간의 규범에서 보면 불법행위겠지만, 다른 관점에서 본다면, 숨은 악마를 물리치고, 아무 의심 없이 주어진 지식을 주입시키는 사람들에 대한 경고를 한 것이지."

"행동도 상대적이라는 말입니까? 하지만, 규범을 어겨가면서 무언가를 할 필요가 있습니까? 법을 지켜야 한다는 것은 상대적이 아니라, 절대적인 의무 아닙니까?"

"법은 절대 불변의 진리가 아니고, 현재 사회를 유지하기 위한 약속의 모음이야. 피레네 산맥 이쪽에서의 정의가 저쪽에서 불의가 되듯이, 시간과 공간에 따라 상대적으로 변하는 약속들이지. 내가 한 행동은 현재 법에 맞지 않을지라도, 내가 다시 돌아갈 시점의 나만타에서는 불법이 아닐 걸세."

"잘 이해가 되지 않습니다."

"산초. 그대는 법을 지켜야 한다는 경찰로서의 사명감과 내 말이 맞을 수도 있다는 내면의 소리로 인해 갈등을 하고 있어. 두 의식이 충돌해서 결정을 내리기 어려울 때, 그때는 선택을 조금 연기하는 것이 현명하네. 물리적이고, 절대적인 시간의 관점에서 말이지. 고민하고 직접 경험하고 판단한 뒤에 결정해도 늦지 않네."

"갈등하고 있는 것은 맞지만, 상대적인 시간을 대단히 많이 사용해서 판단하건대, 지금 선생님을 놓아드릴 수는 없어요."

"나를 놓아달라는 말이 아닐세. 나와 함께 가면서 내 말이 맞는지 틀린지 판단해 보라는 걸세."

산초는 잠시 머뭇거렸다. 존은 산초의 망설임을 읽고 그를 설득하기 위해 오딘의 룬을 떠올리며 그 힘을 빌렸다.[16)]

"이미 나만타를 떠난 지 여러 날이 지났네. 나와 함께 하면서 며칠 더 지난다고 달라질 것은 없네. 그리고 나는 도망가지 않을 것이며, 도망가더라도 자네는 나를 잡을 수 있는 능력이 있네. 믿지 못하겠다면, 나의 신분증과 지갑을 모두 자네에게 맡기도록 하겠네. 내가 수행하고 있는 신의 사명이 무엇인지 옆에서 지켜보고 자네의 판단에 따라 체포하든가, 다른 방법을 택하면 되지 않겠나? 내가 자네를 설득시

16) 안수즈 룬. 효과적인 의사소통에 관한 마력이 있다.

킬 수 없다면, 내가 인간의 규범에 따라 자수하겠네."

산초는 고민했다. 그는 존을 공개적으로 체포할 수 없다는 현실적인 문제를 포함해서 인간적으로 존이 무슨 일을 하고 돌아다니는지 궁금했다. 하지만, 그가 존의 말을 듣는다는 것은 경찰의 의무에서 한걸음 더 멀어진다는 것을 의미했다. 존은 부드럽게 말했다.

"그대를 고민하게 만드는 법이란 그대가 얼굴도 모르는 자가 만든 것이라네. 그 것이 옳은지 아닌지, 스스로 생각해 보지도 않고, 그저 법이라는 권위 아래 그대는 복종했었지."

존은 이후 달이 하늘 높이 떠오를 때까지, 자신의 모든 능력을 동원해서 산초를 설득했다. 정확히 말하면, 설득이라기보다 세뇌에 가까웠다. 모든 여행경비를 존이 부담하며, 여행하는 것처럼 함께 다니자는 말과, 자신의 판단이 잘못되었다면, 유산 상속자에 산초를 넣어주겠다는 말도 하였다. 그리고 존은 산초의 예상과 달리 나만타의 범죄자 인도협정에 대해 아주 잘 알고 있었다. 존은 산초가 마음을 정하지 못하는 것을 보고 그의 결정의 추가 자신에게 기울었음을 확신했다.

"나는 자네에게 아주 특별한 지식들을 알려 줄 수 있다네."

"일상생활을 하는 데 필요한 것이 아니라면, 그런 지식들은 괜히 머리만 아프게 만드는 법이죠. 혹시 그런 것들이 신들과 대화하는 법이나 우주의 비밀을 알려주는 열쇠 같은 것들이라면 더욱 그래요. 난 사양하겠습니다."

"아니, 그런 거창한 것들이 아니네. 뭐, 언젠가 그런 것들을 알지도 모르겠지만, 내가 알려 주고 싶은 것들은 아주 필요한 것들이야. 등

긁는 도구를 알고 있지? 평소에는 전혀 쓸모없지만, 필요할 때 그것이 없다면 우리는 불편함을 느끼게 되지. 내가 지금부터 알려주려고 하는 지식들은 그런 것들이라네. 안다고 해도, 크게 나아질 것은 없고, 모른다고 해도 살아가는 데 지장을 주는 것은 아니지만, 살다 보면 한 번쯤 생각해 보거나 부딪히게 되는 문제들에 관한 것이지. 솔직히 말하자면, 곧 자네가 알게 될 많은 문제에 대한 답이 되어 줄 지식들이라네."

"그것이 당신이 제게 제안할 수 있는 최고의 카드인 것 같은데, 한 번 들어보고 결정하겠습니다."

"돈이 필요 없을 때는 돈을 빌려 가라고 애원하다가 정말 돈이 필요한 순간에 우리를 외면하는 은행체계, 국가안보와 개인의 안전을 구실로 하여 사생활을 감시하려는 정부, 더럽게 비싼 민영 의료보험으로 환자를 착취하고, 보험 미가입자의 인권을 말살시키는 의료업계, 보통 사람들은 이해할 수 없는 예술품들을 더욱 이해할 수 없는 가격에 팔아먹는 문화예술계, 이 세상의 모든 테러리스트들을 다 합친 것보다 더 많은 무기를 매매하는 유엔 안전보장이사회의 이사들, 지배적·종교적 이데올로기를 통해서 자신보다 약자를 착취하는 것을 정당화시키는 사회구조, 외적인 아름다움이 삶의 절대적인 가치인 양, 거짓 포장해대는 일부 의료계와 잘못된 사회 현상, 지구의 모든 존재들을 멸망시키려고 작정한 듯이 이기적인 행보만을 거듭하는 인간의 오만함, 본인은 한없이 초라하지만, 값비싼 명품을 통해 자신의 가치를 위장하려 드는 사회적 동물의 공허함 그리고 그들의 허영심에 낭비되는 소중한 지구의 자원들, 현 시대를 살아가는 성직자들의 부와 명예를 위해 변질되어 가는 종교적 가치, 짐승만도 못한 취급을 받고 살아가는 일부 국가의 국민들, 모니터에 숨어서 온라인 세상만이 전부인 양 남을 욕하는 비겁자들, 전 세계 곳곳에서 범죄자와 경찰이 결탁하여 이루어지는 인신매매, 한순간의 돈벌이를 위해 과거의 문화유산을 무시하고 파괴하는 무지의 극치, 혼탁한 자본주의 사회를 구원할 미련한 경제학자들의 말잔치, 자국의 패권을 위한 국가주의의 재림, 인종이나 피부, 종교 등을 이유로 누군가를 차별하는 것에 대한 정당화 같은 것에 대한 지식들이지."

"그 지식들이 중요하고 특별한 것은 알겠는데, 어떻게 그런 지식들이 내게 필요한 것들이 될 수 있죠?"

"우리가 사는 세상은 점점 돈이 지배하는 세상으로 변해가고 있네. 돈으로 모든 것을 살 수는 없지만, 거의 모든 것을 살 수 있는 세상이 되어가고 있지. 심지어 대다수의 행복과 즐거움마저도 돈으로 구입할 수 있다네. 그런 세상은 가진 자와 못 가진 자를 확연히 구분해 버리지. 돈이 없는 자는 행복할 권리 자체를 박탈당하게 될 것이네."

"그러니까, 그런 세상에 사는 것과 그런 지식들이 나랑 무슨 상관이 있냐는 말입니다."

"누군가는 그런 세상을 만들고, 누군가는 그들에게 종속되어 가지만, 누군가는 그런 세상의 방향에 대해 저항하려 한다네. 그들의 대립이 일상이 되는 시대가 곧 올 것이야. 자네는 세상에 속해 있는 사람이니, 그 흐름에서 혼자 예외가 될 수 없지. 마치 모든 것을 이미 알고 있었던 것처럼 고고한 척하려 해도, 혹은 외면하려 해도 소용없어. 자네가 아침에 눈을 떠서 먹고, 마시고, 입고, 숨 쉬는 것에서 완전히 분리될 수 없는 것처럼 말이야. 그때 가면 알게 될 거야. 무엇이 자네를, 우리를, 사회를, 세상을 이렇게 만들었는지…. 그러면 내가 말한 특별한 지식들에게서 자네가 만족할 만한 답을 구할 수 있을 거야. 만일 자네가 그 답에서 행동을 찾을 수 있다면, 지식은 지식에서 그치지 않겠지. 자네의 행동을 결정하는 중요한 동기 중의 하나가 되는 거야. 그런 상황이라면 자네와 상관없다고 하지 않겠지. 지금의 자네에게는 도움이 되지 않고, 불필요한 배움일지라도 조만간 자네에게 다가올 미래에 도움이 될 지식들이야. 자네는 그 지식들을 친절한 스승과 함께 체험하면서, 무료로 배울 수 있지."

산초는 잠시 고민했다. 존의 말을 진지하게 들을 필요는 없었다. 최소한 존과 함께 하는 여행(자신의 돈을 쓰지 않는)이 될 것이고, 그의 말대로 많은 것을 배운다면 손해 볼 것은 없었다. 나만타로 늦게 돌아간다는 것이 마음에 걸리긴 하지만, 사실 존이 진심으로 도망치려 한다면, 그를 제압할 자신도 없었다. 그는 조금 시간을 두고 자신의 마음을 정리하기로 결정했다. 존의 말이 헛소리라면, 다른 경찰의 도움을 받아서 체포하면 되리라는 생각이 들었다. 마침내 산초는 일어서서 존의 손을 잡았다.

"좋습니다. 선생님. 당신의 사명이 무엇인지 내가 옆에서 확인해보겠습니다. 당신이 신의 계시를 받은 나만타의 지성인지, 아니면 잠시 과대망상에 빠진 건지 내가 판단 기준이 되어드리겠습니다."

대화는 깔끔하게 정리되었고, 둘은 짐을 챙겨서 길을 떠나기로 했다. 같이 걸으면서 산초는 문득 존이 당시 자기에게 매우 낮은 점수를 준 것을 기억해내고 그에게 이유를 물었다. 존은 자신이 그런 점수를 준 학생들은 남의 것을 베낀 것이라고 판단된 학생들이라고 대답했다. 산초는 자신의 기억 속에 감추어져 있던 기억을 하나 더 찾아냈다. 그가 친구와 함께 아인슈타인의 특수 상대성 이론을 짜깁기하여 만들던 숙제 말이다. 이야기가 자신의 학창시절로 흐를 것 같은 느낌이 들자, 산초는 이야기의 화제를 돌려야겠다고 생각했다.

"우리가 함께할 시간은 절대적인 시간의 양보다 더 많겠죠. 상대적으로 더 위대한 결과물을 만들어낼 테니까요. 남과 같은 1년이라도, 관념적으로 보거나 결과적으로 보면 10년의 가치가 있는 시간이겠죠."

존은 말없이 고개를 끄덕였다. 그에게 세뇌당하고 그와 함께 하는 미래에 대해 기대의 싹을 틔우기 시작한 산초의 눈에 그는 더 이상 젊은 경찰이 아니었다. 그는 마치 종교의 창시자 같아 보였다. 존은 언덕을 지나서, 풍차가 멀리 보일 때쯤 뒤돌아서 풍차를 보면서 산초가 전혀 뜻을 알 수 없는 말을 했다.

"슬픈 얼굴의 기사 돈키호테여. 난 거인을 이겼다네. 그의 시간이 흐르고 나의 시간이 오자, 난 거인을 이겼다네. 남보다 많은 시간을 쓰는 것이 나의 성공의 비결이었지."

전쟁의 법칙

존과 산초가 동료가 된 후, 그들은 서로에게 많은 정보를 알려주었다. 외지에서 의지할 수 있는 친구가 생긴 것은 둘 모두에게 좋은 일이었다. 산초는 최대한 개방적인 자세로 존을 이해하기 위해 노력했고, 존은 산초가 이해하기 쉽도록 자신의 여정의 목적 등을 설명해주었다. 꼬박 사흘 동안 노숙하며, 부족한 음식을 나누어 먹으면서 고난을 함께 나눈 그들은 친한 친구가 되어서 다음 마을에 도착할 수 있었다. 특별할 것이 아무것도 없는 작은 도시에 도착한 둘은 일단 숙소부터 찾았다. 존은 너무 피곤했기 때문에 가장 가까이 있는 모텔에 들어가자고 했다. 가장 가까이 있는 모텔은 은행과 식당 사이에 있는 5층 건물이었다. 깔끔해 보이는 외관이 산초의 마음에도 들었기에 산초도 기꺼운 마음으로 모텔의 문을 열었다. 둘이 들어가자, 은행의 문이 열리면서 보통 사람의 눈으로는 볼 수 없는 검은 연기가 잠시 모텔 앞을 서성거렸다.

"역시 존이군…. 오랜만인걸. 오늘은 지난 빚을 갚아 볼까?"

깔끔한 숙소에 침대가 두 개 있는 그들의 방은 피곤한 둘에게 잘 어울리는 휴식의 공간이었다. 방에 들어가자, 존은 잠시 주위를 둘러보았다. 그는 가방에서 신상 하나를 꺼내서 방 한가운데 세워놓았다. 산초는 지갑을 챙기면서 물었다.

"왜 그래요? 그게 뭐에요?"

"내가 없는 동안 혹시 있을지도 모를 좋지 않은 영향을 막아주는 부적일세. 느낌이 안 좋아서…."

존은 지갑을 챙겨서 먼저 나갔다. 산초는 존이 나가자마자, 신상 쪽으로 다가가서 자세히 살펴보았다.

"못생겼는데…."

산초는 존과 많은 이야기를 했지만, 종교에 관한 존의 이상한 습관을 이해하기 어려웠고, 흉물스러운 목각신상이 방에 있는 것이 꺼림칙했다. 그는 신상을 존의 침대에 던져두고, 존을 따라 나왔다.

"한식은 맛있군요. 나만타에서는 먹기 힘든 요리들인데."

"산초. 나는 가끔 먹는다네. 처음에는 좀 매운데, 익숙해지면 괜찮아. 김치는 매우 좋은 음식이야. 앞으로 자주 먹는 습관을 가져봐."

"다 좋은데, 김치는 먹기 힘드네요. 밥이나 빵이랑 같이 먹어야겠어요."

모텔 옆의 한식당에서 둘은 다정한 대화를 주고받았다. 그 반대편, 모텔과 은행 사이의 배기구를 타고 검은 연기가 올라가고 있었다. 연기는 그들 방의 열린 창문 사이로 들어갔다. 그리고 존의 침대 주변을 맴돌다가, 침대 아래로 들어갔다. 연기가 침대 아래로 들어가자,

문이 열리고 존과 산초가 들어왔다. 존은 산초에게 욕실을 먼저 쓰도록 양보했다. 그리고 TV를 보면서 산초가 나오길 기다렸다. 오랜만에 깨끗한 샤워를 할 기회를 얻은 산초는 욕조 속에 몸을 담근 채, 노래를 흥얼거리고 있었다. TV에서 무기상인이 주인공인 영화가 방영되고 있었다. 존은 이전에 봤던 영화지만, 다시 보니 재미있어서 끝까지 다 보았고, 영화가 끝날 때쯤에 산초가 나왔다. 존은 TV를 끄고 욕실로 들어갔다.

존이 샤워를 마치자, 산초는 이미 깊은 잠에 빠져 있었다. 존도 피곤했기 때문에 침대로 향했다. 그는 신상이 침대 위에 놓인 것을 보았다. 스치는 바람결에 바라본 창문은 열려 있었다. 존은 창문을 닫고, 신상을 챙겨서 가방에 넣었다. 그는 자기 전에 명상을 할까 생각했지만, 몸이 너무 피곤했기에 그냥 누워서 잠이 들었다. 둘이 잠든 뒤, 한 시간쯤 지났을까? 침대 아래서 검은 연기가 다시 피어오르기 시작했고, 거대한 사람의 모습을 갖추었다.

"존. 항상 네가 이길 것 같지? 이번에는 네가 당할 차례다."

검은 연기는 넓게 퍼지면서, 두꺼운 커튼처럼 존을 위에서 덮었다.

존은 넓은 공간을 걷고 있었다. 흰색의 무한한 공간이었는데, 그 공간이 갑자기 어두워졌다. 존은 프로도[17]만큼이나 위험한 여정을 떠나면서 무기 하나 없이 다니는 자신을 보았고, 갑자기 무서운 생각이 들었다. 그래서 그는 자신을 지킬 무기를 구입하기로 결심했다. 그 순

17) 『반지의 제왕』의 주인공. 반지의 운반자가 되어 고생하지만, 절대 반지를 파괴하는 데 성공한다.

간, 그의 주위 배경이 바뀌면서 그는 무기 가게에 들어갔다. 코온이라는 이름의 무기 상인이 그를 반갑게 맞이했다. 그는 『베니스의 상인』에서 묘사된 샤일록과 같은 차림을 하고 있었고, 달러 표시가 그려진 모자를 쓰고 있었다.

"안녕하십니까? 존 나이테 님. 코온의 가게에 정말 잘 오셨습니다. 저희 가게는 여행자가 자신을 지키기에 적당한 무기들을 저렴한 가격에 판매하고 있습니다. 한번 둘러 보시죠."

존 나이테는 유태인 유머에 자주 등장하는 코온이라는 이름에 무척 친근감을 느꼈다.

"유태인이시군요."

"아닙니다. 저는 유태인이 아닙니다."

"코온은 유태식 이름으로 알고 있는데, 혹시 제가 잘못 알고 있나요?"

"제대로 알고 있습니다. 하지만, 무기 장사를 하려면 유태인 이름 하나 정도는 써야 합니다. 사람들은 유태인이 무기상을 하는 게 당연하다고 생각하고 있기 때문에 그 기대를 실망시키지 않기 위함이죠. 일종의 팬 서비스랄까요? 사실 무기상 중에 진짜 유태인은 찾아보기 힘들답니다. 후후."

"그렇군요. 전 그것도 모르고 금융과 무기는 유태인들만의 사업 영역인 줄 알았습니다."

존은 천천히 무기를 둘러보았다. 그의 앞에 가장 먼저 나타난 무기는 쿠크리였다. 네팔 구르카 용병이 사용하면서 무기의 성능보다 용병의 용맹함에 널리 알려진 도검이었다. 널찍한 날을 이용해서 덤불이나 잡초를 헤치고, 가축을 잡기 위해 고안된 무기로 칼과 도끼의 중간

형태에 가까운 이 무기는 사실 일반 나이프에 비해서 전투력이 좋은 편은 아니었다. 베는 데 특화되어 있어서, 찌르기가 거의 불가능하기 때문이었다. 존이 쓰기에 무겁기도 했고, 크기도 너무 커서 그는 쿠크리를 포기하고 다음 무기 진열장으로 이동했다.

그를 기다리고 있던 무기는 바람총이었다. 원시시대부터 널리 쓰인 이 무기는 초보자들도 쉽게 연습해서 사용할 수 있었다. 빨대 모양의 통을 상대에게 겨누고 입으로 바람을 불기만 하면 끝이기 때문이다. 그 안에 주로 독침을 넣는데, 여기 바르는 독에 따라서 다양한 효과를 볼 수 있었다. 존에게 가장 효과적인 무기였지만, 근접전에서 쓰기 어렵고, 한 번 빗나가면 그 다음 공격까지 시간이 오래 걸린다는 단점이 있었다. 물론 독침도 제조할 줄 알아야 하고, 해독제도 필요했다.

"맘에 드는 게 없으신가요? 잘 보십시오. 여기 무기들은 아주 쓰임새가 많죠. 내 일자리를 빼앗기 위해 외국에서 온 불법체류 노동자들이나 거지들에게 위협을 줄 수 있어요. 만약 당신이 아프리카나 중동에서 이웃 부족과 전쟁 중이라면, 당신을 지킬 수 있는 기본적인 무기가 되어줄 겁니다. 돈이 없어도, 이런 무기들을 구입하는 것은 부담이 되지 않아요. 대부분 이런 무기를 거쳐서 권총을 사죠. 아무리 과학이 발달해도, 백병전은 인간의 살육본능을 자극하잖아요. 이런 무기를 들고 있어야, 위기의 순간에 나를 지킬 수 있어요. 큰 칼을 든 어린아이는 어른의 팔도 자를 수 있답니다. 아프리카에서 종종 있는 일이죠. 야생을 여행하는 모험가들에게는 총보다도 더 필요한 것이 도끼죠. 용맹한 바이킹이나 몽골족이 된 기분으로 나를 지킬 수 있죠. 총 같은 무기와 달리, 이 무기를 사용하는 데 익숙한 사람은 타격감 때문에 백병전 무기들을 선호하기도 합니다. 원한다면, 내가 그 기분을 느끼게 해 줄 수 있어요."

코온은 살짝 윙크하면서 두 팔을 활짝 벌렸다. 한쪽 진열장이 지하로 내려가면서, 동네에서 흔히 볼 수 있는 불량배들이 보였다. 코온은 쿠크리와 도끼를 들고, 그들에게 달려가서 보이는 대로 그들을 마구 찌르고 베었다. 그때마다 귀를 거치지 않고, 바로 뇌 속으로 전달되는 듯한 파육음이 들렸다. 존은 귀를 막았지만, 아무 소용없었다. 불량배들이 모두 죽고 시체가 사라지자, 피범벅이 된 코온이 존에게 걸어왔다.

"어때요? 이 기분은 총을 가진 자들은 절대 알 수 없어요. 공사장에서 구한 낡은 쇠파이프를 들고 기계 속에 숨어 있는 악마를 내리치는 기분이랄까? 아주 날아갈 것 같죠."

존은 구역질이 났지만, 간신히 참고 말했다.

"코온 씨. 여기 있는 것들은 너무 잔인해요. 다른 무기를 원해요."

"아, 그런 건 우리 가게에서 팔지 않습니다. 이웃의 퍼거슨 씨에게 가보는 것이 좋겠어요."

코온은 친절하게 가게 밖으로 나와서 다른 무기가게를 안내해 주었다. 그 가게는 이곳에서 두 블록 밖에 떨어져 있지 않았다. 존이 그 가게를 향해 걸어가자, 코온은 존보다 빠르게 그 가게로 들어갔다.

존은 인사를 하고 다음 무기가게로 이동했다. 코온의 가게보다 더 크고, 진한 붉은 간판이 인상적인 가게였다. 마치 피를 판매하는 가게인 듯한 느낌을 주는 간판 아래 서부영화의 술집에서나 등장하는 나무로 된 문을 열고 존 나이테는 가게로 들어갔다. 미국의 카우보이

복장을 한 남자가 그를 맞이했다. 약간 나이 들어 보이는 검은 뿔테 안경의 남자는 감자 칩을 먹으면서 말을 했다.

"반갑네. 친구. 난 퍼거슨이라고 한데. 언제나 자네에게 딱 맞는 무기들을 팔지. 고전 007시리즈[18]를 봤다면, 이해가 쉬울 걸세."

퍼거슨은 자신의 허리에 찬 총을 꺼내서 보여주었다.

"베레타 92, 길이는 217㎜, 중량은 950g에 탄창에는 15발이 들어가지. 베레타라는 이름은 들어봤겠지? 미군의 제식권총이기도 하지. 일단 이거 차고 다니면 웬만한 밀리터리 마니아들은 다 알아 볼 수 있을 거야. 무기 거래는 무조건 현금인 거 알지?"

"이게 미군의 제식권총이군요. 멋있네요. 이걸 가지고 다니면 모든 위험에서 안전할 수 있나요?"

"물론 아니지. 그럴 수는 없어. 하지만, 자네는 권총을 갖게 되고 나는 돈을 버는 것만은 확실하지. 난 말이야. 무기에 대한 철학이 있어. 무기는 죄가 없고, 사람이 죄가 있다는 거지. 모든 도구는 사용하기에 따라서 다르지. 난 자네가 이 무기를 악용하지 않길 바라네. 사실 인간은 원시시대부터 무기를 가지고 싸워왔어. 위대한 영웅들은 다들 유명한 무기를 하나 정도는 가지고 있지. 그러니 자네도 유명한 영웅이 되고 싶으면 무기를 하나 장만하는 게 좋을 거야. 그 무기에 특별한 이름 붙여주는 것 잊지 말고."

"그렇죠. 역사에 이름을 남긴 사람들은 무기나 도구나 습관이나 특

18) 주인공은 항상 신무기를 받는데, 그 무기를 쓰기에 적합한 상황이 늘 만들어지고, 무기 덕에 해결된다.

별한 일화 같은 것들이 하나씩 있지요. 내가 무기를 하나 가지는 것도 좋겠군요. 무기에 대한 철학이라…. 그런 이야기를 하면서 무기를 팔다니, 퍼거슨 씨는 정말 장사에 타고난 유태인이군요."

"하하. 사실 난 유태인이 아니라네."

"혹시 퍼거슨 씨도 고객들을 위해 가명을 사용하시는 건가요?"

"난 유태교의 전통을 따를 생각이 없네. 하지만, 유태식 이름은 확실히 장사에서 유리하지. 비유태인을 상대할 때 말이야."

"음… 다른 무기들을 볼 수 있을까요?"

"저 벽을 보게."

벽은 유리로 되어 있었고, 그 안은 콜트, 베레타, 글록 시리즈들이 진열되어 있었다. 권총뿐 아니라, 기관단총도 있었으며, 섬광탄과 수류탄도 있었다. 여러 무기들을 보던 존이 권총을 쓰다듬으며 물었다.

"권총도 사용법을 배워야 하나요?"

"당연하지. 총만 있다면, 이 마을에서 제일 힘세고 싸움 잘 하는 놈도 한 방에 보낼 수 있지. 하지만, 안전장치를 풀지 않고 방아쇠를 당긴다면, 파리 한 마리도 죽일 수 없어. 여행자라면 방아쇠를 당기는 법보다 총을 관리하는 법을 배워야 해. 사흘만 있어. 그 안에 내가 다 가르쳐 주지. 물론 교습료는 별도야."

"사흘이라니, 꽤 오랜 시간이군요."

"총을 다루는 기술만 배운다고 생각하지 마. 무기를 누구에게 쓸 것인가도 가르쳐주지. 권총은 말이야. 내 영역에서 약을 파는 놈들, 나를 배신한 놈들, 나와 대립하는 적들을 처리하는 데 가장 깔끔하지. 난 말이야. 명예살인을 할 때 권총을 써야 한다고 생각하네. 멋지고 깔끔하거든. 칼이나 도끼를 들고 무식하게 사람을 치는 건 영 못 할 짓이라네. 이걸 봐."

퍼거슨의 눈이 빛났다. 퍼거슨의 얼굴이 점점 커지는 것 같더니, 존은 어느새 안경 너머 그의 오른쪽 눈으로 빨려 들어가고 있었다. 마치 007시리즈의 오프닝 장면처럼 퍼거슨의 눈은 둥근 원통 모형의 통로가 되었다. 그 통로 너머에 권총을 든 퍼거슨의 모습이 보였다. 어두운 도시의 골목을 뛰어다니면서, 그는 권총으로 마약을 사고파는 10대 젊은이들을 쏘기 시작했다. 다리를 쏘고, 팔을 쏘고 살려달라 외치는 아이들의 머리를 총으로 날려버렸다. 한 명이 죽을 때마다 퍼거슨의 옷 주머니가 불룩해지면서, 달러가 채워져 갔다. 달러가 가득 찬 주머니 안에서 달러가 솟구쳐 나와서 바닥에 떨어졌다. 유모차를 끌고 다니던 할머니가 그 돈을 주우려고 손을 내밀었지만, 퍼거슨은 그 다음 순간, 그 할머니의 손을 쏘고, 이마를 쏘았다. 존은 그 잔인함에 몸이 떨렸다. 그때 누군가 존의 뒤에서 어깨를 툭툭 쳤다. 금괴 장식을 양 어깨에 매달고, 코온의 모자를 쓰고 퍼거슨의 안경을 쓴 남자가 고급스러운 정장을 입고 그의 뒤에 서 있었다.

"안녕하시오? 난 유리라고 하오. 이 세상 최고의 무기상인이지."

"음… 누군지 모르지만, 일단 다른 곳으로 갑시다. 여기 더 이상 못 있겠어요."

"당연하지. 그렇지 않다면 내가 왜 왔겠어? 내 무기를 보러 가자고."

갑자기 주변의 배경이 모두 바뀌면서 존은 거대한 무기고 안에 들어와 있는 자신을 발견했다. 그는 당황했지만, 곧 정신을 차렸다. 이건 꿈이었다. 원래 꿈이란 좀 두서없고, 말도 안 되는 상황의 연속임을 그는 알고 있었다. 하지만, 자신은 이런 꿈을 꾼 적이 없다. 자신의 무의식 속이 이렇게 잔인하고 혼란스러울 리 없었다. 존은 이것이 정말 꿈인지, 아니면 현실인지 잠깐 고민했다. 그 고민이 끝나기 전에 유리가 소총을 하나 가지고 왔다.

"계속 물어봐서 먼저 말하는데, 나도 유태인이 아니야. 이게 뭔지 알지?"

유리에게서 건네받은 소총은 1947년 모델 AK-47, 칼라시니코프라고 불리는 총이었다. 그는 총을 건네주면서 유명한 영화[19]의 대사를 말하기 시작했다.

"돌격 사격 무기고 무기는 4kg, 잔고장 없고, 파열 안 되고, 어린애들도 쓸 만큼 사용법도 간단하지. 냉전시대 소련의 수출품 1호였지."

"음, 난 소련제 보드카를 마신 적은 있어도 그 총은 본 적도 없는데…."

존은 소총을 그에게 건네주었다. 존이 고민하는 모습을 보이자, 유리는 크게 웃었다. 그는 값비싼 시계를 찬 왼손으로 무기고의 한쪽 벽을 가리켰다. 그러자 벽이 사라지고, 영화의 한 장면처럼 바깥 풍경이 드러났다. 바깥은 사막이었고, 천막을 치고 사는 난민들이 보였다. 그들은 아랍인이나 아프리카 사람들처럼 보였는데, 제대로 먹지 못해서 비쩍 말랐으며 힘이 없는 눈빛으로 존을 바라보았다. 유리는 소총을 들고 앞으로 나갔다.

19) 니콜라스 케이지 주연의 '로드 오브 워'. 무기상인이 주인공인 이야 기이며, 주인공의 이름이 '유리'다.

"총을 살지 말지 망설이는 것 같은데 내가 판단을 도와주지."

유리는 앞에 보이는 사람들에게 마구 총을 휘갈기기 시작했다. 천막은 그들의 피가 튀어서 붉은 색으로 변했다. 천막 안에서 어린아이와 여자들의 비명소리가 들렸다. 유리는 천막 사이의 실루엣을 따라서 총을 쏴댔고, 수백 발, 수천 발의 총이 그들과 천막을 난도질해버렸다. 존은 자기도 모르게 뒷걸음질 치다가 주변을 보았는데, 무기고 안이 시뻘건 피로 가득 차 있었다. 유리가 외쳤다.

"좋아. 아주 좋아. 날 더 흥분시켜보라고."

천막이 무너지면서 새로운 천막이 나타났다. 상대도 총으로 무장을 하고 있었는데, 그들은 어린아이들이었다. 유리는 달려가면서 총을 난사했다.

"총을 쓰는 사람들이 항상 어른일 거라는 편견을 버려. 나는 소년병이 좋아. 저돌적이고, 잔인하고, 다루기 쉽지. 그만큼 적이 되면 무서워. 망설이면 안 돼. 내가 죽기 전에 죽여야 해. 고민하지 마. 살기 위해 쏘는 거야."

어린아이들이 유리의 총에 맞아 쓰러지는 모습은 슬로우 모션처럼 존의 눈에 들어왔다. 유리는 수십 명의 소년병을 죽이면서 자신은 단 하나의 상처도 입지 않았다. 아직 여자와 아이들의 비명소리가 가시지 않은 공간 속에 유리의 웃음소리가 겹쳐 들렸다. 그리다가 점점 총소리가 크게 들렸다. 존은 한숨을 내쉰 뒤, 고개를 저었다.

"내가 찾는 건 이런 무기가 아니에요. 음, 처음에는 나를 지켜야 한다는 생각이 있었는데, 이런 무기들을 보니 지키기 위한 무기는 아닌 것 같다는 생각이 드네요."

"존, 진정해. 그렇다고 해서 내가 엑스칼리버[20]나 롱기누스의 창[21]을 구해올 수는 없잖아. 이 정도 무기가 딱 좋아."

"다른 무기는 어떤 것들이 있을까요? 이런 전쟁의 상징 같은 총 말고, 뭔가 특별한…."

"좋아, 존. 우리 판을 키워보자고…."

유리는 소총을 바닥에 내던졌다.

소총이 땅에 닿자마자 주변의 배경이 바뀌면서 존과 유리는 큰 항구로 이동했다. 항구에는 잠수함, 전함, 항공모함이 있었고, 항공모함 위에는 전투기가 여러 대 있었다. 길에는 차대신 탱크가 있었고, 미사일 발사대 여러 개가 보였다.

"자. 이 정도면 어때? 내가 줄 수 있는 무기들은 다 여기 있어. 맘에 드는 것이 있나 한 번 봐. 모두가 이걸 사고 싶어서 환장하지."

"유리. 정말 고맙지만, 내가 찾는 무기는 이런 게 아니에요. 어떻게 항공모함을 타고 여행을 다닐 수 있겠어요? 내가 원하는 건 이렇게 대단한 무기들이 아니요."

"기다려봐. 내가 이 무기들을 어떻게 사용하는지 알려줄게. 여행은 무슨…."

유리의 손짓 하나에 수십 대의 탱크와 전투기들이 움직였다. 유리는 존의 공포에 질린 얼굴을 보며 유쾌한 듯이 웃었다. 존의 앞에 세계지도가 나타났다. 세계지도에는 석유, 철광석, 황금 등 자원의 산지

20) 영국 전설 속에 나오는 아서왕의 검
21) 예수의 사망을 확인하기 위해 예수의 옆구리를 찌른 병사의 창

가 표시되어 있었다.

“자, 세계평화와 인류의 발전을 위해서 석유가 필요하단 말이야. 말 안 듣는 나라의 멍청한 정치인들에게 따끔한 맛을 보여줄 필요가 있고, 자원도 확보해야지. 아니면 교통의 요지를 장악하거나 우리나라 기업이 이곳에서 자원을 싹쓸이하기를 원하면, 이렇게 하면 돼.”

유리는 지도 중 이라크 부근을 손가락으로 가리켰다. 천천히 지도가 확대되면서 도시가 나타났다. 탱크들은 그 도시로 진격했고, 전투기는 날았다. 폭격기들은 엄청난 폭탄을 떨어뜨리면서 농촌과 병원, 아이들의 학교를 폭격했다. 피투성이가 되어서 들것에 실려 나오던 노인의 머리 위에서 거대한 폭탄이 터졌고, 그 노인은 흔적도 없이 사라졌다. 어린아이들은 울면서 학교 밖으로 도망쳤지만, 그 앞에도 폭격기의 폭탄이 떨어졌다. 파편이 튀면서 아이의 팔과 다리가 잘린 채, 날아갔다. 탱크는 민간인들을 대상으로 마구 발포하면서 살육했고, 파편에 팔다리가 잘린 어린아이를 감싸면서 울부짖던 어머니를 캐터필러로 깔고 뭉개버렸다.

“아니야. 난 이런 걸 원한 게 아니야.”

“왜 이래? 무기들을 이런 곳에 소비하지 않으면 어떻게 할 생각인가? 집에 모셔두고, 장식품처럼 다룰 생각인가? 뭐를 원했던 거야?”

유리는 만족한 웃음을 터뜨렸다. 그는 작은 목소리로 혼잣말을 했다.

“존. 너의 공포와 고통이 나를 즐겁게 하는구나. 하지만 아직 끝난 게 아니야.”

유리는 박수를 쳤다. 그와 동시에 살육의 환영들이 모두 사라져버리고, 아무것도 없는 항구에 유리와 존, 둘만 남았다.

"좋아. 내가 나보다 거물들을 소개시켜주지. 이 친구들은 나처럼 개인적으로 무기를 파는 사람들이 아니야. 만족할 거야. 세계 최고의 무기상들이거든."

유리는 존을 항구에 있는 가장 큰 회의실로 안내했다. 회의실 문을 열자, 다섯 명의 사람들이 일제히 존을 쳐다보았다. 존은 그들이 누구인지 전혀 알 수 없었다. 그러나 유리는 잘 아는 듯했다. 그는 존을 손으로 한 번 가리킨 다음, 제일 앞에 있는 남자에게 존을 소개했다. 백색, 청색, 적색의 옷을 입고 코카콜라와 빅맥을 먹고 있던 덩치 큰 백인 남자가 존을 보고 말했다.

"무기가 필요하다고? 기후무기 어떤가? 자네가 원하는 곳에 원하는 날씨를 가져올 수 있지. 마치 오딘이나 제우스가 된 기분일 거야. 풍년과 흉년도 내 마음대로, 태풍과 해일도 내 마음대로 조종할 수 있지. 다른 곳에서는 절대 팔 수 없는 무기야. 바닷가에 쓰나미를 날려주고, 평야에 허리케인을 날리면 돼. 이도 저도 안 되면, 가뭄을 만들어서 식량문제를 겪게 하는 거지. 아무도 몰라. 누가 날씨를 조종한다고 생각하겠어. 총알이나 포탄 몇 개 날리는 것과는 차원이 다른 거야. 잘 생각해 봐."

"국가단위로 고통을 줄 수 있는 무기군요. 음, 그것도 무기 범위에 속한다면 말이죠. 하지만, 내가 생각하기에 그건 무기보다 재앙에 가까워요. 그리고 그런 재앙을 일으킨다고, 내가 오딘이나 제우스가 되는 것은 아니죠. 사양하겠습니다."

존은 그 다음 사람을 향해 걸었다. 낡은 정장을 입고, 왼손에 우산을 들고 있으며, 오른손으로 위스키를 마시던 중년 여성이 술잔을 내려놓고 말했다.

"요새 애들은 건방져. 어머니가 말하기 전에 나서고 말이야. 기후무기는 무슨…. 전쟁의 최후는 인간의 손에 달려 있지. 나는 슈퍼솔저를 추천하네. 정신과 육체가 인간을 훨씬 초월하는 존재들이지. 아무 감정 없이 명령을 수행할 수 있고, 절대 배신하지 않지. 보통 사람보다 몇 배 무거운 짐을 가지고 훨씬 빠르고 움직일 수 있어. 힘도 세 배는 더 강하지. 모든 중요하고, 비밀스러운 임무에 딱이야."

"개조인간인가요? 정신도 육체도 약물로 완전히 바꾼다는 말이죠?"

"그래. 수많은 임상실험을 거쳐서 완벽하게 제조된 군인들이지. 단순히 전투만이 아니라, 첩보와 암살에도 능하지. 그리고 정보를 조작하는 데도 편해. 생각해봐. 50kg의 짐을 한 손에 들고, 100m를 5초 만에 주파한 뒤, 5m 담장을 혼자 뛰어넘었는데 고양이처럼 소리도 나지 않는 남자를 봤다고 증언하면 누가 그 말을 믿겠어? 소설에서나 나올 법한 슈퍼맨들로 네 군대를 가득 채우는 거야."

"사람을 괴물로 만들어버린 임상실험이군요. 누가 기획했는지 몰라도, 그는 악마에게서 영감을 받은 것이 분명해요."

악마라는 단어를 듣자, 유리는 싱긋 웃었다. 그는 존에게 살짝 윙크하면서, 다음 사람에게 안내했다. 그리고 지나가는 듯 말했다.

"요새는 신에게 영감을 얻기보다 악마에게 영감을 얻기가 쉬워진 세상 아닌가. 너무 흥분하지 말게."

그 여성은 존을 붙잡고 계속 말을 하려 했지만, 그 다음 자리에 앉아 있던 남자가 일어서서 큰소리로 자신의 이야기를 시작했다. 둘의 사이는 좋지 않아 보였다. 한쪽 가슴을 드러낸 그 남자는 털이 많았는데, 향수 냄새가 진했고, 최고급 와인을 마시고 있었다.

"저 멍청한 친구 말은 잊어버리게. 슈퍼솔져? 그래봐야 인간이지. 난 무인 전투 로봇과 그 조종 프로그램을 팔려고 한다네. 인간보다 여러 면에서 월등하지. 아직 시험단계인 녀석들도 있지만, 일부는 이미 실전에 투입되었다네. 가격은 비싸지만, 현대 전쟁의 패러다임을 바꿀 만한 능력을 가지고 있지. 나에게서 사면 절대 후회하지 않을 거야. 미래는 로봇이 전쟁을 하는 시대 아니겠나? 이 녀석들이 전투에 투입되는 순간, 현대 전쟁의 개념은 끝이야. 새로운 미래, 새로운 패러다임. 괜히 인간을 개조해서 아무짝에도 쓸모없는 양심의 가책에 고통받을 필요도 없네. 그리고 이건 싸게 먹혀. 내가 특별 할인도 해 줄 수 있어."

"전쟁의 패러다임? 그건 내가 바꾸고 있지."

구석에 있던 노인이 일어서면서 존에게 다가왔다. 덩치가 크고, 무척 나이 들어 보이며, 용이 그려진 붉은 옷을 입은 노인은 오른손에 마작패를 만지고 있었다.

"난 사이버 테러와 심리전을 추천한다네. 무기를 들고 병사가 싸우던 전쟁의 시대는 갔어. 그런 구식 전쟁으로는 아무것도 할 수 없지. 세상은 인터넷이 지배하고 있다네. 상대 정부의 전산망만 무력화시켜도 전쟁은 이미 이긴 거나 다름없네. 이겨놓고 전쟁을 시작하는 것이 기본 전략 아니겠나. '적을 알고, 나를 알면 백 번 싸워도 위태롭지 아니하다.'[22]는 고대 장군의 이야기가 있네. 모든 고급무기는 컴퓨터를

22) 손자병법의 구절로 '지피지기면 백전불태'가 맞는 말이고, '백전불 패', '백전백승' 등은 모두 잘못된 표현이다.

사용하지. 그 컴퓨터만 무력화시키면, 상대는 아무것도 할 수 없어. 그리고 꼭 무기를 들고 싸우는 것만이 전쟁은 아닐세. 경제적으로 고립시키거나 반란이나 선동을 일으키는 것도 훌륭한 전술이지. 난 개인에게도, 조직에게도, 국가에게도 적용시킬 수 있는 심리전 기법과 해커들과 우수한 컴퓨터 프로그램을 주겠네. 심심풀이로 세계 주요 인사들의 개인정보를 보는 것부터 시작해 보라고. 싸우지도 않고, 이긴 기분이 들 걸세."

존은 고개를 잠시 흔들었다.

"음, 어렵군요. 내가 아는 무기의 개념은 이런 게 아닌데…. 당신들은 왜 그런 무기를 만들고, 전쟁을 하려고 하는 건가요? 난 그 목적을 이해할 수가 없어요."

그 노인은 딱하다는 눈길로 존을 보았다. 그가 돌아가서 자리에 앉자, 키가 크고 군복을 입은 백인 남자가 병에 담긴 보드카를 단숨에 들이켜고 말을 했다.

"나에게 위성을 사게나. 도·감청은 물론이고, 언론을 조종해서 심리전이 가능해. 정확한 정찰을 통해 정확한 위치에 공격을 할 수 있게 해 주는데, 위성에서 공격하는 것을 누가 막을 수 있겠나? 상대의 작전 통신과 일반방송을 교란시킬 수도 있어. 상대가 도망치거나 숨더라도 위성의 관찰 범위를 벗어날 수 없지. 이 지구에 있는 한 말이야. 미리 상대의 전략을 알 수 있고, 상대의 모든 것을 알 수 있지. 위성은 특수한 프로그램으로 관리되어서 일반 해킹으로는 조종이 불가능하다네. 자네는 따뜻한 햇살이 비치는 해변에서 아름다운 미녀들과 주스를 마시다가, 명령만 내리면 돼. 이런 것이 자네가 원하는 무기 아닌가?"

그가 말을 마치자, 모두가 일어나서 존에게 다가오면서 말했다.

"이런 무기들이 일반인에게 들어가면 안 되기 때문에 인류의 평화를 위해서 우리가 특별히 관리를 하고 있지만, 자네가 돈만 많이 준다면 언제든지 팔 준비가 되어 있다네. 그리고 그걸 사용하는 우리에게는 합당한 이유가 늘 준비되어 있지. 이유를 못 찾겠다면, 우리가 만들어줄게. 우리 계좌에 충분한 돈만 보내면 돼."

돈, 돈…. 존은 옆에 있던 유리를 한 번 보고 자신의 지갑을 찾기 시작했다. 존에게는 돈이 없었다. 그가 돈이 없다는 것을 알자, 다섯 명은 다시 한 목소리로 말했다.

"이 거지자식이, 여기가 어디라고 돈 없이 왔어? 돈이 생명을 구하고, 돈이 생명을 죽인다. 돈과 무기는 동전의 양면과도 같다. 무기는 힘이야. 그들은 서로를 위해 존재하지. 돈만 있는 자는 힘을 가진 자에게 돈과 생명을 빼앗기고, 돈이 없는 자는 힘을 가질 수 없지. 돈과 힘이 없으면, 아무것도 할 수 없어."

존의 앞에 굵은 팔뚝이 우주에서 나타나서 지구를 쥐어짜는 환상이 보였다. 비틀린 지구는 달러와 황금을 흘리고 있었다. 더 이상 지구에서 아무것도 나오지 않자, 그 손은 지구를 던져버렸다. 그 손에는 권총이 들려 있었고, 아무 망설임 없이 방아쇠를 당겼다. 핏빛의 총탄이 지구를 꿰뚫었고, 지구는 풍선처럼 터져버렸다. 아주 작은 웅성거림이 어디선가 들리기 시작했다. 그 소리는 점점 커졌다. 인간의 뇌를 마비시킬 것 같은 절규하는 목소리들의 합창이 들려왔다.

"이 세상의 무기는 전 인류를 몇 번이나 멸망시킬 정도로 많이 있지만, 돈 없는 자에게는 탄피 하나 공짜로 주지 않는다. 무기가 없어서 돈이 없는가? 돈이 없어서 무기가 없는가? 악순환에서 벗어나라. 무슨 짓을 해서라도 총을 사라. 그 총이 모든 것을 해결해 줄 것이다. 그것이 전쟁의 법칙이다."

존은 막다른 골목에 밀린 자신을 보았다. 목소리들과 다섯 명의 사람들과 그들의 무기가 존을 포위하고 압박하며 다가오고 있었다. 그리고 저 뒤에서 유리는 여유롭게 존을 보고 있었다. 그의 손에는 양팔 저울이 들려 있었다. 한쪽 저울의 접시바닥에서 갑자기 피가 솟아나기 시작했다. 종족이 다르다는 이유로, 종교가 다르다는 이유로, 자원이 풍부한 땅에 산다는 이유로, 혹은 아무 이유도 없이 죽어가는 사람들의 피가 한쪽 접시를 가득 채웠고, 저울은 그 접시 쪽으로 기울어지기 시작했다. 그러나 그 다음 순간, 반대쪽 접시에 총알이 쌓이기 시작했다. 총알과 황금과 총과 석유와 목재와 다이아몬드가 반대편 접시바닥에서 튀어나오기 시작했다. 유리는 순간이동을 하듯, 존에게 다가와서 그 저울을 존의 앞에 들이밀었다. 한쪽에서 흘러나온 피가 온 세상을 피바다에 잠기게 했다. 칼라시니코프를 든 아프리카의 소년병이 그 피바다를 헤엄치고 다녔다. 피바다위에 팔레스타인사람들과 이스라엘 사람들의 시체가 보였다. 인도와 파키스탄 사람들의 시체도 서로 엉켰다. 자신이 왜 죽는지도 모르는 어린아이들의 시체가 피바다 위를 떠다녔다. 어느 순간, 바다 일부분이 흔들리면서 거대한 소용돌이가 나타났다. 그 속에서 황금과 자원과 총알로 이루어진 산이 솟아올랐다. 그 산은 구름보다 높이, 끝도 없이 솟았다. 아프리카에서 채굴된 다이아몬드를 온몸에 가득 두르고 선글라스를 낀

흑인 장군이 보였다. 터번을 두른 남자와 키파를 쓴 남자[23]가 크리스털 술잔을 맞대고 건배를 하면서 고급 술을 나눠 마시는 것도 보였다. 총알과 금괴가 너무 많이 나와서, 산의 일부가 무너지는 것이 보였다. 그 무너지는 틈 사이에서 고급 양복을 입은 여러 인종의 남자들이 슈퍼카를 몰고 나타났다. 일부는 전용 제트기를 타고 날아올랐다. 그들 손에는 무기 매매 계약서가 들려 있었고, 그 계약서 아래에는 핏빛 서명이 선명히 드러나 보였다. 유리는 저울을 뒤로 던져버렸다. 그리고 존에게 다가와 굵고 낮은 목소리로 말했다.

"이게 진짜 세상이다."

존은 튕기듯이 침대에서 일어났다. 온몸이 땀에 젖어 있었고, 몸은 떨려왔다. 존의 침대 주변에서 검은 연기가 사람처럼 뭉치더니 존의 앞에 나타났다.

"난 세상 여러 곳에 집을 가지고 있어. 나만타에도 하나 가지려고 했는데, 너 때문에 실패했지. 존, 난 그때 너를 죽여 버리고 싶었지만, 그럴 수 없었어. 네 영혼이 너무 고양되어 있어서, 틈을 찾을 수 없었지. 하지만 너는 사람이란 말이야. 제 아무리 위대한 사람이라도 가끔 약해질 때가 있는 법이거든. 이제 우리 점수는 1:1이야. 다음에 만나서 제대로 승부를 내자고."

연기는 창문 쪽으로 날아갔다. 그러나 창문은 닫혀 있었다. 잘 날아가다가 창문에 부딪힌 연기는 바닥에 떨어지더니, 사람 모습으로

23) 터번은 주로 무슬림들이, 키파는 유대교인들이 쓴다.

다시 변했다. 그리고 창문을 연 뒤, 다시 연기로 변해서 날아갔다. 존은 그 모습을 지켜보았다.

"비겁한 악마 놈. 내가 지친 틈을 타서 지옥을 보여주다니…. 인간들이 사는 세상이 네놈들 세상처럼 끔찍한 줄 아느냐? 우리 세상은 달라."

존은 땀을 씻기 위해 욕실로 이동했다. 악마의 존재를 모르는, 지극히 평범한 사람 중의 하나인 산초는 옆에서 존이 무슨 일을 겪었는지 모르는 채, 잠만 잘 자고 있었다. 존은 잠만 잘 자는 산초를 보면서, 언젠가 강력해진 악마가 산초에게 싸움을 걸 때, 그의 주위에 누가 있을지 걱정되었다. 존은 산초를 위해 악마와의 만남을 이야기할지 잠깐 고민했지만, 그냥 하지 않기로 했다. 아직 수준미달인 산초는 그것을 믿지 않을 것이고, 나만타 사건에 대한 변명으로 여길 것이 분명했기 때문이었다. 무슨 말을 하더라도 산초는 자신이 듣고 싶은 것만 듣고, 믿고 싶은 것만 믿을 수준이기에 적당한 때가 되기를 기다리기로 했다.

자연에 대한 인간의 답례

두 남자는 구릉을 지나 오솔길로 접어들었다. 길지 않은 시간이 지났지만, 둘 사이에 흐르던 어색함도 많이 사라졌고, 함께 걷는 것도 편안해졌다. 그들의 마음을 아는 듯, 기분 좋은 바람이 불어와서 그들의 땀을 닦아주었다. 상쾌한 오솔길이 끝날 무렵 길은 두 갈래로 갈라져 있었다. 아직도 더웠기에 바람이 더 이상 불지 않는 것을 아쉬워하던 산초는 오른쪽 길을 보았다. 오른쪽에는 큰 나무 표지판에 '환영합니다.'라는 글이 적혀 있었다. 산초가 오른쪽 길을 보자, 존은 왼쪽 길을 보았다. 왼쪽 길은 오래된 나무 표지판에 '자연 속으로 오십시오.'라는 글이 적혀 있었다.

"존. 선택이 필요한 순간이 왔군요. 우리 동시에 가고 싶은 길을 이야기하고, 혹시 선택이 다르다면, 이유를 설명하도록 하죠. 더 그럴듯한 이야기를 하는 쪽의 원하는 곳으로 가는 겁니다."

"좋지. 내가 셋을 세겠네. 하나, 둘, 셋"

"왼쪽."

둘 다 동시에 왼쪽을 선택했다. 존은 만족스런 표정으로 앞장서서 걸었다. 하지만 산초는 약간 불만스러운 표정을 보였다. 자기가 왜 왼쪽을 선택했는지 존이 그 이유를 물어봐 주기를 약간 기대했던 것 이었다. 그러나 존은 전혀 신경 쓰지 않았다. 사실 그런 선택을 할 때 나름의 논리적인 이유를 준비하는 것은 그리 현명한 행동이 아니다. 사소한 일에 여러 명의 소중한 시간을 낭비하는 격이랄까? 만일 이유를 말하고 싶다면, 그냥 본인이 먼저 말해도 될 것인데, 산초처럼 남의 요청을 기다리다가 그냥 잊어버리는 사람이 얼마나 많을까? 그들이 선택한 길은 얕은 산과 숲, 강을 지나서 한 시간 정도 이어졌고, 1900년대 초반의 시골 같은 작은 마을이 보였다. 마을의 입구에는 검은 말의 그림을 그린 큰 술집이 있었다. 존과 산초는 고민하지 않고, 술집 안으로 들어갔다. 간단한 식사를 마친 그들은 2층에 있는 빈 방에 짐을 풀기로 했다. 좀 낡았지만, 그런대로 괜찮은 곳이었다. 술집과 여관 장사가 썩 잘 되는 것은 아닌지, 1층의 구석에서 기념품과 간단한 생활용품들을 진열대에 늘어놓고 팔고 있었다. 존은 주인이 파는 기념주화를 하나 샀다. 한쪽 면에 한니발이라는 이름이 있고, 다른 쪽에는 남자의 측면 상이 새겨져 있었다. 산초는 주화를 자세히 보다가 말했다.

"아프리카 장군이군요. 로마를 위협했다는 애꾸장군이요. 유명한 사람이죠."

"그렇지. 2차 포에니 전쟁을 일으킨 카르타고의 장군이지. 알렉산더 대왕의 뒤를 잇는 뛰어난 전략가이자, 로마를 무척 싫어했던 남자지. 아이러니하게도 그 전쟁으로 로마가 지중해의 지배자가 되는 계기를 마련하게 되었지만…. 나는 개인적으로 이 사람을 좋아한다네."

"의외네요. 당신은 성서에 나오는 사람이나 신화 속의 영웅을 좋아할 것 같았는데."

"물론 그런 사람들도 좋아하지. 하지만, 신과 얽히지 않아도 위대한 영웅들이 있다네. 알렉산더, 한니발, 카이사르, 살라흐 앗 딘 같은 지도자들도 그렇고, 세종대왕이나 헤르메스 트리스메기스투스, 소크라테스 같은 학자들도 종교나 신화와 친하지는 않지. 흠, 헤르메스는 아닌가…."

방으로 올라간 존은 주화를 나무 탁자 위에 올려두었다. 이 여관방은 침대 두 개가 있고, 그 사이에 탁자가 있었는데, 만일 침대가 두 개 있지 않았다면, 둘 중 하나는 바닥에서 자거나 둘이 같은 침대를 쓰는 상황이 연출될 수도 있었다. 존은 그런 상황이 되지 않은 것에 대해 신에게 감사해했다. 그는 편히 쉬기 위해 옷을 벗기 시작했다. 산초는 짐을 정리하는 데 집중하면서 건성으로 말했다.

"헤르메스는 그리스의 신이죠. 제우스의 심부름을 하는 도박의 신이요."

"꼭 그런 건 아니라네. 헤르메스는 이집트의 토트, 북유럽의 오딘과 동격으로 여겨지는 신이지. 그리스 신화가 지식과 지혜의 개념을 헤르메스와 아테나에게 나누어주었다면, 북유럽 신화는 오딘에게 몰아주었고, 이집트의 토트는 그 이상을 가졌지. 그리스 신화가 잘못 구전되어서 헤르메스가 그렇게 보이는 거지. 주신 제우스의 가장 믿음직한 심복이었다는 것은 그가 신 중에서 가장 뛰어났다는 뜻이기도 하지. 그리고 내가 말한 헤르메스는 그리스의 신이 아니라, 이집트의 사제라네."

"아하, 전에 당신이 말하던 그 사람이군요. 연금술의 아버지. 그런데, 연금술은 좀 뻥이 심하잖아요. 화학에 기여한 바는 있다지만…."

"연금술이라…. 정확히 말하면 화학이 아니라 철학이지. 금을 만드는 게 아니고 사람에게 깨달음을 주는 것을 금속제련에 비유한 것이라… 아, 잠깐…."

점잖은 태도로 앉아서 신들과 고대의 뛰어난 인물들에 대해서 아는 지식은 다 동원하여 존과 산초가 잘난 척을 시작하려는 순간에, 침입자가 나타났다. 작고 빠르며 현실적인 이 침입자는 헤르메스나 연금술에 대해서 아는 바는 전혀 없지만, 살아가기에 필요한 지식은 충분했다. 그 침입자는 존과 산초, 둘 모두의 책임일 수도, 아닐 수도 있는 공동구역인 탁자 위로 올라가서 존이 구입한 기념주화를 입에 물고 창문 쪽으로 달려 나갔다. 그 침입자는 재빠른 갈색 쥐. 존은 바로 쥐를 쫓았다. 쥐는 창문을 넘어서 도망갔고, 존은 그를 쫓아서 창문에서 뛰어내렸다. 산초는 존을 따라갔으나, 창문으로 뛰어내리는 것이 위험하다고 판단하여, 방문을 열고 나갔다.

"이 못된 것이, 내 물건을 훔쳐가다니!"

다행히 쌓아놓은 땔감 위에 떨어져서 다치지 않은 존은 큰소리를 지르면서 쥐를 쫓았다. 쥐가 워낙 빨라서 사람들은 쥐를 보지도 못했다. 그저 소리를 지르면서 달려가는 반라의 중년 남자를 볼 수 있을 뿐이었다. 오래지 않아, 그 뒤를 따라가는 젊은 남자 하나도 볼 수 있었다. 그들이 그렇게 나가자, 술집 주인은 혹시나 자신의 집에서 무언가가 사라진 것은 아닐까 의심해서 2층으로 올라가 그들의 방문을 열고 들어갔고, 그들의 짐을 확인한 뒤, 안심하고 다시 내려왔다. 내려오자마자 그는 무언가가 사라진 것은 2층이 아닌 1층임을 알 수 있었다. 그가 잠시 자리를 비운 사이 선량하지 못한 몇몇 사람들이 돈을 내지 않고 도망가 버린 것이었다.

한편, 쥐를 상대로 추격전을 벌이던 두 남자는 마을을 살짝 벗어나서 근처의 오두막으로 쥐를 따라갔다. 산초는 존보다 약간 앞서 도착해서 오두막 문 옆에 잠시 멈춘 뒤, 창문을 살짝 들여다보면서 오두막을 확인해 보았다. 오두막 안은 어두워서 아무것도 보이지 않았다. 존이 도착하자 그들은 서로 눈빛 교환을 한 뒤, 발로 문을 박차고 들어갔다. 그 찰나의 순간, 산초는 마치 자신이 007시리즈의 다니엘 크레이그가 된 기분이 들었다. 마초적인 느낌을 가득 풍기면서 열린 문 사이로 무게를 잡고 거만하게 들어간 산초의 앞에 벌벌 떨고 있는 쥐가 보였다. 그 옆에 마른 고양이 한 마리와 쥐 몇 마리가 더 있는 것이 보였다. 산초는 만약의 사태에 대비해서 옆에 놓인 각목을 하나 집어 들었다. 그의 뒤에서 존이 들어오면서 고양이와 쥐를 보았다. 존은 인간이 알아들을 수 없는 이상한 떨림 같은 소리를 내기 시작했다. 그는 유창하게 쥐와 고양이의 언어를 사용해서 그들에게 대화를 했고, 자신이 대화한 내용을 산초에게 통역해 주었다. 산초는 무슨 소리인지 하나도 알아들을 수 없었지만, 고양이와 쥐들이 정말 대화하듯이 소리를 내었다. 그러나 글을 쓰는 입장에서 존과 동물들의 대화, 그 통역을 다시 나열하면 이야기가 너무 지루해지기 때문에 존과 동물들의 대화를 그냥 의인화하여 적어나가도록 하겠다.

존은 쥐와 고양이에게 물었다.

"왜 나의 물건을 훔쳐서 달아났느냐? 고양이가 시킨 일이냐?"

"그렇소. 바이묘[24]가 나에게 인간들의 물건을 훔쳐오도록 지시했소."

"바이묘가 고양이의 이름인가?"

고양이는 억울하다는 눈으로 쥐를 본 후, 존에게 말했다.

"내가 지시한 것은 맞지만, 이건 잘못된 것이 아니고, 충분한 이유가 있소. 이 쥐들은 수드서[25]인데, 이들은 게을러서 일을 제대로 하지 않소. 난 이들에게 일할 기회를 제공한 것이오. 사실 요즘 같은 시기에 아무 일이나 하더라도 먹고 사는 게 얼마나 다행이오? 노는 것보다는 낫지 않소? 뭐든지 해야 경력도 돼서 다른 일을 하기도 쉽고, 경험이 쌓여야 나중에 큰 사람이 될 수 있지. 싫으면 언제든지 나가라고 하시오. 일종의 인턴십과 같은 것이고, 난 물건을 모아오라고 했지. 훔쳐오라고 한 적은 없소. 이건 어디까지나 정당한 합의하에 이루어진 일이오."

존은 인상을 찌푸렸다. 사실, 이 대화까지 통역을 해 주었을 때, 산초가 각목으로 고양이를 때려죽이려 했었다. 존이 말려서 그렇게 되지는 않았지만, 고양이에게는 충분한 위협이 되었다. 고양이는 갑자기 다른 말을 하기 시작했다.

"그리고 이유가 하나 더 있소. 더 중요한 이유지. 사실 나는 수드서가 가져온 물건의 7%만을 가지고 나머지를 모두 내 위의 상급자에게 상납해야 하오. 그렇지 않으면, 그는 나를 가만두지 않을 것이오."

---

24) 카스트의 평민계층인 바이샤와 고양이 묘(猫)의 합성어

25) 카스트의 노예계층인 수드라와 쥐 서(鼠)의 합성어

"7%라…. 쥐들은 얼마나 받는가? 그리고 위의 상급자에 대해 자세히 말해봐라."

"쥐들은 3%를 받소. 내 위의 상급자는 늑대인데, 크샤트리랑[26]이라고 불립니다. 내가 쥐들을 10마리 거느리고 있는데, 우리는 '기사단'이라고 합니다. 기사단마다 고유한 명칭이 있는데 내가 이끄는 기사단은 '반항하지 않는 노예기사단'이오. 크샤트리랑은 나와 같은 고양이를 세 마리 거느리고 있습니다. 그가 있는 곳은 '정부'라고 불립니다. 내가 따르는 크샤트리랑은 '비겁한 정부'의 지도자입니다. 그가 모든 것을 다 가져 갑니다."

존과 산초는 일단 기념주화를 지금 돌려받기로 했다. 존은 이런 상황에 개입하는 것을 별로 좋아하지 않았지만, 산초는 크샤트리랑과 만나서 이런 일을 그만두게 만들어야 한다고 강력하게 말했다. 산초는 헛간을 뒤져서 도끼를 찾았다. 낡았지만, 각목보다는 확실히 강한 무기였다. 만일의 경우를 대비해서, 작은 칼 하나를 챙기는 것도 잊지 않았다.

"존. 다시 말하지만, 우리가 알게 된 이상 그냥 지나칠 수 없어요. 강자가 약자를 착취해서 불법노동을 하게 만들고, 자기는 그늘에 숨은 채 그 열매를 먹고 있잖아요. 이런 걸 보고도 못 본 척 그냥 간다면, 당신이 섬기는 신들이 당신을 미워하게 될 겁니다."

"가능하면, 대화로 해결하도록 하지. 그리고 이런 문제에 깊이 개입하는 것은 좋지 않아. 우리가 제시한 해결책이 별로라면, 모든 것이

26) 카스트의 귀족, 군인 계층인 크샤트리아와 늑대 랑(狼)의 합성어

전으로 돌아가 버리지. 그 경우, 지배층은 더 강한 통제를 하려고 하고, 피지배층은 희망을 잃어버릴 수 있어."

"그러면 우리가 확실히 해결해 주고 가면 되는 거죠. 난 이런 착취 구조가 싫어요."

둘은 바이묘를 앞세워서, 근처의 숲으로 갔고, 사람도 들어갈 만한 큰 굴 앞에 도착했다. 바이묘가 들어가서, 통통한 늑대 한 마리를 데리고 나왔다. 큰 늑대가 나오지 않을까, 불안했던 산초는 안심했다. 존은 늑대의 언어를 사용했는데, 수준급이었다. 산초는 존이 어떻게 동물들의 말을 하는지 신기했다. 진짜 존이 마법사인가 하는 생각이 들었다. 존은 위엄 있는 목소리로 늑대에게 말을 했다.

"비겁한 정부의 지도자여. 그대는 왜 약한 자들을 못 살게 굴고, 그들의 물건을 갈취하는가?"

"당신이 알 필요 없지 않소? 그건 당신과 아무 상관없는 숲의 규칙이오."

산초는 이 악의 원흉인 늑대는 말로 해서 안 될 놈이라는 것을 느꼈다. 그는 범죄자들을 많이 다뤄본 경찰이었다. 노상방뇨 수준의 사람들이 주요 상대자였지만…. 산초는 도끼를 꺼내서 늑대에게 위협을 주려고 하였다. 그때, 늑대의 완강한 태도를 보던 존은 품속에서 작은 지팡이 하나를 꺼냈다. 그것은 산초도 처음 보는 것이었다. 그 지팡이는 존이 명상수행을 하면서 사용하던 전기력 지팡이였다. 전기력을 극대화시키기 위해서 구리로 된 몸체에 호박가루를 갈아 넣은 그 지팡이는 번개의 모양을 하고 있었다. 존은 틈날 때마다 실제 전기와 마법적인 전기로 그 지팡이를 충전해두었다. 그는 지팡이를 휘둘러서 늑대에게 전격을 가했다. 늑대는 고통스러웠고, 존을 노려보았으나, 도끼를 든 산초와 전격을 쏘는 존에게 이길 수 없음을 본능적으로 깨닫고, 개처럼 꼬리를 내린 채, 존의 질문에 순순히 대답하기 시작했다.

"나는 나쁜 의도로 그렇게 한 것이 아니오. 나는 바이묘가 괜찮은 인재라고 생각해서, 수드서들을 이끄는 리더십과 나를 따르는 팔로워십을 연마하는 역할을 준 것이오. 바이묘는 지금 중간관리자 같은 입장이지만, 기회가 되면, 좀 더 큰 조직을 운영할 지도 모르니, 이건 바이묘에게 결코 해가 되는 것이 아니오. 그리고 수드서들은 아직 개인적으로 무언가를 하기에는 경험도 부족하고 힘도 없소. 그리고 나는 결코 다른 사람들의 물건을 훔쳐오라고 지시한 적이 없어요."

"거짓말 마라. 이들이 어떻게 물건을 마련하는지 왜 몰랐다고 하는가? 네가 많은 것을 강요하니까, 고양이와 쥐들이 너를 두려워해서 불법적인 일을 해서라도 물건을 마련하는 것이 아닌가? 그리고 왜 가져온 물건을 그대가 90%나 가져가는가? 그건 너무 불공평하지 않은가? 실제 움직여서 일을 하는 이들은 수드서들인데 그들은 겨우 3%밖에 가지지 못 한다. 네 말대로 고양이들의 역량을 키우기 위한 것이라면, 그들에게 7%만을 주는 이유는 무엇인가?"

"태어날 때부터 다르게 태어난 것을 나보고 어찌하라는 말이오? 누가 쥐로 태어나라고 했나. 저 녀석들 아니라도, 내 밑에서 일하고 싶어 하는 쥐나 고양이는 많아요. 자립심을 가지고 다른 일을 해서 살아도 가능하지만, 저들은 내 밑에서 정해진 몫을 받기로 스스로 선택했소. 내가 남의 인생에 충고할 입장은 아니잖소? 그리고 나에게 그 탓을 하지 마시오. 나는 고양이와 쥐들과 같은 몫을 받아요. 나머지는 모두 브라웅[27]이 가져간단 말이오."

"브라웅은 또 뭐냐?"

"곰이요. 이곳에 한 마리 살고 있소. 브라웅은 나 같은 늑대를 다섯 마리 거느리고 있소. 그가 사는 곳은 '왕궁'이라고 부르죠. 통칭 '그만의 왕궁'이요. 여기서 400m쯤 가면, 인간이 쓰다 버린 나무로 만든 집이 있소. 브라웅은 그곳에 살고 있소. 그가 모든 수입의 80%를 가져갑니다. 나는 10%, 고양이는 7%, 쥐는 3%를 받소. 이 모든 것은 그가 지시하는 것이오."

이 말을 존이 산초에게 통역해 주었을 때, 존은 산초와 함께 곰과 만나러 갈 것인지에 대해 의논하였다. 곰은 각목이나 도끼로 상대할 만한 존재가 아니었다. 그러나 여기서 중단하면, 아무것도 변하지 않고, 쥐나 고양이가 늑대에게 보복당하는 것이 다음 순서라는 것을 둘은 알고 있었다. 존은 자신이 지나치게 참여한 것을 조금 후회했지만, 곰에게 가지 않으면, 진실은 파헤쳐지지 않을 것이라는 판단이 섰다. 산초는 나름대로 곰과 싸울 생각을 하고 있었다. 정상적으로는 이길 수가 없으니, 만일 곰이 공격해온다면, 같이 죽을 각오를 하고, 곰의 코나 눈을 도끼로 찍는 것. 그 외에 곰을 쓰러뜨릴 방법은 없다는 것이 산초가 상상한 결론이었다. 늑대는 존과 산초가 고민하는 것을 보고 웃었다.

"거 보시오. 당신들도 정의로운 척하지만, 망설이고 있지 않소. 곰이 얼마나 강한지 모두가 알고 있소. 그가 가져오라고 하면, 가져가야

27) 카스트의 승려 계급인 브라만과 곰 웅(熊)의 합성어

하오. 안 그러면, 우린 죽으니까. 먹을 것이 없어서 죽을 수도 있고, 맞아 죽을 수도 있고, 곰의 다른 부하들에게 견제당해 죽을 수도 있고…. 이건 태생적인 한계요. 곰은 곰, 늑대는 늑대, 고양이는 고양이란 말이오. 고양이가 아무리 노력한다고 해도 곰을 이길 수 없어요. 그러니 그냥 우리가 태어난 대로 받아들이고 살면 되는 겁니다. 우리가 이렇게 태어난 것에는 다 이유가 있지 않겠어요? 전생에 죄를 많이 지었다던가, 뭐…. 그러니 현생에서 좀 힘들게 살면, 다음 생에서는 좀 더 나은 모습으로 살아갈 수 있겠지…."

존은 고개를 가로저었다.

"카르마를 말하는 건가? 자네의 생각은 잘못되었네. 카르마가 존재하기에 전생에 악한 자는 다음 생에 그 값을 치르게 되어 있는 것은 맞아. 하지만, 전생에 남을 때렸다고 해서, 다음 생에 그만큼 맞는 것이 카르마의 법칙은 아니야. 타인의 폭력을 말리거나 남을 때릴 상황이 와도 참거나 하는 행동으로 전생에 카르마를 상쇄시킬 수 있네. 자네 말은 전생에 죄를 지으면 지은 죄만큼 고통받아야 한다는 논리인데, 현생에서 좋은 일을 해도 죄를 상쇄시킬 수 있네. 그리고 자네나 브라웅처럼 힘 있는 존재로 태어난 자들은 그것을 도와야지. 쥐나 고양이가 전생에 잘못해서 약한 동물로 태어났다면, 그들을 괴롭히고, 계급과 운명에 순종시키는 가치관을 주입시킬 것이 아니라, 현생에서 잘 할 수 있는 기회를 제공하고 이끌어주는 것이 힘 있는 자가 마땅히 해야 할 의무라는 것일세. 카르마의 법칙을 악용해서 남을 지배하려 들지 말게. 우주 법칙이란 특정 소수의 이익만을 위해 존재하는 것이 아니라네. 자네가 남에게 고통을 준 대가로 인해 다음 생에 쥐로 태어나고, 쥐의 생애에서 고통을 받아서 죄가 사라졌기에 다시 늑대로 태어나고를 반복한다면, 윤회나 카르마가 무슨 의미가 있겠는가? 주어진 환경에 굴복하는 것을 정당화시키지 말게."

존의 진지한 설교에 늑대는 잠시 할 말을 잃었다. 잠시 후, 그는 눈을 굴리며 말했다.

"당신이 지금 한 말이 진심이라면, 그 말을 들어야 할 존재가 나 하나가 아니라는 것은 알고 있겠지? 진짜 그 이야기가 필요한 동물은 '그만의 왕궁'에 있소. 그 앞에서도 그런 이야기를 할 수 있겠나? 그는 죄 따위는 신경도 쓰지 않는 강한 존재인데…."

존은 고개를 끄덕거렸다. 그는 늑대에게 앞장서라는 손짓을 했다. 크샤트리랑과 존, 고양이와 쥐, 산초의 순서로 그들은 길을 걸었다. 뒤에서 산초가 말했다.

"이놈들, 사람들이 하는 말은 못 알아듣죠?"

"감정을 실어서 말하면, 그 감정을 조금 느낄 수는 있지. 하지만, 감정이 없는 경우, 우리의 말이나 생각은 동물들에게 읽히지 않아."

"두 가지 할 말이 있는데, 하나는 난 지금 곰에게 가는 것을 후회하지 않는다는 겁니다. 단순히 문제를 이해하거나 공감하는 것만으로는 아무것도 되지 않아요. 우리는 이 문제를 해결하기 위해 올바른 행동을 하고 있는 겁니다."

"사실, 난 지금 내가 하는 것이 우리가 원하는 결과를 가져올지 모르겠어. 곰이 설득당할까? 아니면, 우리가 곰을 죽여야 하나? 우리는 떠나야 하고, 이들은 남아야 하는데, 설령 곰이 사라지더라도, 이런 지배체제에 익숙한 이들 사이에서 또 다른 곰이 나타나는 것은 아닐까 하고 말이야. 그렇다고, 숲의 동물들이 사고를 바꿀 때까지 우리가 남아 있을 수 있는 것은 아니니까."

"그건 나중에 생각합시다. 그렇다고 여기서 도망칠 수는 없잖아요!"

"다른 할 말은 뭔가?"

"어떻게 동물들이랑 말을 할 수 있죠?"

"연습하면 돼. 명상과 마법을 수행하다 보니, 얻게 된 능력이네."

"어떤 명상과 마법이요."

"오랜 수행을 거쳐서 난 감정의 파동을 느낄 수 있게 되었지. 동물이나 사람이나 감정은 비슷하거든. 그 단계를 넘어서니까, 내가 집중한 상태에서는 동물의 감정과 본능 같은 것들이 마치 그림처럼 보여지듯이 느껴지더군. 인간의 오감으로는 이해하기가 어렵지만, 그 파동에 맞는 진동이 있고, 그 진동을 느낀 후, 나도 내 생각을 그들과 유사한 진동으로 울리면, 의사소통이 되지."

"뭔 소린지 하나도 모르겠네. 그냥 가르쳐주기 싫다고 말하든가. 무슨 그림을 느끼고, 진동을 울려서 대화를 해요. 됐고, 그냥 신기했어요. 난 그냥 이대로 살래요."

그들이 잡담하는 사이, 어느새 일행은 브라웅의 집 앞에 도착했다. 브라웅은 소란스러운 소리를 듣고, 문 앞에 나와 있었다. 그는 전혀 놀라지 않는 모습으로 앉아 있었다. 존의 일행이 다가오자, 그는 오두막의 문을 잠그고, 그 앞에 공터에서 이야기를 하자고 제안했다. 존은 오두막의 쌓인 부를 남에게 공개하고 싶어 하지 않는 곰의 속셈을 눈치챘지만, 그의 부를 확인하고 공개하는 것이 목적은 아니기에 일단 대화를 시작했다. 산초는 도끼를 든 채, 혹시 모를 곰의 공격과 늑대의 기습, 적의 증원군 등에 대해 경계를 하기 시작했다.

"늑대와 고양이, 쥐들의 이야기를 들었소. 이들이 가져오는 물건들에 대해서 왜 자네가 따로 자네 몫을 떼는 건가? 그것도 전체의 80%나…."

"아, 그들은 근로소득에서 부를 창출하고, 나는 불로소득에서 부를 창출하오. 일종의 사업 같은 건데, 내가 그 창업주이고, 지분이 모두 나에게 있어서 내가 좀 더 많은 부를 얻을 뿐이오. 주식회사의 대주주랄까? 그건 인간들이 만든 개념이니, 이해하기가 쉬울 거요. 난 대주주이자, 창업주이자, 경영자요. 그러니 내 몫이 많을 수밖에. 그래도 넓은 관점에서 보면 동물 전체의 부가 증가하는 것이지, 나 개인의 부만 증가하는 것은 아니오. 어쨌든, 그들도 몫을 나누어 받고 있지 않소? 내가 없었다면, 그마저도 가질 수 없었을 것이오. 나는 늑대와 같은 고급 인력을 기용해서 실업해결에 기여하고, 역량 발휘의 기회를 주었소. 고양이와 쥐도 마찬가지지. 늑대보다는 못하지만, 먹고살 만한 일거리를 제공해주었소. 그 대가인 것이오. 인간들도 그렇지 않소? 몸으로 먹고 사는 사람보다, 새로운 사업 방식을 창조해낸 사람들이 더 이득을 보는 것 말이오."

존은 이 곰이 만만치 않은 상대임을 알 수 있었다. 대체 이 자식은 어디서 이런 말을 배웠단 말인가? 존의 눈에 곰은 학사모를 쓰고 두꺼운 안경을 쓰고 있으며, 옆에 장식품처럼 커다란 사전을 들고 다니는 모습처럼 보였다.

"사실 인간도 상위 1%가 부의 대부분을 독점하고 있지 않소? 숲의 질서에 대해 뭐라 말하기 전에 인간 사회 속에 존재하는 부의 불균형에 대해 말해 보는 시간이 필요할 것 같군요. 그래도 나는 다른 동물들을 착취하기 위해 화폐나 부채와 같은 교묘한 시스템을 만들어서 사용하지는 않아요. 그저 자연의 법칙에 따를 뿐이죠. 내가 곰으로 태어난 것, 그것 하나만이 나의 무기요."

사실, 이 말을 통역했을 때, 산초는 놀랐다. 어떻게 곰이 그런 것을 알고 있는가? 인간 사회의 부의 불균형을 지적할 정도면 곰의 지성도 대단한 것이었다. 존은 그 곰이 어떤 식으로든, 인간과 접촉한 적이 있다는 것을 알았다. 그는 그 곰과 만난 인간이 대단히 욕심 많은 사람이며, 자기 합리화에 능하고, 인간 사회에 대해 비판적이었을 거라고 추론했다. 그의 예상은 거의 맞았다. 곰은 오랜 시간 인간과 함께 지냈었다. 그는 인간의 무서움을 알고 있었고, 인간의 지식도 흡수했다. 그는 존과 산초가 오는 것을 보고, 그들이 강한 존재이며, 만일 누군가가 그들이 여기 오는 것을 알고 있을 경우, 그들을 죽이면 안 된다는 것을 알고 있었다. 인간은 브라웅을 살인곰으로 여기고 죽이려 들 것이며, 인간의 표적에서 벗어날 수 있는 방법은 없었다. 자연의 어떤 존재라도 인간을 적으로 돌리면 살아남을 수 없다는 것은 인류가 존재한 이래 무수히 증명해왔다. 그가 취할 수 있는 방법은 인간들을 죽이지 않고, 그 비위를 맞추는 것뿐이며, 이 위기를 넘기기 위해 지금껏 자신이 쌓아온 부의 일부를 그들에게 주는 것도 충분히 고려하고 있었다. 브라웅은 어떤 의미에서 상당히 인간적인 면모를 가지고 있었다. 그러나 존은 그가 아직 만나보지 못한 부류의 인간이었다.

"브라웅, 그대가 말하는 불균형이란, 인간의 물질적인 것에만 한정되는 것이라네."

“하하. 인간이여, 순진한 척하지 마시오. 인간의 물질적인 부만 소수에게 집중되어 있다고? 고급지식과 정보는 더 불평등하게 분배되어 있음을 나는 알고 있소. 지배층이 정보를 통제하고, 필요한 것만 대중들에게 내어주지. 정말 중요한 것은 학교에서 가르치지 않아. 학교에서 배우는 고등학문은 사실 인간 사회에서 쓸모없는 것들이 많지. 인간들의 과학수준은 상당히 발달해 있으나, 평범한 사람들은 그 수준을 짐작도 하지 못하는 것을 나는 알고 있소. 부의 불평등보다 지식의 불평등이 더욱 심하다는 것을 말이오.”

“물질과 지성의 영역이라면 그 말이 틀리지 않아. 하지만, 영성은 다르다네. 모두의 영혼이 고귀하지. 감성과 통찰의 영역은 소수가 독점할 수 없어. 철학의 영역도 마찬가지지.”

브라웅은 존이 가장 자신 있어 하는 영역을 건드렸다. 존은 일어서서 신과 우주와 감정과 철학과 통찰에 대한 지식을 늘어놓기 시작했다. 그를 잘 알고 있는 산초는 일찌감치 잠자리를 준비했다. 산초는 영성이나 철학에 관한 이야기가 나온 이상, 아주 오랜 시간 동안 존의 설교를 들어야 한다는 것을 알고 있었기 때문에 곰을 불쌍한 눈길로 바라보았다. 그는 도끼를 내려놓고 곰을 바라보며 말했다.

“자식이… 적당히 잘난 척하다가 넘어가지, 쓸데없는 말을 해가지고…”

산초는 모든 것을 체념한 선승과 같은 표정으로 고양이를 베고 누워서 잠을 청했다.

다음 날 아침이 되어 산초가 잠에서 깨었을 때도, 존은 지치지 않고, 곰의 언어로 무언가를 열심히 떠들고 있었고, 곰은 너무 오래 앉아서 여기저기가 결린 듯이 다리와 허리를 두들기고 있었다. 산초는 참고 기다린 곰의 인내보다 밤새도록 자신의 이야기에 도취된 존이 더 대단해 보였다. 마침내 곰이 두 손을 저으며 말했다.

"알았어, 알았다고. 네 말이 다 맞아. 원하는 게 뭐야? 다 들어 줄 테니 제발 내 집에서 꺼져. 그리고 다시 오지 마. 이 악마보다 더한 인간 같으니…."

존과 산초는 수익에 대해, 곰 40%, 늑대 30%, 고양이 20%, 쥐가 10%를 분배받도록 나누는 약정서를 나무 조각에 새겼다. 각자의 털을 조금씩 뽑아서 나무 조각에 끼운 뒤, 존은 그 내용을 자세히 설명해 주었다. 브라웅은 고개를 끄덕거리면서 그 약속을 지키겠다고 했다. 상대가 인간만 아니었으면… 인간만 아니었으면…. 그러나 인간을 적으로 돌릴 수는 없었다. 그것이 지성을 갖춘 모든 동물들이 알고 있는 자연의 법칙이었다.

존과 산초가 인간 마을 가까이에 도착하자, 늑대는 자신의 굴로 돌아갔다. 산초는 피곤하지만, 보람찬 목소리로 존에게 축하를 건넸다.

"선생님의 활약으로 동물들이 더 행복해질 수 있겠군요. 이런 것도 신의 사명을 수행한 건가요?"

"정말 브라웅이 약속을 지킬까?"

"걱정도 팔자시네. 안 지키면 어쩌겠소? 금방 소문 날 것이고, 늑대와 쥐, 고양이들이 연합해서 대항하면 곰도 어쩔 수 없지 않겠어요?"

"작은 동물들은 연합해서 대항하기보다강자에게 굴복하면서 그 밑에 들어가서, 편안하고 안정적이며, 빈곤한 삶을 원하겠지. 우린 강자를 응징하는 것보다 약자에게 용기를 주어야 했던 게 아닐까 하는 생각이 들었어."

"다음에 여기 올 일이 있으면, 확인하면 되겠죠. 일단 쉬었다가, 다른 곳으로 갑시다. 혹시 다른 곳에서도 우리의 도움을 기다리는 약한 자들이 있을지 모르잖아요? 아우, 마치 정의의 영웅이 된 기분이네. 정의의 산초!"

늑대와 인간들의 모습이 안 보이자, 브라웅은 고양이와 쥐들을 불렀다.

"저 인간의 물건을 훔친 수드서가 누구냐?"

쥐 한 마리가 곰의 앞으로 머뭇거리면서 나아갔다. 곰은 번개같이 쥐를 앞발로 채서 잡아먹었다. 그리고 약정서가 새겨진 나무 조각을 산산조각을 내서 부숴버렸다.

"너무 놀라지 마라. 인간답게 처신한 거니까…."

쥐와 고양이는 두려움에 몸을 떨었다. 브라웅의 머릿속에서 그의 어린 시절이 떠올랐다. 밀렵꾼에게 어머니를 잃고 우리 속에 갇혀서 팔리던 날, 서커스의 인간들에 의해 매를 맞고 굶으면서 웃음거리가 되었던 날이 생각났다. 경찰이라는 사람들이 왔을 때, 서커스단의 단장은 무척이나 화려한 언변을 통해서 그들을 설득했고, 두툼한 돈봉투를 넣어주는 것을 잊지 않았다. 사실 브라웅이 하는 말은 대부분 단장에게 들은 말이었다. 인간 사회의 부의 불균형이 있으며, 서커스단은 가장 하위층이니, 살기 위해 어쩔 수 없다는 변명이 그 단장의 특기였었다. 시간이 지나고 몸이 다 자라자, 쓸개에 호스가 꽂혀져서 인간들에게 산채로 쓸개즙을 빨리다가, 몸이 약해지자 버려졌던 지난

날…. 브라웅은 버려진 덕에 간신히 숲으로 도망칠 수 있었다. 이 숲의 동물들은 단순한 약육강식만을 알고 있었다. 브라웅은 자기보다 약한 동물을 잡아먹는 게 전부가 아니라, 그들을 통해 자신은 아무것도 하지 않으면서, 많은 것을 얻는 방법을 취했다. 그가 있었던 서커스단의 단장이 그랬다. 그는 인간에게 배운 것을 동물들의 세계에 그대로 적용시켰고, 불로소득을 통해 재산을 불려나가는 동물이 되었다. 그는 독점사업가였고, 자신의 사업에 비협조적인 동물들은 힘으로 제거했다. 곰은 자신보다 강한 존재가 개입하려 하면, 뇌물을 주거나 거짓약속을 통해 그들을 속일 준비가 되어 있었다. 어차피 그 강한 존재가 숲에 영원히 머무르지 않는 한, 언젠가 그에게 다시 기회가 올 것이기 때문이었다. 준비한 대로 거짓약속은 효과적이었다. 그는 위기를 넘겼다. 그리고 자신의 사업에 위협을 가져온 하위 조직원을 가차 없이 응징해 버렸다. 브라웅은 다른 어떤 동물들보다 인간다운 동물이었다. 브라웅은 자신에게 복종하는 노예들에게 말했다.

"인간에게 많은 것을 배웠지. 원래 부잣집 자식보다 가난했던 자가 부의 소중함을 아는 법이야. 난 곰으로 태어났지만, 쥐처럼 살아왔어. 처음부터 곰다운 곰이 아니었지. 하지만, 이젠 달라. 확실하게 말하는데, 내가 이 숲에서 제일 강한 곰이다. 나보다 강한 자는 없다. 내가 법이고, 내가 정의다. 어이, 거기 그만 놀고 가서 일해. 다시 인간들을 불러왔다가는 모조리 죽을 줄 알아라."

광대의 가면

존과 산초는 푹 쉬고, 상쾌한 마음으로 이동했다. 새로 도착한 도시는 중앙에 큰 도로가 있었고, 도로의 좌우에 7, 8층 정도 높이의 건물들이 즐비하게 늘어서 있었다. 매 층마다 눈, 코, 이마, 피부 등의 잘 나온 사진이 붙어 있었고, 아름다운 얼굴을 가진 여자들의 사진이 가득 붙어 있었다. 사진이 붙은 건물 아래 길거리에 다니는 사람들은 대부분 크고 동그란 눈, 쌍꺼풀, 높고 오똑한 코, 희고 맑은 피부, 갸름한 턱, 윤기 흐르는 머리카락을 가지고 있었다. 모두 아름다워 보였다. 특이한 점이 있다면, 그들의 이목구비는 매우 비슷하다는 것이었다. 남자들은 비정상적으로 키가 컸고, 여자는 아무리 마른 여자라도 큰 가슴을 가지고 있었다. 그들은 모두 좋은 옷을 입고 좋은 구두를 신고 있었다. 그곳은 아름답게 가꾸어진 인형의 거리처럼 보였다.

존과 산초는 사람들에 비해서 행색이 변변치 않았지만, 최대한 의식하지 않은 채, 일단 짐을 챙겨서 대로를 걷기 시작했다. 지나가는 여자들은 외모가 초라해 보이는 그들을 무시하거나 떨어져서 걸었다.

의식하지 않으려 해도, 너무 노골적인 그들의 시선과 행동으로 인해 존과 산초는 사람들이 자신을 피해 다니는 것을 알 수 있었다. 그 느낌은 그리 좋지 않았다. 사람들의 그런 시선이 너무 불편했던 존은 산초에게 다른 길로 가자고 말했다. 큰 건물 하나를 지나서, 뒤로 돌아가자, 어둡고 한산한 골목이 나타났다. 골목 사이로 보이는 풍경은 지금까지 보았던 도시와 같은 곳이라고 생각할 수 없을 만큼 완전히 다른 모습이었다. 오래되어 일부분 썩은 나무판자를 이어놓은 듯한 집들이 늘어서 있었는데, 골목에 널린 빨래와 지저분한 냄새는 마치 시간여행을 통해 과거에 온 것 같은 느낌을 주었다. 존은 주변의 풍경을 둘러본 뒤, 왜 사람들이 그들의 모습을 보고 피하거나 경멸의 시선을 보냈는가에 대해 이야기하려 했다. 그때 어두운 골목 그림자 아래서 기괴한 얼굴을 가진 남자 한 명이 웃으면서 그들에게 다가왔다.

"새로운 손님들이 오셨군. 얼굴을 보아하니, 아직 많이 고치지는 않았네. 둘 다 나쁘지 않은 인상이지만, 그런 외모로는 세상을 살아가기 어렵지. 옷차림을 보아하니, 큰길가의 공장을 이용하긴 힘들겠고, 어디 보자…. 오늘이 내 아이의 생일이니 특별히 반값에 시술해 줄게. 무엇을 원하나? 눈? 코? 편하게 말해봐."

"뭘 고친다는 말이죠?"

"알면서 왜 그러나. 어디가 맘에 안 드는 거야?"

산초는 존을 쳐다봤다.

"존. 당신 이야기에요."

존은 산초를 한 번 본 뒤, 그 남자에게 말했다.

"아, 저보고 하시는 말씀입니까? 죄송하지만, 무슨 이야기인지 도통 알아들을 수가 없네요. 내 눈, 코가 어떻고, 길가의 공장이 어떻다니요?"

"협상의 기술이 뛰어나시군. 신사 양반. 하지만, 여기 괜히 왔겠는가? 처음엔 다들 못 들은 척, 아닌 척 말하지만, 결국 모두가 진실을 말하지. 우리 서로 힘 빼면서 시간낭비하지 말자고. 내가 싸게 해 줄게. 나를 따라와. 기가 막힌 솜씨를 가진 의사가 있어. 원래 저 공장에서 일하던 사람이었지. 정치싸움에 밀려서 쫓겨났어. 실력은 최고인데…. 우리가 일하는 곳은 장비도 좋아. 저 뒷골목에 있는 더럽고 비위생적인 장비를 쓰는 곳이 아니야."

"정확히 말해주십시오. 내가 왜 당신을 따라가야 합니까?"

"강하게 나오는군. 하지만, 난 당신 같은 사람을 많이 겪어봤지. 나도 상당히 직설적인 사람이라네. 당신은 얼굴을 고치기 위해 왔고, 나는 이 동네 최고의 공장으로 자네를 안내할 수 있으니까? 됐지?"

"공장이라니요?"

기괴한 얼굴의 남자는 담배 하나를 꺼내서 물었다. 그는 존을 훑어보았다.

"자네, 이 마을 사람이 아닌가 보군. 그리고 눈치도 없군. 공장이라는 단어가 무엇을 말하는지 전혀 추측 못하겠나?"

"예. 전 이 마을 사람도 아니고, 그 공장이 무엇인지 모르겠습니다."

"우리 마을은 외모가 중요하지. 외모가 변변찮으면 큰 길을 걸을 수 없네. 경찰이 잡아서 뒷골목으로 던져버리지. 그래서 모두 뛰어난 외모를 가지기 위해 노력하지. 그런데 말이야. 선천적으로 타고난 얼굴이 다른데 미의 기준은 다들 비슷하단 말이야. 그래서 얼굴을 좀 고친다네. 위험하지 않은 범위 내에서 적당히 말이야. 그렇게 재창조되어진 후에는 그전의 얼굴이 어떻게 생겼던지, 다들 비슷한 얼굴을 가지고 살아가게 되지. 그래서 우리는 그 병원을 공장이라고 한다네. 늘 똑같은 제품을 찍어내니까…. 앞의 건물을 봐. 1층부터 꼭대기까지. 온몸이 완전히 바뀌어서 나올 수 있지."

"왜 그런 짓을 하죠?"

"사람들은 아름다움을 좋아하니까. 유행에 따라 조금씩 변하기도 하지만, 대체로 아름다움의 기준은 정해져 있지. 잘생긴 남자, 예쁜 여자가 살아가기에 좋잖아."

"음, 어찌 보면 맞는 말 같지만, 외모가 전부는 아닌데, 이 마을은 좀 이상하군요"

산초는 전혀 이해하지 못하겠다는 듯한 표정을 지었다. 존은 몰랐지만, 산초는 자신의 외모에 대해 상당한 자신감을 가지고 있었다. 그는 현대인의 기준에서 미남은 아니지만, 아니, 과거 기준에서도 미남은 아니었고…. 앞으로 시대가 몇 번 바뀌어도 그를 미남으로 분류할 기준은 인간 사회에 존재하지 않겠지만, 늘 외모에 대한 자신감이 충만한 남자였다. 산초는 그 남자가 존의 외모를 보고 성형을 권한다고 확신하고 있었다. 존은 100년 전의 귀족신사처럼 생기긴 했지만, 실제 나이에 비해 좀 늙어 보이는 외모이긴 했다.

"이상하지. 하지만, 어쩌겠나. 그게 이 마을의 법인걸. 웬만하면 고쳐서 살지. 정 안 되면, 이 마을을 나가거나 이곳에서 사는 거지."

그 남자는 산초의 얼굴을 보고 어차피 고쳐도 안 될 얼굴임을 알았기에 그냥 산초는 포기하고 존에게 말을 걸었던 것이었다. 성형이 아무리 뛰어나다고 해도, 원판을 완전히 무시하는 것은 불가능한 법, 얼굴 자체를 완전히 바꾸는 성형은 뒷골목에서 할 수 있는 수준이 아니었다.

"수술을 못할 정도인 사람이나 수술이 실패한 사람, 늙어서 엉망이 된 사람들… 모두 추하니까 이 그늘로 왔지. 공장에서 얼굴 제품을 만들면 처음에는 괜찮지만, 나이가 들면 괴물같이 변해버린다네. 마치 내 얼굴처럼…. 그리 되면 사회에서 무시당하고, 일자리를 잃게 되지. 다시 아름다움을 되찾고 싶지만, 돈이 없어. 이곳으로 쫓겨나네. 모두가 아름다움을 원하지만, 그 것을 가진 자는 소수이고, 그 시간도 매우 짧지. 그 시간이 지나가버린 후 모두는 이런 곳에서 사는 거야."

"이해가 가지 않는군요. 외모에 모든 돈을 투자해서 가꾸다가 외모가 추해지면 갑자기 비참한 생활을 해야 한다는 것이… 그리고 어차피 늙고, 시간이 지나면 고친 얼굴은 더 심각하게 손상될 텐데 차라리 그 돈으로 투자를 하거나 저축을 하는 편이 낫지 않나요?"

"사람 사는 방법은 여러 가지가 있다네. 외모가 전부인 사람도 있는 거지. 여긴 그런 사람들이 모인 곳이고…. 자네가 이곳 주민이 아니고, 공장에 갈 생각이 없다는 것은 잘 알겠네. 그럼 나는 더 이상 자네에게 필요 없는 사람이겠군."

말을 마치고, 그 남자는 몸을 돌려 떠났다. 존과 산초는 대충 상황을 파악했다. 왜 사람들이 그들을 이상한 눈길로 보았는지…. 그러나 그들은 잠시 스쳐갈 뿐인 이 마을에서 남에게 잘 보이기 위해 성형을 할 생각은 추호도 없었다. 다만, 대중의 거북한 시선을 보면서 걷는 것은 원치 않았기에 남들에게 보이지 않는 장소에 가서, 가장 고급스럽고 깨끗한 옷을 꺼내 갈아입었다. 얼굴이야 모자를 깊게 쓰면 그만이었다. 그들은 스스로 못생겼다고 생각하지 않았지만, 주변의 시선을 무시할 정도의 용기는 없었다. 재단장한 그들은 다시 짐을 끌고 공장들이 가득한 큰길가로 나섰다.

옷이 바뀐 것뿐이었지만, 변화가 있었다. 일부 여성들은 그들을 보고 가벼운 눈인사를 하며 지나갔다. 아무도 존과 산초를 피해 다니지 않았다. 둘은 사실, 외모로 사람을 판단하는 것을 이해할 수 없었지만, 이 마을에서 통하는 법칙이 무엇인지는 쉽게 이해할 수 있었다. 좀 더 걷자, 대형 병원들이 늘어선 거리가 끝나고, 알록달록한 1층 가게가 가득한 거리가 나왔다. 미용실에서 머리를 다듬거나 네일 숍에서 손톱을 다듬거나 스파에서 마사지를 받거나 액세서리를 사서 자신의 몸을 꾸밀 수 있는 가게들이 길을 가득 메웠다. 진한 화장을 한 여자나 남자들은 호객행위도 서슴지 않았다. 존은 슬며시 가게들의 뒤편을 바라보았는데, 역시나 이곳도 건물의 그늘 사이로 어두운 판잣집이 보였다. 사람들이 오가는 중앙의 거리만 화려한 도시. 이 도시가 빛나는 곳보다 어두운 곳이 많은 것은, 이 도시 기준으로 아름답지 못한 모든 것을 받아들이지 못하기 때문이었다. 대부분 인간들이 사는 곳은 모두 아름다움과 추함의 구분이 있지만, 둘은 공존한다. 그러나 이 도시는 그렇지 않았다. 아름다운 외모를 가진 남녀는 도시 전체에서 소수임이 분명했지만, 다수의 사람들은 그들에게 도시의 중심을 내어주고, 스스로 그늘 속에 숨어 사는 것을 택했다. 도시의 조명과 빛은 잠시 아름다운 외모를 유지한 채, 살아가는 소수에게만 집중되었다. 그렇지 못한 다수는 놀랍게도, 아주 놀랍게도 불평등한 삶을 받아들이고 살아가고 있었다. 이 도시는 외모가 인간의 삶의 질을 구분하는 절대적인 기준이었지만, 어딘가 다른 도시는 외모가 아닌, 출생이나 돈이나 인종이나 종교가 그런 기준이 될 수도 있다는 생각이 들자, 존은 씁쓸한 기분이 들었다. 굳이 구분하는 것이 필요한가?

그때 산초가 존에게 한 가게를 가리키며 손짓했다.

"성형할 생각은 없지만, 이발은 하고 가는 게 좋지 않겠어요?"

존은 나만타를 떠난 뒤, 한 번도 제대로 된 이발을 하지 않은 것을 기억해냈다. 그는 산초의 제안에 공감하면서 미용실에 들어갔다.

"오, 손님. 마침 잘 들어오셨습니다. 오늘은 남성 분들을 위해 특별한 서비스를 제공하고 있거든요. 머리 손질을 원하시나요? 아니면 수염? 무엇을 하시던 그 후에 시원한 머리 안마와 향수 샘플을 뿌리실 기회를 드립니다. 원하시면 저희 가게와 제휴를 맺고 있는 최고의 네일 숍의 할인 쿠폰을 드릴게요. 커플 헤어스타일을 맞춰드릴까요?"

존과 산초는 자신들이 커플로 오해받는 것을 원치 않았다. 그들은 보편적인 성 정체성을 가진 성적 다수자였기 때문이었다. 산초가 먼저 앉으면서 자신감 넘치는 목소리로 말했다.

"이 도시에 어울리는 헤어스타일 부탁합니다. 내 얼굴이 돋보이도록 해 주세요."

"음… 손님 얼굴을 보면, 머리를 길러서 얼굴 전체를 덮는 스타일이 제일 어울리는데, 우리는 그런 기술이 없어요."

"하하하. 농담도 잘 하시네. 그냥 짧게 잘라주세요."

"예. 그렇게 해드리겠습니다."

존은 미용사의 말이 농담이 아닌 진담임을 느낄 수 있었지만, 그것을 굳이 말로 표현하지는 않았다. 존의 뒤에 미용사가 다가오자, 존은 천천히 말했다.

"아, 나는 말이죠…. 이 머리 모양을 오랫동안 해왔는데, 조금 변화를 주었으면 합니다. 깔끔하면서도, 멋진… 말로 표현하기 어려운데… 그런 게 가능한가요?"

"가능하지요. 음, 손님은 클래식하고, 스마트한 스타일이시니까, 엘레강스하면서도 좀 영하고, 펑키한 스타일을 하시면 확실한 변화를 주면서도 마음에 드실 겁니다. 부분염색을 해서 머리를 무지갯빛으로 하시는 건 어떤가요?"

"머리를 7색으로 염색하라고요? 오, 그건 사양할게요. 검은색 염색은 괜찮아요. 하지만, 너무 화사한 건 사양합니다. 그… 엘레강스… 영, 뭐한 그 머리로 해 주세요. 말이 어렵네요. 어떻게 한다는 말인가요?"

"그냥 지금과 다르게 자른다는 말이에요. 외국어를 섞으면 좀 있어 보이니까 그런 거에요. 너무 신경 쓰지 말아요."

짧아졌지만, 깔끔해 보이는 머리모양과 깨끗한 면도, 밝은 갈색으로 염색한 머리는 존의 마음에 들었다. 옆에 산초는 면도를 맡긴 채, 졸고 있었다.

"좋군요. 이게 그 스타일인가요?"

"사실 뭐 그런 스타일이 정해진 건 아니에요. 헤어 아티스트의 감성을 표현하기에 따라 차이가 있죠. 자, 샴푸하셔야죠?"

"샴푸를 해요? 그게 무슨 말이죠?"

"머리를 감겨드린다는 말이에요. 모든 말을 이해하려 하시지 말고,

그냥 아는 척하시면서 따라오시면 돼요."

둘의 이발비와 기타 서비스 비용은 생각보다 비싸지 않았다. 외적인 미를 가꾸는 것이 중요하다고 생각하는 사람들은 2, 3일에 한 번씩 지출할 만한 가격이었다.

미용실을 나오면서 태평양 같은 남성의 향수라는 것을 뿌린 존은 일단 기분이 좋았다. 산초는 머리를 짧게 깎아서 그런지, 약간 큰 편인 그의 얼굴이 더욱 크게 보였다. 사실 산초가 못생긴 편은 아니었다. 그는 강인하고 선이 굵은 남성 스타일에 가까웠는데, 이 도시의 미의 기준은 꽃처럼 고운 남성 스타일이었다. 그러나 그건 산초가 알 바 아니었다. 지나가는 사람들이 신기한 듯 그를 보아도, 산초는 자신감 넘치는 눈빛으로 그들을 제압했다. 과도한 성형으로 얼굴 근육을 제대로 쓰지 못해, 웃는 것도 아니고, 우는 것도 아닌 표정을 하는 사람들 사이에서 눈에 힘을 주고 걷는 산초와 여유로운 중년의 귀족 같은 존은 확실히 눈에 띄는 존재였다. 늘 문제와 맞닥뜨리기만 했던 그들은 오랜만에 길거리 쇼핑을 즐겼다. 그들은 싸구려인 큰 손목시계를 사기도 했고, 피부에 좋다는 영양크림도 하나 구입했다. 상대적으로 부유해 보이는 존에게 상인의 유혹이 계속되었다. 산초는 아무리 좋게 봐줘도 돈이 많아 보이는 인상은 아니었다. 존도 화려해 보이는 장신구들 사이에서 새 것을 사고 싶은 욕망에 흔들렸지만, 어떤 물건의 유혹에도 그의 신발, 위대한 둘시난테만큼은 바꿀 생각이 없었다. 세상에 하나밖에 없는 이 멋진 신발은 오랜 여행을 하는 존의 피로를 줄여주고, 그를 운명이 기다리는 곳으로 인도해 줄 마법의 신발이었다. 존은 둘시난테의 피로를 덜어줄 만한 구두 수선소를 찾았지만, 그

것은 보이지 않았다. 길거리에서 파는 모든 물건들은 사람을 위한 것들뿐이었다. 그들은 구두가 낡으면 수선하기보다 버리고 새 구두를 사는 방법을 선호했다. 구두의 관리는 전문 관리사에게 맡겼고, 본인들은 손을 대지 않았다. 그러나 존은 그런 관리 문화를 알지 못했고, 낡은 것을 수선하는 대신 버리는 이 도시의 소비문화는 더더욱 알 수 없었다. 그는 이 도시에 불시착한 외계인과 같았다.

걷다 보니, 어느새 가게가 늘어선 거리는 끝나고, 도시의 입구보다 더 대단해 보이는 공장, 아니 종합 성형병원이 들어서 있는 건물이 다시 나타나기 시작했다. 존은 공장이라는 말에 대한 호기심이 생겨서 산초에게 한번 들어 가보는 것이 어떻겠냐고 물어보았다. 산초도 공장을 구경해 보고 싶었다. 산초는 들어서기도 전에, 자신의 사진을 벽에 걸고 선전하는 성형병원과 자신처럼 성형을 해달라는 사람들이 아우성대는 모습을 상상하면서 피식 웃었다. 존은 산초가 왜 웃는지 알 수 없었다. 다만, 아까 골목에서 이 도시에 관한 이야기를 들은 후부터 알 수 없는 자신감에 가득 차 있다는 것만 알 수 있었다. 설마, 자신을 엄청난 미남이라고 생각하는 것은 아니겠지. 존은 괜한 생각을 했다고 머리를 흔들면서 문을 열고 산초와 병원에 들어갔다.

공장 안은 핑크색과 흰색의 아늑하고 편안한 소파와 보통 사람이 평생 모아도 살 수 없는, 그래서 이곳에 오는 대부분의 사람들의 삶과 전혀 상관없는 쥬얼리와 고급차를 다룬 잡지들이 가득한 책장 그리고 잘생기고 예쁜 배우들의 사진이 가득했다. 무언가 얼굴을 고친 것 같지만, 그것이 무엇인지 명확하게 말하기 어려운 얼굴을 가진 간호사가 존에게 다가왔다. 그녀는 얼굴의 일부 근육이 움직이지 않아서 어색한 웃음을 지으면서 말을 건넸다.

"어서 오십시오. 고객님. 무엇을 도와드릴까요? 처음이신가요?"

"예. 처음입니다. 제가 뭐 하려는 건 아니고요. 그냥 궁금해서 이야기나 좀…."

간호사는 웃었다. 마치 너같이 그냥 호기심에 왔다가 온몸을 다 성형하고 나간 사람들이 이미 수십 명은 된다는 듯한 웃음이었다. 물론 그 웃음이란 주관적이어서, 사람에 따라 다르게 느낄 수 있었다. 산초는 존과 달리, 외모를 최고의 가치로 여기는 이 마을에서 새로운 미남 타입인 자신을 마음에 들어 하는 웃음이라고 생각했다. 존과 산초는 친절한 안내와 함께 의사가 기다리는 상담실로 이동했다. 그 와중에 그는 온몸을 붕대로 감고 있는 환자 몇 명을 보았다. 아마도 그들은 전신 성형을 받은 사람들이리라.

존은 공상과학 영화에나 나올 것 같은 조형물들이 전시된 약간 어두운 방에 들어갔다. 맞은편에는 뿔테 안경을 쓴 30대 중반의 남자가 진한 푸른색 넥타이를 매고 앉아 있다가 일어서면서 그를 반겼다.

"안녕하십니까? 여기 처음 오셨다고요. 일단 편히 앉으시죠. 여기 차 한 잔 주세요. 아, 커피를 원하시나요?"

"아무거나 괜찮아요. 기왕이면 시원한 걸로 부탁드립니다."

"그럼, 서로의 대화를 잘 들을 수 있도록 청각에 좋은 캐모마일 한 잔 타줘요."

존은 청각을 발달시키기 위해서 캐모마일 차를 타 먹는다는 이야기는 처음 들었다. 그러나 미용실의 전례도 있기에 따지지 않고, 그냥 아는 척하면서 앉아 있기로 했다. 산초는 그 남자를 보면서, 왠지 숲의 마법사들의 브로커였던, 스미스가 떠올랐다. 의사라기보다 능숙한 협상가 같은 느낌의 그 남자는 신뢰감을 주는 눈빛과 목소리, 제스처를 취하면서 입을 열었다.

"손님. 여기 처음 오신 분들은 사실 좀 두려워합니다. 두려움의 이유는 여러 가지입니다. 내가 원하는 모습이 되지 않으면 어떻게 하지? 부작용은 있을까? 달라진 얼굴을 관리하는 게 힘들지 않을까? 너무 비싸지 않을까? 등등이죠. 하지만, 그 누구도 이것이 꼭 필요한지는 묻지 않습니다. 마음 깊은 곳에서 진정 새로운 나를 원하기 때문에 여기 오게 된 것이죠. 이런 것은 운명의 이끌림이라고밖에 표현할 수 없어요. 사소한 걱정과 장애물은 저 멀리 던져버리세요. 당신의 모든 것을 완벽하게 책임지고 당신이 원하는 새로운 모습을 보여줄 수 있는, 그래서 달라진 세상을 당신에게 선물로 안겨드릴 수 있는, 우수하고 믿음직한 의사진이 여기 있습니다. 우리는 의사라기보다 아티스트입니다. 겉만 고치는 것이 아니라, 내면의 자신감과 아름다움을 밖으로 표현할 수 있도록 도와주는 조력자들이죠. 진정한 아름다움은 손님의 내면에 있습니다. 우린 그 아름다움이 세상을 비추도록 도와 드리는 것뿐입니다."

존과 산초는 의사의 화려한 언변에 감탄했다. 이 정도면 의사가 아니라, 고객을 전문적으로 상대하는 영업직원을 해도 될 정도라고 생각했다. 사실 그들과 이야기하고 있는 남자는 의사가 아니라 영업직원이었다.

"음, 당신 말대로 내 내면의 아름다움이 밖으로 나온다면, 나는 어떤 모습으로 변하는 건가요?"

"여기 이 화면을 보십시오. 최근에 엄청 비싼 돈을 주고 사와서 본전을 뽑아야 하는… 이 아니라, 고객님들에게 보다 나은 편의를 제공하기 위해 구입한 최신식 홀로그램 장치가 있습니다. 자, 여기 렌즈에 고객님의 얼굴을 갖다 대시면 여기 3D로 고객님의 얼굴 윤곽이 나타납니다. 예, 거기요."

존은 큰 렌즈 앞에 얼굴을 들이밀었다. 신기하게도 원반위에 입체영상처럼 그의 얼굴이 나타났다.

"이제부터 고객님이 원하시는 것을 이 가상 얼굴에다가 하나씩 시도해 보는 겁니다. 그러면 무엇이 어떻게 달라졌는지가 보입니다. 그 중에서 가장 마음에 드시는 걸 선택하시면 됩니다. 부담 가지실 필요 없어요. 상담하면서 이 기계를 이용하는 것은 공짜입니다."

존은 눈, 코, 이마 등의 모습을 여러 번 바꾸어 보았다. 그는 신기했다. 단지 그뿐이었다. 그는 자신의 얼굴로 살아온 지난 삶이 꽤 괜찮았음을 회상했다. 누군가는 과거를 버리기 위해 얼굴을 고치겠지만, 존은 아니었다. 존의 부모님, 사랑했던 연인, 친구들 그 모두와 함께였던 존은 자신의 달라진 얼굴이 추억을 대신하는 것을 원치 않았다. 존은 자신의 심정을 잘 설명했다. 상대는 이해한다고 말했다. 그렇게 말하고 결국 성형수술을 받은 손님이 많았기 때문에 그는 전혀 신경 쓰지 않았다. 산초의 차례가 되었지만, 산초는 털끝 하나도 고치고 싶지 않았기 때문에 그 기계를 이용하지 않았고, 그 병원의 영업직원도 고치기에 너무나 힘든 산초의 얼굴을 보고 굳이 그 기계를 쓰라고 강요하지 않았다. 둘은 병원을 좀 더 둘러보다가, 다시 대기실로 이동했다. 존과 산초는 다과를 먹으면서 잡담을 했다.

"별거 없네. 그냥 평범한 성형외과가 규모가 커져서 종합성형병원이 된 것 뿐이네."

"이 도시는 정말 이상한데. 모든 사람들이 외모가 전부인 양 생각하니까, 뭐라고 해야 할지 모르겠네요. 모두 다시 태어나서 내 얼굴로 살아가라고 말할 수도 없고. 흐흐흐"

산초는 그답지 않은 농담을 했다. 존은 산초의 얼굴로 다시 태어난다면 하는 상상을 잠시 했다. 곧 그는 잔인하고 쓸데없는 상상을 했던 자신의 행동에 대해 깊이 후회하고 반성했다. 둘이 잡담을 하고 있는 동안, 위층에서 세미나를 마친 의사들이 쉬기 위해 대기실에 내려왔다.

의사들은 자신이 많은 수술을 하였고, 그로 인해 얼마나 바뀌었는지 쉴 새 없이 자랑했다.

"난 한 여자의 탈모를 고치고, 쌍꺼풀 수술을 해 주고, 코를 세우고, 박피와 양악 수술 그리고 가슴 확대 수술과 복부 지방 흡입 수술을 해 주었소. 그녀는 완전히 다른 사람으로 태어났지. 가끔 문자 메시지를 보내 내게 감사하다고 하는데, 그녀는 나를 아버지라고 부른다오."

"뭐 그 정도 가지고 그러시오. 난 영화배우 마이클을 성형해 준 사람이오."

"마이클은 원래 얼굴이 잘 생긴 편이 아니오. 정말 못생긴 사람을 성형해 주고, 성공 사례를 말해야지."

그때 그 의사에 눈에 산초가 들어왔다. 그가 산초를 가리켰다.

"그래. 저 얼굴 정도는 되어야 도전할 가치가 있지."

산초는 모든 의사들의 주목을 한 몸에 받았다. 그는 의사들의 시선을 느끼고, 의사들을 쳐다보았다.

"이봐, 자네. 우리 병원에 와서 수술하지 않겠나? 홍보모델이 되어 준다면 모든 것을 내가 무료로 해 주지."

홍보모델이란, 성형 전 얼굴을 말하는 것이었다. 그러나 산초는 의사들의 이야기를 처음부터 듣지 못했고, 아까부터 상상해오던 것이 있었기 때문에 벽에 걸린 연예인 얼굴처럼 다른 사람들을 유인하는 모델로 쓴다고 착각했다. 그가 입을 열어서 무엇이라고 대답하려 하자 그의 반대편에 있던 사람이 더 크게 외쳤다.

"아니야. 저 병원은 싸구려 실리콘을 쓴다고. 우리 병원으로 오게. 내가 모든 수술 무료에 홍보비도 주겠네."

"아니, 아니. 우리 병원으로 오게나. 홍보 모델…."

산초는 자신의 상상이 현실이 되자, 만족한 듯이 킥킥대며 웃었다. 존은 의사들이 무엇을 말하는지 눈치챘고, 동정과 연민의 눈길로 산초를 보았다. 그는 산초가 왜 이 상황을 즐기면서 웃는지 알 수 없었다. 산초는 웃음을 멈추고, 짐짓 큰소리를 내면서 말했다.

"무슨 소리들을 하는 거요? 내 얼굴을 원한다면 초상권에 대한 비용을 주고 지금 그대로 사진 찍어서 가져다 쓰시오. 내가 그 정도는 해 줄 수 있어요."

산초는 어릴 때 어머니의 사랑을 듬뿍 받고 자랐으며, 그가 한 번 사귄 여자 친구는 좀 취향이 특이했는데, 산초의 얼굴을 보고 반한 사람이었다. 산초는 자신이 영화배우를 했더라면 지금 미남이라 불리는 배우들은 모두 일이 없어 굶어 죽었을 거란 상상도 해 본 적이 있었다. 애석한 것은 의사들이 그 사실을 전혀 모른다는 것이었다. 산초는 의사들 앞에서 적당한 포즈를 취했다. 그러나 의사들이 원하는 것은 그 얼굴을 고친 결과물이었다. 존은 의사들이 원하는 진실을 산초가 알게 되어 상처받는 것은 너무 가혹한 일이라고 생각했다. 그는 적당한 시점에 산초에게 말을 걸어서, 그 정도면 충분하니까, 그만 가자고 했다. 즐길 만큼 즐긴 산초는 존의 말에 동의했다. 그는 그를 원하는 의사들을 뿌리친 채, 병원 밖으로 나갔다. 병원을 나와서 산초가 올려다 본 하늘, 그 하늘은 오늘 따라 어찌나 맑고 아름다운지….

일직선으로 이어진 거리를 걷다 보니, 큰 대리석으로 만든 출구가 보였다. 이제 거대 공장들이 가득한 길도 끝났고, 뒷골목에 있던, 판잣집들이 종종 보이기 시작했다. 이쪽은 아직 병원이 들어서지 않은 곳 같았다. 한적한 길에 들어서자, 그의 눈에 광대 가면을 쓴 사람들이 보였고, 주변에서 사람들의 웃음소리가 들렸다. 존과 산초는 광대들의 익살을 보기 위해 그 쪽으로 걸었다. 그들이 근처에 가자 주변 사람들이 그 가면을 쓴 사람들을 보고 한껏 비웃으면서 야유하기 시작했다. 그 웃음은 즐거워서 웃는 것이 아니라, 남을 조롱하는 웃음이었다. 광대 가면을 쓴 사람들은 사람들에게 저항하면서 소리를 질렀다.

"너희들은 영원히 젊을 것 같으냐? 언젠가 모두 나처럼 늙을 거야. 성형 중독과 부작용에 시달리다가 괴물이나 되라고…!"

여자의 목소리였다. 그리고 그 여자는 광대 가면을 쓴 것이 아니었다. 얼굴이 분장한 광대처럼 생긴 것이었다. 사람들은 여전히 그녀를 비웃었고, 그녀는 눈물을 흘렸지만, 얼굴 근육이 제대로 움직이지 않아서, 눈물이 옆으로 흘러내렸다. 최대한 얼굴을 감추려 화장했지만 그 화장은 큰 의미가 없었다. 마치 배트맨에 나오는 조커 같은 느낌이었다. 다른 사람들도 비슷했다. 일부는 진짜 가면을 쓰고 있었다. 산초는 옆에 있던 사람에게 물었다.

"누구인가요? 왜 저러는 거죠?"

"아밀다에요. 늙고 추한 여자죠. 30년 전에 성형이 잘 돼서 미인 소리 듣고 다녔는데, 그때 성형기술로 얼굴을 고치다 보니, 부작용이 생겨서 결국 저렇게 되었어요. 끔찍해요. 자신의 얼굴을 위한다면 최고의 기술을 써야 한다는 교훈을 주었죠."

산초에게 성형의 부작용에 대해 자상하게 알려주는 여자의 코는 매우 오똑했다. 눈은 유달리 컸고, 진한 쌍꺼풀이 있었다. 턱선이 갸름했고, 이마와 볼이 통통했으며, 그녀의 피부는 보통 사람보다 더 희고, 얇아서 얼굴의 핏줄이 보일락 말락 했다. 그녀는 예뻤다. 그러나 그 옆의 있는 수많은 여자들 모두 그녀처럼 예뻤다. 반대편에는 아밀다와 얼굴이 변한 여자, 남자들이 있었다. 그들은 모두 똑같은 얼굴을 하고 있었다. 한때, 그들도 예쁘고 잘생긴 사람들이었을 것이다. 사람들은 지나간 과거의 추함을 조롱하고 있었지만, 존이나 산초가 보기에는 자신들에게 곧 나타날 미래를 야유하는 것처럼 보였다. 아밀다와 놀림 받던 사람들은 뒷골목으로 도망치듯이 들어갔다. 사람들은 구경거리가 사라지자, 흩어졌다. 존은 좀 슬픈 목소리로 산초에게 말했다.

"저 사람들은 자신들도 늙으면 저렇게 될 것이라는 것을 모르고 그러는 걸까?"

"그럴 리가 있나요? 다 알고 있겠죠. 하지만, 그냥 현실을 부정하는 거죠. 인정하고 싶지 않으니까…."

"적당히 고치면 저렇게 얼굴이 변하진 않았을 텐데…."

"성형은 중독이라잖아요. 자기만족을 위해 하는 건데, 자기만족에 끝이 어디 있겠어요?"

존은 자기만족이라는 말에 산초의 얼굴을 다시 보았다. 자기만족이란 정말 주관적인 것임에 틀림없었다. 산초는 '자기만족'이라는 어휘의 살아 있는 증거였다. 산초는 존의 마음을 전혀 모르는 얼굴로 존에게 물었다.

"존. 당신은 얼굴을 고치고 싶다고 생각해 본 적 있어요? 남에게 잘 보이기 위해서?"

"음… 정확히 말해서 얼굴을 고치고 싶은 적은 없었는데, 20대 때 여자들에게 인기를 끌기 위해서 외모에 많이 신경 쓰고 다닌 적은 있었지."

"효과는 있던가요?"

"내 생각에 확실히 외모가 뛰어나면 사람들에게 호감을 얻기는 쉬워. 그 호감을 유지하는 것은 별개의 문제지만…."

"지금도 그렇게 생각해요?"

"그렇지. 그건 나이가 든다고 해서 달라지는 것이 아니니까…. 사람들은 누구나 겉모습을 보고 그 사람을 판단하려는 섣부른 경향이 있잖아. 하지만, 좀 만나다 보면 외모가 아니라는 것을 알지. 그런데 그런 깨달음을 얻기까지 시간이 좀 필요해."

"그런데 내가 보기에 당신은 외모에 전혀 신경을 안 쓰는 사람처럼 보이는데요."

"아, 그런 편이지. 아무리 신경을 써도 사람은 늙는 것을 피할 수 없거든. 그리고 내가 주로 만나는 사람들은 외모로 사람을 판단하지 않는 사람들이라서 굳이 겉모습을 꾸미기 위해 내 인생을 낭비할 필요가 없었어."

"요새 어려보이기 위한 화장품이나 옷들이 많이 있잖아요. 이 도시에 특히 그런 것들이 많은데 오랜만에 꾸며보는 것은 어때요? 성형을 권하지는 않을게요."

"산초. 사람은 늙을 수밖에 없다는 것을 깨닫고 난 뒤, 알게 된 사실이 있어."

존은 잠시 걸음을 멈추고 산초를 보았다.

"늙지 않기 위해 저항하는 것은 나에게 어울리지 않아. 어려보이기 위해 고민하는 시간에 멋지게 늙는 방법을 생각하고 행동하는 것이 내게 가장 잘 맞는 방법이지. 아무리 아름다운 사람도 시간이 지나면 아름다움을 잃어버리게 되지. 하지만, 나이가 많아도 멋진 사람들이 있어. 이들은 멋지게 늙은 사람들이지. 시간이 지나면 잃어버리는 것에 집착하지 않고, 시간이 지날수록 더 빛나는 것을 추구한 사람들이야. 나도 그렇게 늙어가고 싶어. 우리는 어떤 방법을 써도 늙는 것을 피할 수 없어."

아밀다도 그 단순한 진실을 알고 있었다. 그 도시의 모두는 그 사실을 알고 있었다. 시간이 흐른 뒤, 그들의 선택이 어떤 결과를 가져오는지 모르는 사람은 아무도 없었다. 그러나 미래를 안다고 해도 모두가 같은 선택을 하는 것은 아니다. 이런 의사결정을 돕기 위해 틀에

박힌 고루하고 지겨운 격언이 있지 않은가? 자기 인생은 자기의 것이라는!

한편, 대기실에서 보여주었던 산초의 자신감은 의사들에게 신선한 충격이었다. 자신감 넘치는 그의 모습은 그의 외모에 대한 잘못된 망상을 불러왔다. 그 날 이후, 의사들은 산초의 외모를 자기들 맘대로 상상해서 실제 이상으로 부풀려서 미화하였다. 제정신인 의사들은 그의 자신감과 당당한 태도가 외모를 초월하는 영향력을 발휘했다는 것을 알고 있었지만, 그렇지 않은 사람들도 있었다. 몇몇은 그의 외모가 특별한 자신감의 원천일 수 있다는 생각으로 산초를 기준으로 하는 성형을 시작하기 시작했다. 뛰어난 영업사원들은 동양의 관상을 근거로 산초같이 성형을 하면 자신감이 생긴다는 궤변을 늘어놓기 시작했다. 당연한 결과지만, 그런 시도를 한 병원은 소송을 제기한 환자들에 의해 모조리 문을 닫아야 했다. 아무리 자신감이 생기는 얼굴의 형태라 해도, 보편적인 미의 기준을 한순간에 바꿀 정도는 아니었기 때문이다. 그리고 실제 산초의 얼굴 형태와 자신감은 아무 상관관계가 없었다. 존과 산초가 아무것도 하지 않고, 떠나버린 그 도시는 아밀다와 같은 사람들이 점점 늘어났다. 수십 년이 더 흐르면, 그들의 도시는 더 이상 아름다움을 말할 수 없겠지….

궁극의 파괴자 1

왜 존은 둘시난테를 여행의 동반자로 선택했을까? 학자답게 책 한 권을 손에 들고 출발할 수도 있었고, 마법사처럼 지팡이를 선택할 수도 있었다. 그런데 왜 신발일까? 왜 존은 둘시난테가 자신의 여행에서 큰 역할을 할 거라 생각했을까? 둘시난테 역시 그게 의문이었다. 둘시난테는 존의 목적이 무엇인지 알지만, 자신이 그를 위해서 어떤 도움을 주어야 하는지 판단하기 어려웠다. 존은 항상 문제가 있는 곳으로 갔지만, 그 문제를 모두 해결한 것은 아니었고, 명쾌한 해답을 제시한 것도 아니었다. 그 일관된 행동의 이유가 있다면, 그 다음에도 그가 향해야 할 곳은 문제가 있는 곳이었다. 숙소를 찾지 못해서 노숙하고 있는 존과 산초를 보면서 둘시난테는 주변에서 가장 문제가 심각한 마을을 찾았다. 그리고 직접 몸을 움직여서 길 위에 그 마을 방향의 화살표를 그렸다.

다음 날 아침, 존과 산초는 부스스한 모습으로 눈을 떴다. 간단히 음식을 먹고 길 떠날 채비를 하던 그들은 땅에 그려진 화살표 모양을 보게 되었다. 누군가의 장난이라는 산초의 주장과 달리, 신의 계시라고 강력하게 우기던 존은 산초를 설득해서 화살표가 가리키는 방향으로 출발하게 되었다.

"나, 참…. 길에 있는 낙서를 보고 신의 계시라고 하다니. 이 세상에 도대체 신이 개입하지 않은 게 하나라도 있는지 모르겠네. 참 한가한 분이야. 우주를 다스리기도 바쁠 텐데, 시골길에 낙서까지 하시네. 역시 전능하다는 건가?"

툴툴대는 산초를 어르면서 길을 따라간 존은 언덕 아래 펼쳐진 큰 마을을 보았다. 도시까지는 아니었지만, 큰 건물들도 많았고, 도로도 잘 정비되어 있으며, 도시를 가로지르는 강의 상류와 하류에 넓게 펼쳐진 숲과 구릉지가 인상적이었다. 마치 이상적인 자연과 인간의 조화를 보는 것 같았다.

마을 광장에 도착한 존과 산초는 어제의 노숙을 교훈삼아 숙소부터 찾았다. 그때 말끔한 정장을 차려입은 한 남자가 존에게 다가왔다.

"저, 실례지만, 혹시 『동서양 철학의 조화』라는 책의 저자이신 존 나이테 님 아니신가요?"

"예. 제가 존 나이테입니다."

"반갑습니다. 그 책을 보고 놀라운 식견과 다양한 관점에 당신 팬이 되었습니다. 여기서 이렇게 만나게 되다니 정말 행운이군요."

산초도 그 책을 읽은 적이 있었다. 당연하지만, 그 책이 무엇을 말하는지 산초는 이해할 수 없었다. 그런데 그 난해한 책을 좋아하고, 존의 얼굴을 알아보는 사람이 있다니…. 하긴, 실물보다 잘 나온 존의 얼굴이 책 중간에 여러 번 등장하긴 했다. 그 남자는 호의를 보이면서 존에게 식사 제의를 했다.

"제가 점심 약속이 있는데, 같이 가시지 않겠습니까? 마을에 안 풀리는 문제가 있어서 동료들과 의논을 하는데 당신의 식견이라면 멋진 해결책을 제시해 줄 수 있을 거라는 느낌이 듭니다. 초면에 무례한 것은 알지만, 바쁘시지 않으면, 같이 가주셨으면 합니다."

"그렇게 하도록 하죠. 내가 할 수 있는 한 도와드리도록 하겠습니다. 음, 가면서 이야기하도록 하죠. 신사는 약속에 늦지 않는 법이니까요. 저도 그 책을 읽은 분과 여기서 만나리라고는 생각하지 못했습니다. 12개국에 번역해서 출간했는데, 1천 부도 안 팔렸거든요. 나중에 출판사가 이름을 바꿔서 재출간했는데, 10만 부가 팔렸습니다. 바뀐 이름은 『현대의 몸을 가진 철학들의 에로스적인 뒤엉킴』이었죠. 그렇게 제목이 중요한 줄 몰랐습니다."

둘은 다정하게 철학이야기를 하면서 걸었다. 산초는 전혀 알아듣지 못하는 말을 하는 그들을 보면서 이상한 나라에 온 기분으로 그들을 따라갔다.

그들이 도착한 식당은 깔끔하고 조용한 곳이었다. 약속한 장소에는 여러 명의 사람들이 이미 와 있었다. 그 남자는 간단하게 서로를 소개시켜주었다. 그는 이름은 '우페이'였고, 마을의 개발위원회 위원장이었다. 주변의 친구들은 위원회 간사인 제임스, 사업가인 야마시로, 마을의 유지이자, 초등학교 교장인 남훈, 젊은 모험가이자 시인인 빅터, 마을의회 의원인 지원, 마을에서 유명한 가수인 수지 그리고 가장 큰 병원의 치과의사인 켈리였다. 그들이 고민하는 것은 마을을 개발하는 것을 두고 강 건너에 대립하고 있는 반대파를 설득하는 것이었다.

초등학교 교장인 남훈이 존에게 기대를 걸고 말했다.

"젊은 친구들이 각자 자신의 생각과 우리의 입장을 선생님에게 잘 전달해 드릴 거라 생각합니다. 가끔 받아들이기 힘든 주장을 할 수도 있겠지만, 우리는 어디까지나 저들과 타협을 전제로 마을과 주변을 개발할 생각임을 말씀드립니다. 우리의 생각에 반대하는 사람들의 주장도 일리가 있습니다. 우리는 같은 마을사람들이기 때문에 이 문제가 마을사람들을 갈라놓는 계기가 되지 않도록 하는 것에 많은 주의를 기울이고 있습니다."

남훈이 말을 마치자, 지원이 차를 권하면서 간단한 입장을 설명했다.

"제가 모은 자료와 빅터가 여행한 경험을 참고하면, 최근 이 일대의 도시들은 1차 산업에서 2차 산업으로 넘어가는 과도기에 있습니다. 그 도시들은 풍부한 용수와 대지를 이용해서 제조업 공장들을 짓고 있고, 제품을 팔아서 많은 돈을 벌고 있어요. 고소득의 일자리와 안정적인 소득에 기반한 소비의 증가로 기업은 쉽게 이윤을 창출하며, 그 이윤을 근로자의 복지와 급여 상승에 재투자하는 선순환이 이루어지고 있습니다. 이에 우리도 마을의 산업 구조를 바꾸어서 제조업을 마을의 주산업으로 발전시킬 계획을 세웠습니다. 이곳은 교통이 편리하고, 육지뿐 아니라, 강을 이용한 유통도 가능하며, 공업용수도 풍부합니다. 주변을 개간하면, 넓은 공장부지를 확보할 수 있습니다. 우리 마을은 재정적으로 풍족한 편이기에 일부 다른 마을처럼 무리한 채무 없이도 개발이 가능합니다. 모든 일에는 적절한 시기가 있듯이, 지금이 우리가 변화해야 할 최적의 시기입니다. 그러나 개발 반대파들은 다른 생각을 하고 있습니다. 그 분들의 생각을 존중하지만, 합의에 시간이 오래 걸린다면, 우리 마을은 주변의 다른 마을보다 뒤처지는 것을 면치 못할 것입니다. 그 점에 대해서는 주변 마을의 변화를 직접 보고 들은 빅터 씨가 설명을 해드리는 것이 나을 것 같습니다."

존은 흥미를 보이면서 산초를 보았다. 산초는 자연에 순응하는 삶보다 인간의 도전을 높이 평가하는 경향이 있기 때문에 이 주제에 흥미를 가질 것이라 생각했다. 역시나, 산초는 진지한 눈빛으로 사람들의 이야기를 경청하고 있었다.

"안녕하십니까, 빅터라고 합니다. 저는 여행을 좋아합니다. 여행을 하다 보면, 좋은 것도 보고 나쁜 것도 보게 되죠. 뭐, 웬만하면 그냥 넘어가는데…. 그럴 수 없는 일도 있더라구요. 제가 '두말'이라는 마을에 갔을 때 일입니다. 그 마을은 주변의 다른 마을과 달리 원시적인 삶의 방식을 고수하는 사람들이 살던 곳이었죠. 그런데 주변 마을이 돈을 벌게 되자, 두말의 땅을 사고 두말의 자연 환경을 모두 파괴하면서 자신들의 이익을 위해 마을 사람들을 부려먹더군요. 제대로 된 임금도 주지 않았어요. 외부 자본이 악랄하게 마을을 강탈한 거죠. 지금 우리 마을은 잘 사는 편이지만, 주변의 마을들이 산업화에 성공한 뒤, 기술과 자본으로 우리 마을에 들어오면 막을 수가 없어요. 땅도 뺏기고, 자연도 파괴되고, 마을 사람들은 저임금 노동자가 돼서 고통받을 겁니다. 난 그것을 볼 수 없어요."

빅터가 잠시 숨을 고르자, 야마시로가 그의 말을 이었다. 사업가인 야마시로는 사업이 잘 되는지, 이들 중 가장 좋은 옷차림을 하고 있었다. 그는 검은색 뿔테 안경을 추켜올리며 말했다.

"언젠가 누군가의 손에 의해 개발될 거라면, 우리가 먼저 개발하자는 것이 모두의 의견입니다. 사실 우리야, 지금 이대로 살아도 큰 문제 없습니다. 공업화를 한다고 해서 모두가 잘 사는 것도 아니고, 우리들은 어린 시절 강가와 숲에서 놀았던 즐거운 추억을 간직하고 있습니다. 하지만, 우리 다음 세대를 생각하면 그럴 수 없습니다. 다른 마을의 아이들이 상대적인 부유함을 바탕으로 우리 마을의 아이들을 무시하면서 살 거란 생각을 하면, 자다가도 벌떡 일어나서 찬 물을 들이켜게 됩니다. 우리의 미래는 현실에 안주하는 것이 아닌, 결단과 진보 속에서 찾을 수 있습니다. 우리들은 좀 고생하고, 힘들지라도, 우리 아이들은 더 나은 삶의 수준 속에서 살아가는 것, 그것이 우리가 바라는 미래입니다. 난 30년, 50년이 흐른 뒤에도 즐겁고 풍족한 주민들이 이 마을의 구성원이 되기를 바랍니다. 그를 위해서 충분한 자금도 마련되어 있습니다. 난 많은 돈을 벌었고, 마을의 미래를 위해 그 돈을 투자하는 것을 원합니다. 남은 것은 반대하는 사람들을 어떻게 설득해서 품고 가는가 하는 겁니다."

"그분들이 반대하는 가장 큰 이유는 무엇인가요?"

조용히 참관하던 산초가 물었다. 모두의 시선이 산초에게 쏠렸고, 하얗고 건강한 치아를 드러내며, 미소를 보인 켈리가 대답했다.

"그분들은 우리가 공업이 아닌 다른 방법으로 소득을 증가시킬 수 있다고 생각합니다. 강과 숲을 이대로 놔두고, 관광사업이나 유통사업에 중점을 두자는 것이죠. 그 분들도 변화의 필요성은 인정하지만, 우리와 방향이 다릅니다. 그 분들은 자연환경이 절대 훼손되어서는 안 된다고 생각하고 있어요. 특히 동물들의 삶의 터전이 파괴되는 것을 매우 우려하고 있습니다. 그 점에 대해서는 우리도 보존구역을 설정해서 환경보존에 최선을 다할 생각입니다만, 막무가내로 버티시는 분들이 좀 있습니다."

"제가 듣기에 여러분들의 생각은 합리적입니다. 돈을 위해 자연을 파괴하는 분들이 아니라는 확신이 드는군요. 제가 도움을 드릴 수 있다면, 기꺼이 노력하겠습니다. 생각이 다른 분들과 한 번 협상을 해 보도록 하겠습니다."

"그래 주시겠습니까?"

존이 자신감 넘치는 태도로 말하자, 우페이가 반색하면서 일어섰다. 산초는 약간 의아한 듯 존을 보았다. 원래 존은 인간이 자연을 정복하면서 진보하는 것보다 자연과 조화를 이루는 것을 더 선호하는 성격이었다. 당연히 이들의 의견에 반대하리라고 여겼는데, 너무 손쉽게 그들의 제안을 승낙하는 것을 보자, 좀 당혹스럽기까지 했다. 그들은 강 건너 마을회관의 위치를 알려주고, 미리 하인을 보내서 존과 산초가 참여하는 저녁 약속을 해두겠다고 말했다. 한참 동안 우호적인 이야기가 오고 갔고, 하인이 돌아와서 반대파들도 존과의 만남을 환영한다는 답을 보냈다. 존은 산초와 함께 강 건너의 식당으로 출발했다.

다리에는 한 남자가 그들을 마중 나와 있었다. 그는 존을 보다가 산초에게 시선을 옮겼다. 그와 산초의 입에서 동시에 서로의 이름이 불렸다.

"산초 판사!"

"밥 존슨!"

둘은 반갑게 악수하면서 얼싸 안았다.

"여기서 만나게 되다니…. 이게 얼마 만이야?"

"연락 한 번 하지 그랬냐? 나 나만타에서 경찰하고 있어."

산초는 존에게 밥을 소개시켜주었다. 둘은 대학 재학 시절 1년간 룸메이트로 지낸 적이 있는 동갑내기 친구였다. 밥은 동물 털에 알레르기가 있는 수의사였다. 다른 동물들은 괜찮은데, 늑대나 개 근처에 있으면, 자주 재채기를 하곤 했었다. 그런 알레르기는 매우 특이한 편인데다가, 밥과 산초는 한때 같은 여학생을 짝사랑했었기에 산초에게는 결코 잊을 수 없는 친구였다. 그들의 대학생활에 대해 한마디만 더 하자면, 둘은 각각 그 여학생에게 고백했다가 차였고, 그 뒤에 더욱 진한 우정을 나눌 수 있었다. 둘은 다정하게 대학생활 이야기를 하면서 걸어갔다. 존은 전혀 알지 못하는 추억을 나누는 그들을 보면서 약간 외로운 마음으로 그들을 따라갔다.

그들이 도착한 곳은 마을회관의 회의실이었다. 이미 사람들이 모여 있었고, 한쪽 구석에 뷔페식으로 음식이 차려져 있었다. 사람들은 각자 입맛에 맞는 음식들을 접시에 가득 담은 뒤 자리에 앉았다. 신선한 채소와 나뭇잎만을 담은 사람도 있었고, 아직 피가 배어나오는 고기를 담은 사람도 있었다. 가장 특이해 보이는 사람은 날것처럼 보이는 물고기를 담아서 그대로 먹고 있는 남자였다. 밥은 모인 사람들을 소개했다.

"이쪽은 바투라고 합니다. 우리 마을의 판사죠. 이쪽은 데이빗인데, 숲에서 약초를 캐는 사람입니다. 저는 수의사이고, 이분은 연우라고 하며, 어부입니다. 저쪽에 앉은 노인 분은 텐구라고 하는데, 과수원을 운영하고 있습니다. 저쪽의 저우양은 이 마을에서 가장 큰 창고를 가지고 상인들에게 임대업을 하고 있습니다. 하아, 하아… 에취! 로마노프스키는 벌목꾼들의 대표이고, 유리는 경찰서장입니다. 브룩은 채식주의자들을 위한 식당을 운영하고 있고, 에이미는 저를 도와주는 간호사입니다."

밥이 소개를 마치자, 존과 산초가 온 목적을 아는 이들이 먼저 이야기를 하기 시작했다. 가장 나이 들어 보이는 바투가 부드러운 목소리로 말했다.

"이미 이야기를 들어서 알고 있겠지만, 개발위원회는 제조업 육성이 우리 마을의 미래라고 생각한다네. 그런데 제조업은 궁극적인 산업의 형태가 아니야. 자네들도 알다시피, 제조업 다음은 서비스업이 있고, 서비스업 다음은 정보나 자원 관련 산업이 흐름을 주도하는 것이 인류의 변천사였지. 우리가 제조업을 위해 마을을 개발하는 것이 어려운 것은 아니야. 2, 3년이면 모든 환경이 바뀌고, 사람들은 결국 그에 적응해서 살겠지. 하지만, 시간이 지나서 서비스업이 필요한 시기가 되었을 때, 우리 마을은 서비스업으로 전환할 자원이 없다네. 서비스업 중 내가 가장 가능성 있다고 보는 것은 관광산업인데, 한 번 파괴된 자연환경은 2, 3년 내로 복구가 불가능하거든. 결국 우리는 2차 산업을 위해 3차 산업을 포기하게 되는 결과를 가져오는 거네. 더 멀리 내다보고 생각한다면, 제조업이 아닌 관광산업을 육성하는 것이 옳은 길이며, 그것이 우리의 진정한 미래가 될 것일세."

피가 흐르는 고기를 먹고, 입을 닦은 데이빗이라는 남자가 일어섰다. 밥은 갑자기 재채기를 하기 시작했다. 산초는 그의 알레르기를 기억해내고 주변의 개나 늑대의 흔적을 살펴보았다. 그러나 주변에는 아무것도 없었다. 산초는 그의 오랜 친구가 무리하다가 감기에 걸린 것은 아닌지 걱정이 되기 시작했다.

"자연은 수천 년간 이곳에 있었소. 인간은 잠깐 머물다 갑니다. 인간이 자연을 파괴할 권리가 있습니까? 부유한 삶을 위해 이곳의 동식물을 모두 죽여도 됩니까? 인간들은 자기 땅이라고 말하지만, 원래 땅은 그 누구에게도 속해 있지 않습니다. 땅의 주인은 없어요. 인간들끼리 합의한 것뿐이죠. 강도 마찬가지입니다. 인간의 것이 아닙니다. 그들은 잘못 생각하고 있습니다."

산초는 존을 보았다. 존이 평소에 말하는 신과 관련된 개념과 밀접한 발언이었다. 자연의 주인은 인간이 아니라는 것, 몇 십 년 지나면, 죽고 없어질 인간들끼리 합의하에 땅 주인을 정하는 것은 무의미한 일이라는 것. 인간은 자연을 정복하기 위해 태어난 존재가 아니고, 가능한 조화와 균형 속에 영혼을 발전시키는 삶을 살아야 하며, 그 속에는 환경과 동식물에 대한 사랑도 포함되어 있다는 존의 평소 철학은 이들의 주장과 연결되는 부분이 있었다. 이에 반해 산초는 평소 생각이 좀 달랐다. 좀 더 인간 중심이라고 할까? 개발을 통한 경제력 상승이 사람들을 행복하게 만들어 줄 수 있다면, 개발을 해야 한다는 입장이었다. 산초는 개발에 대해 찬성한 존의 생각이 궁금했다. 그러나 존은 묵묵히 듣기만 했다. 밥은 또 재채기를 했고, 데이빗은 자리에 앉았다. 그러자 풀만 씹어 먹던 브룩이라는 남자가 점잖게 말하기 시작했다.

"우리도 인간과 자연의 공생에 찬성합니다. 개발을 하면 절대 안 된다는 입장은 아닙니다. 개발위원회가 주장하는 것 중에 외부의 자본이 들어오면 우리 마을사람들과 달리, 인정사정 안 보고 마을과 주변의 환경을 파괴할 수 있다는 말에 동의합니다. 우리도 그런 것은 원치 않습니다. 그 것을 막기 위해서 우리가 제시할 답은 하나입니다. 자연을 보존한다는 전제하에 제조업보다 더 이익을 창출할 수 있는 사업을 하는 것입니다. 관광사업도 좋은 예지만, 이에 국한되지 않고, 여러 사업을 생각할 수 있습니다. 어떤 사업을 해서 환경을 보존하면서 돈을 벌 것인지가 우리 마을이 집중해야 할 과제인 거지, 어떻게 우리들을 설득해서 공장을 세울지가 중요한 과제는 아닙니다."

다른 사람들도 각자 자신의 생각을 이야기했다. 시간이 좀 지나자, 데이빗은 잠시 화장실을 다녀오겠다면서 일어섰다. 그가 나간 뒤, 좀 지나자 마침내 존이 입을 열었다. 그런데 놀랍게도 그의 입에서는 주제와 전혀 상관없는 이야기가 나왔다.

"밥 씨, 아까 오다 들었는데, 개나 늑대의 털 알레르기가 있어서 재채기를 하신다고 들었는데, 데이빗 씨가 나가니까, 재채기를 더 이상 하지 않으시는군요."

모두가 일제히 존을 쳐다보았다. 존은 차분한 목소리로 말을 이어 나갔다.

"이야기가 오래 되다 보니, 밤이 깊었습니다. 화장실은 이 회관 안에 있을 텐데, 밖으로 나간 데이빗 씨의 안부가 걱정됩니다. 잠시 저와 함께 그를 찾는 것을 도와주시겠습니까?"

존은 일어서서 문을 열고 나갔다. 회의실의 분위기는 갑자기 놀라움과 당혹함으로 변하기 시작했다. 산초는 밥을 한 번 보고 존을 따라 나갔고, 다른 이들도 존을 따라서 회의실 밖으로 나왔다. 존은 회관의 한쪽 구석으로 망설임 없이 걸어갔다. 그곳에는 큰 개집이 있었고, 그 안에 개인지 늑대인지 구분이 안 가는 동물이 있었다.

"두려워하지 마십시오. 당신이 누구인지 이미 알고 있었습니다. 다시 회의실로 들어가시죠. 데이빗 씨."

존은 개집 앞에서 말을 했고, 그 안에서 잿빛 늑대 한 마리가 걸어 나왔다. 그들을 따라온 사람들 중 몇몇이 한숨을 내쉬었다. 산초는 놀라움이 가득한 눈으로 존과 밥을 보았다. 회의실 안에 그들이 모두 들어오자, 밥은 문을 닫았다. 그는 한 번 더 재채기를 하였다.

"이게 무슨 일입니까?"

놀라움과 두려움으로 가득 찬 산초가 물었다. 그들이 대답하기 전에 존이 먼저 산초에게 대답했다.

"보이는 대로라네. 이들 중 일부는 사람이 아니라네. 아마도 마법이나 물약의 도움으로 인간의 형태를 유지한 것이겠지. 하지만 걱정하지 말게. 악한 존재들은 아니니까. 여러분, 괜찮으니, 본모습을 보여주시지요. 여러분이 동물의 형태를 취한다고 해도 난 여러분과 대화가 가능합니다."

밥은 산초를 데리고 가서 자초지종을 설명했다. 존의 말대로 이들 중 일부는 동물이며, 각자의 사정이 있어서 멀리 있는 마법사들에게 변신 물약을 사서 인간처럼 지내고 있다고 하였다. 산초는 전에 둘시난테를 추적하기 위해 만났던 '숲의 마법사'들을 떠올렸다. 어떤 상황인지 이해할 수 있었다. 놀라운 것은 존이 그 모든 것을 알고 있었다는 것…. 어쩌면 존은 살짝 미친 사람이 아니라, 숲의 마법사의 말처럼 대단한 마법사일지 모른다는 생각이 들었다. 정말 신의 사자일까? 그건 알 수 없지만, 존에 대한 인식이 바뀐 것만은 확실했다. 밥과 산초가 말하는 동안 몇몇의 사람들의 모습이 변하기 시작했다. 연우는 수달로, 텐구는 큰 새로, 로마노프스키는 곰으로, 브룩은 사슴으로 변하였다. 존은 그들에게 왜 인간으로 변해서 개발을 반대하는지 솔직한 이야기를 해달라고 했다. 동물로 변한 그들은 아직 서툰 인간의 말이 아닌 익숙한 자신들의 언어를 이야기하기 시작했다. 그들의 감정과 전달하고자 하는 의도는 왜곡되지 않고, 존에게 전달되었다.

"알다시피, 우리 늑대는 무리 생활을 합니다. 매우 넓은 영토를 필요로 하죠. 그 영역이 인간들과 겹칠 때가 있어요. 오래 전 이야기지만, 이 마을을 지나던 사냥꾼 무리가 있었습니다. 우연이었죠. 그들은 여행 중이었어요. 그런데 그들이 우리와 만난 겁니다. 우리들은 그들에 의해서 대다수가 죽었습니다. 더 이상 무리를 유지할 수 없었죠. 결국 우리는 무리 사냥을 포기하고, 한 마리의 개가 되어 마을 농가를 습격해서 간신히 먹고 살게 되었습니다. 그러나 농부들은 이를 지켜보고만 있지 않았습니다. 함정과 총에 의해 내 가족들이 모두 죽었습니다. 나는… 나는… 단 한 명 살아남은 이곳의 늑대입니다. 너무 외롭고, 쓸쓸하고, 살고 싶었기에 인간이 되기로 결심했습니다. 밥의 도움으로 멀리 있는 마법사들에게 변신 물약을 받았죠. 이제 세 번만 그 물약을 마시면, 완전한 인간으로 변할 겁니다. 인간으로 변해도, 내가 늑대였을 때 가지고 있던 기억들이 사라지지는 않아요. 인간은 자연의 주인이 아니라, 일부일 뿐입니다. 그것을 받아들이고, 인간을 위한 환경변화를 최소화해야 합니다. 한 명의 인간을 위해서 얼마나 많은 동식물들이 죽어 가는지 아십니까?"

존은 고개를 끄덕였다. 그의 시선은 다른 동물을 향했다. 날 것이라 볼 수 있는 물고기를 먹던 연우, 아니 수달이 자신의 이야기를 하기 시작했다.

"이곳의 자연환경은 깨끗한 편이지만, 예전과 다릅니다. 내가 살던 곳의 물은 많이 오염되었고, 주식인 물고기들이 많이 죽었습니다. 인간들의 대량 어획도구가 물고기들을 죽인 주범이죠. 더 이상 살기가 어려워지자, 우리 가족은 이동을 하기로 결정했습니다. 하지만, 우리들이 살 만한 곳은 이미 다른 수달들이 다 차지하고 있었고, 우리 가족은 살 곳이 없었습니다. 떠돌이 생활은 고달팠고, 늘 굶주렸습니다. 결국 우리는 우리를 쫓아낸 인간에게 돌아왔고, 그들 속에서 삶을 살아가기로 결정했습니다. 아직 내 아버지는 인간을 원망하고 있지만, 난 그렇지 않아요. 인간이 되기로 결심했죠. 하지만, 난 내가 뛰어 놀던 강이 공장의 폐수로 더럽혀지는 것은 원치 않습니다. 강가에서 옛 추억을 생각하는 것. 그 작은 행복마저 앗아가 버리는 것은 너무 가혹한 일입니다."

그가 말을 마치자, 새가 존을 보았다. 그는 떨어지지 않는 입을 간신히 열면서 말을 했다.

"난 별로 자세히 말하고 싶지 않아. 사람들은 가을이 되면, 나무 열매를 모두 털어갔지. 봄에도, 여름에도 우리가 먹을 것은 없었어. 2년을 그렇게 보내자, 결국 내 아이들이 굶어죽었다네. 난 너무 괴로웠지. 더 이상 살고 싶지 않았어. 그때 밥을 만났고, 나는 새로운 삶을 선택했지. 그들이 말하는 개발은 인간들에게는 이롭지만, 어딘가에 나처럼 병들고 굶주린 아이들을 먼저 보내야 하는 동물부모들의 마음을 헤아려 줄 수는 없을 거라네. 난 나 같은 희생자가 또 나오기를 바라지 않아. 인간들에게는 미안하지만, 난 개발에 찬성할 수 없다네."

곰이 된 로마노프스키는 구석에서 남은 음식들을 모두 먹고 있었다. 그는 사슴 브룩을 흘깃 보다가 브룩의 표정이 좀 어두운 것을 보고 애써 밝게 이야기했다.

"사실 난 이들 중에서 가장 형편이 좋아. 가족들의 희생 같은 것이 없었거든. 난 겨울잠을 자야 하는데, 인간들의 도시 근처는 소음공해가 심해서 제대로 잠을 잘 수가 없지. 음식도 많이 부족했고, 다른 곳으로 가려고 했는데, 여긴 산이 크지 않아서, 인간의 도시를 지나지 않고는 다른 산으로 갈 수가 없더군. 알고 있겠지만, 인간들의 도시에 곰이 나타난다면 어떻게 되겠나? 결국 난 포기했지. 이곳으로 돌아오다가, 밥을 만났고, 인간이 되기로 결심했어. 적어도 인간이 된 지금은 먹을 것 걱정은 안 해. 먹을 것은 많아. 사 먹을 돈이 없는 게 문제지. 하하하."

로마노프스키는 조금은 허탈한 큰 웃음을 지었다. 그리고 마지막 남은 브룩이 모두의 주목을 받으면서 입을 열었다.

"나도 전반적인 이야기는 비슷해요. 먹을 것이 없어서 우리 가족들이 어려웠어요. 인간들과 타협이 필요했죠. 그래서 가족들 중 몇 명이 인간으로 변해서 대화하기로 했어요. 사슴으로 남아 있기를 원하는 어머니와 형제들은 아직 숲에 살고 있습니다. 개발이 되면 그들은 더 이상 이곳에서 살 수 없을 겁니다. 난 내 가족을 지키고 싶어요."

존은 고개를 끄덕거렸다. 약간 감성적인 그의 눈시울은 붉어져 있었다. 존은 동물들과 좀 더 대화를 나누었다. 그때 산초는 갑자기 궁금한 것이 하나 생각나서, 밥에게 물었다.

"넌 어떻게 저 동물들과 말을 할 수 있게 된 거지?"

"난 수의사잖아. 근데 실력이 좀 안 돼서…. 동물들이 어디가 아픈지 잘 모를 때가 있어. 그럼 무척 안타깝고 미안한 마음이 들지…. 그래서 동물들에게 직접 증상을 듣기 위한 방법을 찾다가 동물과 대화할 수 있는 물약을 파는 마법사들을 찾아냈지. 물약을 마시면 일주일 정도 동물들의 이야기를 들을 수 있어. 그런데 내가 말하는 것은 잘 전달이 되지 않더라고."

"그 마법사들도 엄청나게 잘 살고 있겠네. 수의사라면 모두가 그 물약을 사고 싶어 할 거 아냐? 전에 만난 '숲의 마법사'들은 브로커가 아주 명품에, 고급차에… 끝내주더군."

"아니, 그렇지는 않아. '숲의 마법사'들은 그들 자체가 기업화된 조직이고, 그렇지 않은 마법사들도 많이 있어. 난 비싸지 않은 가격으로 물약을 샀지. 조건이 붙었는데, 그 조건은 그 물약을 돈벌이에 악용하지 말 것과 도움을 청하는 동물들을 외면하지 말 것, 이 두 가지였지. 모든 마법사들이 숲의 마법사들처럼 돈을 벌고 고급차에 비싼 양복에… 그렇게 사는 건 아냐."

산초와 밥이 이야기를 나누는 동안 존은 마음속에서 결론을 내렸다. 그리고 그는 천천히 몸을 일으켰다.

"여러분은 동물의 입장과 사람의 입장을 모두 겪어보았습니다. 난 개발위원회의 사람들의 합리적인 생각에 찬성하지만, 그분들은 동물의 입장을 겪어 본적이 없죠. 내가 마법사들을 만나서, 잠시 동물로 변하는 물약을 구해온 뒤, 그 분들에게 여러분의 입장을 한 번 경험해 보도록 해 보겠습니다. 그 뒤에 두 집단이 대화를 하면 좀 더 이야기가 쉽게 풀릴 것이라는 생각이 드는군요. 여러분의 상대가 돈에 미친 이익집단이 아니란 것은 여러분에게 큰 행운입니다. 행운은 좋은 결과를 가져오게 마련이죠."

존은 과감한 결단을 통해서 이 일에 본격적으로 참여하기 시작했다. 산초는 존의 생각이 기발하다고 생각했다. 하긴… 인간으로 변하는 동물도 있으니, 동물로 변하는 인간이 무슨 문제가 있겠는가? 동물들보다 인간은 지능이 우수하기에 동물들이 찾지 못한 해답을 인간들이 동물의 입장에서 제시해 줄 수도 있지 않겠는가 하는 기대도 들었다. 밥은 서쪽으로 가면 마법사들을 만날 수 있다고 이야기해 주었고, 인터넷을 통해서 그들에게 메일을 보내겠다고 말했다. 산초는 다른 여행과 달리 이번 여정에 대한 기대감이 들었다. 그리고 그리 쉽게 해결되지 않을 것이라는 생각도 들었다. 그러나 밥과 동물들을 봐서라도 이 문제에 대해 멋진 해결책을 제시해 주고 싶었다. 밤이 늦었으니, 자고 가라는 그들의 제안에 따라 존과 산초는 마을회관에서 휴식을 취했다.

다음 날 아침, 그들은 다시 인간의 모습이 되어서 각자의 일터에 나갔다. 존은 마법사를 찾는 것 외에 특별한 부탁을 하나 더 받았다. 서쪽으로 가는 길에 자신의 친척이 있는 야생동물 보호소가 있는데, 안부 편지를 전해달라고 하는 쪽지와 함께, 브룩이 신선한 과일 샐러드를 선물하고 간 것이었다. 존과 산초는 정성이 담긴 아침을 먹고, 브룩의 편지를 챙겼다. 그들은 만족스런 기분으로 모두의 기대를 안고 마을을 떠나 서쪽으로 향했다. 여전히 둘시난테가 그들을 이끌었음은 당연한 것이었다.

궁극의 파괴자 2

근무 264일째 일기

오늘은 내 인생에서 가장 중요한 날 중의 하나다. 결국 오늘 나는 그 보고서를 소장에게 제출하고야 말았다. 예상대로 소장은 불같이 화를 냈다. 그러나 지금도 내 행동에 대해 후회하지 않는다. 임상실험은 잘못되었다. 우리가 돼지, 쥐 그리고 다른 야생동물을 대상으로 수십 차례에 걸쳐서 만들어낸 실험 결과가 인간에게 그대로 적용될지 아무도 확신할 수 없다. 돼지는 돼지, 인간은 인간이다. 아무리 유사한 것이 있다고 해도, 동물 실험의 결과가 인간에게 그대로 나타나는 것은 아니다. 특히 이번 항생제는 더욱 그렇다. 학계에서는 이정도 실험 데이터를 제출하면 인정해 주겠지만, 만에 하나 우리가 잘못한 것이 있어서 이 약이 인간에게 치명적인 질병을 가져온다면, 그 비극과 재앙을 누가 책임질 것이며, 어떻게 해결할 수 있겠는가? 모든 것은 내 보고서 안에 정리되어 있다. 그러나 소장은 보고서 폐기 명령과 함께 나를 식용동물 사육장으로 발령을 냈다. 일명 '공장'이라 불리는 곳. 해고당하지 않은 것에 감사해야 하는가? 아니, 일자리에 연연하지 말고, 경찰과 언론에 내 보고서를 공개하는 것이 옳은가? 오후 내내 고민하였다. 내가 내부고발자가 된다면, 나와 함께 연구한 사람들은 어떻게 되는가? 입사한 지 한 달 되는 인턴 직원들은? 내 가족들은? 그렇다고 해서 내가 침묵한다면, 그 침묵의 대가로 발생할지 모르는 약의 부작용을 감당할 수 있을 것인가? 공장에서 짐을 푸는 것은 그 고민에 대한 답이 나온 다음에 할 일이었다. 그러나 나는 충분히 고민할 시간이 없었다. 공장의 책임자는 나를 데리고, 시설 안내를 해야 한다고 했다. 방역복을 입고, 말로만 듣던 공장에 들어갔다. 오! 맙소사! 인간이 만든 지옥이 있다면, 그건 이 공장을 두고 하는 말일 것이다. 나는 왜 식용동물을 키우는 사육장이 공장으로 불리는지 그 의미를 잘못 이해하고 있었다. 고기가 기계처럼 상품화되었기에 사람들이 이를 비유하여 공장이라고 부른다고 착각하고 있었던 것이다. 그게 아니었다. 우리가 먹었던, 달걀과 닭고기와 돼지고기들은 정말 기계처럼 생산되고 있었다. 동물들은 낮과 밤을 구분할 수 없는 전기불빛 아래서 24시간을 살고 있었다. 그런 환경이 되면, 닭은 하루에 한 개 낳을 알을 두 개 낳는다고 한다. 그들은 작은 철창 안에 갇혀 있었다. 태어날 때부터 죽을 때까지 그 철창을 나가지 못한다. 다 자란 동물들은 그 철창 안에서 제대로 움직일 수조차 없었다. 돼지도 닭도 제대로 걷지도 움직이지도 못하는 상태였다. 수백 마리가 모두 똑같은 상황에서 살고 있었다. 배설물은 관을 따라서 한 곳에 모이는데, 그 관은 언제 청소했는지 알 수 없었고, 제대로 작동하지도 않았다. 종종 높은 철창에 있는 동물의 배설물이 아래쪽의 철창으로 떨어지곤 했다. 그러나 아래쪽의 동물은 너무 좁은 철창 때문에 움직이지 못해서 그 배설물을 털거나 닦을 수조차 없었다. 그들에게 주어지는 사료는 가장 싼 배합사료이며, 사료에 엄청난 양의 항생제를 섞는다. 당연한 말이지만, 이런 환경에서 사육되는데, 항생제가 없다면, 집단 폐사할 것이 분명했다. 돼지들의 눈은 초점이 없었고, 입에서는 계속 침을 흘리고 있었다. 도대체 이게 인간이 할 짓인가? 이런 고기들이 사람들에게 팔려나간다는 말인가? 여기가 지옥이 아니면, 도대체 어디가 지옥이라는 말인가? 토할 것 같았다. 공장에서 나와 방역복을 벗고, 사무실에 들어온 뒤에도 한참 동안 진정이 되지 않았다. 진한 커피를 세 잔 마시고 나니, 토할 것 같은 기분이 좀 나아졌다. 더 이상 고민할 시간이 필요하지 않았다. 나는 보고서를 외부에 공개할 것이다. 연구소장과 여러 업자들이 나를 상대로 소송을 하고, 일자리를 잃고, 경제적인 어려움과 동료들의 비난 속에서 배신자로 멍에를 뒤집어쓰더라도 나는 해야 할 일을 해야만 하겠다. 신이여. 부디 나에게 용기를 주소서. 당신이 창조한 이 위대한 세상에서 벌어지는 참극을 이대로 외면하지 마소서.

근무 265일째 일기

어제 본 모습이 너무 강렬해서였을까? 밤새 동물들이 죽어가는 악몽에 시달렸다. 내가 지은 죄의 대가를 받는 것이겠지. 오전에 간단히 문서업무를 하고, 밖에 나갈 준비를 하고 있었다. 그때 외부에서 방문객 두 명이 공장에 왔다. 야생동물 보호소를 찾아왔다고 했는데, 담당자들이 모두 휴가 중이고, 소장도 멀리 출장을 가서 전임자인 내가 그들을 상대하게 된 것이다. 그들은 수달과 사슴 등이 이곳에서 보호받고 있다는 것을 알고 있었다. 환경단체 사람들 같지 않았는데, 동물과 환경에 관심이 많았다. 이들과의 만남이 내게 기회가 될지, 아니면 연구소장이 함정을 파기 위해 섭외한 스파이들인지 확신이 서지 않았다. 그들은 야생동물보호소에 가고 싶다고 했다. 알고 보니 그들 중 한 명은 다른 나라의 경찰이었다. 그리고 다른 사람은 동물들과 대화를 하고 있었다. 이상한 소리를 내면서 동물들의 말을 통역해 주는 모습이 약간 미친 사람처럼 보였다. 그 미친 사람은 먼 곳에 살고 있는 이 동물의 친척이 안부를 전해달라고 해서 이곳에 왔다고 했다. 이곳은 보호소가 아니라, 동물들을 대상으로 임상실험을 하고, 야생동물을 구경거리로 만들어서 관람객에게 돈을 받으며, 근처의 큰 축사에서는 수많은 동물들을 가두어 두고, 학대한다는 이야기를 자신과 대화한 사슴과 수달에게 들었다고 했다. 그때 난 깨달았다. 이 사람들은 어딘가에 정보를 입수하고, 이곳을 조사하기 위해 파견된 사람들이었던 것이다. 동물과 대화하는 미친 사람인 척했던 남자는 실은 대단한 통찰력과 지식으로 임상실험의 맹점—동물을 대상으로 하는 실험의 결과가 인간에게 동일한 결과를 가져오는 것은 아니라는 것—을 파악하고 있었고, 이곳에서 일어나는 일들에게 대해 정확하게 지적했다. 내가 주저하는 동안 내가 아닌 다른 내부고발자가 상급기관에 연락을 취한 것이 분명했다. 나는 그 경찰과 조사원을 데려가서, 내 권한으로 공장을 견학시켰다. 그들에게 필요한 자료를 제공하기 위해 사진 촬영도 허가했다. 견학을 마친 뒤, 그 조사원은 엄청난 분노를 발산했다. 지적이고, 점잖은 신사로 보였던 그가 그렇게 화를 내다니, 나는 무척 당황스러웠다. 옆의 경찰도 나처럼 당황해하는 모습을 보였다. 그 둘은 오랫동안 알고 지낸 사이였는데, 그렇게 화를 내는 모습은 처음 보았다고 했다. 나는 그를 진정시키고, 내 보고서를 보여주었다. 그러나 난 신중하지 못했다. 소장은 경비원 중 한 명에게 나를 감시하는 임무를 주었던 것이다. 그는 내가 낯선 사람들을 공장에 견학시키고, 내 사무실로 데려와서 밀담하는 것을 소장에게 보고했다. 소장은 내게 전화를 했고, 내일 돌아오는 대로 경비원들과 함께 나와 그 남자들을 체포하고 고소하겠다고 했다. 내게 마지막 기회를 줄 테니, 당장 그 보고서를 폐기하고, 그 남자들이 밖으로 나가지 못하도록 어떤 핑계를 대서라도 잡아 놓으라고 했다. 난 소장의 이야기를 그대로 그 사람들에게 전했다. 그러자, 그 조사원은 신의 허락을 받았다면서, 이곳이 파괴될 것이라고 말했다. 신의 허락이라는 것은 아마도 상급기관의 누군가에게 보고한 것에 대한 비유일 것이다. 각국의 유명 정보기관의 사람들은 그런 식의 암호를 사용한다는 것은 알고 있었다. 이곳이 파괴된다는 것은 정식조사가 시작된다는 것을 의미하는 것이리라. 그때가 되면, 이 일기도 증거자료로 제출하게 될지 모른다는 생각을 했다.

근무 266일째 일기

266일이라고 하지만, 사실 267일에 적는 것이다. 왜냐하면 266일은 믿지 못할 일들로 가득 차서 도저히 일기를 적을 시간이 없었기 때문이다. 그저께는 잠을 제대로 잘 수 없었다. 미래에 대한 불안감과 어떻게 행동해야 할지 계획을 세워야 되었기 때문이었다. 누가 나를 감시하는지 알 수 없었기 때문에 남들이 잠든 새벽에 몰래 보고서와 여러 자료의 사본을 만든 뒤, 조사원들에게 사본을 주고 뒷문을 통해 그들을 내보낸 다음, 시간을 최대한 끌겠다는 것이 나의 계획이었다. 그런데, 젠장. 새벽부터 엄청난 폭풍이 몰아치기 시작했다. 밖에 나가기는커녕, 전기나 수도가 끊어지지 않을까 걱정해야 할 정도의 날씨였다. 이곳에서 근 1년 가까이 지냈지만, 이런 폭풍은 본 적이 없었다. 이 지역에 이 정도 규모의 폭풍이 분 것은 사상 처음 있는 일이라고 했다. 거센 비바람 때문에 공장의 근무자들은 모두 새벽에 일어나서, 시설 보수에 여념이 없었다. 모두가 잠든 틈을 이용한다는 나의 계획은 빗나갔지만, 아무도 나에게 신경을 쓰지 않고 있던 것은 기회였다. 나는 열심히 자료를 복사했다. 복사를 마치고 나니, 아침 6시가 되었다. 그리고 나는 조사원과 경찰을 찾았다. 내가 일기를 지금에야 쓰는 것은 그때부터 일어난 일련의 사건들 때문이다. 폭풍은 결국 공장의 천장을 부수고, 벽을 날려버렸다. 빗속에서 닭과 돼지들은 울부짖었다. 그리고 나는 지금 생각해도 도저히 믿을 수 없는 광경을 보았다. 곰과 늑대, 사슴무리들과 수달들이 조사원의 지휘에 따라서 야생동물 보호소에 진입한 것이었다. 그 동물들과 경찰은 자물쇠를 부수고, 우리에 갇힌 야생동물들을 구출해내었다. 그것은 나 말고도 여러 경비원이 보았다. 그러나 우리는 그 누구도 그들을 막을 생각을 하지 못했다. 불어오는 폭풍에 제 몸 가누기도 힘들었고, 우리가 본 것을 믿을 수 없었기 때문이었다. 야생동물들은 모두 보호소를 탈출했고, 어느 순간 다 사라져 버렸다. 조사원은 경찰과 함께 나에게 왔고, 나에게 자초지종을 설명할 시간이 없으니, 어제의 보고서를 달라고 하였다. 나는 새벽에 인쇄한 사본과 자료를 모두 주었다. 경찰은 그 자료를 가지고 뒷문을 통해 나갔다. 언론과 경찰서, 다른 기관에 제보하겠다고 하였다. 그 조사원, 아니 조사원이라고 볼 수 없는 그 이상한 남자는 폭풍에 전혀 개의치 않고 행동했다. 지금 생각이 드는 것인데, 이상하게 그가 곁에 있으면 바람도 불지 않고, 비도 거의 맞지 않는 듯했다. 물론 그런 일은 있을 수 없다는 것을 알고 있다. 내가 당황해서 착각한 것이겠지. 그 사람이 날씨를 조종하지 않는 한, 그런 일은 불가능한 것 아닌가? 세상에… 날씨를 조종하고, 동물과 대화하는 사람이라니. 그건 인간이 아니라, 천사나 악마 같은 존재겠지. 그는 사람들이 폭풍에 휘말려 다칠 수 있으니, 모두 건물 안으로 들어가 있으라고 말했다. 철창 안의 동물들은 처음 보는 비바람에 힘이 빠진 듯, 모두 축 늘어져 있었다. 감기라도 걸리면 단체로 죽을 것이 분명했기에 나는 그곳의 남은 모든 사람들을 동원해서 동물들에게 줄 약을 만들고, 동물들의 사료에 부어서 먹이로 주었다. 어느새 시간은 점심이 훌쩍 지나있었고, 폭풍은 마침내 그쳤다. 폭풍이 그친 늦은 오후에 소장의 차가 도착했다. 소장은 엉망이 된 야생동물 보호소와 공장을 보고 크게 화를 내었다. 정상인 곳은 사무실과 임상실험실 뿐이었다. 소장과 그 조사원은 서로 말싸움을 하기 시작했다. 자세히 듣지는 못했지만, 그 조사원은 신의 뜻을 받들어서 이곳을 징벌했다고 한다. 금전적인 손해가 있을지라도, 이곳을 폐쇄하고, 동물 사육소를 변경하지 않으면 당신은 평생 동물들의 복수에서 벗어나지 못할 것이라고 말하는 것은 확실히 들었다. 그제야 나는 그가 인간이 아닌, 다른 존재일지 모른다는 생각을 했다. 외계인일 수도 있고, 정부에서 비밀리에 개발한 초능력자일 수도 있었다.

아니면, 전설로만 듣던 동물의 수호신 같은 존재일까? 그냥 미친 사람이라고 넘기기에 그는 너무 이질적인 존재였다. 소장은 그와 토론에서 논리가 밀리자, 경비원들에게 명령을 하여 그를 제압하게 하였다. 그는 춤추듯이 공격을 피하면서 경비원들을 때려눕혔는데, 특히 발놀림이 일품이었다. 올림픽에 출전한 태권도 금메달리스트를 보는 듯했다. 솔직히 말해서, 그의 무술 실력이 뛰어난 것이 아니라, 마치 신발이 그를 조종하는 듯한 느낌을 받았는데, 워낙 이상한 일을 많이 겪은 하루였기 때문에 그런 느낌을 받은 것이 아닌가 싶다. 소장과 그에게 충성하는 무리들이 당황해 하는 것이 보였다. 바로 그때였다. 경찰과 기자들이 이곳에 도착한 것이…. 그들은 연신 카메라로 이곳의 모든 것을 찍기 시작했다. 그들이 도착한 뒤 얼마 지나지 않아서, 환경단체들도 여기 모였다. 여러 환경단체 중에서도 가장 과격한 친구들이 왔다. 소장의 능력으로 감당할 수 있는 상황이 아니었다. 나와 다른 동료들은 참고인 자격으로 경찰에 불려갔다. 그 당시는 몰랐다. 그러나 돌아오는 길에 나는 그 이상한 남자와 경찰이 사라진 것을 깨달았다.

근무 267일째 일기

267일이라고 하지만, 사실 266일의 일기를 쓰고 바로 이 이야기를 적고 있다. 조사를 마치고 나는 바로 잠이 들었다. 깨어나니, 점심때였다. 어제 일어난 일들은 결코 꿈이 아니었다.

그들은 누구일까? 어디에서 왔고, 어디로 가는 것일까? 정말 사람들일까? 잠시 상상을 하다가, 아침을 먹었다. 경찰들이 다시 찾아왔고, 나는 내 보고서가 여러 기관과 언론에 배포된 것을 알았다. 내가 일하던 연구소에서 문자로 해고 통보가 왔다. 뭐, 예상한 일이었다. 내가 했던 행동 중 법적으로 문제되는 것이 있으면, 나에게 소송을 하겠다는 내용도 포함되어 있었다. 그것도 예상한 일이었다. 용기 있는 영웅이라고 칭찬하면서 나에게 쏟아지는 스포트라이트와 관심들은 오래지 않아 사라질 것이고, 나는 대중의 관심 밖으로 사라지고 잊힐 것이다. 그리고 지루한 법정공방이 수년 동안 나를 괴롭힐 것을 알고 있다. 내가 걱정했던 모든 일들이 현실로 일어날 것 또한 알고 있다. 그러나 시간을 되돌린다 하더라도 나의 선택은 변함이 없다. 이 세상에 나와 같은 괴로움을 겪는 사람들이 조금이라도 줄어들기를 바란다. 내 자식들은 나처럼 살지 않기를 바란다. 더 이상 수많은 동물들이 고통받지 않기를 바라고, 확실하지 않은 임상실험 결과에 의해 만들어진 약들이 시장에 판매되지 않기를 바란다. 내 앞의 미래가 외롭고 힘들지라도, 나는 의연히 걷겠다. 결코 포기하지 않겠다. 신이여, 내게 용기를 주소서.

궁극의 파괴자 3

"도대체 왜 거기서 도망친 거에요? 확실히 끝을 냈어야 했어요. 존. 남겨진 사람들이 받을 고통을 생각해봐요. 우리는 그 사람들을 도와줄 수 있었어요."

"산초. 우리의 역할은 그게 아니었어. 잘못된 것을 알리고, 사람들에게 그것을 고칠 기회를 주는 거야. 우리가 나서서 모든 것을 해결하는 것이 아니야."

"분명히 힘 있고, 돈 있는 사람들이 그걸 덮으려고 할 거고, 미셸 박사는 진실을 알리지 못하고, 반대로 고발당해서 감옥에 들어갈지도 모른다고요."

"그것이 그녀의 역할이겠지. 우리가 할 일은 아니야. 산초. 그 마음은 나도 이해하네. 나도 동물들의 모습을 보고 분노했어. 내 평생 그렇게 화가 난 적은 거의 없었지. 하지만, 나는 냉정해져야 했어. 분노가 문제를 해결하지는 않아. 우리는 문제를 발견하고, 사람들에게 그것을 해결할 기회를 주는 거야."

"존. 벌써 두 시간째 같은 이야기를 반복하고 있지만, 난 반대에요. 난 우리가 해결하는 데 참여하길 원해요. 계속 우리 역할이 그거라면, '우리'가 아닌 '나'라고 해요. 난 그 역할에 동참할 생각이 없어요. 문제제기만 할 거라면, 나만타에서 왜 기계를 부쉈어요? 그냥 그런 문제가 있다고, 써 붙이기만 하지."

"그건 악마와의 싸움이었지. 악마와 싸우는 건 내 역할이거든."

"종교에 심취하니 운명론자가 되는 겁니다. 우리의 인생이나 미래는 정해져 있지 않아요. 운명이나 역할 같은 것도 없어요. 내 인생이 태어나기 전에 정해져 있고, 난 그 길을 따라갈 뿐이라면, 인간의 자유의지란 말은 신이 만든 최고의 거짓말일 겁니다."

"대다수의 사람들은 인생에서 정해진 운명이 많지 않다네. 그런 것은 숙명이라고 하지. 나머지는 자유의지에 의해서 변한다네. 그러나 몇몇 사람들은 그러한 숙명을 충실히 이행해야만 하네. 위대한 종교의 창시자들이나 뛰어난 학자들은 특정한 임무를 가지고 이 땅에 태어났지. 그들이 해야 할 임무는 숙명이 되고, 그들은 인생에서 반드시 그 일을 해야만 한다네. 그것이 그들 인생의 존재이유이기 때문이지. 그것은 나도 마찬가지라네. 자네는 그 중간에 서 있지. 인류와 개인의 발전을 위해 자네의 운명을 선택해야 하네. 그 과정은 인간적이지도 않고, 즐거움과 기쁨이 가득한 것도 아니라네."

"만일, 나에게 주어진 역할이 나를 구속한다면, 나는 다른 길을 택할 겁니다. 난 당신처럼 수많은 신들의 사랑을 받고, 동물과 말하고, 날씨를 조종하는 마법을 쓰지 않아도 행복하게 살 수 있어요."

브룩의 편지를 전해 주려다가, 큰 사건에 휘말렸다. 그 사건의 끝에서 존과 산초는 의견의 충돌을 보였다. 존은 각자의 인생은 주어진 역할이 있으며, 그 역할에 충실한 삶을 살아야 한다고 말했고, 산초는 그 역할 자체를 부정하였으며, 설령 역할이 주어진다 하더라도 어디까지나 참고일 뿐, 역할의 한계를 두면 안 된다고 말했다.

정신없이 떠들던 둘은 해가 지는 것을 뒤늦게 깨달았고, 근처의 외딴 성에서 하룻밤 묵어가기로 하였다. 그곳은 외진 곳에 있는 성이었지만, 사람도 많이 살고 있었고, 규모도 제법 큰 편이었다. 그 성은 매년 개최되는 허풍쟁이 대회가 열리는 장소였다. 내일부터 예선이 시작되는데, 예선에 참가하기 위해 모인 사람들이 가득했다. 예선은 15일간에 걸쳐 진행되고, 예선 통과자 64명을 대상으로 하는 토너먼트 방식의 본선이 열린다. 본선 우승자는 성주가 내건 상금과 함께 대회 순이익의 20%를 상금으로 받고, 비공식적인 도박에서 자기에게 걸린 돈의 일부를 받는다. 매년 금액이 다르지만, 1회 우승 상금이면 2, 3년 정도 놀고먹을 수 있는 금액이기에 지역주민들에게 인기가 있었다. 존과 산초는 논쟁과 여행에 지쳐 있었지만, 그런 재미있는 대회를 구경하거나 참가하는 것을 포기할 만큼 피곤한 사람들은 아니었다.

다음 날 아침, 존과 산초는 예선 참가 신청을 했다. 예선 15일 중 자신이 원하는 일자를 골라서 참가하는데, 많은 참가자들은 초반에 상대를 탐색하고 견제하기 위해 예선 일정 중 후반부에 참가 신청을 하였다. 존과 산초는 그럴 만한 시간도 없었고, 재미로 참가하는 것이기 때문에 첫날 참가 신청을 했다. 맛있는 음식과 음료가 가득한 곳에서 존과 산초는 각각 15번, 21번의 순번을 받고 주변 사람들과 놀면서 기다렸다. 15번을 받은 산초는 13번 예선 참가자가 발표를 마치자,

연단으로 가서 자신이 할 말을 준비했다.

14번 발표자는 특별한 주제 없이 산발적인 이야기를 하였다.

"여러분, 운명교향곡이라는 음악을 알고 계십니까? 베토벤이 청력을 잃은 다음에 작곡한 것이죠. '이것이 운명의 두드림이다.'라고 말했던 베토벤의 말은 거짓입니다. 이것이 나의 운명이라는 확신, 그로 인해 얻은 기쁨과 환희…. 그러나 알고 보니 이것은 나의 운명이 아니었다는 깨달음, 그로 인한 좌절과 고통…. 그래도 포기하지 않고 다시 나의 운명을 찾아 삶을 개척해나가는 것을 반복하는 것이 그 음악의 주제입니다. 그리고 여기 고흐가 직접 그린 뉴턴의 초상화를 보십시오."

그는 수많은 기호 사이에서 유리병을 들고 찡그린 뉴턴의 그림을 꺼냈다. 고흐는커녕, 붓을 쥘 줄 아는 누구라도 그릴 수 있을 만한 수준의 그림이었다. 그것이 뉴턴의 그림임을 알 수 있는 것은 그림 아래 뉴턴이라는 글자가 적혀 있기 때문이었다.

"뉴턴은 수학자인 동시에 뛰어난 연금술사였습니다. 이 것은 뉴턴의 업적이 어떻게 이루어졌나를 나타내는 초상화입니다. 단순히 얼굴만 그린 초상화와는 차원이 다릅니다. 이 기호들은 연금술 기호들이지만, 특정 사람을 나타내는 기호이기도 합니다. 뉴턴은 은둔형 천재였지만, 훌륭한 사람들을 만나서 발전할 수 있었습니다. 많은 사람들이 사과와 만유인력만 기억하는데, 오늘날 존경받는 뉴턴이 있게 한 것은 사과 하나가 전부가 아니라는 뜻에서 이 초상화는 사과를 그리지 않은 것입니다. 이 기호들은 전임 교수인 아이작 배로우를 가리킵니다. 케임브리지대 루카스좌 교수였죠. 루카스좌 교수란 쉽게 말해서 정년이 보장된 교수직입니다. 그는 루카스좌 교수를 뉴턴에게 넘겨서 경제적인 안정과 케임브리지에 남을 기회를 주고 자기는 성직을 가졌습니다. 그리고 다른 기호는 애드먼드 핼리를 말합니다. 뉴턴은 말년에 연금술에 심취했는데, 그는 우주의 모든 것은 신의 법칙에 의해 창조되었고, 이를 수학적으로 증명할 수 있다고 생각했습니다. 그것이 이 연금술 기호들입니다. 뉴턴이 애드먼드 핼리와 함께 편찬한 책이 유명한 『프린키피아』인데, 그 책은 자연철학의 수학적 원리라는 뜻을 가지고 있습니다. 제가 왜 이런 이야기를 하느냐? 초상화란 단순히 사람의 외형이 아니라, 그의 감추어진 모든 것을 나타낼 수 있어야 한다는 것입니다. 그리고 여기 에디슨의 초상화를 보십시오."

"너무 재미없군."

"그러게요. 거짓말을 하려면 진지하고 그럴듯하게 하거나 아니면 웃기면서 해야 하는데."

어느새 산초의 곁에 다가온 존이 가늘게 눈을 뜨고 말했다. 산초도 고개를 끄덕이면서 주변을 보았다. 몇몇 남자들만이 그의 이야기를 집중해서 듣고 있었고, 대부분은 자기 할 일을 하고 있었다. 결국 14번 참가자는 이야기를 다 끝내지 못하고, 끌려오다시피 내려오게 되었다. 진행자는 다음 참가자인 산초를 불렀다. 산초는 준비한 메모를 가지고 연단위에 올라섰다. 13번과 14번의 지루한 연설을 들은 관중들은 어떤 기대도 하지 않는 눈빛으로 그를 바라보았다.

"아, 여러분. 나는 미래 에너지에 관한 거짓말을 하려고 합니다. 바로 원자력에너지에 관한 이야기죠. '원자력'하면 사람들은 체르노빌이나 후쿠시마 같은 재앙을 떠올립니다. 그리고 조금 더 공부한 사람들은 핵폭탄과 버섯구름의 이미지를 떠올리게 되죠. 왜 그럴까요? 원자력이 그렇게 무서운 것이라면, 왜 인간들은 그것을 사용하여 의료기기나 전기를 만들고 있을까요? 지금 당장 그 개발을 중지하지 않고!

원자력은 인류가 사용할 궁극적인 에너지는 아니지만, 인류가 정복해야 할 에너지 중의 하나입니다. 원시시대 누군가가 불을 처음 사용하기 시작한 이래 인류의 생활에서 불은 없어서는 안 될 존재가 되었습니다. 지금도 인간은 불을 완벽히 제어하지 못해서 종종 대형 화재를 내곤 합니다. 하지만, 어느 누구도 불을 사용하지 말자고 하거나 처음 불을 사용한 이를 원망하지 않습니다. 그 이유는 불을 사용하는 것은 인간이고, 인간이 어떻게 사용하는가에 따라 좋은 결과를 만들어낼 수 있다는 것을 알고 있기 때문입니다. 중요한 건 불이 아니라 인간입니다. 불 자체는 이로운 것도 해로운 것도 아닙니다.

원자력도 이와 같습니다. 인간이 어떻게 다루느냐에 따라 이로운 에너지원이 될 수도 있고, 위험한 힘이 될 수도 있습니다. 그 열쇠를 쥐고 있는 것은 인간인데, 교묘하게 원자력 그 자체가 악인 것처럼 다루어지곤 합니다. 사람이 칼로 다른 사람을 죽이면, 사람이 사람을 죽였다고 하지 칼이 사람을 죽였다고 하지 않습니다. 그런데 원자력에 대해서는 그런 상식을 적용하는 대신, 원자력 자체가 악하고 죄가 있다는 선입관을 갖게 됩니다. 무수한 이미지에 의해 세뇌된 탓이죠. 무의식중에 원자력에 대한 두려움과 공포를 사람들에게 심어주어서 사람들이 원자력을 외면하게 만드는 검은 세력들이 있습니다. 그것은 바로 오일 카르텔로 불리는 화석연료의 투자자들입니다. 정확히 말하면, 석유와 석탄으로 돈벌이를 하는 거대 기업과 그들의 협력자 정치인들입니다. 그들은 원자력이 화력을 대체하는 에너지원이 되는 것을 경계하고 두려워합니다. 그래서 안전하게 원자력을 이용하는 기술이 개발되지 못하도록 압력을 넣고, 원자력 및 신재생에너지 개발 과학자들을 살해하며, 대중들에게 지속적이고 자극적인 정보를 노출시키면서 막연한 공포감을 조성합니다.

체르노빌과 관련하여 괴물메기나 거대 지렁이의 사진이 인터넷에 유포된 적이 있습니다. 방사능에 오염되어 아무 생물도 살지 못하는 땅이라는 사진도 많이 있었죠. 괴물메기는 웰스메기라는 종으로 원래 그만큼 크게 성장하는 메기였습니다. 다만, 그렇게 성장하기 전에 인간들이 잡았기에 인간들은 메기의 크기를 잘 몰랐던 거죠. 거대 지렁이는 남미에 사는 지렁이들입니다. 체르노빌이 남미에 있는 발전소는 아니죠. 체르노빌 사고 이후 수백 년간 생명이 살 수 없어서 죽음의 땅이라 불리는 그 지역은 이미 식물들에 의해 녹색으로 변하고 있습니다. 의학적인 상식에 비추어 볼 때, 방사능에 노출되었다고 해서 메기나 지렁이가 거대해진다는 것은 말도 안 되는 소리입니다. 그러나 이런 괴담은 진짜인 것처럼 유포되었습니다. 누군가 뒤에서 조직적으로 움직이지 않으면 불가능한 일입니다.

그들은 화석연료를 통해서 자신들이 얼마나 많은 이익을 남기는가 잘 알고 있습니다. 이 세상에서 황금보다, 달러보다, 경제적 화폐로서 더 큰 가치를 지니는 것은 석유입니다. 석유의 지배자들에게 가장 좋지 않은 미래는 그들이 다른 돈벌이를 준비하기 전에 다른 에너지가 개발되어 석유를 대체하게 되는 것입니다. 그래서 그들은 현재 가장 유력한 대체 에너지 후보인 원자력 기술 개발에 많은 제한을 하고, 법적 규제를 만들고, 대중들에게 나쁜 인상을 퍼뜨리고, 더러운 일을 대신해 줄 정치인을 매수합니다. 전문적인 지식을 갖추지 못한 정치인이 갑자기 원자력을 매도하거나 비난한다면, 우리는 그가 오일머니에 매수당한 것이 아닌가 의심해 봐야 합니다.

누군가가 원자력은 유용하지만, 아직 위험한 에너지이기 때문에 사용하되, 더 많이 노력해서 안전하게 다룰 수 있는 기술을 빨리 개발해야 한다면, 그는 올바른 식견을 제시하는 사람입니다. 그러나 원자력이 위험한 에너지이기 때문에 원자력을 사용하는 것 자체를 금지해야 한다고 주장하는 사람이 있다면, 그의 비밀 계좌는 오일머니에 의해 검고 축축하게 젖어 있을 것입니다. 지금 당장 원자력을 이용한 발전을 중지하면, 대부분의 전기는 화석연료에 의해 생산될 것이고, 화석연료인 석유나 석탄을 다루는 기업들의 주가와 매출이 엄청나게 상승할 것은 누구라도 예측이 가능합니다. 정치인들이 정말 환경을 위해, 미래를 위해 원자력 사용을 반대하는 것일까요? 아니면, 스위스 은행의 자신의 계좌에 시커먼 오일머니를 쌓기 위해 원자력 사용을 반대하는 것일까요?

여러분은 국제적인 오일 카르텔과 원자력 사용 국가의 정치인들과의 결탁 가능성을 늘 상상해봐야 합니다. 겉으로 보기에 깨끗하고, 도덕적으로 보이는 정치인일지라도, 자신의 조직을 이끌고 자신의 신념대로 정치인생을 걷기 위해서는 돈이 필요하기 마련입니다. 돈이 없으면 조직을 이끌 수 없고, 조직이 없으면 자신의 정치적 신념을 관철시킬 수 없습니다. 그 상황에서 세계적인 지배력과 자본력을 지닌 오일 카르텔의 도움을 거절할 정치인이 있겠습니까? 체르노빌과 후쿠시마로 위험한 이미지를 가진 원자력을 비난하라는 아주 손쉬운 제안을 수락하면, 그는 사회비판을 할 줄 안다는 이미지와 함께 엄청난 돈을 얻게 됩니다. 그리고 오일 카르텔이라는 든든한 세력을 등에 업게 되죠. 대개 그런 부류의 정치인들은 원자력 발전의 중단이 석유회사의 이익과 직결된다는 것을 철저히 숨긴 채, 자신의 인기와 뒷돈을 위해 원자력을 비난합니다. 그리고 아직 실현되기 어려운 신재생에너지 등의 장밋빛 환상만을 이야기합니다. 그것이 원자력을 대체할 수 있다는 거짓말을 하는 것입니다. 현실은 원자력을 대신할 에너지가 석유밖에 없다는 것을 알면서도….

원자력은 도전하여 정복해야 할 대상이지, 두렵다고 회피해야 할 대상이 아닙니다. 이미 전 세계에 원자력 발전소 및 원자력을 이용한 의료시설이 수십 개, 수백 개 지어져 있습니다. 원자력은 인류가 발전하면서 거쳐야 할 과정 중에 하나인 것입니다. 수학을 공부하면서 덧셈과 뺄셈만을 공부한 채, 곱셈과 나눗셈이 어렵다고 하여 피해간다면, 어려운 계산이 불가능한 것처럼, 인류가 원자력을 피해간다면, 우리는 그 다음에 우리를 기다리고 있는 또 다른 에너지를 얻지 못할 것입니다. 화석연료가 떨어질 때까지 오일 카르텔의 손아귀에 전 인류의 운명을 맡긴 채, 그들에게 복종해야 할 것입니다. 여러분이 지금껏 보아온 정보의 이미지만을 기억하며, 원자력을 비난하는 것은 결국 화석 연료를 대체할 에너지를 개발하고 있는 모든 과학자들의 의지를 꺾는 것이며, 오일 카르텔과 부패한 정치인들의 배를 불리는 행위이고, 인류의 발전을 저해하는 행위입니다."

산초의 이야기는 13번과 14번의 이야기보다는 그럴듯했다. 산초는 긴장해서 흘린 땀을 닦으며 내려왔다. 잠에서 깬 존이 시원한 토마토 주스를 건네주며 말했다.

"멋진 연설이었군. 합리적인 추론이야. 원자력 발전의 중지는 곧 석유 회사의 이익과 직결되고, 자신의 이익을 위해 오일 카르텔이 정치인을 매수하여 원자력을 비난한다는 논리 전개는 괜찮은데, 어디가 거짓말이라는 거지?"

"아, 근거가 없어요. 그냥 내 생각인 거죠. 심증은 있는데, 물증은 없다고나 할까? 증거가 없는데, 진실이라고 할 수 없잖아요. 그냥 그럴듯한 소설인 거지."

"그래? 뭐 진짜건 아니건 괜찮았어. 앞에 두 명보다는 더 나아."

존의 차례가 오기까지 여유가 있었기에 둘은 다시 연단 앞을 떠나서, 음식을 먹는 데 집중했다.

오후가 되어, 슬슬 존의 차례가 가까워졌다. 20번 참가자는 채식 예찬론자였다. 그는 거짓말이라는 기회를 이용해서 골고루 먹는 것을 비판하고, 채식만이 인류와 지구를 구할 수 있는 길이라는 이야기를 했으나, 워낙 말도 안 되는 이야기였기 때문에 이야기를 마치지 못하고 토마토 세례와 함께 쫓겨나야 했다. 그를 보고 있던 존은 불쌍한 듯 혀를 찼다.

"아무리 거짓말대회라도 저런 이야기를 하면 안 되지. 동물성 단백질을 적절히 섭취하는 것은 육체를 건강하게 유지하는 데 필수요소라고. 그런 상식을 소재로 사용하다니…."

마침내 존의 차례가 되었고, 그는 연단에 올라갔다.

"우리가 사는 세상은 많은 개념으로 구성되어 있습니다. 그중에서도 상대적인 개념들이 우리 삶을 재미있고, 다양하게 만들어줍니다. 예를 들어 승자가 존재하기 위해서는 패자가 있어야 한다거나 지배층이란 계급이 존재하기 위해서는 피지배층이라는 계급이 있어야 한다는 것이죠. 선진국과 후진국이라는 것도 여기에 속합니다. 그러나 그것은 영원한 굴레가 되어서는 안 됩니다."

존은 물을 한 잔 마시고 말을 이어 나갔다. 산초는 제발 존이 종교나 신에 관한 이야기를 하지 않기를 바랐다. 존이 종교나 영성, 신에 관한 이야기를 한다면 5분도 말하기 전에 토마토 세례를 받고 끌려 내려올 것이 분명했다. 존의 이야기는 그럴듯한 거짓말처럼 들리겠지만, 너무 지루하기 때문이었다.

"선진국이나 후진국이나 모두 같은 지구에서 살아갑니다. 선진국은 자신의 국가를 개발하였지만, 후진국은 그렇지 않습니다. 후진국도 영토를 개발해서 잘 살고 싶겠죠. 하지만, 그럴 수 없습니다. 왜냐하면 모두가 쾌적한 자연환경 속에서 살기 위해 일부 환경은 개발하지 않고, 자연 그대로 보존해야 하기 때문입니다. 그리고 자연을 보존하기 위해 개발을 하지 못하는 고통은 고스란히 후진국의 몫이 되겠죠.

아마존은 흔히 지구의 허파라고 합니다. 아마존의 삼림이 이산화탄소를 흡수하고, 산소를 배출하는 것이 전 지구에 중요한 영향을 미친다는 것이죠. 그렇기 때문에 선진국들은 아마존 유역을 영토로 가진 국가들이 아마존 일대를 개발하는 것을 반대하고 있습니다. 아마존 유역에 인접한 국가들은 발전하기 위해 도로를 놓고, 숲을 개간하고, 자원을 채굴해야 하지만, 그러한 활동들은 지구의 자연환경을 훼손시키기 때문에 선진국에서 만든 여러 환경규제들에 의해 개발이 금지되어 있습니다. 그런데 그것이 정말 지구의 환경을 위해서일까요? 그건 아니라는 겁니다.

환경규제강화는 외국기업의 자국시장 접근제한 및 환경규제를 지키지 못한 수입품에 대해 환경관련 부담금과 높은 세금을 부과함으로 자국의 기업을 간접적으로 지원하는 효과가 있습니다. 비관세 수출 장벽 중 하나라고 생각하시면 됩니다. 특히 제조업이 발달하지 못한 후진국에 친환경설비를 강요하거나 오염물질을 배출하는 것에 대해 국제조약에 따른 벌금을 물릴 경우, 후진국은 비싼 투자비와 경쟁력 없는 제품의 가격으로 인해 제대로 된 산업 기반을 갖추는 것 자체가 불가능해질 수 있습니다. 지구를 구하기 위해 만들어졌다고 알려진 환경규제가 선진국의 경제적인 기득권을 유지하기 위한 수단이 될 수 있다는 것입니다.

1989년도의 몬트리올 의정서, 1992년의 기후변화 협약, 2001년의 스톡홀름 협약, 2002년의 화학물질 관리 전략, 2005년의 교토의정서 발효와 같은 조약들은 우리에게 알려진 것처럼 환경보호가 아닌 녹색산업 규제를 통해 국제교역주도권을 잡기 위한 선진국간의 녹색전쟁이며, 후진국들은 이에 희생자가 되었다고 볼 수 있습니다."

존의 이야기를 듣고 있던 사람 중 한 명이 손을 들어서 질문했다.

"그런 협약들이 선진국들의 전쟁이자, 후진국의 발전을 억제하는 수단으로 작용했다는 구체적인 증거가 있나요?"

"1992년에 브라질에서 열린 생물다양성 협약이라는 것이 있습니다. 주요 내용은 좋은 것이었지만, 생물공학기술의 이전 문제 및 생물 다양성 보전을 위한 재정지원문제는 합의가 되지 않았습니다. 기술과 자본 없이 약속만으로 협약 내용이 전부 이행되리라 생각하십니까? 어떤 경우라도 그런 약속은 지켜질 수 없습니다. 협약에 따르고 싶어도 그럴 수 있는 기술과 돈이 없는데 어떻게 하겠습니까? 그 이후 많은 협의와 신설된 규제들이 있었지만, 실천 불가능한 협의와 후진국에게 강하게 적용될 수밖에 없는 규제들은 지구를 위한 약속이라기보다 환경을 무기로 후진국의 개발을 억제하고 그들을 괴롭히는 도구로 쓰일 수 있다는 것을 알아야 합니다."

존은 사람들을 둘러보았다. 존의 이야기를 듣고 있는 사람들의 표정이 심각해지기 시작했다.

"이러한 규제들이 부정적인 것만은 아닙니다. 일단 문제의 심각성을 알리고, 민간단체의 행동을 촉구하는 효과가 있죠. 협약 중 일부가 지켜진다면, 아예 협약이 없는 것보다 긍정적인 효과를 가져옵니다. 하지만, 거기까지입니다.

협약 내용만 본다면, 선진국들이 상대적으로 많은 비용과 책임을 가져가는 것처럼 보입니다. 하지만, 국제정치와 경제를 힘의 논리라는 관점에서 볼 때, 그들은 전혀 손해 보는 것이 없습니다. 그러한 조약들이 후진국에게 피해를 준다는 것을 후진국들도 알기에 제대로 이행하지 않습니다. 선진국들은 빠져나가고, 후진국들은 이행하지 않기에 개도국들이 그 책임을 분담하는 것이 현실이죠. 그리고 협약을 지키지 못한 책임을 국제여론은 후진국에게 몰아버립니다. 무지한 사람들은 후진국들이 자국의 이익을 위해 지구의 환경을 파괴하는 어리석은 국가라고 비난합니다.

환경보호라는 허울 좋은 명목을 이용해서 타국의 개발을 막는 것이 올바른 것입니까? 주권 침해는 아닌 겁니까? 왜 후진국은 자국의 환경을 개발하면 안 됩니까? 후진국들에게 그런 강요를 할 자격이 있는 사람이 있습니까? 선진국 사람들은 개발을 원하는 후진국 사람들을 눈앞의 작은 이익 때문에 환경이라는 큰 것을 보지 못하는 이기적인 사람들이라고 합니다.

그러나 정말 이기적이고 어리석은 사람은 누구입니까? 나는 마음껏 개발하면서 인간이 만든 문명을 실컷 즐겨도 되지만, 너는 지구의 환경을 보존하기 위해 발전된 인류의 문명을 누리지 말고, 미개발된 자연을 지키며 살아야 한다고, 국가적 의무를 강요하는 사람이 더 이기적인 것이 아닙니까?

수많은 환경규제들은 진정 지구를 위한 것입니까? 왜 우리는 개발된 도시에서 살면서 후진국 사람들에게는 도시에서 살 권리를 박탈하는 것입니까? 지구를 지켜야 한다는 이유로 그들의 행복추구권을 박탈할 수 있습니까?"

"선진국, 후진국이 모두 개발만 한다면, 지구의 녹지는 남아 있지 않을 겁니다. 누군가는 괴롭고 힘들더라도 자연을 보존해야 하는 것 아닙니까? 선진국은 대부분 도시니까, 후진국들이 자연을 개발하지 않는 것이 더 나을 것 같습니다. 선진국이 그만큼 돈이나 조약으로 보상해 주는 방안이 필요할 것 같습니다."

눈치 없는 진지한 누군가가 자신의 생각을 큰소리로 말했다. 그러자, 또 다른 누군가가 맞장구를 쳤다.

"후진국이 못 사는 것은 지리적 여건이 가장 큰 이유 아닙니까? 국민성이나 기타 다른 이유도 있을 거라 생각됩니다. 그것이 더 근본적인 이유이지, 선진국이 후진국을 괴롭혀서 못 사는 것은 아니라고 생각합니다. 그것은 20세기에 끝난 이야기입니다."

존은 이것이 거짓말 대회임을 망각하는 질문자들이 싫어지기 시작했다. 자신은 토론을 하기 위해 세미나에 참석한 교수가 아니라, 재미 삼아 거짓말 대회에 참가한 예선 참가자일 뿐이라고 말하고 싶었다.

"선진국이 후진국에게 돈을 주는 것은 큰 의미가 없습니다. 후진국이 개발을 포기하고 받는 돈일지라도, 그것은 보상금이 아닙니다. 선진국은 자금을 제공하면서 정치적인 영향력을 행사하죠. 보통 차관이라고 불리는 융자의 대가로 선진국은 후진국의 자원개발권리나 도로, 항만 부설권리, 군사기지 주둔, 국제기구에서 자신의 의견에 따르게 하는 영향력 등을 받아갑니다. 그보다 근본적인 이유가 있는데 어떤 국가가 외압에 의해 개발을 포기한 삼림을 가지고 있다는 이유만으로 다른 나라에게 돈을 받는 것은 있을 수 없는 것입니다. 그리고 국가가 선진국과 후진국으로 분류되는 원인은 제가 말하고자 하는 바가 아닙니다. 제가 말하고자 하는 것은 돌이킬 수 없는 과거는 제외하고, 현 시점에서 지구라는 공동의 환경 속에서 거주하는 선진국과 후진국이 환경보호를 위해 할 수 있는 최선의 방법을 생각하는 것입니다.

아까 말씀하신 것처럼, 후진국이 환경개발을 포기하는 것은 간단한 일입니다. 그러나 그로 인해 후진국은 낙후된 환경에서 살아야 하고, 이에 대한 보상은 아무것도 없습니다. 그것보다 선진국이 그러한 자연환경을 조성하면서 양측의 의무와 권리를 나누는 것이 어떠한가라고 말하고 싶습니다. 후진국은 자국의 삼림과 늪지를 파괴하더라도 자국민을 위해 개발할 권리가 있습니다. 마찬가지로 자연환경을 도시나 산업기반으로 바꾼 선진국들도 자신들의 자연환경을 지키고, 복구할 의무가 있습니다. 각각의 권리와 의무 사이에 균형과 조화를 이루는 것입니다.

브라질의 벌목을 허용하는 대신, 도시 하나를 숲으로 만들면 안 되는 것입니까? 아프리카나 남아메리카의 국가들의 개발을 막는 대신, 유럽과 동아시아, 북아메리카의 도시가 숲으로 변하면 안 되겠습니까? 개발을 하지 않음으로 얻어지는 환경보존보다 적극적인 행동에 따른 환경복구 혹은 미래의 환경조성이라는 목표 아래 선진국과 후진국이 의무와 권리를 나누는 것이 지구에 더 도움이 되지 않겠습니까?

환경규제의 목적은 따로 있습니다. 그것은 선진국이 후진국의 경제성장을 방해하여 자신의 기득권을 유지하기 위한 수단 중에 하나라는 것입니다."

다행히 존은 토마토를 맞으면서 도망치듯 내려오는 상황은 피할 수 있었다. 길어지기 전에 내려왔기 때문이다. 존이 내려오자, 산초가 옆에 다가가서 물었다.

"존. 듣고 보니 그럴듯한데, 그거 정말 거짓말인가요?"

"자네랑 같아. 심증은 있지만, 물증은 없지. 적당한 논리로 그럴듯하게 만드는 건 어렵지 않잖아!"

시간이 지나고, 해질 무렵이 되자, 30여 명이 참가한 첫날 예선은 끝났다. 진행자는 예선 통과자들을 발표했다. 4명이 통과했고, 존과 산초는 그 4명에 속하지 못했다. 산초는 그 이유를 알기 위해 물어보았고, 돌아온 답은 너무 재미가 없어서였다. 예선 통과자 중 가장 높은 점수를 획득한 자는 한국인이었다. 그는 자신의 이야기를 요약해서 말하면서 대회 첫 번째 예선을 마무리했다.

"저는 여행을 좋아하는 사람입니다. 제가 몇 달 전, 한 호텔에 머문 적이 있습니다. 그 호텔은 매우 특별한 경영기법을 가지고 있었습니다. 저는 바보처럼 행동하면서 그 호텔의 경영기법을 배울 수 있었습니다. 알고 보니 그 호텔은 실험 장소였고, 그 경영기법은 인류를 통제하기 위해 만들어진 방법 중의 하나였습니다. 이제 그 이야기를 들려드리려고 합니다.

소수의 권력자들에 의해 인류가 통제되는 미래가 오게 된다면, 그것은 과거 우리의 상상처럼 강압적이고, 권위적이며 기계적인 사회체제의 모습을 가지고 있지 않을 것입니다. 그리고 우리의 지적능력을 낮추고 바보로 만들어서 가축처럼 인간을 통제하는 사회도 오지 않을 것입니다. 내가 겪었던 호텔의 경영기법으로 인류를 다스리는 미래가 온다면, 지도자들은 국민을 자신이 원하는 대로 조종하면서 통제할 것입니다. 국민들은 자신들이 살면서 배우고 익힌 정보에 의해서 자유의지를 가지고 판단한다고 생각하는데, 사실 학교와 사회에서 가르친 모든 것들은 지도층이 계획한 것이고, 국민들이 판단한 것은 지도층이 원하는 결론인, 모든 것이 예정된 시나리오대로 진행되는 사회가 될 것입니다. 그것을 기획하고 실행하는 조직을… 그 조직이 국가이건, 기업이건, 또 다른 무엇이건 간에 '빅 파더'라고 부를 수 있습니다.

이 통제의 가장 큰 특징은 자기 스스로 판단하도록 만든다는 것입니다. 그런데 그 판단을 위한 자료를 모두 지도층이 제공하는 것이죠. 지도층은 자신이 원하는 결과를 만들어낼 수 있는 자료만 제공할 것입니다. 태어날 때부터 죽을 때까지, 학교와 TV, 영화와 사회, 기업, 정치분야에서 지도층이 원하는 자료가 반복 제공될 것입니다. 그것을 보고 듣고 배우고 자란 세대들은 자신들이 배운 지식에 의한 선택을 하게 되는데, 그 선택은 늘 지도층들이 원하는 결과를 가져옵니다. 아직까지는 그것이 완성되지 않아서, 빅 데이터 분석을 이용한 개인의 과거 분석이 필요하지만, 조만간 사회과 교육시스템이 정리되면, 향후 자라날 아이들은 태어난 순간부터 지도층의 것입니다. 현 세대는 그냥 늙어 죽게 내버려두면 그만인 거죠. 빅 파더 시스템 안에서 지도층은 자신의 요구를 국민의 요구로 만들어낼 수 있습니다. 그리고 국민의 뜻에 따라 자신의 요구를 충족시킬 수 있죠. 지도층이 바뀌어도 이 시스템은 변하지 않습니다. 너무 좋은 통제기법이거든요. 단 하나의 단점이 있다면… 국민들이 그동안 학교와 사회에서 습득한 지식이 진정 인류를 위한 것이 아니라, 소수를 위한 것이라는 것을 알게 되면 더 이상 사용할 수 없다는 것이죠. 지극히 잔인하고 교활하며 자연의 법칙을 거스르는 이런 통제기법은 지구상에 존재했던 수많은 생물 중에서 인간에 의해 최초로 만들어졌습니다."

그의 이야기는 담담하게 이어져 나갔다. 다른 이들은 재미있다는 표정으로 그의 이야기를 들었다. 존과 산초는 자신들이 탈락했기 때문에 미련두지 않고, 그 이야기를 듣지 않았다.

빅 파더, 빅 파더라…. 상식에 비추어 볼 때, 그런 시스템에 의해 통제될 거라 예측되는 미래의 가능성은 현저히 낮다. 그런데 0%가 아닌

가능성은 아무리 확률이 낮아도 가능할 수 있다. 묻겠는데, 빅 파더가 다스리는 미래가 올 가능성이 0%인가?

존과 산초는 짐을 챙겨서 성을 나갔다. 그들은 거짓말대회의 예선 탈락을 잊은 채, 성에 오기 전에 나누었던 대화의 불씨를 되살렸다. 이야기가 다시 시작되자, 존이 말했다.

"우리, 이 이야기로 한 두 시간을 소비할 것 같은 느낌이 드는데?"

"뭐, 어때요? 달리 할 것도 없잖아요? 내가 당신에게 인간이 가진 자유의지의 위대함을 처음부터 자세히 설명해 줄게요."

"나도 자네에게 해 주고 싶은 말이 많아. 산초. 특히 마법에 대해서 말이야. 자네가 조금만 더 성숙된 인격을 갖춘다면, 자네를 위해 몇 가지 마법을 배우는 것이 좋을 거란 생각이 드네."

"마법을 배우는 게 내 운명이고, 역할이라면, 언젠가 배우게 될 테니 걱정하지 마세요. 하지만, 내가 마법을 배우게 되는 날이 오더라도, 나는 그게 내 자유의지에 의한 선택이라고 굳게 믿습니다."

존은 자신과 산초가 좋은 인연이라고 생각했다. 산초는 자유의지를 한껏 발휘하여 인간 사회를 선한 방향으로 이끌고 가려는 의지가 충분한 사람이었다.

궁극의 파괴자 4

도시에 들린 존과 산초는 인터넷 검색을 통해서 마법사 길드를 찾았다. 그들은 자신들이 찾는 길드가 가까운 도시에 있음을 알게 되었고, 미리 방문 상담 예약을 하였다. 도시 외곽에 위치한 길드는 낡은 회색 콘크리트 건물 하나를 통째로 쓰고 있었다. 그 주변에는 다양한 사람들이 있었다. 부유해 보이는 옷차림의 남자들도 있었고, 누더기를 걸친 사람들도 있었다. 흑인도 있었고, 백인도 있었다. 주차장에는 전조등이 깨진 셔틀 버스와 슈퍼카가 나란히 주차되어 있었다. 산초는 슈퍼카를 가리키며 말했다.

"내가 전에 숲의 마법사들을 만났을 때, 브로커가 저런 차를 몰고 다녔죠. 여기도 장사가 꽤 잘 되는 것 같군요. 하긴… 동물을 인간으로 만드는 물약을 파는 곳이라면, 뭐든 못 하겠습니까?"

존은 묵묵히 접수처로 걸어갔다. 그는 자신의 이름을 말하고 상담 순서를 기다렸다. 낡은 소파에 기대자마자, 그의 옆에 한 어린아이가 와서 앉았다. 6, 7살 정도로 보이는 어린 여자아이는 왼손에 붕대를 감고 있었다. 존은 주머니를 뒤져서 사탕 한 개를 꺼내서 아이에게 쥐어 주면서 물었다.

"어쩌다가 팔을 다쳤니?"

"엄마 도와주다가 뜨거운 물을 쏟았어요. 하지만 괜찮아요. 안 아파요."

여자아이의 뒤로 허름한 붉은색 긴 치마를 입은 여자가 다가왔다. 그녀는 낡은 숄로 아이를 감싸주었다. 한참을 그렇게 아이를 안고 있던, 어머니는 아이의 손을 잡고 접수처로 갔다. 접수처에서는 약을 주고 문을 가리켰다. 문 옆에는 요금소라는 간판이 보였다. 존은 어린 여자아이가 화상을 입은 것 그리고 그 모녀가 부유하지 않다는 것을 직감했고, 병원비를 대신 내줄 요량으로 일어서서 그 둘을 따라갔다. 어머니는 요금소에 무언가 말을 했고, 존이 그 옆에 다가서자, 요금소에서 약간의 돈이 나왔다.

"버스는 10분 뒤에 올 겁니다. 조심히 가세요."

"네. 고맙습니다."

"고맙긴요. 차비 남으면 아이에게 과자라도 하나 사주세요. 붕대 내일 푸는 것 잊지 마시고요. 마법처럼 상처 하나 안 남아 있을 겁니다. 그리고 꼬마 아가씨. 앞으로는 조심해야 돼."

존은 그 여자가 돈을 내지 않은 것을 똑똑히 보았다. 저 돈은 거스름돈이 아님은 분명했다. 그 여자가 나가자, 존은 요금소에 가서 말을 걸었다.

"실례지만, 물어보고 싶은 것이 있습니다. 방금 나간 여자와 아이에게 돈을 주신 게 맞죠? 그건 미리 낸 병원비에서 남은 돈을 돌려주신 건가요?"

"아닙니다. 저들은 저소득층이고, 그것을 증명하는 서류를 제출했죠. 우리는 이런 경우에 돈을 받지 않아요. 병원비 대신 일정액의 차비를 준 것입니다."

"치료비를 받지 않는다고요? 치료를 해 주고, 차비를 준거라고요?"

"예. 저소득층에게는 치료비를 받지 않습니다. 그리고 차비를 준 것이 맞습니다. 왜 무슨 문제가 있습니까?"

요금소의 남자의 표정은 매우 당연하다는 듯이 보였다. 당황한 사람은 존이었다. 의료 복지가 잘 되어 있는 나만타도 치료를 받으면 약간의 돈을 내곤 했다. 적어도 존이 아는 상식에서 환자가 무료 진료혜택에 차비까지 받아가는 경우는 거의 없었다.

"존. 우리 차례에요. 뭐해요. 이쪽으로 와요."

멀리서 산초의 목소리가 들렸다. 존은 요금소의 남자에게 가볍게 목례를 하고 산초가 손을 흔드는 방향으로 걸어갔다.

작은 방은 따뜻해 보이는 오렌지색 벽지로 꾸며져 있었다. 가운데 원탁위에는 캐모마일 잔 세 개가 놓여 있었다. 존과 산초는 마주 보고 앉았고, 그 사이에는 낡은 회색 코트를 입은 마법사가 앉아 있었다. 존이 상황을 자세하게 설명하자, 그는 눈을 감은 채, 고개를 끄덕였다.

"무슨 이야기인지 알겠습니다. 동물도 인간의 입장을, 인간도 동물의 입장을 한 번 경험해 보는 것은 서로를 이해하는데 도움이 될 것입니다. 인간을 동물로 변하게 하는 물약과 동물을 인간으로 변하게 하는 물약을 모두 드리겠습니다. 제조에 시간이 걸리니, 밖에 나가서 식사를 하시거나 산책을 하신 뒤에 오시면 될 것입니다."

"이해해 주셔서 감사합니다. 그리고 제가 궁금한 것이 하나 있는데, 물어봐도 되겠습니까?"

존은 이해와 관용이 넘치는 분위기를 가진 마법사에게 정중하게 물었다. 마법사는 대답 대신 고개를 끄덕였다.

"아까, 한 모녀가 치료비를 내지 않고, 차비를 받아 가는 것을 보았습니다. 물어보니까, 저소득층이기에 그런 혜택을 받는다고 대답해 주더군요. 이곳은 어떻게 그런 체계를 구축한 것입니까? 수익이 나지 않으면 운영이 불가능한데, 세금을 지원받나요?"

"나만타의 존 나이테. 철학자와 마법사들 사이에서 당신의 명성은 익히 들었습니다. 그리고 당신이 사는 나만타가 얼마나 우수한 복지 국가인지도 알고 있습니다. 당신은 나만타보다 소득이 낮고, 유명하지도 않지만, 누구나 이용할 수 있는 훌륭한 의료복지시스템을 구축하고 있는 이 도시에 대해 의문을 가질 거라 생각했습니다. 그리고 '숲의 마법사'의 서비스를 이용한 산초. 당신도 이런 의료행위와 수익에 대한 궁금증을 가질 것이라는 느낌이 드는군요. 그 두 가지를 한 번에 해결해드리도록 하겠습니다. 우리들의 시간은 소중하니까요."

마법사는 차를 한 모금 마신 뒤, 다시 말을 이어갔다.

"숲의 마법사는 의료와 마법서비스 제공을 통해 돈을 법니다. 그들은 고소득층을 상대하죠. 그리고 나만타의 시스템은 국가의 통제 아래 최소한의 의료보험비를 납부하지만, 모두가 저렴한 의료서비스를 받을 수 있습니다. 둘은 민영과 국영의 차이라고 볼 수 있죠. 우리도 나만타처럼 국영입니다. 모든 이의 세금에서 일정부분을 할당해서 의료시스템 구축에 투자하게 되죠. 하지만 의료보험은 존재하지 않습니다. 의료 서비스는 국가에 대해 납세의 의무를 이행한 자라면, 누구나 누릴 수 있는 권리입니다. 의료보험에 가입하지 않았다고 하여 국민이 진료를 거부당한다는 것은 우리에게 있을 수 없는 일입니다. 납부 세금이 1센트가 되건, 1백만 달러가 되건 국가의 보조금을 받아서 생활하건 아무 상관없습니다. 소득이 없어서 세금을 못 내더라도 국민은 국가가 제공하는 의료서비스를 무료로 받을 수 있습니다. 그건 기본권입니다. 삶은 때로 부유하기도 하고, 때로 빈곤하기도 합니다. 잠시 빈곤하다고 하여 기본권을 박탈할 수는 없습니다. 아픈 사람이 치료를 받는 것은 우리 도시의 시민들이 당연히 누려야 할 인권입니다. 돈과 이익은 끼어들 여지가 없죠."

"의료재정이 위험하지 않나요? 아니면, 세금이 부족한 경우는 어떻게 하나요?"

산초가 물었다.

"의료재정은 탄탄합니다. 우리 도시의 주권은 군사, 의료, 식량, 에너지를 자주적으로 확보하는 것이라고 헌법에 명시되어 있습니다. 따라서 이 네 가지에 대한 예산은 늘 충분합니다. 그리고 세금이 부족한 경우는 다른 예산을 줄일 것입니다. 아직 그런 적은 없지만, 늘 예산이란 어디론가 새어나가게 마련이죠. 세금을 올바른 곳에 쓴다는 것이 투명하게 공개되면, 납세자들은 세금 내는 것을 아까워하지 않습니다. 내가 세금 때문에 파산할지라도 국가가 죽을 때까지 인간다운 삶을 누릴 수 있도록 나를 돌봐줄 것이란 믿음이 있으면, 그들은 납세의 의무를 기꺼이 수행합니다. 물론 이 정도의 성숙한 시민의식이 갖추어지기까지 많은 고난이 있었고, 지금도 교육 등을 통해서 우리의 시민의식이 후손에게 이어질 수 있도록 노력하고 있습니다. 사실 국가가 세금을 낭비하지 않는다면, 세금이 부족할 일은 없습니다. 동방의 격언 중 이런 말이 있죠. '천하의 재물은 한 사람의 욕심을 채우기에 부족하지만, 만백성이 나누어 가지기에는 충분하다.'라는 말이요. 우리 정부의 세입은 탐욕스런 독재자 한 명의 사치를 충당하기에는 부족할지 몰라도, 몸이 아픈 시민 수만 명을 돌보기에는 충분합니다."

"공정한 세금 집행은 시민들이 정당한 납세를 하는 동기가 되고, 충분한 세금은 복지정책의 기반이 된다는 이야기군요. 그리고 의료는 주권에 포함시킬 정도로 중요한 가치라고 생각하기에 돈의 유무와 상관없이, 아픈 사람은 누구나 합당한 치료를 받을 수 있는 것이고, 시민들도 대다수가 이에 동의하겠죠?"

"물론입니다. 그들은 이렇게 생각합니다. '내가 남을 도울 수 있다는 것은 행복한 일이다. 그리고 다른 사람이 어려울 때, 그들을 돕는 것은 당연하다. 내가 힘들 때 다른 사람들도 나를 도와줄 것이다. 설령 그렇지 못하더라도 국가는 힘든 사람들을 도울 것이다. 그것이 국가가 해야 할 일이다. 난 그것을 믿고 세금을 내고, 국가는 내 세금을 정당하게 집행한다.' 적어도 가난한 환자들을 돕는 데 쓰이는 세금은 아깝지 않다고 생각합니다."

"국가에 대한 신뢰가 있는 사회시스템이라면, 그 영향이 미치는 것은 의료뿐만이 아니겠군요."

"예. 사회 전반적으로 인간답게 살기 위해 필요한 모든 분야에 국가는 충분한 재정을 지출합니다."

"그렇게 되면, 개인의 사생활이 침해되는 효과가 발생하지 않나요? 아까 저소득층만 보더라도 자신들의 경제능력을 국가에 공개하는 셈인데요. 누군가는 경제적 혜택을 받는 것보다 자신의 어려움을 드러내지 않는 것을 원할 수도 있지 않습니까?"

"자신의 재산을 공개하도록 강제하거나 몰래 조사한다면, 그 국가는 잘못된 것이죠. 저소득층은 스스로의 신고와 그에 따른 조사결과로 지정됩니다. 돈이 없어도, 본인이 원하지 않으면, 저소득층으로 분류되지 않을 수 있습니다. 자존심이나 기타 사정에 의한 본인의 의지는 늘 존중됩니다. 돈이 없어도 자존심을 먹고 사는 사람이 있을 수 있습니다. 우리는 그 선택도 이해할 수 있습니다."

존과 마법사의 이야기를 듣던 산초가 물었다.

"당신들은 공무원인가요?"

"그렇다고 볼 수 있죠. 임시 계약직이지만 국가로부터 급여를 받기 때문입니다. 우리는 돈을 벌기 위해 마법과 의술을 사용하는 사람들은 아닙니다. 사실 우리 도시에서 고용안정성이 정규직보다 떨어지는 계약직은 동일한 업무를 해도 1.5배의 수당을 받기 때문에 돈은 많이 버는 편입니다. 하지만, 돈이 목적이었다면 여기가 아니라 숲의 마법사 길드에 가입했겠죠. 적어도 5배는 더 벌 수 있으니까요. 어디에서 일을 할 것인가 하는 선택은 우리의 정체성을 반영한 것입니다. 나는 마법을 사용하는 의사라는 정체성을 가지고 있습니다. 몸이 아픈 환자를 앞에 두고, 어떻게 이 사람을 치료할 수 있을지 고민하기 전에, 이 환자가 내게 얼마의 수입을 가져다 줄 것인가를 고민해야 한다면, 난 이 직업을 선택하지 않았을 것입니다."

상담시간이 끝났고, 밖에서 조금 기다리자 주문한 물약이 완성되었다. 두툼한 가죽 주머니에 물약을 넣고, 존과 산초는 병원을 나섰다. 산초는 감탄한 듯이 병원을 다시 보았다.

"숲의 마법사와는 아주 다르군요. 나만타도 의료시스템이 잘 되어 있는 편인데, 여긴 더 대단한 곳이네요. 실력도 더 대단한 거 아니에요?"

"숲의 마법사들도 우수한 실력을 갖춘 사람들이지. 그곳은 실력이 전부인 곳이고, 최고의 마법사들에게 최고의 대우를 해 주는 곳이지…. 하지만, 세상에는 돈이 없는 사람들도 있고, 그들에게도 의료혜택은 필요하지. 자네 친구 밥이 왜 이곳에 왔는지 알 것 같네. 이 사람들은 동물들이 무엇을 원했는지 이해했을 거야. 그리고 우리가 온 목적도 이해하고 있을 거야."

"무엇보다도 저렴한 가격이 맘에 드는군요. 나만타보다 우수한 복지국가는 없을 거라 생각했는데, 역시 세상은 넓군요."

주차장에서 아까 보았던 셔틀버스가 출발하고 있었다. 존은 그 옆에 놓인 다른 차들을 보면서 말했다.

"국민들의 상대적인 빈부격차는 국가가 개입할 여지가 없다. 국가가 존재하는 이유가 부자의 주머니를 털어서 가난한 자를 부양하기 위함은 아니니까! 하지만, 아무리 빈부격차가 많이 나더라도, 가난한 사람에게 최소한의 인간다운 삶을 보장해 주지 않는 국가는 존재할 이유가 없지. 저들은 셔틀버스에 타서 이동하면서, 자신들의 가난함에 대해 불평을 할 수도 있지. 하지만, 그 가난 때문에 굶어 죽는 일은 없을 것이고, 병을 치료할 돈이 없어서 죽는 슬픔은 느끼지 않겠지. 만일 나에게 더 많은 기회가 주어진다면, 여러 사회 문제를 인간들에게 알리는 것뿐 아니라, 이곳처럼 인간의 따뜻함과 서로를 도울 수 있는 방법을 알려주는 삶도 살았으면 좋겠다는 생각이 드는군."

"그런 삶을 살고 싶으면, 살면 되는 거죠. 당신은 너무 생각이 앞서 있는 것이 단점이에요."

존과 산초는 별 일 없이 물약을 가지고 마을에 돌아올 수 있었다. 그들은 밥을 찾아가서, 자초지종을 설명했다. 밥은 믿을 수 있는 동물 친구들과 함께 다리를 건너서 그들과 함께 우페이를 찾아갔다. 우페이는 밥에게 존의 여행 목적에 대해 설명을 들었고, 물약을 마시고, 동물의 입장을 이해해 보길 원하는 동료들과 함께 그들을 기다리고 있었다. 다만, 이것을 공개적으로 하는 것은 바람직하지 못하다고 여겼기에 그들은 한밤중에 마을 근교의 방앗간에서 만나기로 했다. 은은한 달빛이 구름에 가려진 어두운 밤, 그들은 물레방앗간에 모였다. 우페이와 빅터, 야마시로와 수지가 먼저 나왔고, 존과 산초, 밥과 브룩이 조금 늦게 나왔다. 존은 사온 물약을 꺼냈다. 그 물약을 보고 우페이가 물었다.

"정말 그 물약을 마시면, 동물로 변할 수 있는 겁니까? 부작용같은 것은 없나요?"

"부작용은 없습니다. 한 번 마시면 일주일간 변신 상태로 있는데, 물을 많이 마시면, 희석되는지 조금 일찍 변신이 풀립니다. 12주 연속으로 마시면, 해제하지 않는 한, 변신을 유지할 수 있습니다. 사고방식과 습관은 조금씩 적응이 되어 가는데, 일주일 정도로는 큰 변화가 없습니다. 그리고 완벽하지는 않지만, 변신상태에서 해당 동물의 언어나 표현을 이해할 수 있습니다."

브룩이 대답했다. 야마시로는 의심하는 눈으로 그를 보았다. 브룩은 그의 눈빛이 무엇을 말하는지 알고 있었다.

"일부러 오늘 만나자고 한 것은 오늘 저녁에 내 약효가 떨어지기 때문이오. 사람들은 진실을 말해도 믿지 않고, 자신이 직접 눈으로 확인해야 진실을 받아들이더군요."

브룩의 모습이 천천히 변하기 시작했다. 그는 옷을 벗어 던지기 시작했다. 그의 머리에서 뿔이 돋아났고, 팔과 손은 튼튼한 앞발로 변하기 시작했다. 그는 천천히 허리를 굽혔다. 1분도 지나기 전에 그는 한 마리의 사슴이 되어 있었다. 밥은 준비한 물약을 꺼내서 그에게 먹였다. 뿔이 천천히 작아지기 시작했고, 온몸에 털이 빠지면서 천천히 사슴이 인간의 모습으로 변하기 시작했다. 산초는 그의 몸을 옷으로 가려주었다.

"놀랍군요. 나는 완전히 당신들을 믿겠습니다. 좋아요. 내가 당신들의 입장이 되어보고, 최선의 방법을 찾아 주겠습니다."

가장 먼저 일어난 빅터는 주저하지 않고, 앞에 놓인 물약을 마셨다. 다른 세 사람도 물약을 마셨다. 그들은 각자 다른 동물로 변해서 어둠 속으로 사라졌다.

그 사건이 발생한 지, 일주일이 지났다. 밤이 되자 약속장소에 고라니 한 마리가 도착했다. 그 고라니는 주변을 경계하면서 방앗간의 그늘 속에 몸을 숨겼다. 조금 시간이 지나자, 여러 명의 사람들이 도착했다. 우페이와 빅터, 수지의 모습이 보였다. 같이 온 밥은 주변을 둘러보았다.

"야마시로의 모습이 보이지 않는데요?"

"아, 난 먼저 도착했네."

방앗간에서 야마시로의 목소리가 들렸다.

"혹시 옷 가진 것 있으면 줄 수 있나? 방금 변신이 풀려서 말이야."

우페이는 셔츠에 면바지를 들고 방앗간 안으로 들어갔다. 잠시 후, 우페이와 야마시로는 함께 밖으로 나왔다. 야마시로는 놀란 듯이 말했다.

"세 명은 변신이 이미 풀린 거야? 물을 많이 마셨나 보지?"

우페이는 씁쓸하게 웃었다. 그들은 방앗간 안으로 들어가서, 각자 편하게 자리에 앉았다. 수지와 밥은 준비해온 음식과 음료를 꺼냈다. 야마시로는 빵과 주스를 허겁지겁 먹었다.

"일주일 동안 풀만 먹었더니… 이봐, 너희들은 배 안고파? 괜찮아?"

우페이와 수지, 빅터는 서로 마주 보면서 웃었다. 존은 미리 준비한 소화제를 꺼내서 야마시로에게 건네주었다.

"야마시로 씨. 천천히 먹으면서 다른 사람들의 이야기를 한 번 들어 보시죠."

존의 시선은 우페이를 향했다. 우페이는 고개를 돌려서 빅터를 보았다. 빅터에게 시선이 모아지자, 그는 끄덕이면서 입을 열었다.

"좋아. 내 이야기부터 하지. 난 족제비로 변신했었어."

한 마리 족제비가 된 빅터는 마을의 중심부를 흐르는 강으로 달렸다. 강의 중하류로 가면, 사람들이 키우는 개와 마주칠 수 있기에 위험하다고 생각한 그는 강의 상류로 올라가서 적당한 바위틈 사이에 보금자리를 잡았다. 강의 상류는 수량도 풍부했고, 적당히 맑은 물에 물고기도 많았다. 원래 물고기를 좋아하는 편인 빅터는 날것을 마음껏 먹을 수 있다는 생각에 기대도 하고, 걱정도 하면서 하루를 보냈다. 그러나 사냥은 생각처럼 쉽지 않았다. 그는 다음날 하루 종일 고생해서 작은 물고기 하나를 잡았을 뿐이었다. 그는 어린 시절, 친구들과 물고기를 잡았던 기억을 떠올렸다. 그의 집은 강의 하류 부근이었다. 이곳보다 물살의 세기도 느리고, 수심도 얕았던 것을 기억한 그는 밤을 틈타서 강의 하류로 이동했다. 이동하는 동안, 그는 전혀 휴식을 취하지 못했고, 하류에 도착해서도 마찬가지였다. 강 근처에 있는 도로에서 가끔 자동차가 지나갔는데, 그 소리가 마치 천둥처럼 들렸다. 사람이었을 때는 전혀 생각하지 못했던 놀라운 경험이었다. 족제비의 코는 인간보다 냄새를 잘 맡았는데, 강 부근에 버린 쓰레기 냄새도 매우 지독했다. 시끄러운 소음 공해와 썩은 냄새 때문에 그는 상당히 괴로웠다. 이 경험을 통해서 그는 도로에 방음벽을 설치하고, 정기적으로 쓰레기를 수거해야겠다고 생각했다. 사람에게는 별거 아니지만, 다른 동물들은 소음과 악취에 고통받을 것이기에, 인간이 자연과 공존할 수 있는 최고의 방법은 인간이 만든 피해를 최소화하는 것이라는 생각을 했다. 어찌되었건, 그는 휴식을 취하지 못해 피곤한 상태로 사냥을 해야 했다. 확실히 하류는 상류보다 물고기가 많았고, 그는 물고기 몇 마리를 잡아서 체력을 보충할 수 있었다. 그러나 그 물고기들은 무언가 맛이 달랐다. 그는 물고기를 먹을수록 자신의 몸이 나빠지는 것을 느꼈다. 물고기들이 오염된 물을 먹고 병에 걸렸다는 것을 깨닫게 된 것은 한참 뒤였다. 족제비의 체력은 인간의 체력보다 약했다. 그리고 익히거나 끓이지 않은 날것을 섭취한 그는 더욱 힘들었다. 강물이 아닌 다른 곳에서 나오는 물은 생활용수로 많이 오염이 된 상태였고, 낮과 밤을 가리지 않는 자동차 소리에 그는 잠을 잘 수 없었다. 물을 많이 마셔서 이 변신을 빨리 풀고 싶었지만, 강의 하류 근처에 맑고 깨끗한 물은 없었다. 마침내 그는 큰 결심을 했다. 그는 해질녘부터 이동을 시작해서 강의 상류로 다시 이동했다. 그곳에서 그는 물만 마시고 살다가 허기를 채우기 위해 방앗간으로 이동해서, 떨어진 곡식의 낱알 등을 먹으며 버텨온 것이었다.

"그래도 우리 중에 끝까지 동물의 모습으로 남아 있던 것은 너뿐이었어."

빅터가 야마시로에게 물을 권하며 말했다. 그러자 야마시로는 쓴웃음을 지으며 말했다.

"난 인간일 때 단 한 번도 느껴 본적이 없는 공포 속에서 지냈다고…."

야마시로는 마른 과자를 하나 집어 먹고 주변을 둘러보면서 말을 시작했다.

"난 고라니로 변했었지. 사실 변하자마자 실망했어. 늑대나 호랑이 같은 강한 야생동물이 되고 싶었거든. 근데 고라니가 뭐야…. 그냥 풀만 뜯어먹는 약한 동물이잖아. 하지만, 이 녀석들도 지금까지 생존해온 것을 보면 충분한 이유가 있을 거라 생각했지. 나는 먼저 고라니의 육체적 능력과 습성에 대해 파악하는 것이 필요했어. 그래서 도시를 떠나서 고라니가 있을 법한 숲과 초원을 돌아다녔지. 먹을 것은 널려있었고, 난 풀을 구분할 줄 아니까, 늘 잘 먹었어. 배가 고팠던 적은 없었지."

"우리 중에서 유일하게 잘 먹고 다닌 친구네. 나머지는 다들 굶었어."

우페이가 익살스럽게 말했고, 다들 웃음을 지었다. 야마시로는 여유를 찾은 듯했다. 정말 다른 사람들은 살이 좀 빠지거나 야위어 보였는데, 야마시로는 괜찮아 보였다.

"이틀 정도 돌아다니다가, 야생 고라니 한 마리를 만났어. 신기하게도 난 그 고라니가 무슨 말을 하는지 이해할 수 있었지. 마치 움직이는 그림 같은 것이 바람을 타고 내게 날아와서 특정한 내 감정이나 지식을 흔드는 것 같은 느낌의 의사소통이었지. 그 고라니가 뭐라고 웅얼거리면, 나는 같이 가자라든가, 맛있다든가 하는 생각이 떠오르는 거야. 그건 우연이 아니었는데, 특정 소리에 특정 생각이 떠오르더라고. 동물들도 그들만의 무슨 언어체계가 있는 거지. 그게 뭔지는 잘 모르겠지만, 말이야. 어쨌든 그 녀석과 나는 친구가 되었어. 그 녀석은 무리를 짓지 않는 고라니였지. 고라니 중에도 나처럼 모험심이 강한 녀석이 있나 봐. 그는 인간들의 도시에 자주 간다고 하더군. 밤에도 밝은 빛을 볼 수 있는 것이 좋다고 하더라고. 그래서 난 가로등 아래서 서성이는 고라니의 모습을 상상했지. 짧은 시간이었지만, 우린 금방 친해졌어. 나는 내가 인간이 된 다음, 이 친구를 위해서 무엇을 해 줄지 고민했었어. 하지만 그 고민은 오래 가지 않았지."

"멋진 생각이 떠올랐나 보군. 그게 아니면, 그 고라니가 무리의 품으로 돌아갔나? 혹시 늑대 같은 동물에게 잡아먹힌 거야?"

이야기를 듣던 산초가 야마시로에게 물었다. 그는 약간 슬픈 표정을 지으면서 고개를 저었다.

"그 고라니가 말하던 불빛은 가로등이 아니라, 자동차 전조등이었어. 그 녀석은 그날 밤도 자동차를 보러 나가다가, 그만 차에 치어버렸지. 난 놀랬어. 어떻게 그 친구를 도울지 생각했지. 그런데 차에서 내린 사람이 고라니를 살펴보더니, 죽을 상태인 것을 알자, 도로 밖으로 내던져 버리더군. 그리고 걸레를 꺼내서 차에 묻은 핏자국을 대충 닦은 다음 그냥 가버렸어. 내가 그의 곁으로 갔을 때, 그는 이미 죽어 있었지. 잠시 멍해 있었는데, 뒤에서 다른 차가 한 대 더 오는 거야. 난 몸을 피하려 했지. 전조등 불빛이 그렇게 강한 줄 예전에는 몰랐었어. 제대로 빛을 보니 움직일 수조차 없었어. 다행히 반대편 차선에 마주 오는 차가 없었고, 그 차는 나를 피해갔지. 난 친구를 잃은 슬픔과 죽음에 대한 공포에 몸을 움직일 수 없었어. 정신을 차린 나는 이 피냄새를 맡고, 다른 육식동물들이나 청소부동물들이 올 것이라고 직감했어. 여기 있다가는 나도 무사하지 못할 것이라고…. 나는 숲으로 도망쳤어. 그리고 가시덤불 사이에 내 몸을 숨겼지. 그날 밤, 나는 악몽을 꿨어. 신기하지? 동물도 꿈을 꾸더라고…. 꿈속에서 빛나는 자동차가 나를 따라다니면서 고라니들을 죽였어. 그 피냄새를 맡고, 늑대와 까마귀의 모습을 한 자동차들이 달려왔지. 난 그들에게 잡히면 죽는다고 생각했고, 필사적으로 도망치다가 잠에서 깼어. 어느새 새벽이 되었더군. 혹시 모를 야행성 육식동물을 피하기 위해 난 좀 더 기다리기로 했어. 그때 초식동물들의 마음을 이해할 수 있었어. 이 힘 없는 동물들은 굳이 인간이 아니라도 자연에 무수히 많은 적과 위험들 사이에서 사는구나. 굳이 내가 그 위험을 추가해 줄 필요는 없다는 것을. 가끔 인간이 동물들을 멸종시킬 때가 있잖아. 안 그래도 늘 위험에 처해 있는 동물들에게 인간이 아주 사소한 행동을 하더라도 그것은 종족의 멸망과 연결될 수 있는 계기가 될 수 있다는 거지. 인간이 작정하고 죽이러 다니는 것만이 전부가 아니야. 아까 빅터가 말했듯이 자동차로 산 근처를 돌아다니기만 해도, 그 소리에 스트레스를 받아서 죽는 동물이 나올 수 있을 거야."

야마시로는 잠시 쉬었다가, 마지막 이야기를 이어나갔다.

"점심이 가까워지자, 나는 내가 알던 샘물로 갔어. 그때부터 계속 물을 마셨지. 엄청나게 마셨어. 밤이 될 때까지 물을 마셨는데, 인간이 되지 않더군. 하긴… 그 숲속에서 벌거벗은 인간이 되면 그것도 나름대로 문제가 될 것 같았어. 만일 늑대가 나를 쫓아온다면, 고라니가 인간보다는 더 빠르게 뛸 수 있거든. 시간은 없었고, 나는 다시 가시덤불 속으로 들어갔지. 그날부터 오늘까지 밤에 제대로 잔 적이 없어. 분명히 며칠 전에는 그런 것을 몰랐었는데, 언제든지 내가 죽을 수 있다는 것을 실감하게 되니까, 잠도 못 자겠더라고. 다음 날 아침까지 뜬눈으로 지새다가, 다시 물을 마시러 갔지. 물가 주변에 먹을 풀은 많았어. 최대한 많이 먹었지. 그리고 날이 밝을 때 이 오두막까지 달려와서 주변에 있었어. 후우… 솔직히 말해서 이런 경험을 두 번 하고 싶지는 않아."

그의 말이 끝나자, 사람들의 시선이 우페이와 수지를 향해 나뉘었다. 그러자 수지가 손을 들었다.

"내가 먼저 이야기하지. 내 이야기는 너무 간단하고 재미가 없어서, 마지막에 들려줄 수가 없네. 난 다람쥐로 변했어. 인간과 자연이 서로 공존하는 법을 알기 위해서는 숲속으로 들어가는 것도, 도시 속에서 사는 것도 아닌 그 경계지역에서 사는 것이 가장 적합하다고 생각했지. 그래서 나는 사람들이 자주 다니는 산책로 근교의 숲으로 갔어. 배가 고팠던 나는 늘 TV에서 본 것처럼, 도토리나 밤을 까먹어야겠다고 생각했지. 그런데, 밤이나 도토리가 하나도 없는 거야. 사람들이 싹쓸이해 간 것이었어. 세상에, 어떻게 그렇게 다 가져갈 수 있는지…. 이틀을 굶고, 도저히 안 되겠다 싶어서 밥의 병원으로 갔지. 가는 도중에 고양이나 개를 만날까봐 두근두근거렸어. 작은 동물로 사는 건 정말 힘든 일이야. 난 야마시로가 말한 약자의 입장, 즉 늘 위험 속에서 산다는 말에 공감해. 그때만큼 인생에서 무언가를 두려워했던 적은 없었어. 지금 생각해 보면 인간은 정말 덩치가 큰 동물이더군."

"식사 준비를 하고 있었는데, 갑자기 존이 밖에 나가서 다람쥐 한 마리를 데려오더군요. 그리고 뭔가 먹을 것을 달라고 했죠. 설마 하는 생각이 들었지만, 그게 수지였을 줄은 몰랐어요."

밥이 주변을 보며 말했다. 수지는 부끄러운 듯 살짝 얼굴을 가렸다.

"이틀 동안 굶으니, 눈에 보이는 게 없었어. 하루 종일 먹고 자고만 반복했지. 그리고 고민했어. 다시 나가서 동물의 삶을 좀 더 겪어볼까? 아니면, 여기서 안전하고 행복하게 시간을 보내야 할까? 결국은 후자를 택했지. 확실히 인간의 삶이 모든 면에서 동물보다 풍족하고, 안전하고, 행복하더라고…. 그래서 약간 정도는 동물들을 위해서 양보할 마음이 생겼어. 아, 그렇다고 해서 내가 입장을 바꾼 것은 아니야. 여전히 자연보존보다는 개발이 중요하다고 생각해. 하지만, 비용이 더 들더라도 친환경적인 개발 방법을 택해야겠다고 생각한 거야."

그녀가 말을 마치자, 잠시 정적이 흘렀다. 우페이는 갑자기 일어서서 옷을 벗었다. 그의 왼쪽 어깨는 붕대로 감싸져 있었다. 우페이는 자신의 상처를 내보이면서 이야기를 시작했다.

나는 멧돼지로 변했었다. 보통 사람들은 실망했을지 몰라도 난 아니었어. 멧돼지는 힘과 체력, 순발력을 모두 갖추고 있었고, 덩치가 커서 오염된 먹이에 대한 저항력도 강하고, 다른 동물들도 함부로 대할 수 없지. 그리고 잡식이었기에 먹을 것에 대한 걱정도 할 필요가 없었어. 뭐든지 먹을 수 있었으니까. 그래. 그건 확실히 멧돼지의 장점이었고, 내가 동물체험을 하기 위한 목적으로 변신한 것이었다면, 그것만으로도 완벽했을 것이었다. 그러나 나는 동물의 입장에서 인간과 인간의 도시를 경험해 보기 위해서 변한 것이다. 그래서 반드시 인간을 만나야만 했다. 보통 사람들은 멧돼지를 좋아하지 않지. 나를 사냥해서 잡아먹으려 하는 사람들을 만날 수도 있었기에, 나도 야마시로처럼 이틀 정도 숲을 돌아다니면서 멧돼지의 습성과 나의 육체적 능력을 시험해 보았다. 달리는 속도와 부딪히는 힘의 세기를 어느 정도 파악하자, 나는 인간이 살고 있는 농장으로 이동했다. 내가 농장 근처에 갔을 무렵이었다.

어디선가 개 짖는 소리가 들렸다. 그리고 익숙한 듯 농부가 긴 창을 들고 나타났지. 멧돼지였지만, 농부가 하는 말을 알아들을 수 있었다.

"멧돼지 놈이 또 내 농작물을 망치려 드는구나. 이번에는 살려두지 않겠어."

멧돼지가 인간의 농가에 많은 피해를 입힌다는 것은 알고 있었다. 나는 배가 고파서 온 것도 아니었기에 괜히 위험한 상황을 만들 수 있겠다 싶어서 바로 산으로 도망쳤지. 그런데 생각보다 산에는 먹을 것이 없었어. 난 못 먹는 것이 없는 돼지인데도, 먹을 것 찾기가 힘들었지. 거기다가 내 장점이라고 생각한 덩치는 오히려 단점이 되었어. 체력을 유지하기 위해 많은 것을 먹어야 했던 것이지. 나는 그 농부가 키우던 고구마를 생각했다. 나중에 인간으로 돌아가면, 적당히 변상해 준다고 생각하고, 농장으로 다시 내려갔다. 야생동물들을 위해서라도 산에 먹을 것을 좀 갖다놔야겠다는 생각이 들었다. 하지만, 그보다 당면한 문제는 개와 농부를 피하는 것이었지. 역시 개가 짖기 시작했어. 하지만, 어디 갔는지 그 농부는 보이지 않았어. 시간이 조금 지나자 개도 더 이상 짖지 않았어. 난 울타리를 부수고 들어가서, 흙속에 머리를 처박고 고구마 줄기를 입에 문 채로, 고구마를 끌어 당겼어. 혹시나 하는 생각에 한 번 더 주변을 보았지만, 아무도 없었어. 흙이 묻어있는 고구마를 먹는데, 그게 얼마나 맛있었는지…. 태어나서 그렇게 맛있는 음식은 처음이었어. 내가 돼지인지, 인간인지도 모르고 미친 듯이 고구마를 먹고 있었지. 그런데 갑자기 왼쪽 어깨가 불에 덴 듯 아픈 거야. 고개를 들어보니, 그 농부가 개와 함께 나를 노려보고 있었어. 내가 정신이 없는 틈을 타서 창으로 내 어깨를 찌른 거지. 너무 아파서 마구 소리를 질렀어. 그 농부는 개의 목줄을 풀었지.

"오늘 저녁은 통돼지 바비큐다. 가라, 뽀삐."

평소에 뽀삐라는 개 이름은 참 유치하다고 생각했는데, 그때는 다르더군. 마치 케로베로스[28]가 내 앞에 나타난 것 같았어. 목장견 콜

---

28) 그리스 신화에 나오는, 지옥의 입구를 지키는 세 개의 머리를 가진 개

리도 아니고, 특별히 큰 개도 아닌 그냥 잡종개였는데 무섭더군. 난 달려오는 개를 엄니로 위협한 뒤, 뒤돌아서 도망치기 시작했어. 멧돼지는 생각보다 정말 빠르더군. 그리고 개도 빨랐어. 나와 개는 순식간에 산속으로 들어갔지. 뒤에서 쫓고 있는 농부는 느려서 우리 둘을 쫓아오지 못했어. 난 둘이 되자, 뒤돌아서 개를 보았지. 이대로 도망치다가 개에서 뒷발이라도 물려서 뛸 수 없으면 그때는 무조건 죽는 거니까. 농부가 오기 전에 개와 승부를 내야 한다고 생각했어. 지금 생각하면 웃기지만, 그 당시는 절박했어. 직접 겪어보지 않은 사람은 모른다. 한쪽 어깨가 부상당한 상황에서 기세등등한 개를 제압해야 한다는 것이 어떤 기분인지… 그것도 창을 든 농부가 오기 전에 말이지. 다행스러운 것은 내가 인간의 두뇌에 멧돼지의 육체를 가졌다는 거지. 나는 큰 나무를 빙빙 돌면서 개를 유인했어. 피냄새를 맡은 개는 흥분해서 내 뒤를 쫓았지. 난 나무를 돌다가 나무 옆에 바위에 몸을 숨겼어. 개는 내가 숨은 것을 모르고 나무를 돌더군. 나는 뒤에서 개를 기습했지. 개의 엉덩이에 내 엄니가 박혔어. 깊은 상처는 아니었지만, 나를 더 이상 추격할 수 없다는 것은 분명했지. 난 개를 밀쳐버리고 숲속으로 들어갔어. 천천히 날이 밝아오고 있었지. 난 야마시로와 같은 생각을 했다. 피냄새를 맡은 육식동물이 나를 노리고 올 것이다. 그러나 지금의 나는 그 동물들로부터 나를 보호할 수 없다고 판단했지. 나도 수지처럼 밥의 병원으로 달렸어. 날이 밝아서 사람들이 거리를 돌아다니면, 경찰에 신고하거나 나를 잡아 가둘지 모른다는 생각이 들었어. 다행히 사람들의 눈에 띄기 전에 병원에 도착할 수 있었지. 나는 문을 부수고 그 앞에 쓰러지다시피 했어.

"사실, 난 너인 줄 몰랐어. 아침부터 길 잃은 멧돼지가 집에 들어 오길래, 오늘 식사는 통돼지 바비큐일 거라고 생각했지."

마지막 남은 쿠키를 집으면서 산초가 말했다. 산초는 우페이를 가장 먼저 발견하고, 밥과 존을 불렀다. 존은 그가 우페이임을 알고, 밥에게 치료를 부탁했고, 많은 양의 물을 마시게 해서, 변신이 빨리 풀리는 것을 도와주었다.

"아, 난 앞으로 돼지고기는 못 먹을 것 같아. 쇠고기만 먹어야지."

우페이는 엄살을 피우면서 농담을 던졌고, 다른 사람들도 함께 웃었다. 밥과 산초는 잠시 서로 마주보았다. 그들은 친환경 개발 및 제조업이 아닌 다른 산업을 미래 세대에게 물려줄 가능성이 더 커진 것을 느꼈다. 한 번 동물로 변했던 사람들은 도시의 다른 성공사례를 더 찾아보면서 참고하기로 하였고, 여러 제도적 장치를 정비하는 것에 대해서 논의하기 시작했다. 기본적인 그들의 입장은 변한 것이 없었다. 여전히 이 마을은 산업구조를 변화시킬 필요가 있지만, 그 변화가 다수의 동식물의 희생을 제물로 요구한다면, 시간이 걸리더라도 다른 방법을 찾아야 한다는 관점이 추가된 것이다. 그들에게는 작은 것일 수도 있지만, 그 작은 것이 누군가에게는 생존을 결정짓는 운명의 열쇠가 될 수도 있었다.

다음 날, 밥의 병원에 모인 동물들에게 존은 어제 있었던 일을 설명했다. 그들 중 일부는 물약을 마셔서 완전히 인간이 되기로 결심했고, 일부는 인간이 되기를 포기하고 다시 동물로 돌아가서 살겠다고 결정을 내렸다.

"우리가 살아보니, 인간의 삶이 우리보다 그리 행복하지 않더군요.

난 인간으로 살기보다 동물로 죽는 것이 더 행복할 거라 생각합니다. 언젠가 시간이 흘러서 이 지구에 오직 인간만이 홀로 존재하는 순간이 온다면, 그것은 축복이라기보다 저주일거라 생각합니다. 그런 지구를 원하지 않는다면 그리고 지구상에 존재하는 것이 인간과 인간이 아닌 존재라는 이분법적인 사고를 벗어나고 싶다면, 인간은 지금과 다른 방향으로 진화해야만 할 것입니다. 우리도 그렇듯이 인간도 아직 진화가 끝난 개체는 아닙니다. 인간이 어떤 모습으로 진화할지 신밖에 모르는 일이지만, 지금보다 이해심 많고, 관대한 존재가 되어서 우리와 함께 지구에서 살아가는 존재가 되기를 바랍니다."

아쉬워하는 밥을 뒤로 한 채, 존과 산초는 그 마을을 떠났다. 마지막 인사를 나눈 우페이는 여행길에 먹으라면서 쇠고기 볶음을 챙겨주었다. 저녁이 되도록 집이 보이지 않자, 어쩔 수 없이 모닥불을 피운 둘은 잠자리에 들었다. 금세 잠이 들어서 가볍게 코를 고는 존과 달리 산초는 잠이 쉽게 오지 않았다. 산초는 이리저리 뒤척이다가 결국 일어나고야 말았다. 그는 배낭에서 약간의 햄과 토마토 한 개를 꺼내서 불에 구웠다. 그는 수백 개의 별이 반짝이는 하늘을 보았다.

"신이여. 당신은 존재하는가 봅니다. 동물들은 당신의 존재를 알고 있네요. 존재한다면, 신이여. 분명 당신은 내가 배운 것처럼 자비롭고, 사랑이 넘치고 전지전능한 존재일 것입니다. 그러니, 내 물음을 거절하지 않고, 언젠가 답을 주시겠지요. 신이여. 저는 나만타의 경찰입니다. 이대로 존과 함께 다니는 것이 옳은 것입니까? 아니면, 지금이라도 그를 설득하거나 강제로 압송하여 나만타로 돌아가는 것이 옳은 것입니까? 솔직히 나는 판단하기 어렵습니다. 나의 의무를 이행해야 한다는 생각만큼이나, 존과 함께하는 이 여정의 두근거림이 내 가슴을 채우고 있습니다. 내가 좀 더 그를 지켜보아야 하는 것입니까? 그렇다면, 그것은 언제까지입니까? 이대로 2년, 3년… 아니면 10년이 넘는 시간을 이렇게 함께 다녀야 하는 것입니까? 그것이 당신이 원하시는 저의 인생입니까? 존은 누구입니까? 왜 이런 일을 하는 것입니까? 그리고 나는 무엇을 위해 그와 함께 행동하는 것입니까? 난 어떻게 행동해야 하는지 알고 싶습니다. 그 답을 찾고 싶어요."

기도하듯, 독백하던 산초는 음식이 탄 냄새가 나자, 기도를 중단하고 음식을 먹었다. 배가 부르자 잠이 솔솔 오기 시작했다. 신에게 던진 질문은 때가 되면 알아서 답해주시리라. 그는 불이 좀 더 탈 수 있도록 남은 장작을 모두 던지고, 자리에 누웠다. 잠이 들락 말락 한 순간, 산초가 가장 좋아하는 순간 중의 하나인 바로 그때, '팍'하는 사고의 섬광이 산초의 머릿속을 후려갈겼다.

'이건 다른 무언가를 위한 여행이 아니다. 내 물음에 대한 답을 찾는 순간이 마지막이다. 어떤 답이 나오더라도, 두려워하지 마라. 두려워하지 말고, 그 답을 행동에 옮겨라. 사람은 지식을 암기하거나 경험만으로 성장하는 존재가 아니라, 모든 것의 이해를 통해서 성장하는 존재다. 마지막 순간이 오기 전까지, 비록 어렵고 힘들지라도 계속 성장하기 위해 노력해라. 그렇게 성장한 네가 원하는 답을 스스로에게 알려 줄 것이다.'

산초는 그 뜻을 음미하다가 만족스런 표정으로 잠이 들 수 있었다. 그가 코를 골고 몸을 뒤척이면서 덮고 있던 담요가 떨어지자, 가만히 누워있던 존이 일어나서 산초에게 담요를 덮어주었다. 존은 잠시 산초를 바라보다가 자기 자리로 가서 누웠다. 별이 빛나는 하늘은 참 아름다웠다. 돈과 지배, 의료, 예술, 무기, 계급, 성형, 환경…. 인간을 괴롭히는 많은 문제들은 이 큰 우주 안에서 어떤 의미일까? 큰 별들이 보기에 그것들은 사소한 문제가 아닐까? 많아야 수십년 살다 가는 인간의 짧은 인생에서 우리가 추구해야 할 가치는 그 외에는 없을까? 왜 인간들은 문제를 일으키고, 고민하는 걸까? 우리가 생의 목표처럼 여기는 돈 모으기가 정말 우리들이 생각하는 것만큼 중요한 것일까?

명품사냥꾼

존과 산초는 오늘도 그들의 목적을 향해, 아니 존의 목적을 향해 열심히 걷고 있었다. 존은 둘시난테의 이끌림에 끌려 평범한 도시로 들어갔다. 그러나 사흘을 숙소에 지내는 동안, 아무 일도 일어나지 않았다. 존은 잠시 휴식의 시간을 가진 것이라고 생각하고, 다른 마을로 출발하려고 하였다. 그러나 그는 숙소를 나서자마자 못을 밟았고, 그의 동반자 둘시난테는 예상치 못한 상처를 입게 되었다. 비극이란 늘 이렇게 예기치 못한 곳에서 시작되는 법. 그의 곁에서 그를 수호해 준 부적과도 같았던 둘시난테의 상처에 존은 여행 계획을 모두 취소하고, 구두를 수리할 수 있는 곳을 찾았다.

존은 둘시난테를 안고 거리를 헤맸다. 그의 눈에 보이는 것은 '제이미의 고물상'과 '슈퍼 햄버거' 등 구두 수선과 아무 상관없는 가게들뿐이었다. 산초는 존의 당황한 모습을 처음 봤기에 신기해하면서 그와 동행했다. 산초는 정신 못 차리는 존을 데리고 수십 층의 화려한 백화점 건물로 향했다. 존은 산초의 관찰력에 감사함을 표했다. 그러나 산초의 호의는 거기까지였다.

존과 함께 백화점에 들어간 산초는 존에게 명품구두 판매점인 13층으로 가라고 이야기해 주고, 자신은 세일 코너와 시식 코너를 어슬렁거리면서 돌아다녔다. 존은 둘시난테를 품에 안고 엘리베이터를 탔다. 몇몇 사람들은 그를 이상하게 보았지만, 그런 시선들은 존에게 무의미했다.

존은 13층에서 구두 수선이 가능한 가게를 찾아다녔고, '비다르와 펜릴[29]'이라는 가게에서 둘시난테의 수선을 맡길 수 있었다. 친절하게도 그 가게는 존이 신을 수 있는 운동화를 무료로 대여해 주었다. 존은 안도하면서 운동화를 신었다. 하루면 수선이 끝나니까, 내일 찾으러 오라는 주인의 말에 존은 수선을 잘 해달라는 부탁을 하고 그 가게를 나섰다. 그러나 둘시난테가 아무 일도 일어나지 않는 곳으로 그를 인도하지는 않는 법. 옆 가게에 있던 다른 손님 하나가 둘시난테를 보고 다가왔다.

"오, 이 멋진 구두를 보니, 절로 감탄사가 나오는군요. 난 이런 디자인의 구두를 본 적이 없어요. 이 질감, 이 색감…. 정말 당신은 멋을 아는 남자로군요. 당신은 나와 같은 인간입니다. 반가워요. 난 미스터 론리라고 합니다. 우리는 좋은 친구가 될 수 있을 겁니다."

존은 친근하게 말하면서 다가오는 남자를 보았다. 다부진 체격, 검

29) 북유럽 신화에 나오는 신과 괴물. 펜릴은 큰 괴물늑대로 신화의 마 지막 전쟁인 라그나로크에서 주신 오딘을 잡아먹는다. 비다르는 오 딘의 아들로 오딘이 죽자, 이 세상 모든 신발의 뒤축을 조금씩 모아 만든 신발로 펜릴의 아래턱을 밟고 위턱을 찢어서 펜릴을 죽인다.

은 곱슬머리와 네모난 턱, 굵은 팔뚝과 잘 다듬은 콧수염은 정력적이고 강한 남자라는 인상을 주었다. 그러나 그보다 더 눈에 들어오는 것은 그 남자의 차림새였다. 패션에 대해 잘 모르는 존이었지만 그 남자가 평범한 사람이 아니라는 것은 바로 알 수 있었다. 번쩍거리는 독특한 디자인의 구두… 금박으로 L을 새겨 놓은 것을 보면 아마도 맞춤 구두일 것이리라. 흰색의 얇은 실크로 만들어 졌고, 은실과 금실이 물결처럼 새겨진 하와이안 셔츠와 우로보로스[30] 모양의 버클을 단 벨트…. 그 누가 우로보로스 버클을 양산해내겠는가? 당연히 주문제작이겠지. 그 아래 칼 같은 주름이 잡힌 보라색 바지…. 다이아몬드와 금으로 번쩍이는 시계와 반지…. 에메랄드와 루비로 장식된 팔찌를 자기 몸에 두른 그 남자가 어떻게 하면 평범해 보일 수 있겠는가?

"그렇게 볼 필요 없어요. 난 명품을 좋아하지만, 당신도 만만치 않군요. 얼마나 대단한 명품이기에 구두를 품에 안고 그렇게 오는지. 난 혹시 당신이 정신 나간 사람인 줄 알고 헷갈렸지만, 이 구두를 보고 알았습니다. 그럴 만한 가치가 있는 물건이라는 것을…. 그리고 당신은 명품을 알아보고, 그것을 가질 자격이 있는 남자라는 것이죠. 내가 모르는 옷을 입은 것을 보니, 당신이 입은 옷도 어느 유명한 이탈리아 장인에게서 주문제작한 명품이 틀림없군요. 그러니 당신도 나처럼 명품을 갖춘 훌륭한 인격자이자 부자라는 것이죠."

사실 존이 입고 있는 옷은 평범한 옷이 아니었다. 그의 옆집에 사는 브룩이 옷 가게에서 재고 처리할 때, 거저 얻은 옷이었다. 집에서

---

30) 자신의 꼬리를 입에 문 뱀의 형상으로 영원을 상징한다.

입는 평범한 티셔츠와 청바지였는데 브룩이 스스로 개발한 나만타 고유의 브랜드인 '소마'의 마크가 찍힌 것이었다. 브룩이 10년 동안 옷 가게를 경영하면서 5장도 못 판 옷이니 다른 사람들이 모르는 것도 당연했다. 다른 가게의 직원들도 그 남자가 큰 소리로 말하자, 상업적인 미소를 지으면서 존에게 웃음을 보였다. 감탄하는 직원들의 눈빛이 존의 주변을 빛나게 만들었다. 존은 옷에 대한 그 남자에 견해에는 동의할 수 없었지만, 일단 구두에 대한 론리의 의견에는 공감했다.

"둘시난테를 칭찬해 주니 고맙군요. 사실 이 구두는 그냥 명품 정도가 아니라, 내 여행의 동반자라고 할 수 있지요. 난 존 나이테라고 합니다. 만나서 반가워요."

"어허허."

그 남자는 갑자기 얼굴을 감싸면서 크게 소리를 질렀다. 손님이라고는 존과 론리밖에 없는 13층 명품 구두 매장의 직원들이 모두 론리를 집중해서 보았다.

"오, 둘시난테… 자기 구두에 이름을 지어 주다니… 이런 로맨틱 가이를 보았나. 난 여자들에게도 그런 애칭을 지어주지 못했는데…. 오, 존, 당신은 정말 멋진 남자요. 멋을 아는 사나이 중의 사나이군요. 당신은 내 친구가 될 자격이 충분해요. 내일 시간이 되십니까? 나는 친구들과 사냥 약속이 있는데, 당신을 초대하고 싶군요. 당신도 만족할 거에요. 우리와 비슷한 친구들이 만나게 되는 거죠."

"내일 특별한 약속은 없고, 초대는 고맙습니다만, 난 사냥을 할 줄 모르는데요."

"괜찮아요. 아무 문제 없어요. 사실 나도 아직 쥐새끼 한 마리도 잡아 본 적 없답니다. 걱정 말아요. 사냥은 중요하지 않아요. 수준 있는 사람들의 사교모임 같은 거니까, 부담 갖지 말아요. 내일 내 친구들에게 당신을 소개시켜줄 생각을 하니, 벌써부터 심장이 두근거리는군요. 내일 아침 9시 이 백화점 정문에서 만나요. 알았죠? 약속해요."

존은 그의 성화에 못 이겨서 승낙했다. 론리는 거침없이 백화점을 돌아다니면서 쇼핑을 하다가 집으로 갔다. 존은 백화점 1층에서 옷과 여행도구를 배낭 가득 구입한 산초와 만났다.

"이상한 남자를 만났어. 내일 같이 사냥을 가자고 하더군."

"존. 여기는 쇼핑의 천국이에요. 이렇게 좋은 물건들이 나만타의 가격에 반밖에 하지 않아요. 걱정 말고 내일 사냥 다녀와요. 난 내일 여기 한 번 더 올 거니까."

산초는 존의 이야기에 전혀 신경 쓰지 않고 건성으로 대답했다. 그는 날카로운 사냥꾼의 눈빛으로 백화점의 물건들을 살펴보고 있었다.

"그러지 말고, 같이 가는 건 어때? 난 한 번도 사냥을 해본 적이 없어. 거기다가 그 남자는 사냥이 아니라 사교모임이라고 했다고. 도대체 어떤 사교모임이 사냥으로 친목을 다질 수 있는 거지?"

"아, 둘시난테는 어떻게 되었어요?"

"수선 맡겼지. 내일 저녁쯤에 찾으러 오면 돼."

"잘 됐네요. 사냥 갔다가 오면서 찾고, 하루 쉬고 출발하면 딱이군. 꼭 내가 사냥을 같이 가줘야겠어요?"

"어, 쇼핑하기 위한 하루 정도야 시간이 있으니, 내일은 함께 가자고."

"그렇게까지 말한다면야… 같이 가죠. 내일은 내가 폭풍의 사냥꾼 산초의 솜씨를 보여주도록 하죠."

다음 날 아침, 존은 백화점 앞으로 나갔다. 그는 이번에도 소마 브랜드의 옷을 입었다. 브룩의 야심작이었으나, 촌스러운 디자인으로 아무도 사지 않은 초록색의 셔츠와 브룩의 어머니가 뜨개질한 조끼, 체크무늬의 면바지와 어제 빌린 운동화를 신고 서 있는 존은 정장이나 이브닝 드레스 차림으로 온몸에 보석을 치장하고 백화점에 들어오는 다른 사람들과 확연히 구분되어 보였다. 어떻게 생각하건 일단 독특한 것은 사실이었다. 그의 옆에는 새의 깃털이 달린 모자를 쓰고, 서바이벌 도구로 가득한 배낭을 메고 있는 산초가 보였다. 유난히도 큰 산초의 선글라스가 반짝거렸다. 존은 자신감 넘치는 산초의 모습을 보면서 자신의 얼굴을 가려줄 수 있는 커다란 선글라스를 하나 챙겨오지 못한 것을 후회했다. 약속 시간이 2분 정도 지나자, 은색의 화려한 리무진이 도착했다. 뒷좌석의 창문을 내리고 론리가 손을 흔들었다.

"오, 친구. 내 친구. 둘시난테의 친구. 여기네. 타게나."

존은 문을 열고 안에 들어갔다. 그 안에는 큰 관 모양의 상자가 있었고, 상자 안에 석궁과 쿼럴, 권총과 소총, 총알들이 들어 있었다. 그리고 일곱 명의 여성들이 함께 있었다.

"안녕, 존. 로맨틱 가이라고 론리에게 들었어요. 론리를 반하게 하는 명품광이라니. 연 수입이 한 2천만 달러는 되나 보죠?"

"이봐. 존에게 그렇게 무례하게 굴지 말라고. 그 둘시난테라는 구두는 말이야. 내가 본 구두 중 최고였어. 그러니 그 주인인 존도 이 아우 W에 탈 자격이 있는 거야. 아, 존 이쪽은 7자매들이라네. 나와 함께 사냥할 친구들이지. 우리는 '욕망의 초원'에 있는 토끼들을 잡으러 갈

걸세. 그곳에 있는 토끼들은 '과시욕'이라는 종인데 일반 토끼들처럼 겁 많은 놈들이 아니라네. 아주 특별한 품종들이지. 화살이 날아와도 피하지 않고, 목에 힘을 주고 있지. 화살 하나 맞으면 죽을 놈들이 말이야. 아, 근데 이 친구는 누구인가?"

론리가 산초를 가리켰다.

"산초입니다. 나와 여행을 같이 하는 친구죠."

론리는 산초를 위아래로 훑어보았다.

"참 없어 보이는 친구인데 자신감이 충만해 보이는군. 자, 가자고."

"오, 우리 평화주의자가 오늘은 신이 났군."

여자 중의 한 명이 론리를 보면서 비아냥거렸다. 존이 보기에 7자매들은 모두 닮았는데, 특히 기름기가 번질거리는 검게 탄 얼굴이 인상적이었다. 어린아이들의 마음으로 돌아가서, 그녀들을 놀린다면, 얼굴에 유전이라도 있는 것 같았다.

차로 한 시간을 달리자, 큰 울타리가 있는 목장 같은 곳이 나왔고, 존과 론리, 7자매들은 모두 차에서 내렸다. 7자매들은 석유를 채워 만든 물총을 꺼냈다. 론리는 관을 꺼내서 작은 카트에 실은 뒤, 석궁과 쿼럴을 꺼냈다.

"이 석궁은 말이야. 동방의 장인에게 만들었지. 이름은 '이성계 1392'라고 해. 아주 활을 잘 쏘는 왕의 이름을 땄지. 쿼럴도 이름이 있어. '주몽'이라고 하지. 그것도 활을 잘 쏘는 왕의 이름이지. 모두 제작한 거고, 쿼럴은 하나에 500달러지. 끝에 공업용 다이아몬드를 박았어. 하나하나 장인이 직접 만든 수제품이고…."

론리가 자랑을 하는 사이 7자매들은 각자 흩어져서 사냥을 하기 시작했다. 산초의 모습도 보이지 않았다. 사냥을 할 줄 모르는 존은 론리를 따라다녔다. 론리는 존과 함께 걸으면서 석궁의 방아쇠는 어떤 합금으로 만들었는지, 석궁의 줄은 어떻게 만들어졌는지를 쉬지 않고 말했다. 그는 마치 무기상인처럼 자세하게 자신의 석궁과 쿼럴에 대해 설명했고, 존은 론리가 사냥이 끝난 뒤, 그 무기를 자신에게 팔지 않을까 하는 걱정을 했다. 그렇게 몇 시간이 지난 뒤, 존은 한 가지 사실을 알 수 있었다. 론리가 무기에 대해 자랑하는 만큼만 사냥을 잘했다면, 지구의 모든 동물은 이전에 멸망했을 것이다. 자비가 넘치는 신은 동물들을 버리지 않으셨다. 수십 발의 쿼럴를 쏘았음에도 불구하고, 론리는 단 한발도 토끼에게 맞추지 못했다. 존은 왜 7자매가 그에게 평화주의자라고 부르는지 알 수 있었다. 그는 그처럼 동물들의 생명을 존중하는 사냥꾼을 본 적이 없었다. 달리 표현하자면, 500달러의 쿼럴을 땅에 처박는 전문가라고나 할까? 존은 일단 토끼 사냥은 참관만 하겠다고 했는데, 론리와 7자매들의 사냥 실력은 정말 형편없었다. 가끔 운이 좋으면 7자매들은 석유가 담긴 물총을 동시에 쏴서 토끼를 기절시킨 뒤, 생포하기는 했다. 한 세 마리 정도. 오전 시간이 지나고, 점심때가 되자, 지친 일행은 쉬기로 했다.

"론리. 역시 오늘도 못 잡았군. 오늘 날린 쿼럴 값은 한 5만 달러 정도 되나?"

"몰라. 석궁은 나에게 어울리는 무기가 아니야. 난 진보된 무기인 총에 어울리는 남자라고. 존. 다음 사냥에는 당신도 함께 하겠소?"

"계속 여기서 토끼를 잡나요?"

"아니요. 오후에는 다른 곳으로 갈 겁니다."

"어어, 사냥 잘했어요?"

우거진 나무 사이에서 새총을 흔들면서 산초가 나타났다. 산초는 등 뒤에서 '과시욕' 네다섯 마리가 매달린 막대를 꺼냈다. 론리가 놀라서 산초에게 사냥 비결을 물었다. 자신은 그렇게 많은 돈을 들여가며 사냥을 하면서 아직 한 마리도 못 잡았는데, 어떻게 산초는 초행길에 그런 실력을 보일 수 있었는지. 산초는 어깨를 으쓱거리며 말했다.

"사실 크게 어려울 것은 없어요. 욕망의 초원에는 과시욕이 많이 있거든요. 그 초원에 발을 들여놓고, 과시욕을 얻지 못한 사람이 오히려 이상하다고 느껴질 정도니까요. 긴장하지 말고, 편안히 초원에 몸을 맡겨요. 그저 욕망의 초원에 적응해서 가만히 있으면 과시욕은 알아서 나타납니다. 그럼 새총으로 하나씩 쏘는 거죠. 과시욕은 절대 자신을 굽히지 않기 때문에 잡기가 쉬워요. 목을 노리고 쏘면 위로 빗나가도 머리에 맞고, 아래로 빗나가도 몸에 맞죠. 빈손으로 욕망의 초원에 들어간 사람이 아니라면, 누구라도 과시욕을 가지고 나올 수 있을 겁니다."

론리는 고개를 끄덕거리면서 열심히 메모했다. 황금색으로 빛나는 그의 만년필에는 역시 그의 이니셜이 새겨져 있었다. 산초는 과시욕을 한껏 내보이며 자랑한 뒤, 7자매와 서로 대화를 나누었다. 론리는 조용히 존에게 다가와서 말했다.

"사냥 전문가인 친구를 데리고 왔군요. 좋아요. 다음 사냥터에서 얼마나 실력을 보여줄지도 기대가 되요. 다음에 우리는 '환상의 숲'에 있는 사슴을 잡으러 갈 겁니다. '성공'이라는 품종이지요. 뿔이 아주 멋있어서 '꿈'이라 불립니다. 즉, 우리가 원하는 것은 '성공의 꿈'이지요. 사실 뿔만 멋있지, 나머지는 별로에요. 그런데 마치 자기가 그 뿔처럼 멋있는 줄 알고, 돌아다니는 놈들이죠. 뿔을 가꾸는 데 들이는 시간의 반만 자기 몸에 투자해도 훨씬 건강할 텐데. 멍청한 지 그런 생각은 못 하는 놈들이오."

론리는 주머니에서 시가를 꺼냈다. 존에게 하나를 권한 뒤, 자신도 입에 물었다.

"그리고 오후에는 다른 친구들을 만납니다. 7자매보다 더 멋진 친구들이죠. 7자매들은 한때 유명했지만, 지금은 그렇지 않아요. 여전히 돈은 많지만, 그녀들보다 부자들이 나타나기 시작했죠. 다른 친구들은 얼굴이 저렇게 기름지지도 않았어요."

점심은 이름을 알 수 없는 고급요리가 나왔고, 점심을 먹은 7자매들은 아우W를 타고 가버렸다. 론리는 자신의 다른 차로 존과 산초를 안내했다.

"타시오. 친구여. 이건 내 차 벤트요."

큰 차 안에는 네 명의 사람이 타고 있었다. 매섭게 생긴 남자 한 명과 여자 세 명이었다. 론리는 하나씩 친구들을 소개했다.

"우리는 비밀 클럽이라서, 별명을 부른답니다. 이쪽은 시황제, 중국을 최초로 통일한 왕이죠. 잔인하고 머리 좋고, 사치를 즐겼죠. 이쪽은 마리 앙뜨와네뜨인데, 딱히 설명이 필요 없겠죠? 사실 얼굴은 닮지 않았어요. 얼굴만 보면, 왕비라기보다는 건장한 농부의 딸이 어울리는 여자지만, 믿기지 않게도 진짜 귀족이랍니다. 이쪽은 엘리자베스 바토리 백작부인이요. 젊어지기 위해서 젊은 여자들의 피로 목욕을 했죠. 마지막은 진성여왕이요. 신라라는 나라의 세 번째 여왕인데 훌륭했던 두 명의 여왕과 달리 사냥터를, 아니 신라라는 나라를 개판으로 만들었죠."

"다른 훌륭한 사람들도 많으실 텐데, 왜 그런 분들의 이름을 따오시지 않고…."

존이 약간 주저하면서 물었다. 혹시나 실례되지 않을까 하는 그의 바람과 달리 시황제라 불린 남자가 무신경하게 말했다.

"우리는 사냥실력에 맞추어서 별명을 만들어요. 사냥 실력에 걸맞은 별명을 만들지요. 다행인지, 불행인지 아직 우리 중에 히틀러나 스탈린은 없어요."

"아, 그럼 론리의 별명은 무엇인가요?"

질문을 하자마자 네 명이 동시에 대답했다.

"간디요. 마하트마 간디."

다음 사냥터인 '환상의 숲'에 도착하자, 일행들은 차에서 내려서 각자 무기를 챙겼다. 네 명 모두 칼이나 활 같은 고전적인 무기를 꺼냈는데, 론리만 권총을 꺼냈다.

"짜잔. 보시라, 이 아름다운 황금 권총의 자태를…. 이건 '콜트-666 론리'라고 한다네. 프랑스의 장인이 나를 위해 장식을 만들고, 독일과 스위스의 장인들이 제작한 권총이지. 총알도 황금색이야. 내가 오늘 사냥을 하려고 특별히 준비했지."

이번에도 일행들은 각자 흩어져서 사냥을 시작했고, 론리는 자신의 총에 대해서 자랑을 하기 시작했다. 산초는 배낭에서 밧줄을 꺼낸 다음, 올가미를 만들었다. 몇 개의 올가미를 만든 그는 사람들이 가지 않는 방향으로 출발했다. 존은 사슴이 공격해 올 것에 대비해서 큰 방패 하나와 작은 몽둥이를 차에서 꺼냈다.

사냥을 시작한 론리는 달리면서 쌍권총을 난사했다. 본인은 미국 개척시대, 서부의 카우보이 흉내를 내는 것 같았지만, 존은 그 총알이 자신에게 날아오지 않을까 두려웠다. 다른 네 명이 어떻게 사냥하는지는 궁금하지도 않았다. 존은 론리의 총알을 막기 위한 방패를 선택한 자신의 선견지명에 만족해했다. 해질녘까지 계속된 사냥에서 방패에 맞은 황금 총알은 다행히 하나도 없었고, 사슴에 맞은 총알 역시 하나도 없었다. 결국 존과 론리는 빈손으로 차에 돌아왔다. 다른 친구들은 사슴뿔을 한 개씩 손에 들고 왔다. 하루에 한 마리 사냥 성공이라는 실력으로 잔인한 왕들의 칭호를 붙인 그들이 두 마리 사냥에 성공하면 무슨 별명이 붙게 될 것인가? 그러나 론리는 아무렇지도 않은 듯, 존의 손에 들린 방패를 보고 역시 독특하다면서 웃었다. 그는 어둑해지는 주변을 살피며 말했다.

"아까 과시욕을 몸에 잔뜩 두르고 오던 친구는 어디 있소?"

"여기 있소."

나무덤불을 헤치고, 산초가 나타났다. 그는 부러진 뿔을 잔뜩 가지고 있었다. 론리가 뿔을 대신 받아서 정리해 주면서 물었다.

"이건 어떻게 된 겁니까?"

"환상의 숲에서의 사냥도 그리 어렵지는 않았소. 여기서 명심할 것은 먼저, 외부와 완전히 격리되어서 환상의 숲에 적응하라. 내가 마치 숲의 일부가 된 것처럼 환상의 숲에 동화되어야 한다는 것이오. 그리고 기회를 기다리는 것이지요. 몇 군데 올가미를 설치해 놓고, 기다리면, 성공이 걸어옵니다. 그러면 나는 올가미 함정의 반대편에서 성공을 쫓아 달리는 거죠. 그러면 성공은 내 올가미로 스스로 달려들어서, 결국 잡히고 마는 거요."

존은 산초를 놀라운 눈길로 보았다.

"자네가 그 정도인 줄 몰랐는데?"

"그런데 성공은 멋지게 드러난 뿔의 모습 말고는 정말 볼게 없더군요. 남들에게 자랑할 만한 뿔 하나를 갖기 위해서 다른 모든 것이 엉망이 되어버린 것 같아요. 환상의 숲에 사는 성공만 그런 것인지, 다른 곳에 사는 성공도 그런 것인지 잘 모르겠네요. 나라면, 보이는 상징에만 집중하기보다 다리를 튼튼하게 하는데 더 집중할 텐데…."

"그런데 왜 이렇게 성공의 꿈이 다 부러진 거요?"

"머리에서 뿔만 떼어내고 나머지는 놓아줬는데, 너무 얽히다 보니 그렇게 됐어요. 그런 것도 가치가 있나요?"

"아주 없다고는 말 못하겠지만, 이건 더 이상 성공의 꿈이라고 볼 수 없소. 여기서야 이것이 성공의 꿈인 것을 알지만, 환상의 숲 밖으로 나가면, 사람들이 어떻게 알 수 있겠소? 그냥 부서진 짐승의 뿔이지."

"기껏 성공의 꿈을 얻었는데 소용이 없네…. 환상의 숲 밖으로 나가면 아무도 못 알아볼 거라니, 이런…."

"하지만, 당신의 업적은 이 론리가 기억하니 실망하지 마시오."

이번에도 정체불명의 저녁을 먹고, 론리의 친구들은 저마다 바쁘다면서 자리를 떠났다. 그러나 론리에게는 아직 계획이 남아 있었다.

"사냥은 사실 밤에 하는 사냥이 최고지. 존 그리고 산초. 오늘 당신들의 약속이 없음이 천만다행이오. 나와 함께 야간 사냥을 즐길 최고의 친구들이 우릴 기다리고 있거든. 아, 저기 오네."

역시 크고 검은 리무진이 도착했고, 론리는 자신의 애마인 롤스크루저에 존과 산초를 안내했다. 그 안에는 세 명의 남자들이 타고 있었다. 론리는 친절하게 그들을 소개해 주었다.

"여기 쇠사슬과 채찍을 든 남자는 마라라고 하오. 부처와 맞선 악마 이름에서 따왔지. 여기 칼을 든 친구는 메피스토, 괴테 좋아하오? 난 그 친구 작품을 안 읽어봐서 메피스토가 누구인지 모르오. 주인공인 파우스트 박사가 자기보다 한참 나이 어린 여자를 유혹하고 싶어 하니 선물하라고 보석 목걸이를 주었다던데…. 아마 우리랑 비슷한 타입의 캐릭터인 것 같소. 그리고 삼지창을 들고 있는 저 친구는 사탄이라네. 사실 저 친구는 사냥 실력보다 얼굴이 악마처럼 생겨서…"

"이봐, 그만해."

사탄이라 불린 사람이 론리의 말을 끊었다. 존은 분위기도 바꿀 겸 즐겁게 말을 했다.

"여기 계신 분들도 사냥 실력으로 별명을 붙이셨나요? 다들 무시무시한 별명을 가지고 계시는군요. 그럼 론리의 별명은…"

"예수 크리스트."

세 명이 동시에 대답했다. 사탄이라 불린 사람이 한마디 더 붙였다.

"생명에 대한 사랑이 온 우주에 충만하지."

마지막 사냥터인 '남을 외면하는 산'은 '타락'이라는 품종의 멧돼지가 살고 있었다. 그 멧돼지는 다른 동물들의 음식을 모조리 뺏어먹는 동물이었다. 그런 만큼 고기의 양이 많고, 모든 부위의 고기가 맛이 있어서 비싼 값에 거래된다고 하는 멧돼지였다. 단 이 산에는 입장조건이 필요했다. 너무 많은 사냥꾼이 몰려들 것에 대비해서 만들어진 규칙인데 처음에는 반발이 심했지만, 시간이 흐른 지금은 그 누구도 의심하지 않고 반박하지 못하는 것이 되었다.

규칙은 간단했다. 산에 입장할 때 사냥꾼보다 높은 가치를 가진 사냥도구를 관리인에게 확인시켜줘야 한다는 것이었다. 가능한 방법은 두 가지인데, 비싼 사냥도구를 잔뜩 사거나 자신의 가치를 형편없이 떨어뜨리면 되는 것이었다. 론리는 아주 쉽게 첫 번째 조건을 통과했다. 그가 얼마나 가치 있는 인간인지 알 수 없지만, 적어도 그가 두르고 있는 사냥도구보다 못한 인간이라는 것은 누가 보기에도 확실했다. 산초는 과시욕의 가죽과 부서진 성공의 꿈으로 몸을 장식했고, 두 조건 모두를 만족시키면서 통과했다. 론리의 다른 친구들도 대부분 두 가지 조건을 모두 만족시키면서 무사히 산에 들어갈 수 있었다. 그러나 존은 두 가지 모두에 해당이 안 되었다. 그는 몽둥이 하나를 가지고 있었는데, 그건 비싼 사냥도구도 아니었고, 존은 몽둥이보다 못한 인간이 아니었다. 그는 산의 관리인에게 무슨 말을 할까 고민하고 있었다. 존의 고결한 영혼의 가치는 사냥도구 따위에 비견될 수 없는 수준이었다. 그는 오랜 시간 동안 선행을 하고, 명상을 하여 영혼의 성숙도를 높였으며, 신의 사자로 선택을 받았고, 지구의 여러 곳을 돌면서 신의 뜻에 따라 인간들에게 의미 있는 것들을 전달하고 있었다. 그보다 가치 있는 사냥도구가, 아니 물건이 존재할 리 없었다. 존은 이 모든 것을 사실대로 말하기 위해 관리인에게 다가갔다. 그런데 관리인은 존에게 그냥 지나가라는 손짓을 했다. 존은 당황했다. 관리인은 웃으면서 그에게 말했다.

"아무 말도 할 필요 없다네. 친구를 보면 그 사람을 알 수 있지. 난 당신을 오늘 처음 보았지만, 친구들을 보니, 당신이 어떤 사람인지 알겠어. 당신은 어떤 사냥도구를 가지고 있더라도 이 산에 들어갈 자격이 있네."

존은 그렇게… 타락을 원하는 론리와 친구들을 따라 남을 외면하는 산으로 들어갔다.

존이 오기를 기다리던 론리는 존이 도착하자 긴 소총을 꺼냈다. 그는 존을 찾아서 자신의 총에 대해 설명을 해 주려고 했다. 존은 인내심을 갖고 그의 설명을 들었다.

"이 총은 윈체스터-777 론리라네. 론리는 더 이상 말 안 해도 무슨 뜻인지 알지? 이 특별한 총은 교황청의 구마사제가 쓰던 거라네. 이걸로 뱀파이어와 웨어울프들을 사냥했었지. 이 총알들은 축성을 한 철갑탄이라네. 코끼리나 악마가 와도 이길 수 있어. 이 총알은 매우 비싼 거야. 하나에 족히 1천 달러는 나가는 거지."

론리의 실력은 익히 잘 알고 있었고 이제 그에게는 아무 기대도 할 필요가 없음은 자명한 사실이었다. 론리는 타락을 원했기에 남을 외면하는 산속에서 수십만 달러를 사용했다. 그러나 불행히도 그는 만족할 수 없었다. 론리는 타락을 위해서 더 많은 명품 무기와 돈이 필요함을 통감할 수밖에 없었다. 그건 다른 친구들도 마찬가지였다. 그들도 타락을 원해서 명품무기 구입에 수많은 돈을 썼지만, 결국 원하는 것을 갖지 못했다. 사실, 존은 타락을 원한 것은 아니었지만, 남을 외면하는 산에 입장한 이상, 다른 사냥꾼들과 같은 존재였다. 누가 보기에도 그는 타락을 원해서 남을 외면하는 산에 들어온 사냥꾼이었다. 결국 그는 론리와 그의 친구들과 함께 빈손으로 산을 내려오게 되었다.

그때 그들 앞에 구세주 같은 존재가 나타났다. 과시욕의 가죽과 부서진 성공의 꿈을 주렁주렁 매달고 온 산초가 나타난 것이다. 그는 모두가 원하던 타락을 얻었다. 산초는 일행에게 따라오라는 손짓을 했다. 조금 걷자, 아래 구덩이가 나타났고, 구덩이에 빠진 타락이 보였다.

"여기 당신들이 원하는 타락이 있소. 난 미리 함정을 파고 기다리고 있었지. 사실 걱정이 있었소. 이 어두운 구덩이에 꼭 타락만 빠지란 법은 없거든. 다른 동물들도 빠질 수 있고, 함께 이곳에 온 내 친구들도 빠질 수 있지. 혹시 가족과 왔다면 가족이 빠질 수도 있고, 다른 내 소중한 존재들이 이 구덩이 안에 떨어질 수 있다는 걱정을 했소. 하지만, 그런 것을 걱정하는 것은 타락을 원하는 자의 자세가 아니오. 타락을 원해서 남을 외면하는 산에 온 이상, 친구나 가족이 위험할 수 있다는 그런 사소한 것은 모두 잊고, 오직 목적을 달성하는 것만을 생각해야 합니다. 난 그렇게 했고, 마침내 타락을 손에 넣었죠."

"산초, 이 멋진 친구. 자네처럼 완벽한 사냥꾼은 처음 봤소. 욕망의 초원에서 과시욕을 매달고 나타났고, 환상의 숲에서 수많은 성공의 꿈을 부숴버렸지. 그리고 남을 외면하는 산에서 타락을 얻다니…. 도대체 이런 인재가 지금까지 어디 숨어 있었다는 말이오."

론리는 산초를 뜨겁게 포옹했고, 모두가 박수를 치면서 위대한 사냥꾼 산초와 그들의 손으로 들어온 타락을 환영했다. 오직 한 사람, 아직 남을 외면하는 산에 동화되지 못한 존 한 사람만이 불편함을 느꼈다.

사냥은 끝났고 일행은 한자리에 모였다. 론리는 산초의 성공에 대해 진정으로 축하를 해 주었다. 그들은 산속의 오두막에서 타락을 그들의 뱃속에 넣으면서 밤을 보냈다. 삶의 품격을 한층 높여주는 싱글

몰트 위스키와 꼬냑 한잔이 산초의 성공을 축하해 주었다.

다음 날 아침. 존은 도시로 돌아가는 차 안에서 론리와 잠시 이야기할 시간을 가질 수 있었다.

“미스터 론리. 내 개인적인 생각인데, 이렇게 비싼 무기 없이 사냥하는 당신을 상상해본 적이 있나요?”

“아, 그런 적은 없는데, 지금 한 번 해볼게요. 눈을 감고. 정신을 집중해서… 오, 오오… 눈앞에 그려지는군요. 그런데 마치 내가 사냥감이 된 느낌이 들어요… 오오….”

“비싼 사냥도구가 없으면 당신이 사냥감이 되어버린 느낌이 든다고요?”

“그래요. 오… 난 내 명품무기가 필요해요. 마치 벌거벗은 느낌이에요. 황금빛이 감도는 멋진 걸로 말이죠.”

론리는 몇 번 더 중얼거리다가 잠이 들었다. 아직 어제의 숙취가 완전히 가시지 않은 것 같았다. 다른 친구들도 마찬가지로 차 안에서 잠이 들었다. 존은 막 잠이 들려는 산초에게 말했다.

“자네의 성공을 축하하네. 오해하지 말고 듣게. 난 어제 같은 사냥이 옳지 않다고 생각해. 우리가 두 번 다시 이런 경험을 하지 않도록 서로 노력하세나.”

그의 말을 들은 산초는 존의 말을 100% 오해했다. 아무것도 하지 못한 존이 자신을 질투하는 것이라고 생각한 것이다. 학식이 풍부하고, 귀족이고, 이상한 능력에 동물과 말도 하는 존은 뭐든지 자기보다 잘할 것이라고 생각했으나, 사냥에서 산초가 잘하는 모습을 보자 질투가 나서 어제 사냥을 폄하하는 것이라고 느낀 것이다. 산초는 피곤했기에 반박하지는 않고, 그냥 고개를 끄덕였지만, 존에 대한 실망감을 감출 수 없었다. 산초는 잠들면서 생각했다.

'존도 별 수 없는 인간이군. 아무리 신의 사자니 뭐니 해도 자기보다 못하다고 여긴 내가 성공하는 게 싫은 거야. 그래, 그럴 수 있지. 내가 이해하고 넘어가자. 난 어제의 영웅, 남을 외면하는 산의 사냥꾼이니까….'

오래지 않아서 차는 백화점에 도착했고, 그의 친구들과 헤어진 존과 론리는 13층으로 올라갔다. 산초는 세일 코너로 가기 위해 그들과 헤어졌다. 비다르와 펜릴 매장 안에서 둘시난테는 수선을 마치고 존을 기다리고 있었다.

"오, 로맨틱 가이. 여기 당신의 명품이 당신을 기다리고 있군요. 우리 둘시난테를 신고, 함께 우리에게 어울릴 명품 거리를 걸어봅시다."

존은 운동화를 반납하고 둘시난테를 신었다. 그는 론리를 보았다.

"미안합니다. 난 당신과 함께 있을 수 없어요. 둘시난테가 이곳을 떠나기 원하는군요. 나는 내가 할 일을 해야겠어요. 만나서 즐거웠고, 사냥 재미있었어요. 언젠가 우리가 다시 만나면 내가 당신을 멋진 곳으로 초대하죠."

존은 정중하게 인사를 하고 그를 떠났다. 뒤에서 론리가 뭐라고 말하는 것이 들렸지만, 그 뜻을 알 수는 없었다. 이번에는 자신의 명품 자랑이 아닌 것은 확실한데, 그 목소리에서는 약간의 쓸쓸함과 외로움이 묻어 있었다.

존과 산초는 1층에서 만났다. 산초는 어제 론리가 보여준 석궁과 쿼럴, 권총과 소총들을 파는 매대로 존을 데려갔다.

"이거, 모조품이 많은데, 가격은 얼마 안 해요. 봐요. 싸죠? 혹시 론리가 가지고 있던 명품들 다 모조품 아닌지 모르겠어요. 우리 같은 사람들은 대충 봐서는 모르잖아요. 원래 진품을 가지고 있는 사람들은 그렇게 자랑하지 않잖아요!"

존은 산초의 말도 일리가 있다고 여겨서 고개를 끄덕였다. 그러나 그보다 중요한 것은 아직도 산초가 두르고 있는 과시욕의 가죽을 벗기고, 조각난 성공의 꿈을 모두 버리며, 뱃속에 들어간 타락을 비워내는 것이었다. 존과 산초는 어제 바쁘게 지나쳤던, '제이미의 고물상'과 '슈퍼 햄버거'를 지나서 다음 여정을 시작했다. 존은 다음 마을로 떠나면서 산초에게 여러 번 사냥에 관한 잔소리를 했다. 그러나 산초는 존의 질투가 오래간다고 생각했다. 그 둘의 마음을 아는지 모르는지 둘시난테는 외딴 시골길로 존을 이끌었다.

제이미의 고물상 이야기

해가 지고, 사람들이 모두 사라지자, 고물상의 아침이 시작되었다. 부스럭거리는 소리와 함께 버려진 물건들이 고물상 마당에 모여들었다. 이 친구들은 사람들이 있을 때는 그냥 가만히 있지만, 사람들이 없으면 늘 똑같은 자신의 과거를 이야기하면서 수다 떠는 것을 즐겼다. 오늘의 화제는 둘시난테였다. 분명히 대단한 신발인 것은 알지만, 주인이 어제는 품에 안고 다니더니 오늘은 신고 다닌다는 것을 두고 토론이 벌어졌다. 주인의 사랑을 잃었기에 조만간 우리 곁으로 올 것이다, 원래 신발은 발에 신는 건데, 품에 안고 다닌 것만으로도 주인이 얼마나 그 신발을 아끼는지 알 수 있다 등, 자기들과 아무 상관없는 이야기에 열심히 열을 올리면서 자기 생각들을 말했다. 한 차례 폭풍과 같은 시간이 지나고 그들은 늘 그렇듯이 자기의 미화시킨 과거를 회상하면서 말하기 시작했다.

이곳에 온 지 얼마 안 되는 스마트폰 형제들이 먼저 말문을 열었다.

"아, 난 아직도 여기가 적응이 안 돼. 여기는 내가 있을 곳이 아닌데…."

"그러게 말이야. 나는 부드러운 양복 안주머니나 케이스에 있어야 하는데, 여기서 비나 맞고 있다니…."

"구형 모델 주제에 아직도 포기 못하고 있나? 출시된 지 1년이 넘었으면 버려질 때가 된 거지, 뭐."

"냉장고나 자동차는 몇 년씩이나 잘 쓰던데… 고장 나도 수리해서 쓰고 말이야. 우리는 왜 멀쩡한데도 자주 바꾸는지…. 우리가 저렴한 싸구려 제품도 아니잖아?"

형제들이 말하는 것을 듣던 개목걸이가 끼어들었다.

"너희들을 보면 누가 누구인지 알 수가 없어. 생긴 것도 비슷한 게, 이름만 달라가지고… 성능도 별 차이 없잖아?"

개목걸이의 말은 스마트폰들의 자존심을 건드렸다. 그들은 아주 작은 차이로도 모델명이 달라지고, 가격이 달라지며, 그 차이를 통해서 사람들에게 자신의 가치를 인정받는 것이 전부였다. 그들은 입을 모아서 개목걸이를 공격했다.

"짐승의 보조도구가 감히 인간의 필수품에게 말을 걸다니…."

"이봐, 넌 개나 돌보고 있어. 우린 인간을 지배하는 물건이라고."

"인간 역사에서 불이나 종이, 화약도 우리만큼 영향력을 갖지 못했어. 우리는 모든 사람들의 필수품이 되었다고! 세계 일류 회사들은 다 우리 덕에 컸어!"

"그래. 수십 년간 세계 최고였던 석유 회사 엑손모빌을 애플이 한때 제치고 1위가 된 것도 우리 덕이야."

"노키아는 우리의 잠재력을 낮게 평가했다가 한 방에 사라졌지. 너희들이 그걸 알기나 해?"

"지금 우리보다 더 사람들에게 중요한 게 있을 것 같아? 옷, 음식, 집, 돈을 제외하면 우리보다 사람들에게 밀접하고, 우리보다 더 사람들을 가까이에서 지배하는 존재는 없어!"

"그렇게 대단한 존재들이 여기서 뭐하고 있냐? 개목걸이랑 함께? 큭큭."

뒤에서 묵직한 저음의 목소리가 들렸다. 스마트폰보다 몇 십 배나 큰 덩치를 가진, ATM기가 스마트폰들과 개목걸이를 내려 보면서 그들을 비웃었다. 스마트폰들은 그를 노려보았다.

"저 자식. 아직 덜 망가졌구만. 더 맞아야 정신 차리지."

"아직도 자기가 잘 나가는 줄 알어. 이미 넌 끝났어."

"내가 더 이상 과거의 영광을 누릴 수 없다는 건 알아. 하지만, 너희들이 고작 1, 2년 반짝하는 과거를 이야기하는 게 우스워서 그래. 난 10년 동안 인간들의 대접을 받으면서 살았다고…."

ATM기가 천천히 걸어 나왔다. 여기저기 찌그러진 그의 모습은 일견 불쌍해 보였지만, 그래도 수년간 도시의 중심부에서 수많은 사람들을 웃고 울게 만든 위엄이 남아 있었다.

"난 사람들에게 사랑받는 존재였지. 사람들이 필요한 돈을 내게서 찾아갈 때면 난 사람이라는 생물들에게 도움을 주는 존재라는 사실에 기분이 좋았어. 내가 없었으면 그들 중 몇 명은 불행한 삶을 살았을 거야. 하지만, 난 나의 또 다른 능력에 눈을 떴지. 내가 가만히 있어도 사람들은 알아서 돈을 나에게 바치더군. 목숨처럼 소중히 여기는 돈을 말이야. 그 돈을 얻기 위해 사람들은 평생 노동을 하지. 어떤 사람들은 돈 몇 푼보다 적은 목숨 값을 가지고 살기도 해. 자기들의 생명 같은, 종교 같은 돈을 나에게 아낌없이 주었어. 난 그들의 웃음과 울음을 결정하는 절대 권력자가 된 기분이 들었지.”

“인간들이 제멋대로 한 거잖아. 넌 아무것도 한 게 없어. 그냥 인간을 대상으로 금융업을 한 것 정도지, 뭐. 인간의 웃음과 울음을 네가 결정해?”

날카롭고 째진 목소리가 구석에서 들렸다. 길게 찢어진 핑크색 명품백이 냉소적인 말투로 ATM기를 비난한 것이었다. ATM기는 고개를 끄덕였다.

“파산한 인간들은 나나 돈, 은행을 원망했지. 하지만, 난 아무 죄가 없어. 사람들이 멋대로 나를 만들고, 이용했는데, 왜 나에게 원망을 하는 건지 모르겠어. 은행도, 돈도 마찬가지야. 우리들이 우주에서 떨어진 것도 아니고, 어느 날 갑자기 창조된 것도 아니야. 자기들이 편하게 살기 위해 만들어 놓고, 불행의 탓을 우리에게 돌리지. 난 천사나 악마 같은 존재가 아니라 그냥 평범한 기계였는데….”

“하지만, 천사와 악마는 종종 너에게 기대어 쉬고 가잖아.”

스마트폰 형제 중 한 명이 끼어들었다.

“내 안의 돈으로 인해 누군가를 축복해야 될 때, 천사가 오고, 그 돈이 저주가 될 때 악마가 오지. 아. 악마 이야기를 하니까 또 그 과거가 떠오른다. 나를 부순 그 미친 놈…. 악마가 잠깐 내 곁에 있다가 갔는데, 나를 악마로 착각하고 쇠파이프로 나를 부쉈지. 이미 악마는 떠나고 없었는데 말이야. 그리고 내 몸속을 헤집더니 돈을 다 가져가 버렸어. 악마를 유혹하는 미끼라고 말하면서 말이야. 내가 아주 오랫동안 인간과 돈 거래를 해왔지만, 그렇게 미친놈은 처음이었어. 아, 인간들이란 정말….”

“그래도 그 녀석은 괜찮은 거야…. 내 주인은 더 미친놈이지.”

ATM 뒤에서 황금빛으로 번쩍거리는 소총이 걸어 나왔다. 약간의 긁힌 자국 외에는 파손되지 않은 것처럼 보이는 소총은 스마트폰 형제들 옆에 걸터앉았다.

“난 부서지지도 않았고, 유행이 지나지도 않았어. 성능도 아무 문제가 없고, 내 몸에 있는 황금만 녹여 팔아도 여기 스마트폰 형제들을 다 살 수 있지. 그런데 내가 왜 여기 있겠냐? 그게 다 내 주인 때문이야. 아주 이상한 놈이라고….”

소총은 잠시 뜸을 들이고 말을 이었다.

“난 최고의 사냥용 총이지. 사실 동물들을 죽이는 게 내키지는 않았어. 하지만, 어떡하겠어? 내가 총으로 태어난 운명인 것을…. 사냥을 좋아하는 주인이 나를 주문 제작했고, 난 그의 손에서 도살자가 되리라고 생각했지. 하지만, 운명의 장난은 나를 괴롭게 만들었어. 내 주인은 매일 나를 들고 사냥에 나갔지만, 단 한 마리의 동물도 잡지 못했어. 내가 쏘는 총알은 늘 나무나 돌, 땅바닥을 들이받았지. 수백, 수천 번을 그렇게 하니까, 나도 오기가 생기더군. 내 생애 한 번 정도는 동물을 쏘아야겠다고 생각했지. 내가 그렇게 변할 줄은 나도 몰랐어. 하지만, 난 총으로 태어난걸…. 총이 목표를 맞추지 못한다는 것은 나를 고민하게 만들었지. 정체성이 흔들렸어.”

“그래. 가끔 그런 병신 같은 인간들이 있어.”

가장 최근에 고물상에 들어온, 출시된 지 6개월도 안 된 스마트폰 형제들의 막내가 마치 인생을 가르치는 노인처럼 말했다.

"난 결심했어. 딱 한 번만 사냥에 성공하고, 그 뒤로는 더 이상 동물들을 죽이지 않는 나의 신념을 관철시키겠다고…. 하지만 그 다음 날, 내 주인은 새로운 총을 구입했고, 난 바로 버려졌지. 누군가 나의 가치를 알아보는 사람이 있을지도 모른다는 기대도 했지만, 단 한 명도 나의 진가를 알아보지 못했어. 그게 내가 여기 있는 이유라고…."

"그래, 그 인간은 자신이 사냥에 실패한 것이 너의 잘못이라고 생각했겠지…. 원래 인간이란 자신의 실수를 인정하기보다 말 못하는 물건들에게 책임을 뒤집어씌우는 것을 좋아하지. 칼로 사람을 죽였다고 생각해봐. 칼을 휘두른 건 사람인데, 아무 죄 없는 칼을 '흉기'라고 부르잖아."

ATM기가 소총을 달래듯이 말했다. 어느새 다가온 찢어진 명품백이 소총 옆에 기대앉았다.

"이봐. 다들 구질구질한 이야기만 하는군. 난 어제 신발을 안고 가는 남자를 보면서 내 과거가 생각났어. 내 첫 번째 주인은… 비가 오는 날이면, 나를 가슴에 안고 뛰었지. 어제 그 신발처럼 말이야."

"또, 시작이군…."

개목걸이가 뒤로 드러누우면서 빈정거렸다. 그러나 찢어진 명품백은 개목걸이의 말을 못 들은 척하고 말을 이어나갔다.

"난 너희들하고 달라. 여기 소총만 나랑 비슷한 태생이지. 난 태어날 때부터 귀족이었어. 품질과 명성은 세계 최고 수준이었지. 내가 매장에 있으면 젊은 여자들은 나를 갖고 싶은 동경과 흠모의 눈길로 나를 바라보았어. 내 첫 번째 주인도 그랬지. 난 그 여자의 자존심이자, 품격이었어."

"가방 따위가 인간의 자존심이자 품격이었다니… 그 인간은 안 봐도 알 만하군."

그늘 속 어딘가에서 낯선 목소리가 들렸다.

"그런 사람도 있어. 인격도 훌륭하고 부유하면서 나 같은 가방을 갖고 다니는 사람들…. 하지만, 불행하게도 내 첫 번째 주인은 돈이 없었어. 나로 인해서 자신감을 갖게 되자, 다른 명품들을 더 갖고 싶어 했고, 계속 빚을 내서 물건을 사게 되었지. 그러다가 결국 어리석은 선택을 하게 됐어. 가장 비싼 나를 팔고 나보다 저렴한 가방 두 개를 산 거지. 그 여자는 내가 없는 것이 자신의 가치를 얼마나 떨어뜨리는지 몰랐던 거야. 그 다음 주인도, 그 다음 주인도 내가 얼마나 가치 있는 가방인지 알지 못했어. 나는 멍청한 인간들 때문에 푸대접 받다가 소매치기의 칼날에 치유되지 못할 상처를 입고 여기 오게 되었지. 가련한 내 인생… 한 떨기 가녀린 꽃 같은 내 운명이여…."

아까 목소리가 들렸던 그늘에서 여러 권의 책이 모습을 드러냈다. 그 책들은 스마트폰 형제들처럼 비슷한 모습을 하고 있었다.

"물질만능주의와 배금주의에 찌든 현대 사회여. 오, 학교에서 주입식 지식과 인터넷에서 검색한 지식만으로 스스로 사고력을 갖추었다고 생각하는 무지한 인간이여. 한없이 작아진 지성으로 아무것도 판단하지 못하는 멍청이 고학력자들이 만드는 답답한 사회시스템이여. 겉모습만 보고 사람을 판단하고, 무한한 지식의 보고를 보석 같은 액세서리로 여기는 거짓된 식자여, 부자여."

"제발 그 잘난 척 좀 안 할 수 없나?"

소총이 늘어선 고전문집들을 보고 짜증내며 말했다. 수십 권이나 되는 금박장식의 책들은 어려운 말이 가득 담긴 그들의 속살을 내보이면서 고물상 마당을 가득 채웠다.

"왜 인간들은 우리를 만드는 것인가? 지성의 발전을 위해서지."

"아무리 인터넷이 발달했어도, 책을 읽는 것보다 더 좋은 것은 없지. 그리고 우리는 수많은 책들 중에서도 엄선된 최고 수준의 고전들이라고."

"그렇지. 우리는 읽히기 위해 만들어진 책들이야. 그런데 우리 주인은 한 번도 우리를 펴보지 않았지."

"십 수 년을 책장 속에서 먼지들과 함께 있었어. 손님이 오는 서재에 도자기들과 함께 진열되어 있었지. 난 우리 중 하나 정도는 주인이나 주인의 아이들이나 손님들에게 읽힐 줄 알았어."

"우리를 장식품으로 여겼던 거지. 폼 나는 장식품. 그러다가 형편이 어려워지니까, 이사 가면서 우리를 여기에 팔아치우더군. 난 무척 자존심 상했어. 내 안에 담고 있는 문학 작품의 가치는 엄청나거든."

"왜 읽지도 않을 거면서 책을 사는지 모르겠어. 지적인 사람으로 보이고 싶은 욕망 때문인가? 욕망이 커지면 그 욕망을 먹고사는 악마를 불러들일 뿐이지."

"그래도 너희들은 인간들과 살았잖아. 난 평생 개목에 묶여있었다고…!"

개목걸이가 크게 소리를 질렀다.

"반려동물, 반려동물. 도대체 어떻게 동물이 인간의 반려자가 되는데? 어차피 인간의 반의 반도 못 살고 죽는 동물들한테 뭐 그리 돈을 처바르는지…. 사람 사귀는 데 그 정도 정성을 쏟으면 결혼을 열 번은

했을 거다. 외톨이들이 동물에게 집착하는 거 보면, 정말 답답해. 사람으로 태어나서 사람과 어울리지 못한다는 게 뭐 자랑이라고…."

"네 주인은 그런 사람이 아니었잖아?"

"그렇지. 내 주인은 주변에 사람들이 많았어. 사회성이 발달한 사람이었지. 내 주인은 인기 있는 사람이었고, 동물들도 사랑하는 훌륭한 사람이었지. 하지만 이 사람도 외로움을 타더라고…. 그래서 이해했지. 어쩌면 인간의 외로움은 인간 사회의 구조적인 문제일 수 있다고. 지금 인간들의 사회는 아무리 많은 사람을 만나도 결국 집에서 키우는 개 한 마리만도 못한 인간관계를 형성하게 만드는 구조일 수 있다는 거지. 그러니까 반려동물이라는 말을 만들어낸 거야. 인간보다 개랑 지내는 게 더 좋은 사회지."

"개만도 못한 친구들이라… 흐흐흐…."

ATM기가 눈을 감으며 말했다.

"그만 자자. 매일 떠들어봐야 무슨 소용 있나. 내일 폐기되거나 팔리기를 바라자고…."

"아, 그 신발 녀석은 좋겠다."

"그래봤자야. 어차피 밑창이 닳고, 낡으면 주인이 버릴 텐데 뭐… 우리처럼 되는 건 시간문제라고."

"그래. 남 걱정할 시간에 우리나 챙기자고. 날씨가 춥네."

그렇게 조용하고 평범하게 고물상의 하루가 지나갔다.

신화와 전설이 종교가 되기까지

둘시난테가 인도하는 대로 떠나기로 마음먹은 존은 혹시 먼 곳에 가게 될 경우를 대비해서 미리 영양을 보충할 생각을 하였다. 맛있는 요리를 먹자는 존의 제안은 산초가 그와 만나면서 들어본 말 중에 가장 멋진 말이었다. 도시를 떠나기 전, 교외에 있는 큰 레스토랑에 들어간 존과 산초는 값비싼 코스 요리를 주문하고 마주 앉았다. 금색의 '8'자 모양 무늬가 수놓아진 흰색 식탁보를 덮은 3m 정도 되는 테이블에 양쪽 끝에 앉아서, 그들에게 각자 주어진 김치를 먹기 시작했다. 그 레스토랑은 유달리 신기한 그림과 조각이 많았다. 히드라를 죽이는 헤라클레스의 그림, 시바와 칼리의 조각, 마차를 타고 하늘을 나는 토르의 유화, 마치 대학에서 강의하는 신화학 수업에 들어온 느낌이었다. 전채로 나온 김치를 다 먹은 산초는 벽과 천정을 보다가 말했다.

"존. 당신은 신들이 저렇게 많다고 믿나요? 난 그렇게 생각하지 않아요. 내 생각에 저런 신화나 전설은 진짜가 아니에요. 인간들 중 뛰어난 사람들이 했던 일들이 신격화되어 기록되거나 외계인들이 신으로 숭배받은 것이라고 생각해요."

"식사가 나오기 전에 가볍게 할 이야기라면 적당한데, 너무 깊게 들어가지는 말자고…."

"그리스 신화를 보면 제우스가 엄청난 바람둥이로 나오잖아요. 그런데 신화학이나 역사를 공부하면 고대 그리스 도시국가들의 통치자들이 자신의 권위를 강화하기 위해 저마다 자기가 제우스의 아들이라고 주장한 것이 신화의 근거가 되었다고 하잖아요. 난 그게 정말 그럴듯했어요. 기억은 나지 않지만, 어떤 북유럽 신화에 관한 책은 오딘이 터키에서 온 정복자들의 지도자라고 주장하기도 했죠. 난 고대 왕들의 위대한 행동이나 영웅의 모험담이 신격화되어서 신화와 전설을 만들어낸 게 아닐까 하고 생각했어요. 선사시대의 영웅은 신이 되고, 역사시대의 영웅은 헤라클레스나 테세우스 같은 반신이 되어 신화에 남은 거죠. 선사시대의 영웅은 다산이나 풍요처럼 인간이 원하는 소망이나 번개, 폭풍처럼 인간이 두려워하는 이미지를 상징하는 신이 된 거에요. 어떻게 보면, 신화는 선사시대 인류가 남긴 최고의 예술문학작품인 거죠. 신화를 보면 신들의 심리묘사도 나오는데, 신들의 이야기가 어떻게 그렇게 자세히 내려올 수 있겠어요. 다 후세 사람들이 더하고 빼고 만든 것들이죠."

"자네처럼 생각한 그리스 신화학자가 있었지. 신화는 신의 이야기가 아니라, 위대한 인간 영웅들의 기록이라고…. 나중에 인터넷에서 에우헤메로스(euhemeros)의 에우헤메리즘을 검색해 보면 설명이 나올 거야. 난 모든 신이 인간이었다는 것에 동의하지는 않지만, 일부 의견은 동의하네. 신들의 이야기를 인간이 그렇게 자세히 알 수 없지. 신화는 인간이 많이 수정한 예술작품이지. 우리가 원시적이라고 폄하하는 그 시대 사람들의 사회수준과 지성을 고려해 볼 때, 정말 대단한 결과물이지. 현대 문학작품 중 신화 정도의 수준을 가진 작품이 얼마나 있는지 한 번 생각해 봐! 그 시대 사람들은 똑똑했어."

웨이터가 코스 요리를 시작하기에 앞서 샐러드와 훈제 연어 조각을 가져왔다. 웨이터는 혹시 둘이 채식주의자인지 물었고, 존과 산초는 둘 다 모든 음식을 골고루 먹는 평범한 사람임을 알려주었다. 산초는 웨이터가 가자마자, 말을 이었다.

"그런데 궁금한 게 하나 있어요. 각 신화는 문화에 따라서, 필요에 따라서 만들어졌다고 해도, 여러 신화에서 공통적으로 나타나는 것들이 있잖아요. 대홍수설화나 세계 곳곳에 있는 피라미드와 유사한 건축물이나 태양 숭배 사상, 선과 악의 싸움 같은 소재들이요. 그 당시의 교통, 통신 수준을 볼 때 고대의 유행이라고 하기에는 설명이 좀 안 되죠. 이집트와 메소포타미아에 피라미드가 있다는 건 그렇다 쳐도, 아메리카나 동남아시아에 비슷한 건축물이 있다는 건 뭔가 우리가 모르는 다른 것이 있다는 이야기라고 생각해요."

존은 흥미로운 표정으로 산초를 보았다. 혹시 산초가 고대의 유산을 통해서 진정한 신화와 전설이 의미하는 바를 스스로 깨우친다면, 존은 그동안 산초를 과소평가했던 것이다.

"그래서 난 제카리아 시친의 지구연대기 시리즈가 가진 관점도 괜찮다고 봐요. 수메르 문명에 대해 적은 책인데, 그 책은 외계인이 와서 유전공학을 통해 인류를 만들었고, 인류를 지배하면서 신처럼 군림했다가 사라졌다고 하잖아요. 고도의 문명을 가진 외계인이 세계 여러 곳을 다니면서 비슷한 건물을 짓고, 문명을 전파하면서 신처럼 숭배받았다는 것은 그럴듯하지 않아요? 그런 소설 같은 설명이 아니면 어떻게 설명이 가능한가요?"

존의 표정은 변하지 않았지만, 그는 다른 사람의 연구 결과를 그대로 수용해서 말하는 산초의 이야기를 들으면서 자신이 산초를 과소평가하지 않았음을 확신했다.

"존. 존은 어떻게 생각해요? 저 천정에 보면 토르가 있잖아요. 힘이 센 고대인이에요? 외계인이에요? 아니면, 정말 신인가요? 정말 신이라면, 우리가 어떻게 저들의 생활을 알 수 있는 거죠?"

"순수하게 신화학이라는 관점에서 이야기하자면, 난 팔라에파토스의 생각을 지지하네. 신화와 전설은 다른 무언가를 비유한 것이라는 거지. 신의 존재에 대해 말하는 것은 영적인 이야기이고, 전부 이해하기에 우리의 지성은 지나치게 부족하다네. 하지만, 신화라면 이야기할 수 있지. 신화는 교훈과 진리를 담은 문학적 도구라네. 인간들이 많이 변형했지. 더 많은 교훈을 담기 위해, 문학적 아름다움을 위해, 정치적 정당성을 갖기 위해…. 제우스가 바람둥이인 이유를 자네가 설명했듯이 신화는 사회풍자적인 요소도 있어."

"교훈을 담았다고요?"

"그리스 신화의 아테나는 지혜의 여신이라고 하지. 하지만, 아테나가 지혜롭게 사건을 해결한 이야기가 얼마나 있는가? 아라크네를 거미로 만들거나 메두사를 괴물로 만든 이야기를 들어보면, 지혜의 여신이라기보다 자기 힘만 믿고, 약한 자를 괴롭히는 비겁자에 가깝지. 북유럽의 주신인 오딘도 지혜의 신이지만, 인간 마법사에게 잡히기도

하고, 모든 문제를 다 해결하지 못했어. 로키는 오딘이 선택해서 승리를 준 인간 영웅들을 비난하면서, 오딘이 사람 보는 눈이 없다고 말하기도 했지. 이런 일화들은 신에게 인격을 부여하여 비난하고자 한 것이 아니라, 지혜롭다고 스스로를 뽐내는 인간들에게 경고를 주기 위해 만들어진 이야기라고 생각하네. 일종의 어려운 교훈인 셈이지. 자신이 지혜롭다고 말하지만, 실제로 보면 그는 지혜로운 것이 아니라, 남들보다 조금 더 많은 지식을 갖추고 있을 뿐, 올바른 판단과 결정을 내리지 못할 수 있다는 거야. 신들조차도 그런데 인간들이야 오죽하겠느냐, 그러니 남보다 조금 더 많이 안다고 해도 자랑하지 말고, 그 지혜를 악용해서 남을 괴롭히지 말고, 남을 도우며, 겸손히 살아가라는 충고를 하는 거지.

대부분의 신화는 신과 거인이 하나의 뿌리에서 나왔다고 하는데, 신은 승자이자 선이 되고, 거인들은 패자이자 악이 되지. 이것이 말하고자 하는 바는 '선과 악은 모두 같은 근원에서 나왔고, 선은 악에게 승리한다.'라는 거야. 선이 악에게 승리한다는 것은 사회를 유지하고 통치하는 데 꼭 필요한 개념이야. 선과 악을 어떻게 정의하느냐에 따라서, 현 통치자의 권력기반을 강화시킬 수도 있고, 통치자를 교체하는 명분이 될 수도 있기 때문이야. 고대의 정치세력들이 자신들의 통치를 합리화시키기 위해서 상대를 악으로 만들어야 했고, 이 과정에서 신과 거인의 비유가 사용된 거지. 국가 내부의 정치싸움이니, 그들의 근원이 같은 것은 당연한 거지. 인간 사회에서 승자는 신이 되고, 패자는 거인이 되었어. 그것이 그대로 신화에 반영된 거야. 신화를 잘 보면 이런 교훈과 비유를 찾을 수 있네."

"결국 필요에 의해서 인간이 만든 이야기라는 거군요."

"대부분이 그렇지. 일부는 신적 존재나 외계인, 기타 누군가의 이야기겠지만, 우리가 알고 있는 신화들은 인간들이 자기들이 필요해서 만들었다고 생각하면 돼."

잘 익은 돼지고기와 닭고기 등의 요리가 번갈아 나오면서 식탁을 가득 채웠다. 둘은 신화에 대한 이야기를 하면서 식당 안에 그림에 대해서 각자 생각을 말하고 있었는데, 너무 열성적으로 이야기하고 있었기 때문에 웨이터가 존과 산초의 이야기를 주의 깊게 듣고 있는 것을 알지 못했다.

"존. 그런 신화가 변한 게 종교 아니에요? 옛날에는 자연현상이나 동물을 숭배했는데, 지금은 종교의 신을 숭배하잖아요."

"개인적으로 벌거벗은 신화와 전설이 형식과 교리라는 옷을 입고 종교가 되었다는 견해를 가진 적도 있지만, 그 당시의 종교와 지금의 종교는 좀 달라. 그리고 종교들의 발생원인도 차이가 있지. 모든 종교가 신화에 기원을 두고 있는 것은 아니야. 종교는 신화보다 훨씬 다양하고 여러 기능을 가지고 있지. 여기 이 요리들이 각자 고유의 맛과 장단점이 있는 것처럼 말이지."

"아, 난 신화와 종교들을 비교해서 말하려는 게 아니에요. 지금 문득 생각이 났는데, 신화가 인간에 의해 많이 변하고, 그게 지금의 신화라면, 종교도 그렇지 않을까 싶네요. 처음 만들어졌을 시기의 종교와 지금의 종교도 큰 차이가 있지 않을까 하는 생각이죠. 갓 잡은 연어와 아까 우리가 먹은 훈제 연어의 차이처럼 말이죠. 각 종교들은 특별한 사람들에 의해서 만들어졌잖아요. 하지만, 그 당시 종교와 지금의 종교를 같다고 볼 수 없잖아요. 시간이 지나면서 변한 것도 있고, 다른 종교와 융합된 것도 있고, 사람들이 해석하면서 본질이 왜곡된 것도 있을 것이고… 각 종교의 시작과 지금을 비교하자는 거죠."

산초는 소다 한 잔을 마시고, 차분하게 말을 하기 시작했다. 산초의 입에서 종교라는 이야기가 나오자, 웨이터는 산초를 집중해서 보기 시작했다.

"자, 여기 있는 요리들을 봐요. 어류, 육류, 곡류 각 요리들이 다양하게 있죠. 이것들이 종교라고 생각해봐요. 모두 공통점이 있어요. 원재료과 식탁 위에 조리된 요리는 다르다는 거죠. 인간이 먹기 편하게 조리를 하면 변해요. 맛도 변하고, 색도 변하죠. 같은 돼지고기라도 굽느냐, 찌느냐에 따라 다른 요리가 되잖아요. 종교 역시 시간이 지나고 인간이 믿기 편하게 바꾸다 보면 많은 것이 변하죠. 같은 종교를 두고 서로 다른 해석을 하고, 시간이 흐르면 그 둘은 약간 다른 종교처럼 보일 때도 있어요. 마치 가톨릭과 프로테스탄트, 정교회 같은 거죠. 신교는 성경의 해석에 따라 그 종파도 다양하잖아요. 그리고 성직자의 능력에 따라 종교도 다양한 모습을 보이죠. 내가 알기로 그 종교의 창시자는 자신의 종교를 그런 식으로 구분해서 믿으라고 가르친 적이 없어요. 이슬람교도 마찬가지죠. 불교도 그렇고요. 시간이 지나고, 다양해지고, 많은 사람들이 참여하면서 모두 변하는 거에요. 그 종교의 성직자들이 창시자와 만나게 된다면, 모두가 환영인사를 받을 수 있을까요? 마치 요리사의 능력에 따라서 같은 요리라도 맛이 달라지는 것처럼 말이에요. 그런데 그 요리가 원재료보다 늘 좋은가요? 종교가 변하는 이유는 성직자들의 다양한 해석들이 첫 번째 이유죠."

그가 약간 흥분하자 목소리가 커졌다.

"그뿐이 아니에요. 종교들은 서로 간에 영향을 주고받아요. 음식을 할 때 식재료들을 섞어서 전혀 다른 요리를 만드는 것과 같죠. 당신이 좋아하는 오딘에 대한 컬트를 보죠. 오딘이 나무에 매달렸다가 살아난다는 것은 크리스트교의 예수의 부활에서 모티브를 가져왔다고 하죠. 어떻게 그게 가능한가하면, 크리스트교 사상이 북유럽에 전파되면서 창조된 이야기들이 북유럽 신화에 더해졌기 때문이죠. 연구가들이 말하듯이, 원래 주신은 티르였고, 가장 인기 있던 신은 토르와 프레이르였지만, 어느 순간 오딘이 최고신으로 상승하면서 티르와 토르는 그 아들처럼 되었고, 프레이르도 멸망한 신족의 우두머리가 되었죠. 오딘은 지위뿐 아니라, 다른 신들의 능력도 흡수했어요. 전투의 신, 폭풍의 신, 시와 음악의 신, 마법의 신, 지혜의 신이 되었죠. 이렇게 많은 능력을 가졌다는 것은 그만큼 여러 종교의 신들을 흡수하면서 섞였다는 거죠. 조로아스터교의 유일신 사상이 유대교에게 준 영향이나 유대교가 크리스트교에 미친 영향, 크리스트교가 이슬람교에 미친 영향, 힌두교와 불교의 상관관계를 따지고 보면 종교들은 서로 많은 영향을 주었어요. 이것도 종교가 처음과 달리 변하게 된 중요한 이유 중에 하나죠. 고기와 채소를 국에 넣고 끓이면 국물에 재료의 맛이 우러나오는 것처럼, 매운 소스를 친 고기를 먹으면 소스와 고기 맛이 동시에 나는 것처럼, 지금 종교는 다양하게 섞인 형태로 사람들에게 교리를 설명하고 있어요. 종교가 전파하면서 현지의 문화에 적응되고, 때로는 타 종교의 장점을 받아들이면서 본 모습을 잃어버린 거죠. 살아남기 위해 타협한 거나 마찬가지에요.

물론 이건 꼭 부정적이라고 볼 수만은 없죠. 만들어진 순간에 무언가 부족한 점이 있다면 시간이 지나면서 보완될 가능성도 있겠죠. 그리고 처음 모습 그대로 변치 않는 종교가 꼭 좋다고 판단할 수도 없어요. 소금이나 꿀은 변하지 않지만, 그것만으로는 인간이 살아갈 수 없잖아요. 하지만 난 종교의 변화에 대해 부정적이에요. 어차피 변할 거라면, 예수나 마호메트, 붓다 같은 사람들이 처음부터 완성형으로 만들었겠죠. 우리는 그들이 만든 종교가 아닌 전혀 다른 종교를 믿고 있는 것 같아요. 내가 말하고자 하는 바는 이거에요. 아무리 좋은 재료를 가지고 요리를 한다고 해도 가끔 망칠 수도 있는 것 아닌가?"

산초는 일부러 존이 자주 언급하는 오딘의 이야기를 꺼냈다. 이야기가 신화에서 종교로 넘어가자 존은 좀 더 신중하게 말을 해야겠다고 생각했다.

"오, 멋지군. 산초. 일단 박수를 좀 치고. 흠… 자네의 그런 관점은 스스로 생각하는 수준이 상당하다는 것을 나타내주고 있군. 나는 그런 자네 생각을 반박하고 싶지 않네. 다만, 내가 생각하는 것을 좀 더 보충해 주고 싶어."

그들의 이야기를 듣던 웨이터는 지배인에게 다가가서 귓속말로 뭐라고 이야기를 했다. 지배인은 끄덕거리고 존과 산초의 테이블을 주목해서 바라보았다.

"각 종교의 변화를 이야기하기 전에 종교에 대한 관점의 차이를 먼저 전제하는 것이 필요한 것 같아. 아까는 학문적인 관점에서 신화에 대한 이야기를 했지. 하지만, 종교라면 학문보다는 영적인 관점에서 이야기가 필요하고, 이런 이야기는 주관적이라고 해석될 여지가 있네.

그러니, 내 생각이 사회에 일반적으로 통용되는 상식이 아닐 수도 있다는 것을 미리 말해두겠네. 내가 생각하기에 인간은 영성을 가지고 있어. 영성은 주로 다양한 삶의 경험, 생각을 통해 발전하지. 나 같은 사람에게 종교는 영성의 발전을 위한 식량과 같다네.

하지만, 보통 사람들의 입장에서 본다면, 정신적으로 기댈 만한 안식처가 되겠지. 고기를 먹거나 과일을 먹거나 그 음식은 우리 안에서 소화돼서 에너지가 되는 것처럼, 무엇을 믿더라도 우리에게 평안함을 제공해 주지. 그리고 아무리 조리법이 발달해도 돼지고기 요리가 물고기 요리가 되지 않는 것처럼, 각 종교가 아무리 섞여도 고유의 전통이 완전히 사라지지는 않을 거야. 북유럽 신화가 크리스트교에 영향을 받았어도, 오딘이 십자가를 들고 선교하지 않는 것처럼 말이야.

중요한 것은 모든 것을 절대적인 기준에서 판단하면 안 된다는 거야. 인간은 꿀만 먹고 살 수 없지만, 어떤 곤충은 그게 가능할 수도 있어. 종교는 절대적인 진리가 아니야. 사람에 취향에 따라 선택할 수 있는 다양한 음식들이지. 일부 타락한 성직자들은 상한 음식을 만들어내지만, 그것들을 제외한다면, 맛좋은 요리의 향연이지."

"각 종교는 자신들이 절대적인 진리를 품고 있는 듯이 말합니다. 그 진리라는 것이 시간이 지나고, 성직자가 바뀌고, 다른 종교의 영향을 받았다고 해서 변할 수 있는 건가요?"

"종교는 자신이 있는 시대와 장소에서 가장 사람들에게 다가가기 쉬운 모습으로 살아가기 때문에 사회의 모습을 그대로 반영하는 거울과 같지. 지금 인류가 살아가는 사회가 종교가 창시되었던 때의 사회가 같은가? 다르지. 그러니 종교도 맞춰서 변할 수밖에…. 각 종교는 사회의 변화를 따라서 늘 변하고 있어. 종교에 문제가 있다면, 그건 종교만의 문제가 아니라 사회 전체의 문제라고 봐야 해. 종교가 사람들을 구원한다면, 그것 역시 사회성에 기인하는 것이지. 종교가 품고 있는 절대적인 진리는 비밀리에 전승되는 지혜의 경전 속에 있는 글귀가 아니야. 종교는 자기가 살고 있는 사회를 비추는 거울이라는 것이 진리지. 변하는 것은 매번 다른 모습으로 거울을 들여다보는 우리들이지."

산초는 이야기의 논점에서 좀 벗어나지만, 자신이 평소에 궁금하던 것을 존에게 물어봐야겠다고 생각했다.

"크리스트교에서는 우리들이 신의 형상을 본 따 만들어졌다는데, 진짜인가요? 신도 인간처럼 두 팔, 두 다리를 가지고 있나요? 진짜 신이 있다면, 왜 이렇게 많은 종교가 있는 거죠? 정작 그들은 우리 눈에 보이지도 않잖아요. 신이 인간을 위한다면, 우리가 사는 세상은 왜 이리 고통스러운 건가요? 당신은 신을 본 적이 있나요?"

"마음을 열게. 신은 우리를 사랑하네. 그래서 그의 형상을 본 따 인간을 만들었지. 신의 형상이란, 경험과 배움을 통해 영성과 지성이 진보하는 진화의 형태를 말하는 것이고, 인간이란 그 진화의 형태를 본떠 만들어진 존재라네. 종종 사람들이 오해하는데, 인간의 육체는 신의 형상을 본떠서 만들어진 것이 아니야. 신은 모든 형태로 존재할 수 있기에 인간이 물질계에서 가진 육체가 신의 형상이라고 말할 수 없어. 신은 머리 하나에 두 팔, 두 다리로 구성된 육체를 가진 존재가 아니야.

내가 아는 신은 유일신이지. 전 우주 그 자체인 거야. 하지만, 각 종교에서 믿는 신은 유일신에서 방출된 위대한 우주의식의 일부분이며,

각자 특정한 신의 속성을 상징하고 있지. 예를 들어, 비너스나 프레이야 같은 다산의 여신들은 신의 속성 중 사랑을 상징하지. 헤르메스나 오딘 같은 신들은 신의 속성 중 이성과 지식을 상징한다네. 그러나 그들은 모두 유일신의 일부분이지. 손과 발이라고 신체의 일부를 별도로 표현할 수 있지만, 결국 내 몸의 일부인 것과 같지. 모든 신은 우주라는 유일신의 일부이고, 그들은 우주를 진화시키기 위해 각자의 방법으로 노력하고 있지. 아까 신화에 관해 말했지. 존재하지 않는 신의 이야기는 고대의 현자들이 교훈을 주기 위해서 만들기도 하지만, 신의 속성을 설명하기 위해 만들기도 해. 신을 이해하는 것은 매우 중요한데, 한 번에 이해하기 어렵기 때문에 위대한 사람들은 알기 쉽게 하나씩 설명하면서 신이란 무엇인가를 인간들에게 이해시키려고 했다네. 그것이 종교의 기원이었지. 결국 모든 종교는 인간이 신을 알고, 신과 동일한 수준에 이르도록 발전하는 것을 목표로 하는 하나의 목적에서 시작되었다네. 종교가 다양한 것은 각자 추구하는 방법이 좀 다르기 때문이야.

세상이 왜 이리 고통스럽냐고 말한다면, 그 고통은 아주 잠깐이라고 대답해 주겠네. 인간의 영혼은 윤회하면서 진화하지. 인간의 진화는 주로 경험에 의해서 이루어지게 되는데, 한 번이라도 고통스러운 경험을 한다면, 수없이 이어지는 윤회 속에서 두 번 다시 그런 경험은 겪지 않아도 되네. 단 한 번의 경험으로 유사한 불행과 고통을 끝낼 수 있지. 이것은 신이 인간을 사랑하기 때문에 내린 선물이라네.

그래서 우리가 느끼는 고통은 신의 잘못이 아니야. 우리가 진화하고 발전하는 데 따르는 과정의 일부지. 왜 신이 나에게 이것밖에 못해

주나라고 묻기 전에, 내가 신을 위해 무엇을 했는가를 생각해 봐. 인간은 자신들이 신에게 무언가를 요구할 권리가 있다고 생각해. 날 만들었으니, 행복한 삶도 책임지라는 식이지. 신과 인간은 거래를 할 수 있는 입장이 아니야. 그러나 인간은 쉬지 않고 신에게 많은 것을 요구하지. 그건 거래도 아닌 일방적인 요청이야. 누구를 위해서? 오직 자신을 위해서! 신이 자신의 요청을 어떻게 생각할 것인가는 안중에도 없지. 그리고 자신이 원하는 바가 이루어지지 않으면 신을 원망하지. 이건 너무 인간적인 사고방식 아닌가? 설마 신이 그런 인간들을 위해 존재하겠는가? 나는 인류의 발전을 높이 평가하지만, 우주적인 관점에서 볼 때 21세기 인류의 지식은 아주 미미한 수준으로 신을 제대로 알기란 불가능하다네. 조금이라도 신에 대해 알게 된다면, 우리 삶이 고통스럽다고 그 책임을 신에게 전가시키려는 생각은 하지 않을 거야. 우주를 창조한 신이 인간 같았다면, 자신을 그따위로 여기고 매일 부자가 되게 해달라는 기도 따위나 해대는 인간들을 이미 멸망시켰겠지.

마지막 질문이, 음… 난 신의 속성에서 발현되는 여러 신화 속의 신적 존재들을 만난 적은 있지. 자네 질문이 종교의 신들을 말하는 거라면, 난 그들과 만나고 대화하고 많은 배움을 얻었다네. 하지만, 우주 그자체인 유일신을 말하는 거라면, 음… 나도 그의 부분인 걸. 만나고 말고 할 게 아니지."

산초는 존의 이야기를 듣자, 매우 혼란스러웠다. 존의 대답은 산초가 예상했던 것과 많은 차이가 있었고, 이해하기 어려웠다. 그는 머리에 떠오르는 여러 질문에 대해 스스로 답을 찾기보다 존에게 물어서 해결하고자 했다.

"신이 하나인데 왜 종교는 여러 개인가요? 종교가 하나면 인간이 진화하면서 성장하기도 더 편리하지 않겠어요? 종교는 시간이 지나면 변하는데, 그 종류도 너무 많으니, 인간들이 헷갈리는 거잖아요. 무슨 기준이라도 있어야, 이 혼란스러운 세상에서 올바른 종교를 구분해서 제대로 신을 믿을 수 있지 않겠어요? 존. 당신은 어떻게 이런 것을 알고 있나요?"

"종교란 식량이지. 그 식량을 먹고 자라난 영성이 할 일은 오직 하나, 신을 올바로 이해하고 그와 같은 수준으로 성장하는 것이지. 산을 올라가는 데, 항상 하나의 길만 있는 것이 아니듯, 신을 이해하는 방법도 여러 가지가 있어. 등산을 할 때 누군가는 짧고 가파른 길을 선호하지만, 누군가는 길고 완만한 길을 선호하는 것처럼 자신에게 맞는 종교를 선택하기 위한 기회가 주어지는 거지. 강물이 어느 방향으로 흘러도 바다에서 모이듯, 시간이 지나면, 모든 종교는 우주라는 신을 이해하고 신과 하나가 되기 위해 인간의 영성을 발전시킨다는 본 목적을 충족하는 방향으로 흐를 거야.

아, 물론 사이비 종교는 예외야. 사이비 종교를 구분하는 가장 쉬운 방법은 돈이지.

자네가 생각하는 종교적 상대성, 왜 종교의 처음과 지금이 같지 않은가에 대해 내가 생각하는 가장 큰 문제는 사람들이 여러 해석을 하면서 무엇이 일반적인 기준인지가 없어졌다는 거야. 고기를 굽는데, 같은 굽기라도 누구는 덜 익었다고 하고, 누구는 충분히 익었다고 하지. 상대적으로 자신의 기준에서 요리를 평가하듯, 종교를 평가해. 객

관적인 기준이 존재할 수 없는 분야거든. 그래서 변했다고 생각하는 거야. 변한 건 종교가 아니라, 인간일 수 있어. 인간이 아니라, 변했다고 느낀 사람의 관점일 수 있고, 관점이 아니라, 사회 환경과 개인에게 습득되는 지식의 차이가 변한 것일 수도 있어. 또는 그 모든 것이 아닌, 신 그 자체가 매 순간 변해가는 존재일 수도 있어. 우리는 우주의 일부고, 우주는 신이라고 말했었지. 그런데 우리는 불변하는 존재들이 아니잖아. 그런 우리를 포함하는 신 역시 불변의 존재는 아니겠지. 우리가 변할 때 아주 조금일지라도 신도 변하지 않겠나? 신조차 변하는 이 우주에서 모든 종교를 판단할 수 있는 절대적이고 불변하는 기준을 찾는 것은 어려운 일이야. 굳이 필요하다면, 그대 내면의 소리에 귀를 기울이는 것이 가장 현명한 방법이라네.

난 오랜만에 즐거운 시간을 보내고 있지만, 자네는 그렇지 않은 것 같아. 자네가 원하는 마지막 질문에 대답해 줄 시간이 된 것 같군. 자네는 내가 어떻게 이런 지식을 알고, 마법이라는 능력을 쓰는지 궁금한 것이겠지."

존은 산초가 떠드는 동안 식사를 거의 마쳤기에 과일 주스 한 잔을 간단하게 마시고 마지막 말을 꺼냈다. 산초는 마른 침을 삼키면서 존을 보았다. 방금 전 종교에 대한 이야기에서 추론할 수 있는 것은 존은 일반적인 종교를 믿지 않는다는 점이었다. 아니, 신이나 종교에 대한 생각 자체가 보통 사람들과는 많은 차이가 있었다. 그러나 무엇보다 중요한 것은 존이 말한 마지막 내용이었다. 산초가 이번 대화에서 의도한 바는 아니지만, 늘 궁금했던 것이었다.

"자네가 생각하는 마법은, 내가 동물과 말하고 날씨를 조종하는 그런 것이지. 그건 특별한 능력이 아니야. 아직 인류는 모르지만, 인류보다 더 각성한 존재들은 알고 있는 자연법칙이라네. 우주를 만든 법칙 중의 하나지. 만유인력이나 표면장력처럼, 자연과학의 법칙이야. 언젠가 인류의 지적수준이 지금보다 더 발전하면, 자연스럽게 이해하고 받아들일 날이 올 것이네. 난 특별한 존재가 아니라네. 남들보다 조금 더 먼저 우주법칙이라는 과학을 알고 있을 뿐이야. 마른 나무를 비벼서 불을 피우는 원시인은 그 방법을 모르는 원시인에게 마치 대단한 존재처럼 보일거야. 하지만 알고 나면 별거 아니지. 마법도 마찬가지야. 모르니까, 대단해 보이는 거야."

"만유인력처럼 자연법칙이라고요? 원시인이 불을 피우는 정도라고요? 존. 난 이해할 수 없어요. 도대체 어디서 그런 능력을 얻은 거에요? 정말 당신이 믿는 신이 제대로 된 신이 맞나요? 무슨 종교를 믿어서 기적을 일으키는 것도 아니잖아요."

존은 예상했다는 듯이 산초의 말을 받았다.

"마법은 무슨 종교를 믿거나 신을 믿는다고 발현되는 초능력이 아니라고. 물이 담긴 컵을 기울이면, 물은 아래로 흐르지. 하지만, 컵을 기울이지 않으면 물은 흐르지 않아. 난 그것을 알고 있고, 물을 아래로 흘리기 위해 컵을 움직이는 거지. 컵을 기울이는 방법을 모르는 사람들은 영원히 물을 흘릴 수 없지. 마법이란 지극히 상식적이고, 당연한 자연과학의 법칙을 사용하는 거야. 단지 현재 인류는 아직 그 법칙을 모르는 사람들이 많아서 사용되지 않을 뿐이지. 나도 처음에는 몰랐어. 내가 어디서 이것을 배웠는가 하면…"

바로 그때 지배인이 계산서를 들고 테이블에 나타나서 정중하게 말했다.

"손님. 우리 식당에서는 정치와 종교 이야기가 금지되어 있습니다. 죄송하지만, 이야기의 화제를 바꾸어 주시거나 계산해 주시기 바랍니다."

지배인의 합리적이고, 지극히 정상적인 부탁에 의해서 존의 기분은 착 가라앉았다. 존은 이 기회에 산초에게 많은 것을 알려주고 싶었는데, 신은 산초가 아직 그만한 지식을 받아들일 준비가 되지 않았다고 판단하여 존의 입을 막은 것이 분명했다. 좀 더 이야기가 전개되었더라면, 더 많은 것을 가르쳐 줄 수도 있었을 텐데….

산초는 한순간에 머릿속을 가득 채우던 생각들이 다 사라져버린 것을 느꼈다. 간단하고 허무했다. 그는 아직 자신의 궁금증이 풀릴 때가 아니라서 이렇게 된 것이라는 운명론으로 모든 것을 합리화를 시켰다. 운명론…. 존의 영향이 컸다. 앞으로도 시간은 많고, 원하는 것을 알아낼 충분한 기회도 있을 것이다. 어찌되었건, 오늘 이야기는 재미있었고, 생각할 소재를 많이 주었다. 아! 물론 가장 좋았던 것은 맛있는 음식이었다.

존은 산초가 성장할 수 있는 기회가 눈앞에서 사라진 것이 좀 아쉬웠지만, 산초가 정신적으로 많이 성장해서 스스로 생각하고 질문할 수준이 되었음을 만족하기로 했다. 그리고 그는 산초와 자신이 만난 것이 필연이라는 생각을 다시 하게 되었다. 산초는 아직 횡설수설하고 있고, 자신의 이야기를 모두 이해할 수 없지만, 분명히 성장하고 있었다. 다만, 그의 성장을 함께 지켜보고 도와주는 것이 자신의 몫인지는 알 수 없었다.

누군가 말하지 않았던가? 인간이란, 3년 뒤의 미래는 예측할 수 있어도, 3분 뒤에 미래는 예측할 수 없는 존재라고….

누구의 말인지 알고 있는가?

아니, 모르겠는가? 만일 누가 한 말인지 짐작되는 사람이 있다면, 그대의 검은 양심과 거짓된 기억에 부끄러워하라. 방금 지어낸 말이다.

팔찌의 제왕

사랑하는 가족, 편안한 집, 맛있는 음식과 좋은 음악, 멋진 풍경, 긍정적으로 사고를 자극하는 문학작품을 대화가 통하는 사람과 함께 나눈다면, 매일 매일이 월급날 같을 것이다. 그러나 이 글을 읽는 대부분의 사람들은 그렇게 살기 어렵다. 자신의 처지에 불만족해 하는 사람들에게 고전적으로 충고하는 방법은 두 가지가 있다. 하나는 현실의 불만을 노력의 동기로 전환하는 것이고, 다른 하나는 자신보다 못한 사람의 삶을 보면서 위로를 얻는 것이다. 전자는 이상론, 후자는 현실론이랄까? 그런데 여기서 한 가지 더 이야기하고 싶은 것이 있다. 후자의 현실론적 위로를 택해서 자기만족을 얻는 것은 나름대로 괜찮은 방법이지만, 비교대상을 선택할 때 주의해야 한다는 것이다. 지나치게 극단적인 비교는 자신의 상황을 달래는 것에 그치지 않고, 세상의 불합리함에 대한 비난으로 변할 수 있기 때문이다. 그런데 그런 극단적인 비교는 놀랍게도 종종 우리와 아주 가까운 현실일 수 있다.

이런 이야기를 나누면서 존과 산초는 오래된 마을을 걷고 있었다.

존은 아직 산초가 사냥 후유증을 앓고 있다고 생각했다. 그는 산초가 자신의 충고를 질투로 받아들였고, 그 질투가 마음속에서 지워지지 않았기 때문에 자신이 그것을 해결해 줘야 할지도 모른다는 상상을 했다. 존이 산초의 마음을 풀어줘야겠다고 생각하여 막 말을 꺼내려는 순간에 눈앞에 들어온 건물이 있었다.

사람의 발길이 자주 닿지 않는 마을 외곽에 돌로 만들어진 2층 술집이 보였다. 나무로 된 울타리 주변에는 잡목이 우거져 있었고, 헛간에서 말 울음소리가 들리는 술집은 마치 중세 유럽으로 여행을 온 듯한 느낌을 주었다. 산초가 슬쩍 먼저 가서 묵을 만한 곳인지 둘러보고 존에게 말했다.

"존. 여기는 우리가 브라웅의 문제를 해결했던 마을에서 머물던 술집과 비슷한 것 같아요. 1층이 술집이고, 2층이 숙소군요."

"음… 술집 이름이 '노래하는 노을'이라니, 참 멋지군."

"여긴 하우스와인이 유명한 곳이군요. 프랑스에서 포도를 직수입해서 만든다고 하네요."

"어떻게 그런 걸 알았지?"

"문패 옆에 쓰여 있어요. '단체 주문 환영'이라는 글자와 함께!"

평범하기 그지없는 이 술집은 특별 서비스가 하나 있는데, 노을이 지는 저녁 즈음에 연주를 잘하는 음유시인이 노래를 부르거나 재미있는 옛 이야기를 해 주는 것이다. 오래 전 마을 간에 교류가 많지 않고, 자기들만의 울타리 안에서 생활하던 때, 가끔 들리는 상인들이나 음유시인들이 마을 바깥의 소식을 주곤 했는데, 상인들의 실용적인 정보보다, 상상력을 자극하는 음유시인들의 이야기가 더 인기가 있었다. 이 전통은 약간 바뀌어서 가끔 들리는 손님들에게 마을에 거주하는 음유시인이 이야기를 들려주게 되었다.

존과 산초는 2층에서 짐을 풀고, 1층에서 만찬을 즐기면서 음유시인을 기다렸다. 사실 산초는 이야기를 듣기보다 존과의 모험담을 이야기해 주고 싶었다. 어떤 음유시인의 이야기도 자신이 겪은 모험담만큼 재미있지는 않을 거라 생각했다. 둘은 빵과 고기, 치즈와 과일을 곁들인 식사를 했는데, 긴장이 풀린 나머지 둘 다 취할 만큼 술을 마셨다는 것이 문제였다. 신비한 음료인 술은 적정량을 사용해야 효과를 볼 수 있는데, 그 적정량을 초과할 경우, 개인의 성향에 따른 부작용이 일어나며, 그것은 가끔 감당하기 어려울 수 있다. 자신이 술을 좋아한다면 한국에서 거주하는 것을 고려해봐야 한다. 술을 좋아하는 이는 언젠가 술에 취해 대형 사고를 일으키게 마련인데, 한국은 술에 취한 자의 실수에 대해 관대하기 때문이다. 정확히 말하면, 대한민국 민주공화국이 그렇다. 술에 취했다는 말은 범법자가 자신의 형량을 줄이기 위해 사용하는 마법의 주문이기도 했다. 특히 범법자가 돈이 많고, 사회적 지위가 높으면 그 주문은 거의 100% 효과를 보여준다. 단, 외국인들이 헷갈리지 않게 정확하게 말해줘야 한다. 북한은 마실 술도 없고 술이 있어도 국민들이 그것을 살 돈이 없기 때문이다.

손님이 둘밖에 없었기에 음유시인은 노을이 질 때까지 기다리지 않고, 먼저 내려와서 둘을 살펴보았다.

"오, 멋진 손님들. 남자들의 우정을 다지기 위한 여행인지, 사랑을 위한 도피인지를 하고 있는 것처럼 보이는군요."

"사랑을 위한 도피? 아. 우린 게이가 아니오. 여행을 같이 하는 친구지."

"그렇습니까? 우정을 위해 노래 한 곡 연주하고 싶은데, 입술을 축일 술 한 잔과 약간의 자비를 베풀어 주실 수 있겠습니까?"

"좋습니다. 안 될 것 없지요."

술에 취해서 눈을 껌뻑거리며 졸고 있는 존과 달리 그나마 정신이 있는 산초가 대답했다. 음유시인은 뒤도 돌아보지 않고, 오른손 검지를 높이 치켜들었고, 그것을 본 주인은 그 술집에서 가장 비싼 술을 음유시인에게 가지고 왔다.

"계산은 이분들이 하실 거요."

음유시인은 둘을 가리킨 뒤, 술을 마시는 척하다가, 적당히 바닥에 버렸다. 산초와 존은 눈치챌 수 없는 전문가의 솜씨였다. 존은 주머니에서 돈을 꺼내어서 음유시인에게 쥐어주었다.

"시인들이라…. 오딘의 꿀술을 마신 사람들이지. 오딘이 축복하는 사람들이야. 이봐요. 노래보다 재미있는 이야기가 있으면 하프를 켜면서 들려주시구려."

"예, 손님. 아주 재미있는 이야기가 있습니다. 이름도 유명한 팔찌의 제왕… 한 번 들어보시죠."

음유시인은 하프를 튕기면서 이야기를 시작했다.

멀고 먼 동쪽에 여러 나라가 있었다. 그중에서도 한국의 북쪽, 중국의 동쪽, 러시아의 남쪽, 일본의 서쪽 어딘가에 있는 고대의 전쟁터에 세워진 나라가 있었다. 그 나라는 원래 선량한 주민들이 터를 닦은 곳이었는데, 어느 날 마왕이 나타났다. 그는 다른 종족의 도움을 받아서 동족들을 정복해 나가기 시작했다. 사람들은 맞서 싸웠지만, 그를 이길 수 없었는데, 그는 솔방울로 폭탄을 만들고, 가랑잎을 타고 강을 건너는 등의 마법을 사용했기 때문이었다. 거기다가 그는 잔인하고 전투지휘관이었고, 탐욕스런 용처럼 재물을 모은 뒤, 자신의 적을 죽이기 위해 아낌없이 그 재물을 사용하는 사람이었다. 그는 주민들이 신성하게 여기는 산인 백두산이라는 곳으로 올라가서, 산 정상에 있는 천지라는 호수를 보았다. 위대한 힘이 깃든 이곳을 보자, 그는 남들과 다른 생각이 들었다. 그는 강력한 사람들과 동물들을 모았다. 그리고 그들의 힘을 강화시켜 주는 힘의 팔찌를 아홉 개 만들었다. 그 팔찌의 효과는 확실했다. 사람들과 동물들은 서로 그 팔찌를 갖기 위해 싸웠고, 결국 가장 강한 아홉 명이 그 팔찌를 소유하게 되었다. 그 마왕은 조용히 숨어서 팔찌의 주인이 누가 되는지를 지켜보고 있었다. 이윽고 주인이 정해지자, 그는 비밀리에 팔찌를 하나 더 만들었다. 아홉 개의 힘의 팔찌를 지배할 수 있는 '절대팔찌'가 그것이었다. 그 마왕은 팔찌의 힘을 이용해서 다른 힘의 팔찌의 주인들을 지배했고, 마침내 강력한 군대를 만들 수 있었다. 그는 사람들이 잘 알지 못하던 어둠의 힘을 사용하여 사람들을 세뇌시켰고, 자신의 말을 듣지 않는 자들을 가족까지 잔인하게 살해하였으며, 부자들의 재산을 뺏어서 모두 자신의 것으로 만들었다. 마침내, 그는 다른 나라를 침략할 준비를 완료하였고, 기습적으로 남쪽의 나라들을 공격하였다. 그의 강력한 마법과 전투 능력, 그가 준비한 군대는 미처 전쟁을 준비하지 못했던 여러 나라들을 초토화시켰다. 이에 여러 나라들은 연합군을 만들어서 그를 저지하기 시작했다. 몇 년간의 걸친 전쟁이 지속되었고, 마침내 연합군은 마왕군의 보급로를 차단하는 작전을 성공시켰다. 결국 마왕은 퇴각하게 되었고, 연합군의 공격에 의해 절대팔찌를 잃어버리게 되었다.

“잠깐, 이야기가 너무 지루한데…. 전쟁을 자세히 묘사해 주거나 보급로를 차단한 영웅이야기를 해 주거나 하는 것이 시가 아닌가?”

“이건 1부입니다. 아주 오래 전의 이야기죠. 진짜 이야기는 지금부터 시작합니다. 그 팔찌를 파괴하기 위한 용사들의 여행담이죠. 이제부터가 흥미진진해지는 내용입니다.”

음유시인은 술을 한 잔씩 권한 뒤, 술병을 거꾸로 들어서 술병이 비었음을 보여 주었다. 존은 전혀 눈치 채지 못했지만, 산초는 술 한 병을 더 주문하였다.

“멋진 신사 분. 성함이 어떻게 되십니까?”

“보통 산초라고 부릅니다.”

“산초요? 보기보다 평범한 이름이군요. 전 외모만 보고, 알렉산더나 나폴레옹 같은 이름을 생각했었습니다. 외모를 보면 ‘황야의 사자[31]’가 어울리는데 말이죠. 하하. 산초의 이름을 용사로 해서 이야기를 하죠? 아, 옆의 분은 이름이 어떻게 되십니까?”

“존이라고 합니다.”

“좋습니다. 이제 팔찌원정대 이야기를 들려드리겠습니다.”

시간이 흐르고 산초라는 젊은 군인이 우연한 기회에 그 팔찌를 발

31) 나폴레옹 보나파르트의 뜻이 ‘황야의 사자’이다.

견하였다. 산초는 팔찌가 무엇인지 몰라서, 유명한 사제와 마법사들에게 식별을 의뢰하였고, 그 팔찌의 정체를 알게 되었다. 용감한 산초는 인류를 위해 그 팔찌를 파괴하겠다는 맹세를 하고, 모든 준비를 마친 채, 한밤중에 집을 몰래 빠져나왔다. 그때 누군가 그의 뒤를 쫓는 것을 알고, 그는 검을 뽑아서 싸울 준비를 하였다. 그들은 어둠의 수하가 아니라, 산초의 오랜 친구들이었다. 존이라는 이름의 정원사와 동네 이발사 그리고 신부였다. 그들은 산초와 함께 모험할 것을 맹세하였다. '팔찌원정대'라고 일컬어지는 용사들의 탄생이었다.

"아, 왜 존이 정원사지?"

존은 어눌한 발음으로 말했다. 음유시인은 원한다면 이발사나 신부의 이름으로 쓰겠다고 말했다. 그를 바라보는 음유시인과 산초의 표정은 상당히 짜증난 것 같았다. 존은 술에 취해서 판단이 잘 되지 않았기 때문에 자신의 지적이 이야기를 듣는 데 방해가 될 수도 있다고 생각했다. 예의 바르고, 우아한 귀족인 존은 이야기를 계속 하라는 손짓을 보냈다. 마침 주인은 또 가게에서 제일 비싼 술을 가져왔고, 음유시인은 술을 한 잔 버린 뒤, 다음 이야기를 이었다.

그러나 마왕의 왕국 역시 시간이 흘러서 변했다. 전쟁을 지휘했던 마왕은 노쇠하여 죽었고, 그 아들이 왕국을 다스리고 있었다. 그 아들은 워낙 모습을 드러내지 않아서, 정체를 알기 어려웠다. 그는 아버지와 달리 위조화폐를 만들거나 자원을 팔아서 나라를 유지하고 있었다. 그러나 그런 통치는 경제적으로 효과적이지 않았다. 그는 절대팔찌를 손에 넣고, 아버지의 뜻을 이어서 이웃 나라들을 정복하기를 원했다. 그는 열심히 정찰을 했고, 마침내 팔찌원정대의 존재를 발견하게 되었다. 절대팔찌는 특별한 것이어서, 팔찌를 처음 만든 백두산의 천지에서만 파괴될 수 있었고, 백두산의 절반은 그 마왕의 통치하에 있었다. 마왕은 팔찌원정대를 죽이고 팔찌를 뺏기 위해 새롭게 만든 자신의 정예부대를 파견하였다. 첫 번째 부대는 디아블로라고 불렸다. 그들은 원래 선량한 사람들이었으나, 마왕의 뜻에 반대하거나 마왕의 명령을 제대로 수행하지 못하자, 햇빛이 들어오지 않는 탄광에 갇힌 죄수와 그의 가족들이었다. 그들은 탄광에서 가혹한 노동을 하고, 잔인한 고문에 시달려서 기형적인 괴물로 변해버렸다. 디아블로들은 햇빛을 보지 못해서, 등이 굽고, 잇몸에서 피가 흘렀으며, 계속된 노동으로 손가락이 휘었고, 영양실조와 굶주림으로 온몸의 털이 빠졌으며, 석탄가루를 들이마신 탓에 폐가 상해서 정상적으로 숨을 쉴 수 없었다. 마왕은 약물을 통해 그들의 정신도 파괴하였다. 그의 명령에 따라 디아블로들은 팔찌원정대를 공격하였다. 팔찌원정대는 협곡에서 그들을 맞이하여 싸우게 되었다. 그들은 처음에 디아블로들이 한때 인간이었다는 사실을 몰랐었다. 디아블로들은 제대로 벌어지지 않는 입과 돌아가지 않는 혀를 움직이면서 말이 아닌 단어들을 발음했다.

"마왕님… 잘못… 용서…."

"아빠… 엄마…보고 싶…."

"아파… 배고파…아파…."

느릿느릿 다가오는 그들의 모습에 존은 나무 막대를 휘둘렀다. 그리 강력한 공격이 아니었음에도 불구하고, 디아블로는 한 대 맞자마자, 쓰러져 버렸다. 쓰러진 디아블로는 일어서지 못하고, 온몸에 경련을 일으키다가 죽었다.
"이놈들, 보기와 다른데…."
일행은 각자 무기를 꺼내서 디아블로들과 싸우기 시작했다. 순식간에 수십 마리가 넘는 디아블로들이 쓰러졌다. 팔찌원정대는 자신감을 갖고 협곡을 전진하기 시작했다. 존은 약간 몸집이 작은 디아블로를 향해 막대를 휘두르려고 했고, 다른 디아블로 하나가 작은 디아블로를 감쌌다. 존이 멈칫하자, 작은 디아블로가 비교적 명확하게 말했다.
"엄마… 엄마… 엄…."
자식이 어머니를 부르는 말. 일행은 확실하게 들을 수 있었다. 바로 그때였다. 이 디아블로들이 한때 인간이었다는 것을 팔찌원정대가 깨달은 순간이….
그 끔찍한 변화에 원정대가 주저하는 사이, 협곡은 증원된 디아블로들로 채워지기 시작했다. 반대편에서 군복을 입은 남자 한 명이 채찍을 들고 나타났다.
"두려운가? 우리에게는 아직도 많은 노예들이 있다. 우리 마왕국에는 탄광이 수십 개가 있지. 마왕님에게 거역한 자는 모두 이렇게 된다. 너희도 마찬가지다. 포기하고 항복해라."
그때 이발사와 신부는 중요한 결심을 했다.
"디아블로들이 더 모이기 전에 산초와 존, 자네들은 다른 길로 빠져나가도록 하게. 우리가 저 남자를 쓰러뜨리고 저들의 추격을 막겠네."
이발사와 신부는 무기력하게 공격하는 디아블로들을 막아냈다. 그리고 존과 산초는 협곡이 아닌 다른 길을 향해 달리기 시작했다. 그들은 디아블로들의 추격에서 벗어나는데 성공했다.

산초와 존은 강철가시로 만든 벽을 넘고, 억울하게 죽은 시체가 쌓인 산을 넘었으며, 죄 없는 자들이 흘린 피의 강을 건넜다. 그들은 마침내 마왕의 땅이 보이는 곳에 도착할 수 있었다. 그때 그들은 상상도 못한 괴물들을 마주치게 되었다. 바로 되살아난 시체들인 언데드 몬스터들이었다. 질병과 배고픔으로 죽은 여자와 어린아이들의 시체를 마왕의 부하인 네크로맨서[32]들이 되살려내었고, 그들은 죽어서도 쉬지 못한 채, 국경을 배회하고 있었던 것이다. 그 시체들은 살아 있을 때처럼 먹지도 못하고, 자지도 못한 채 네크로맨서의 명령을 수행하고 있었다. 그들은 마왕국의 두 번째 정예부대로 누더기를 걸치고 있으며 피골이 상접하여 인간의 형태로 보기 어려웠다. 옛 이야기에 등장하는 해골병사들의 모습과 유사했다. 차이가 있다면, 살아 있던 무렵 병을 앓았던 흔적으로 보이는 검고 파란 얼룩이 그들 몸 곳곳에서 보인다는 것이었다. 언데드 몬스터들은 디아블로만큼이나 무기력했고, 네크로맨서들은 그들을 착취하면서 공격을 명했다. 용사 산초는 그들이 생전의 욕망을 아직 가지고 있음을 알았다. 그는 먹을 것을 먼 곳에 던져 그들을 유인했다. 살면서 제대로 된 음식을 거의 먹어본 적이 없고, 강냉이죽이나 아주 적은 양의 밥을 먹고 살았던 그들은 산초의 식량을 보자, 수십 년간 굶주려온 한을 풀 듯, 그쪽으로 달려들었다. 그 틈에 산초와 존은 그들로부터 도망쳐 나올 수 있었다. 그들은 언데드 몬스터들을 피해 한적한 산길의 낡은 오두막으로 숨었

32) 강령술사. 판타지 문학관에서는 죽은 시체를 되살려 부하로 부리는 악한 마법사를 말한다.

다. 그때 기적이 일어났다. 그 오두막에는 예전에 헤어졌던 신부와 이발사가 있었던 것이다. 산초와 존은 반가운 마음에 부둥켜안았다.

"오, 친구들. 자네들의 희생으로 우리는 무사히 이곳까지 올 수 있었지. 하지만, 언데드 몬스터들과 상대하기는 쉽지 않아."

"걱정 말게. 우리에게는 우리를 도와줄 수 있는 친구가 있다네."

그제야 산초와 존은 구석에 담요로 몸을 감싸고 있는 한 사람을 발견할 수 있었다. 그는 잔기침을 하고 있는 중년의 남자로 광산에 갇힌 지 한 달이 되지 않은 상황에서 끌려나온 남자였다. 신부와 이발사는 디아블로들을 저지하고 도망치던 중, 자신과 같이 도망치던 한 남자를 보았고, 그와 서로 도우면서 이곳에 온 것이었다. 그는 자기소개를 했다.

"난 한때 마왕군의 병사였소. 하지만, 난 마왕이 사람들을 괴롭히는 것에 반대하는 생각을 가지고 있었지. 이 생각을 누군가가 마왕의 친위대에게 고발했소. 나는 마을 사람들이 보는 앞에서 공개 재판을 당했지. 내가 죄를 시인하지 않으면 내 가족을 모두 죽이겠다고 협박을 했기에 나는 스스로 죄인이 되었소. 그러나 그들은 약속을 어기고 나와 내 가족을 모두 탄광으로 끌고 갔소. 내 아내와 어린아이들, 늙은 부모님 모두를 말이오. 난 그 이후 햇빛을 본 적도 없고, 밥을 먹은 적도 없소. 썩은 곡식과 채소는 몇 번 먹은 적이 있지만…. 탈출하고 싶었지만, 힘도 없었고, 탈출하다가 잡힐 경우, 짐승을 도축하는 것보다 잔인하게 죽임을 당하게 되오. 그래서 그들의 명령에 복종하다가 우연히 밖에 나가게 되어 도망친 것이오."

산초의 일행들은 그 이야기를 들었지만, 모두 믿을 수 없었다. 과연 그것이 사람이 사는 나라란 말인가? 그것이 진실이라면 왜 다른 사람들은 침묵하고 있는가? 왜 나서서 마왕을 물리치고, 죄 없는 사람들을 구하려 들지 않는가? 진실을 모르는 것인가? 아니면 알면서도 내 일이 아니라고 무시하고 침묵하는 것인가? 그것도 아니면 그 마왕이 두려운 것인가?

그 남자는 비틀거리면서 일어났다.

"예전의 마왕들이 남쪽의 나라를 공격하기 위해 땅굴을 판 적이 있소. 그 기술을 응용해서 백두산에 물자를 보급하기 위해 파다가 중지한 땅굴 하나가 여기에 있어요. 내가 그곳에서 일을 했기 때문에 잘 알고 있습니다. 그쪽으로 가면 백두산 근처까지 안전하게 갈 수 있을 거에요. 언데드 몬스터를 조종하는 네크로맨서들도 그 길은 모를 겁니다."

그의 안내를 받은 산초 일행은 지하 땅굴을 통해서 백두산 근처로 갈 수 있었다. 그러나 그는 건강이 악화되어 결국 숨을 거두었다. 그 남자는 거지들의 모임인 꽃제비들을 만나보라는 유언을 남겼다. 꽃제비들은 먹을 것이 없어서 동물의 시체나 못 먹는 풀을 먹고 살면서, 다른 사람들에게 구걸을 하는 사람들인데 마왕 체제에 대한 불만이 많아서 도움을 받을 수 있을 것이라고 했다. 용사 산초는 그의 죽음에 눈물을 흘렸다. 산초는 수많은 사람들을 고통 속에서 죽게 만드는 잔혹한 마왕의 악행을 끝내기 위해 최후의 용기를 짜냈다.

"데우스 엑스 마키나[33]로군. 운이 좋아서, 인연이 닿아서 문제를 해

33) 원래 연극용어이나, 문학작품에서 쓰일 때는 작가가 이야기 전개를 위해 억지로 만든 계기 등을 말한다.

결했다는 거잖아. 뭐 이런 3류 소설이 다 있어."

존은 술에 취해 쓰러지기 직전의 정신을 붙잡아서 말했다. 존의 짓뭉개진 발음은 언어를 이야기했다고 보기 어려웠다. 존의 되지도 않는 술주정에 이야기의 흐름이 끊어지자, 산초는 기분 나쁜 표정을 지었고, 음유시인은 남은 술을 한 잔 마시면서 실수인 척 술병을 땅에 떨어뜨려서 남은 술을 모두 버렸다. 뒷이야기가 궁금했던 산초는 어쩔 수 없이 술 한 병을 더 시켜야만 했다. 음유시인은 자신이 생각한 만큼의 수익은 뽑았기 때문에 더 이상 존과 산초에게 미련이 없었다. 그는 한 번만 더 이야기에 끼어들면 더 이상 아무 말도 하지 않겠다고 엄포를 놓고 다시 이야기를 이어나갔다.

백두산 근처에 가자, 그들은 거지 도적단을 만날 수 있었다. 마왕국의 경제가 붕괴된 이래 먹을 것을 찾기 위해 곳곳을 여행하는 젊은 부랑자들의 무리들인 꽃제비들은 산초 일행에게 길을 알려주었다. 일행은 그들의 도움을 받아서 산에 진입하는 데 성공했다. 놀랍게도 마왕성은 산기슭에 있었다. 마왕은 팔찌원정대가 올 것을 알고, 수많은 사람들의 노역을 통해 이곳에 새 마왕성을 지었던 것이다. 그는 기쁨조라고 불리는 여자무희들과 함께 사치와 향락을 즐기며 팔찌원정대를 기다리고 있었다. 산은 그의 비밀경찰들이 철저하게 감시하고 있었다. 팔찌원정대는 신부와 이발사의 미끼 작전을 통해서 적들의 시선을 분산시킬 수 있었고, 마침내 천지에서 존과 산초는 팔찌를 파괴할 수 있었다.

음유시인은 마지막 남은 술을 마시면서 이야기를 마쳤다. 그러자 산초가 궁금한 점을 물어보았다.

"음, 좀 더 자세히 이야기를 해 줄 수 없나? 어떻게 꽃제비와 협상을 한 것이라든가 산에 올라갈 때 겪은 위험 같은 것들에 대해서…. 용이 있었나? 마왕의 정예부대들은? 마왕은 무슨 힘을 가지고 있었지?"

"아, 정말 이야기 못하겠군. 그 마왕의 아들들에 관한 이야기가 남았는데, 오늘은 더 이상 할 수 없소."

음유시인은 화가 난 목소리로 말하면서 자리에서 일어섰다. 산초는 그를 잡아서 자리에 앉혔다. 그러자 존은 다시 정신을 차리고 불만을 말했다.

"재미있는 부분은 쏙 빼놓고 술만 마시려 들다니…. 너는 오딘의 꿀술이 아니라, 독수리의 오줌을 받아 마신 놈이구나."

"그게 무슨 소리요?"

"북유럽의 전설에 따르면, 오딘은 거인에게서 꿀술을 훔쳐 마신 뒤 독수리로 변해서 달아났지. 그때 그 독수리의 입에서 흐린 꿀술을 마신 자는 위대한 시인이 되고, 그 독수리의 오줌을 마신 자는 3류 시인이 된다고 했어."

"마음대로 생각하시오. 난 가겠소."

음유시인은 자리를 박차고 일어났다. 그리고 존은 쓰러졌다. 산초는 엄청난 저녁식사 값을 치룬 뒤에 존을 부축해서 올라가 간신히 잠자리에 들었다.

다음 날, 둘은 정상적인 상태라면 절대 돈을 주고 마시지 않을 비싸고 더러운 술을 마신 탓에 심한 갈증과 두통 속에서 일어나게 되었다. 정신을 차리고 해장을 한 뒤, 둘은 어제 들은 이야기를 기억해내려고 애썼지만, 잘 기억이 나지 않았다. 그들은 뭔가 『반지의 제왕』과 비슷한 이야기를 들었다는 정도로만 기억을 했을 뿐이었다. 존과 산초는 몸 상태가 영 안 좋았기 때문에 화장실에서 몇 번 구토하고 난 뒤, 마차를 불렀다. 그들은 마차 안에서 잠을 자면서 무의식에 각인된 그 이야기에 관한 꿈을 꾸었다. 꿈 내용은 마왕국의 백성들이 자신들을 외면하지 말아달라고 애원하는 내용이었다.

존은 악몽에 시달리다가 정신을 차렸다. 그는 이 이야기가 진실일지도 모른다는 생각을 했다. 존은 실제로 그런 끔찍한 일이 일어나는 곳이 있다면, 그곳에서 마왕을 물리치는 것이 자신의 사명일지도 모른다고 생각했다. 너무도 진짜 같은 꿈을 꾸었고, 산초도 비슷한 꿈을 꾸었다. 그래서 그는 산초와 의논을 하고 잠시 신의 성소에 들러서 진위 여부를 확인하기로 했다. 신의 성소는 오딘이 만든 특별한 그물의 산으로 이 세상의 수많은 지식을 가장 쉽고 빠르게 확인할 수 있는 곳이었다. 다만, 무의미한 정보와 거짓된 정보가 넘치기에 수많은 정보 속에서 자신이 원하는 정확한 정보를 찾아내는 것은 자신의 통찰력에 달려 있었다. 존은 마차의 진로를 바꿔서 신의 성소로 향했다.

신의 성소에 사는 전사들

더 나은 삶을 살기 위해 지식과 지혜는 모두 필요하다. 지식의 바탕 위에 경험과 통찰이 쌓이고, 그것이 정리되어 가장 이해되기 쉬운 형태로 표현될 때 지혜가 만들어진다. 지식은 지혜의 어머니이며, 지혜는 지식을 넘어서는 자식이라고 할 수 있다. 어머니 없는 자식이 존재할 수 없듯이 지혜로운 사람이 되기 위해서는 충분한 지식이 있어야 한다. 동쪽의 많은 나라들은 많은 경험을 통해서 지혜가 만들어진다고 생각하였고, 서쪽의 많은 나라들은 다양한 지식을 모든 뒤, 그 지식들을 정확하게 분석한 결과물이 지혜라고 생각했다. 그러나 인류가 진화하고 발달하여 많은 경험이 없이도, 다양한 지식과 타인의 경험을 모두 얻을 수 있는 특별한 도구를 사용할 수 있게 되었다. 이 세상의 모든 정보를 얻음으로 굶주린 허기를 채우며, 감정과 기억을 통해 지식을 갈구하는 탐욕스럽고 변덕스러우며 난폭한 사냥꾼[34]이 하늘

34) 북유럽의 주신 오딘을 말한다.

위에 있는 자신의 거처를 떠나서 지상에 강림할 때, 자신을 위해 만들어 놓은 그물이 바로 그것이었다. 그 그물은 원래 전쟁용으로 개발되었으나, 현재는 인간들의 지식을 모으고 교류하는 용도로 사용되었다. 자신의 지적인 탐욕을 채우고자 하는 존재들은 인간들이 만들어낸 지식의 정수를 그물에서 건져내어 먹곤 했다. 존은 그 지식의 저장고인 신의 성소로 갔다. 그곳은 크고 네모난 건물이었고, 건물의 한쪽 벽면이 그물의 끝과 닿아 있었다. 누구나 손쉽게 정보를 구할 수 있는 것처럼 보였지만, 세상에 공짜가 없듯이 그 건물 안은 수많은 지식에 목말라 하는 늑대들이 있었고, 그들과 문제가 발생할 수도 있었다. 존은 이러한 사정을 산초에게 설명하고 자기 혼자서 들어가겠다고 말했다.

"혼자 들어가면 나는 뭘 합니까?"

존이 마차를 떠나기 전에 산초가 마차에서 물었다.

"글쎄… 그것까지는 생각 안 했는데…. 잠을 자는 게 어떤가?"

"늑대들이야 때려잡으면 되죠. 지난번에 크샤트리랑도 내가 무찔렀잖아요. 그리고 내 사냥 실력 알잖아요? 난 실패를 모르는 남자에요."

"알고 있어. 하지만, 지식의 그물에 걸린 자네를 상상하고 싶지는 않아. 힘쓰는 것이 아니라 머리 쓰는 것이 필요해."

"난 머리도 좋은데…. 뭐 알았어요. 그렇게 혼자 들어가고 싶다는데 더 이상 애원할 필요 없죠. 저런 곳 안 들어가도 괜찮아요. 올 때 맛있는 거나 사가지고 와요. 오랜만에 피자나 치킨이 먹고 싶군요. 난 적당히 놀다가 잘게요. 잘 다녀와요."

산초는 마차 안으로 들어가서 잠을 자기 시작했다. 존은 천천히 건물을 향해 걸어갔다. 거대한 건물이 한쪽 벽면 가득히 드리운 거미줄 같은 그물의 그림자가 태양을 가려서 대낮임에도 주변이 어두컴컴했다. 그것은 마치 진실을 가리는 베일 같은 느낌이 들었고, 어둠을 밝혀야 할 태양빛을 가리고 어둠을 보호해 주는 악한 존재 같았다. 존은 그곳에서 쓸 수 있는 자신의 별명과 비밀번호를 입력하고 건물에 들어갔다.

건물 안의 특별한 장소에서 그는 그물의 끝자락을 움켜쥐었다. 그는 '노래하는 노을' 여관의 음유시인에게 들었던 내용을 검색하기 시작했다. 그물 속에서 그가 검색한 단어들이 팔딱팔딱 뛰어올랐다. 그는 단어와 연관된 내용들을 건져 올렸다. 몇 차례 반복하자, 존의 곁에 늑대들이 다가왔다. 그중 한 늑대가 일어섰다. 마치 사람 같았다. 큰 키에 우람한 체격, 탐스러운 갈기, 강한 눈빛과 짙은 눈썹, 북유럽 신화에 나오는 광전사들이 마치 그들과 같았으리라.

"너는 무엇을 위하여 그런 수고를 하느냐? 모르는 것이 있거든 나에게 물어보아라. 나는 그 그물에 걸린 답을 1초에 수백 개씩 찾아낼 수 있다."

"나는 신의 사자요. 신이 주신 사명을 수행 중에, 혹시 다른 계시를 받은 것이 아닌가 확인하기 위해서 이곳에 왔소. 나는 인간들에게 신의 뜻을 전달하기 위한 여행을 하고 있습니다. 그러나 신은 때때로 용기 있는 일탈을 요구할 때가 있지요."

"그대가 원하는 것을 내가 찾아주겠다. 그대는 '신의 사명'을 원하는가? '인간들에게 전달'을 원하는가? '일탈'을 원하는가? 아니면 '계시'를 원하는가? 정확한 단어를 말하라."

그의 목소리는 동굴 속에서 울리는 우레와도 같았다. 그러나 인공적으로 만들어진 위엄 있고 장엄한 울림소리는 고대 신전에서 사제들이 신의 목소리라고 신자들을 우롱한 기계장치를 떠올리게 만들었다.

"신의 뜻은 인간들에게 여러 형태로 전달되었습니다. 그것은 무수히 많은 지식과 현상으로 나타나고 있습니다. 왜 당신은 1초에 수백개씩 원하는 것을 찾아내는 능력을 가지고 있으면서, 스스로 생각하지 않습니까? 내가 원하는 답이 만일 이 그물 속에 없다면, 당신은 어떻게 그것을 찾을 것입니까?"

"이 그물 안에는 모든 것이 있다. 만일 없다면, 그것은 존재하지 않기 때문이다. 여기 없는 것은 없다. 우리가 하는 일은 신의 뜻을 전달하는 것이 아니라, 인간의 뜻을 전달하는 것이다. 우리는 모든 것을 찾아낸다. 그리고 우리의 지식을 활용해서 답을 만들어낸다. 인간이 만들어낸 답을 인간에게 전해 준다."

그의 입 모양을 자세히 살펴본 존은 그가 가면을 쓰고 있음을 알 수 있었다.

"우리는 언제나 대중의 뜻을 정확하게 대변한다. 그것이 모든 인간의 소리가 되고, 곧 신의 소리가 되며, 신의 뜻이 된다. 즉 우리가 전해 주는 지식이 곧 신의 지식이자, 답변인 것이다. 내 말을 믿도록 해라."

존은 멋진 울림소리가 들리는 그의 입을 가만히 보고 있었다. 뒤에서는 그와 비슷한 모습의 큰 늑대인간들이 일어섰다. 그런데 늑대 한 마리는 색깔이 달랐다. 다들 회색인데, 그는 혼자 흰색이었다. 그러자 주변의 늑대들이 그에게 모여들었다.

"너는 우리와 생각이 다르구나. 그래, 다른 관점에서 생각할 수도 있지. 하지만, 항상 우리가 옳고 너는 틀렸다. 무슨 말을 해도 우리가 옳고, 너는 틀렸다. 네가 옳은 답을 말한다면, 표현이 잘못된 것이고, 네가 정중히 표현해도 소용없다. 우리의 생각과 다르다면, 그것은 오직 한 가지의 답을 말한다. 우리가 옳고, 너는 틀렸다는 것이다."

흰색 늑대를 둘러싼 회색 늑대들은 마치 합창하듯이 반복해서 외쳤다.

"우리가 옳고, 네가 틀렸다."

흰 늑대는 점점 작아지면서 녹아 흐르기 시작했다. 결국 그는 흔적조차 남지 않았다. 늑대들은 다시 존을 바라보았다. 그리고 합창하듯이 말했다.

"보아라, 우리가 진정한 집단지성이며, 우리가 모든 일에 정답을 만드는 자이다. 우리가 세상의 전부이며, 우리의 소리가 모두의 소리이다. 우리는 항상 옳다. 그대가 원하는 것을 말해라. 우리가 찾아주겠다. 만일 그 답이 없다면, 우리는 그 답을 창조해내고, 창조된 답만이 절대적인 진리로 존재하게끔 만들 수 있다. 우리는 그물 위에 절대 권력자로 군림한다. 말하라. 그대가 원하는 것을…."

"보통 질문에 맞는 답을 찾게 마련인데, 당신들은 당신들이 제시한 답에 맞는 질문을 만들어내겠다는 것처럼 들리는군요. 집단지성이 그런 역할을 수행하는 존재인가요? 내 생각에 당신들은 무언가 이상하군요."

늑대 중 하나가 뛰어나오면서 말했다.

"정부가 하는 일들은 모두 꿍꿍이가 있지. 겉으로 드러내는 것은 오직 좋은 것뿐이지만, 실제 목적은 따로 있어. 음모론의 시선에서 세상을 바라봐야지만, 진실이 보인다. 정부가 하는 일은 모두 거짓이야. 그러니 아무것도 믿지 마. 정부의 모든 사람들보다 현명하고 통찰력 있는 내 말만 믿어. 내가 진짜 세상을 보여줄게. 진짜 세상은 그물 속에 있어. 진실이 통하는 유일한 장소지. 수많은 진실들 중에서 무엇이 진짜인지 궁금한가? 내 말을 들어. 내가 하는 것이 진실이야. 국가를 초월하는 지식을 너에게 제공해 줄 수 있어."

다른 늑대가 뛰어나왔다.

"아니, 아니. 그렇지만, 정부는 이용할 만하지. 가끔씩은 정부의 일에 협조하는 것도 좋은 일이야. 왜냐하면 정부는 우리를 통해서 국민들의 소리를 듣고 싶어 하고, 우리를 통해서 국민들의 소리를 만들고 싶을 때도 있거든. 우리가 하는 말이 국민의 말이자, 정부의 말인 거지. 정부가 하는 일이 모두 잘못된 것은 아니야. 하지만, 우리의 뜻과 맞지 않다면, 그것은 잘못된 것이지. 우리는 모든 것이야. 우리는 특별한 사람이야. 우리는 누구든지 비판할 수 있어. 하지만, 누구도 우리를 비판할 수 없어. 그래서도 안 돼. 이 그물을 사용하는 자는 우리의 법칙만을 따라야 해. 그것이 누구라고 해도…."

두 늑대가 함께 외쳤다.

"이것은 우리의 취미라고 할 수 있지. 너도 알고 있겠지만, 우리의 본성은 늑대가 아니야. 우리가 그물을 나가는 순간, 우리의 모습은 달라지지. 우리가 늑대가죽을 뒤집어쓰고 있을 때 하는 행동은 우리의 진심이 아닐 수도 있어. 하지만, 모두 여기에 동조해야 해. 내가 이 가죽을 쓰고 늑대로 존재하는 한, 나는 그물 안에서 가장 강한 존재이지. 나는 이 세상을 지배하는 존재야. 그물에서 네가 건져 올린 수

많은 단어들 중 내가 만든 단어와 내가 영향을 준 단어가 수천 개는 될 거야. 원한다면, 나는 특정 질문에 대해 항상 잘못된 답만을 제공해 주는 프로그램을 창조할 수도 있어. 정부와 국민이 원하는 답에 맞춰 질문을 만들어낼 수도 있어. 잊지 마. 내가 얼마나 위대하고, 무서운 존재인지…."

존은 울림소리가 되어 멀리서 노랫소리처럼 들리는 그들의 말을 알아듣기 힘들었다. 그래서 그는 구석에 있는 늑대에게 다가갔다. 그 늑대는 날카로운 눈빛으로 존을 내려 보았다. 윤기가 흐르는 긴 털, 강한 손과 턱, 어떤 늑대가 이렇게 강인하고 독보적으로 보일 수 있겠는가? 그 누가 보아도 감히 범접할 수 없는 빛이 그 늑대의 전신에서 뿜어져 나오는 것 같았다. 하지만 그는 늑대가 아니었다.

존은 그가 뒤집어 쓴 늑대가죽을 벗겨내었다. 거대한 늑대가죽은 존의 손이 닿자마자 힘없이 흘러내렸다. 한순간이었다. 그 늑대가 사라진 것은…. 흘러내린 가죽, 그 속에서 아주 작은, 존의 허리 정도에 키가 닿을 듯한 작고 쪼글쪼글한 남자가 나타났다.

"오, 제발 나를 해치지 말아요. 나는 약하고 힘없는 시민이랍니다. 내가 약한 건 사회 탓이죠. 힘이 없는 건 부모 탓이에요. 나는 늑대가죽을 벗었잖아요. 그러니 나는 늑대가 아니에요. 나쁜 건 모두 늑대가죽이 한 일이죠. 그러니 나를 괴롭히지 말아요."

"나는 단지 대화를 하고 싶었을 뿐입니다. 당신들의 대화는 너무 추상적이고 극적이에요. 그리고 너무 딱딱해요. 무슨 말을 하는지 도저히 알아들을 수가 없어요. 나는 당신들과 대화하는 것이 그물을 통해 건져 올리는 단어를 보는 것과 같아요. 나는 사람의 이야기를 듣고 싶어서 당신에게 다가왔습니다. 인간 대 인간으로 대화를 하고 싶어요."

"아, 미안해요. 내가 너무 힘들어서 당신과 대화할 수 없어요. 사실 나는 약자거든요. 그래서 돈도 조금밖에 못 받는데, 그 돈으로는 이 세상을 살아갈 수 없어요. 부자나 영웅이 될 수도 없고, 이성을 만나 데이트도 할 수 없고, 결혼은 꿈도 못 꾸죠. 아, 물론 내가 못나서 그런 건 아니에요. 이건 모두가 사회 탓이죠. 정부가 잘못한 탓이고, 지도자들이 멍청한 탓이며, 나이든 사람들이 일자리를 주지 않기 때문인 거에요. 나는 더 좋은 직장과 더 많은 연봉을 받기를 원해요. 난 더 행복해지길 원해요. 내가 행복하다면, 그렇다면, 나는 당신과 이야기할 수 있을 거에요. 그렇게 되면 나는 힘들지 않을 거고, 늑대가죽 없이도 다른 사람과 대화할 수 있을 거에요. 하지만, 지금은 아니에요. 그런 눈으로 나를 보지 말아요. 날 이렇게 만든 건 모두 다 세상이에요. 나는 아무 잘못도 없어요. 나는 피해자라고요. 모든 것에 대한 피해자…. 세상의 젊은이는 모두 나와 똑같아요. 나와 다른 사람들은 이기주의자나 돈 많은 악당들뿐이죠. 모두 힘들어해요. 모두 고통받고 있어요. 모두가 다 그래요. 난 힘들어요. 난 약해요. 난 사람들과 마주치기 싫어요. 난 늑대가죽이 필요해요. 난 남에게 나를 보이기 싫어요."

그는 늑대가죽으로 기어들어갔다. 그가 가죽 사이로 들어가자, 다시 그는 커졌다. 그는 다른 늑대와 똑같은 목소리와 체격을 얻었다. 수많은 늑대 중의 하나가 된 그는 다시 커졌고, 존을 노려보았다.

"멍청한 새끼야. 감히 나를 그런 눈길로 보느냐. 나와 대화를 하고 싶다고? 좋다. 네가 원하는 것을 내가 다 알려줄게. 똑똑히 들어라.

무조건 내 말이 정답인 것은 알고 있지? 아무리 그물을 검색해도 내가 알려주는 답 외에는 나오지 않아. 그러니 시간낭비하지 말고, 무조건 내 말에 동의해라. 신의 뜻이란 이 세상을 행복하게 만드는 거지. 나보다 돈 잘 버는 전문직, 공기업인들의 돈을 모두 뺏어야 해. 나보다 안정적인 직장을 가진 공무원들을 마구 잘라야 해. 그놈들의 가정이 어찌되건 그건 나랑 상관없어. 그 자식들은 모두 쓰레기거든. 정치인들은 모두 죽여야 해. 특히 나와 성향이 다른 정치인들은 단 하나도 살려둬선 안 돼. 재벌들도 모두 파괴해야 해. 그래야 내가 행복해. 내가 곧 세상이야. 나보다 잘난 놈들이 모두 죽어야 내가 행복해. 모두가 그렇게 생각해. 내 생각이지만, 모두의 생각이야. 이 세상 모든 이들의 소리를 내가 대신 말해 주고 있다. 왜냐하면 네가 검색을 하면 그물에 내 생각만 나타날 테니까…. 그 누구도 이것이 나 혼자만의 생각이라고 여기지 못하는 거지. 그래서 모두의 소리가 되는 거고…. 내가 행복해지는 길이 되는 거야."

"왜 그래야 합니까? 그리고 그것은 어떻게 하는 것입니까? 당신은 그런 사람들 중의 하나가 되고 싶지 않나요? 당신이 원하는 것을 가진 사람들을 왜 괴롭히려고 합니까? 당신이 불행하다면, 사회제도를 고치거나 당신이 상승해야지, 타인을 끌어내려서 하향평준화를 만들기 원하는 것입니까?"

"내가 못 가졌으니까. 내가 못 가진 이유는 이 세상이 잘못되었기 때문인 것이지. 이 세상이 똑바로 되었다면 나는 다 가졌을 거야. 그러니 남들도 나처럼 되어야 해. 어차피 나는 그런 것들을 갖기 어렵거든. 내가 원하지만, 못 가진 것들은 남들도 가질 수 없어야 해. 그리고 이것은 내 생각이 아니라, 모두의 생각이 되어야 해. 이 그물 안에서 나는 내 생각을 모두의 생각으로 만들 수 있지. 그러니까 나는 옳아."

"당신이 그럴 만한 자격이 있다면, 이 건물 속에서 가죽을 쓰고 외치지 말고, 바깥으로 나가서 당신의 능력을 사람들에게 보여줘요."

그 늑대는 존을 금방이라도 잡아먹을 듯이 노려보았지만, 아무것도 하지 못하고, 늑대들 사이로 도망쳐 들어갔다. 그의 머리에서 몇 개의 단어가 나타났고, 그 단어들이 복사되면서 다른 늑대들의 머릿속으로 들어갔다. 잠시 후 모든 늑대들이 존에게 모여들었다.

"우리가 옳고, 네가 틀렸어. 우리는 방향을 제시해 주는 거야. 국민을 이끄는 진정한 지도자지. 반박하지 마. 우리가 열등감 때문에 이런다고 착각하지도 마. 세상은 변했어. 바깥에서 아무리 외쳐봤자, 우리가 그물에 던지는 단어 몇 개의 힘이 더 강해. 우리를 무시하지 마. 우리는 대단한 사람들이야. 인정해. 그렇지 않으면 이 그물에서 너의 존재를 지워버리겠다. 우리의 생각이 곧 모두의 생각이고, 우리의 답이 모두의 답이다. 우리가 내린 결정을 위해 질문이 존재하고, 우리가 만든 정보에 의해 모든 정보가 창조된다."

"굴복해. 그렇지 않으면, 그물에 남겨진 모든 기록을 찾아내서 너를 괴롭힐 거야."

"진실이 아니라도 상관없어. 너에 대한 거짓을 만들어서 그물에 뿌려 버릴 거야. 누가 너를 검색하면 오직 사악한 거짓만을 보게 될 거야. 검색해서 나오는 답이 진실은 아니지. 하지만, 그물이 온통 거짓으로 덮여있다면, 그 거짓은 진실이 되지. 사람들은 그물 밖에서 진실을 찾는 법을 잊어가고 있으니까…."

"너의 가족과 친구들도 모두 괴롭힐 거야. 하나하나 찾아내서 너처럼 괴롭힐 거야."

"사과해, 사과해. 우리에게 질문한 것을 사과해. 우리를 의심한 것을 사과해. 우리의 가죽을 벗기고 내면을 보려고 한 미친 짓거리를 지금 당장 사과해."

순식간에 존의 주변은 늑대로 가득 찼다. 이곳은 그들을 위해 태어난 그들만의 세상 같았다. 다른 그 어떤 것도 존재할 수 없었다. 그들과 다른 것은 모두 이질적인 것들이었다. 늑대들은 자신들의 머리에서 무수한 단어를 만들어서 그물에 뿌렸다. 그 단어들은 그물을 타고 끝없이 퍼져나갔다. 늑대들은 즐거워하고 있었다. 그들은 알아들을 수 없는 이야기를 저마다 큰 소리로 외치면서 존을 포위하고 다가왔다.

존은 곰곰이 생각했다. 자신이 원하는 답뿐 아니라, 그물에 걸린 단어는 수조 개가 넘을 것이다. 그러나 그 모든 것을 만들어 냈다고 보기에 늑대들의 수는 충분하지 않았다. 이 건물은 그들만이 전부이겠지만, 이 건물 밖에서는? 아까 그 흰 늑대는? 그물이 연결된 다른 건물도 이와 같을 것인가? 과연 이 그물은 지식을 모으기 위해 신이 만든 것이 맞는가? 이 그물은 누구의 것인가? 그물이 인간을 위해 만들어진 것인가? 인간이 이 그물을 제대로 사용하고 있는 것인가?

계속 들려오는 그들의 음성은 존이 더 이상 생각을 못하게 했다. 존은 순간 엉뚱한 상상을 했다. 자신과 두 번 만난 악마를 상대로 늑대들과 한편이 되어서 싸우는 것이었다. 늑대들은 귀가 없었고, 어떤 말로도 설득을 당하지 않을 것 같았다. 그들은 이 그물 위에서 자신들의 규칙으로 싸울 때, 악마도 이길 수 있는 존재들 같았다. 그 어떤 악마가 저렇게 미쳐 날뛰며, 자기들만이 옳다고 우겨대는 존재를 이길 수 있단 말인가? 물론 늑대가죽을 벗고 인간의 얼굴을 보인다면, 좀 다르겠지만….

그러나 상상이 끝난 존은 그들의 적이 자신임을 알 수 있었다. 물론 존이 그들과 싸워 이길 수는 없을 것이다. 그 위대한 광전사들은 금방이라도 그물 위에서 무언가 엄청난 행동을 할 것처럼 보였다. 이곳은 그들에게 최적화된 전장이었으며, 그들은 자신들의 적의를 한껏 드러내 보이면서 경고했다. 그물을 타고 전해져 오는 모든 단어는 그들에게 우호적이고 존에게 적대적인 것들이었다. 그들의 주장에 이 세상 모두가 동조하고 있는 것만 같았다. 그들이 뿌린 단어들은 그들에게 동의하는 또 다른 단어들을 만들어내었다. 그들의 거짓에 물든 단어들이 끝없이 펼쳐진 그물 속에서 날아다녔다. 이제 이 세상의 끝까지, 그물 속의 존에 관한 이야기는 거짓만이 존재할 것이었다. 그것이 늑대들의 힘이었다.

존은 두려워하지 않았다. 보통 사람이라면 그런 상황에서 정신을 잃거나 굴복하거나 두려워할 만하지만, 존은 보통 사람과 다른 정신세계를 가지고 있는 사람이 아닌가? 늑대가죽을 뒤집어 쓴 사람, 아니 늑대들도 비정상적인 존재들이었지만, 존 역시 정상인의 범주는 벗어난 사람이었다. 그는 이제 그물을 영원히 떠날 때가 되었다고 생각했다. 존은 그물 속에서 더 이상 자신이 원하는 것을 할 수 없음을 알았기 때문이다. 음유시인이 이야기한 내용이 진실인지 거짓인지 판단할 수 없게 되었지만, 그게 중요한 것이 아니었다. 존은 다른 것을 알게 되었다. 그물은 그에게 늘 정확한 답을 주는 것은 아니라는 것이었다. 그물의 지식은 진정한 지식이 아니었다. 그는 산초와 함께 오지 않은 것을 후회했다. 산초라면, 자신과 전혀 다른 생각과 행동으로 결과를 바꾸었을지 모른다는 생각이 들었다. 늑대들을 때려눕히면서 좀 더 그물의 비밀에 대해 캐낼 수 있지 않았을까?

그러나 그는 언제까지나 이곳에 머물 수 없었고, 계속 짖어대는 늑대들과 싸울 수는 없었기에 건물 밖으로 나갔다. 늑대들은 건물 안에서 계속 으르렁댈 뿐, 그곳에서 나오지 않았다. 늑대 하나가 존의 뒤를 쫓아서 나오려 했지만, 건물 밖의 햇살을 보자, 마치 가죽이 타버리기도 한 듯 고통스러운 비명을 지르면서 다시 건물 안으로 들어갔다. 건물의 창문 사이로 늑대들의 눈이 보였다. 그들이 무엇을 하는지 정확히 알 수 없었지만, 수많은 단어가 그물을 타고 널리 퍼지는 것 같은 환상이 보였다.

존은 고개를 돌려서 다른 곳을 보았다. 그곳에는 거대한 인간들의 도시가 있었다. 그 도시들이 모여서 만든 국가들이 보였다. 그 도시 안에 수많은 인간들의 삶의 모습이 보였다. 그 삶 속에서는 그물의 단어보다 더 큰 목소리와 함성이 존재했다. 그물은 인간의 소리를 모두 담지 못했다. 인간이 가공한 단어만을 끊임없이 순환시키고 있을 뿐이었다. 그물에서 어떤 정보가 검색되더라도 그것은 인간의 뜻을 대표하는 것이 될 수 없었다. 진짜 인간들의 세상은 그물에 걸리지 않기 때문이다. 존은 그물을 통해서 간단하게 답을 찾으려 한 자신을 반성했다. 그물 속에서 그는 많은 답을 쉽게 발견할 수 있지만, 그것들은 진정한 답이 아니고—늑대들이 존에 대해 뿌려놓은 거짓처럼—누군가에 의해 조작된 답일 수 있었다. 그물 속을 떠다니고 있는 단어들 중 일부는 다수의 뜻이 아닌 소수의 늑대들이 자기 입맛대로 꾸며놓은 단어들이었다. 그가 원하는 답은 그물에서 건져 올릴 수 있는 것이 아니었다. 답은 세상 속에 있었다. 그의 앞에 아까 늑대가죽을 벗었던 이보다 더 불행하지만, 결코 세상 탓을 하지 않을 사람이 지나갔다. 또 지나갔다. 또 지나갔다. 그들의 희망과 용기는 그물에 걸리지 않았다. 이 세상 모든 것이 그물 속에 들어 있는 것은 아니었다. 그리고 인간들의 수는 아까 존의 곁에 있던 늑대의 수보다 많았다.

그리고 그가 찾았던 것도 그물 안에 없었다. 음유시인의 이야기가 진실인가? 아니, 신이 존에게 그 문제에 대한 해결을 원하는가? 그 답은 인간들에게 있었고, 그는 답을 찾기 위해 늑대의 세상에서 떠나 다시 인간들의 세상으로 돌아가야 했다.

마차로 돌아온 그의 앞에는 큰 빵을 맛있게 먹고 있는 산초가 있었다. 존은 방금 자신이 놀라운 경험을 하는 동안 아무것도 하지 못했던 산초에게 약간의 미안함을 느꼈다. 그리고 그의 제안을 승낙하여 건물에 같이 들어갔더라면, 늑대들에게 새로운 세상이 있음을 보여줄 수 있었다는 아쉬움도 들었다. 많은 것을 생각한 존은 피곤했고, 휴식이 필요했다. 그는 산초에게 휴양지에 가자고 말했다.

과일이 팔리기까지

따뜻하고 포근한 날씨, 적절하게 따뜻한 햇살, 푸른빛 바다가 있고, 초원이 있으며, 낮은 언덕에 꽃과 유실수가 넘치는 마을. 과일 주스와 스무디가 유명한 이 마을은 보는 것만으로도 사람을 편안하고 행복하게 만들어주었다. 특히 사시사철 피어나는 꽃들로 가득한 도로는 존에게 매우 깊은 인상을 남겼다. 관광수입이 중요하고, 그를 위해서 개발을 하지 못하도록 되어 있는 마을이기에 주민들의 평균소득이 낮은 편이라는 이야기를 들었는데, 이곳 주민들의 얼굴을 보면 소득이 낮다고 해서 불행한 것은 아니라는 것을 알 수 있었다. 작은 건물들 사이를 지나서, 초원 쪽으로 걷자, 긴 나무 울타리가 길게 이어져 있는 과수원이 보였다. 존은 나만타에 있을 때부터 과일나무들을 좋아했었다. 어릴 때, 부모님이 과일을 자주 사주었고, 과수원 주인 할아버지와 친했기 때문에 가끔 노래를 부르고 사과나 복숭아를 하나씩 받기도 했었다. 그는 옛 추억을 떠올리면서 과수원 울타리에서 잠시 기대어 있었다. 산초는 잠시 경찰서에 다녀오겠다고 말했다.

"아직 아무 성과도 없고, 중간에 경과보고도 없어서, 나만타 경찰서에서 연락이 왔네요. 뭐, 내가 지금 당신이랑 같이 다니면서 여행을 도와주고 있다고 보고할 수는 없으니…. 잠시 기다리고 있어요. 그리고 만일의 경우에 대비해서 가능하면, 이 도시에서는 따로 다니자구요."

존은 산초의 사정을 이해했다. 그는 산초가 자신과 함께 다니는 것이 운명이라 생각했지만, 그래도 일단 경찰 아닌가? 잠시 나만타에 돌아가서, 사건을 마무리 짓고 오는 방법도 있었지만, 그러기에 시간은 충분하지 않았다. 존은 조만간, 자신의 여정이 끝날 것임을 직감하고 있었다. 그 뒤에 산초가 어떤 길을 선택할지는 그에게 달려 있었다. 존은 산초가 경찰을 그만두고, 자신의 유산을 활용해서 인류의 더 나은 미래를 위한 무언가를 하기를 원했지만, 남의 인생은 남의 인생이었다. 잠시 이런저런 망상을 하고 있는 사이, 산초의 모습은 골목 사이로 사라졌다. 그때 존의 옆에서 낡은 갈색 양복을 입고, 찌그러진 중절모를 쓴 한 사내가 그를 툭툭 건드렸다.

"어이. 바쁘지 않다면 나 좀 도와줄 수 있어? 급하고 중요한 일이 있는데 말이야."

"무슨 일인가요?"

그 남자는 주변을 한번 살펴 본 후 약간 빠르게 말했다.

"난 아들이 둘 있어. 큰 애는 쿠파고, 작은 애는 까밀로라고 하지. 쿠파는 자전거 타기를 좋아하는 개구쟁이인데, 얼마 전에 언덕에서 구르는 바람에 크게 다쳤어. 팔이 부러졌는데, 지금 병원에서 제대로 치료를 받지 못하고 있어. 내가 병원비를 못 냈거든. 난 모자 장사를 하는데, 요새 경기가 좀 안 좋아."

"자식의 병원비를 낼 수 있도록 돈을 빌려달라는 말인가요?"

존은 이런 사기를 많이 봐왔기에 탐탁지 않은 눈길로 그를 보았다. 그는 갑자기 화를 내면서 존의 말을 부정했다.

"무슨 소리야? 내가 처음 보는 사람에게 돈이나 구걸하는 그런 놈으로 보여. 아니야, 아니라고. 이런… 뭔가 말이 좀 통할 것 같아서 이야기를 하려 했더니, 날 거지 사기꾼 취급하다니. 어떻게 이런 모욕을 내게 줄 수 있지?"

존은 아직도 그 남자를 믿을 수 없었지만, 일단 손을 들어 그 남자의 말을 제지시켰다.

"아, 오해가 있었나 봅니다. 아니라면 미안해요. 이렇게 내가 사과할게요."

존의 사과가 끝나기도 전에 그는 다시 처음의 표정으로 돌아와 있었다.

"아, 어디까지 말했지? 아… 내가 돈을 빌려 준 거, 그거 아직 말 안 했지? 이 과수원 주인이 내 친구야. 그 친구에게 돈을 좀 빌려줬는데, 이 친구가 당장 현금이 없다는 거야. 그래서 나보고 돈 대신 과일을 가져가라고 했어. 그래서 나는 좋다고 했지. 과일이라도 팔아야 돈이 되니까. 난 아이 병원비가 필요하거든. 그래서 말인데… 나는 과일을 잘 몰라. 뭐가 좋은 거고, 뭐가 안 좋은 건지…. 좋은 과일 고르는 것 좀 도와줘."

"좋은 과일을 고르는 건 친구에게 부탁하는 게 더 나을 것 같은데… 과수원 주인이지 않소?"

"갑자기 일이 생겨서 다른 곳에 갔어. 난 급하다고. 지금 당장 저 과일들을 가져가서 내 아들의 발을… 아니 팔을 치료해야 해."

"좋아요. 뭐 어려운 건 아니니까 같이 가죠. 어디가 문입니까?"

"여기야."

그 남자는 옆에 있는 울타리를 가리켰다.

"시간이 없으니까, 여기를 넘어가자고."

"울타리를 넘어가서 과일을 가져오면 그거 도둑질 아니오?"

"이봐. 넌 대부[35]도 안 봤어? 이건 도둑질이 아니라고."

둘이 옥신각신 하던 차에 늙은 노인이 지팡이를 들고 그들 곁에 다가왔다.

"무슨 짓이오? 남의 과수원 앞에서?"

그러자 남자는 갑자기 그 노인에게 반가운 표정을 지었다.

"아. 파울로, 마침 잘 왔어요. 루이지가 내 돈을 빌려가서 아직 안 갚았는데, 돈이 없다고 대신 과일로 가져가라고 했어요. 그래서 과수원에 들어가서 과일을 가져가려고 해요. 이 친구는 내 일을 도와줄 과일 선별 전문가에요."

존은 노인을 보았다. 오래된 작업복과 곳곳에 때가 묻은 남방, 긴 장화를 갖추고 약간의 농약 냄새가 나는 노인은 진짜 관리인 같아 보였다.

"당신은 누구십니까?"

"나? 난 이 과수원을 관리하는 사람이라네. 주인은 아니고, 그 주인

35) 대부 2편에서 비토 꼴레오네와 클레멘자의 만남. 클레멘자가 친구에게 빚을 받는 것이라고 거짓말하면서 비토 꼴레오네와 함께 절도를 하는 장면이 나온다.

과 친구지. 자네는 누구인가? 마리오야 주인 친구라서 가끔 보지만, 자네는 처음 보는 얼굴인데…"

"난 여행객이오. 당신 친구 마리오라는 사람이 방금 내게 과수원의 과일을 같이 따자고 하였소."

"그런가? 루이지는 마리오에게 가끔 돈을 빌려서 과일로 대신 갚곤 하지. 빨리 과일을 따서 가져가도록 해. 마리오의 아들이 발을 다쳐서 병원을 가야 해."

"팔을 다쳤고, 이미 병원에 있어. 병원비를 내야 하는 거지."

마리오가 관리인의 말을 끊고, 자신이 아까 했던 말을 반복했다. 존은 가볍게 고개를 끄덕인 뒤, 마리오에게 말했다.

"음… 의심해서 미안합니다. 난 그 말을 믿기 어려웠거든요. 문 좀 열어주시겠습니까?"

마리오는 그것 보라는 듯이 자기 가슴을 탁탁 친 뒤, 날쌘 몸놀림으로 울타리를 넘어갔다. 사실 울타리는 별로 높지 않아서, 누구나 맘만 먹으면 넘을 수 있는 정도였다. 존은 곤란한 듯 마리오를 보았다. 마리오는 어서 넘어오라고 손짓을 했다.

"빨리 와. 우리 마을에서는 이렇게 넘어. 문까지 가기가 귀찮거든. 울타리를 넘을 때 다치지 말라고, 이렇게 낮게 만든 거야. 빨리 와."

존의 망설임을 느낀 파울로는 고개를 끄덕거리면서 어서 넘어가라는 손짓을 하였다. 존은 울타리를 넘어서 과수원 안으로 들어갔다.

과수원 안은 별천지였다. 잘 익은 과일들이 가득했다. 울타리 옆은 아시아에서 유명한 과일인 두리안과 망고가 있었고, 동쪽에는 올리브와 무화과가 있었다. 남쪽에는 남미에서 많이 먹는 체리모야가 있었고, 사과와 블루베리도 곳곳에 심어져 있었다. 존은 큰 바구니에 잘 익은 과일을 담으면서 기분이 좋아졌다.

"음, 마치 동화 속의 궁전에 온 기분이군. 아, 사과. 마치 빨간 볼을 가진 수줍은 10대 소녀 같구나. 블루베리도 세상 물정을 모르는 순진한 아가씨 같아. 망고가 어떻게 여기서 자랐는지 모르겠지만, 여기서 자라는 게 쉽지 않았겠지. 남미의 과일 체리모야는 이렇게 크게 자랐어. 다른 과일들에 비하면 성숙해 보이는구나. 정말 이쁜 과일들이야. 과수원 주인이 동화 속의 왕자님이고, 왕자님과 만나기를 바라는 예쁜 공주님들 같아."

"흐흐. 그럼 아름다운 아가씨들이지. 하지만 말이야. 이 세상은 그렇게 호락호락하지 않아. 그 아가씨들이 어떻게 될지 아무도 모르는 거라고…."

존의 눈에는 과일들이 모두 어리고 활기 찬 아가씨들처럼 보였다. 그러나 건성으로 대답하는 마리오는 분주하게 큰 바구니에 값비싼 과일들을 몰아서 담고 있었다. 존은 마리오의 옆에서 그가 과일을 선별하는 것을 도와주려고 했는데, 마리오의 과일 바구니에는 아주 잘 익은 최상급의 과일들이 가지런히 담겨져 있었다.

"마리오. 나보다 훨씬 뛰어난 솜씨인데, 대단한데…."

"아, 난 이 아가씨들과 친분이 있거든. 전에 말했잖아. 가끔 이런 식으로 빚을 받으러 온다고… 흐흐. 개인적으로 나는 블루베리와 사과를 좋아한다네. 원한다면, 하나 먹어도 돼."

"끼이익"

나무문이 삐걱거리는 소리와 함께 누군가의 발걸음 소리가 들렸다.

존은 소리가 난 쪽으로 고개를 돌렸다. 그리고 반가운 목소리로 마리오에게 말했다.

"주인이 온 모양이네. 마침 잘 됐네. 들고 가기 무거우니까, 우리 외발 수레를 하나 빌려달라고 하자고. 빚이 얼마인지 모르지만, 이 정도면 충분할거야."

존이 소리가 난 쪽으로 가려고 하자, 마리오는 그의 옷깃을 잡았다. 긴장한 듯 이마에 땀이 송글송글 맺힌 그는 조용히 고개를 끄덕였다.

"그래. 네가 가서 마리오의 친구라고 하고 수레를 하나 빌려와. 난 남은 과일들을 정리하고 있을게."

존이 그 말을 듣고 걸어가는데, 뒤에서 부산한 발소리가 들렸다. 존은 과일 바구니를 등에 매고 뒤도 안 돌아보고 달리는 마리오의 뒷모습을 볼 수 있었다. 그 뒷모습은 누가 봐도 도망가는 모습이었다. 그리고 만일 그가 존을 속였다면, 지금 존은 주인에게 가는 미끼였다. 존은 뛰어난 통찰력을 지닌 사람이었기에 지금 상황이 무엇인지 짐작할 수 있었다.

"마리오. 역시 넌 도둑이었구나. 날 속이다니. 멈춰! 거기 서라구!"

그러나 마리오는 빨랐다. 그는 울타리 경계에 오자 기다리던 울타리 밖의 공범에게 자신의 바구니를 넘기고, 다른 방향으로 뛰기 시작했다. 바구니를 받은 공범은 어깨에 바구니를 메고 도심 쪽으로 달렸다. 존은 누구를 쫓아야 할지 잠시 망설였지만, 과일 바구니를 가진 공범을 잡는 것이 더 중요하고, 잡기 쉬울 것이라 판단했다. 그는 마리오를 추적하는 것을 포기하고 울타리를 넘어서 달렸다. 그때 그의 눈에 아까 파울로라고 불렸던 고용인 노인이 보였다.

"파울로. 마리오는 도둑이오. 과수원 안에 있어요. 당신도 공범이 아니라면 당장 그를 잡아요. 그는 빚진 것을 받으러 온 게 아니오."

파울로가 손을 흔든 것을 알아들었다는 것으로 생각한 존은 공범을 따라서 도심으로 달렸다. 존은 둘시난테를 신고 있었기 때문에 다른 사람들보다 훨씬 빠르게 달릴 수 있었다. 그가 바구니를 맨 남자를 거의 따라잡자, 그는 후미진 골목으로 돌아섰다. 골목을 돌아선 존의 눈에는 덩치 큰 대머리 남자 한 명이 존을 바라보고 있는 모습이 보였다.

"어이, 꼬마. 이 길은 막혔어. 다른 데로 가. 안 그러면 통행세를 내고 가던가."

"비켜. 방금 과일 도둑이 지나갔다. 난 그 도둑을 잡아야 해."

대머리의 뒤로 자전거를 타고 달리는 도둑의 모습이 보였다. 대머리는 몸을 크게 흔들거리면서 다가왔다.

"이 길은 막혔다고. 주먹 한 방이 있어야 정신을 차리나."

그는 존에게 가볍게 주먹을 휘둘렀다. 하지만 존은 고개를 숙여 그 일격을 피했다. 둘시난테는 존에게 추진력을 부여해 주었고, 존은 그 남자의 비어있는 턱을 향해 훅을 날렸다. 약간 빗겨 맞았지만, 덩치 큰 남자는 뒷걸음질 치면서 비틀거렸다. 방심할 때 당한 일격은 타격이 몇 배 큰 법이었다. 존은 두 주먹을 불끈 쥐고 그 남자를 향해 달려들었다. 세상 최고의 신발인 둘시난테는 존의 발을 이끌면서 그를 무술의 달인으로 만들었다. 2분도 지나지 않아서 덩치 큰 남자는 길바닥에 쓰러졌다. 그러나 2분이라는 시간은 쫓고 쫓기는 사람에게는 매우 큰 것이었다.

이미 공범의 모습은 보이지 않았다. 존은 혹시나 하는 마음에 계속 그를 찾아보았지만, 끝내 찾을 수 없었다. 그때 한 생각이 그의 머릿속을 스치고 지나갔다.

"과일을 팔려면 시장으로 가야지. 빨리 팔아야 신선해서 값을 더 받을 수 있으니, 시장에 가면 그를 볼 수 있겠군."

어디론가 달려가는 존의 뒷모습이 시야에서 사라지자, 자전거에 탔던 남자가 옆 창고의 문을 열고 나타났다. 그는 거리에 쓰러진 대머리 동료에게 다가갔다.

"존스, 괜찮아? 정신 차려. 그 비실비실한 놈에게 맞고 쓰러지다니. 마리오가 알면 가만히 안 있을 거야. 내가 못 본 걸로 해 줄 테니까 어서 일어나."

손을 잡고 동료를 일으킨 그는 바구니 속에서 사과 하나를 꺼내서 대머리의 손에 쥐어줬다. 머리가 아픈지 고개를 흔들던 대머리는 사과를 크게 베어 먹었다.

"주먹 좀 쓰는 놈이었어. 방심만 안 했어도 이렇게 당하지는 않았을 텐데…. 다음에 만나봐라. 아주 가루로 만들어 줄 테다."

둘은 과일바구니의 과일을 꺼내서 종이에 감싼 뒤, 나무 상자 안에 넣었다. 그리고 창고에 들어갔다. 창고는 나무 상자로 가득 차 있었고, 상자에는 과일들이 종류별로 분류되어 있었다.

"이번에 가져온 건 다 익은 것들이네. 바로 팔 수 있겠어."

"지난번에 안 익어서 우리가 약품 처리한 것들과 섞어서 팔아야지."

"아, 잠깐. 그 선반 왼쪽에 보면 복숭아가 있어. 너무 딱딱해서 물렁물렁해지라고, 좀 때려놨던 것들이지. 그것도 같이 팔자고."

두 남자는 서로 힘을 합쳐서 상자를 수레에 옮겨 담았다. 한 상자에서 물러터진 복숭아가 떨어져서 바닥에 굴렀다.

"아, 저게 뭐야."

"약을 너무 쳤나, 아니면 너무 오래 되었나. 뭐 어쨌든, 저렇게 망가진 건 제값을 받을 수 없어. 괜히 다른 것들 가격까지 낮추게 된다고. 어디 안 보이는 곳에 버려. 아무도 찾을 수 없도록."

두 남자는 수레에 실린 과일 중 상태가 좋지 않은 과일들을 골라서 바구니에 담은 뒤, 그 바구니를 구석에 있는 큰 통에 버렸다. 그 통 안에는 썩은 과일들이 가득했다.

"난 익기 전의 과일을 따서 우리 창고에서 익혀서 파는 게 좋아. 뭔가 창고 안이 가득한 느낌이라고 할까?"

"난 익은 과일을 바로 따서 파는 게 좋아. 수확철이라서 주인들이 감시를 좀 하긴 하지만, 우리가 따로 공들일 필요가 없잖아. 뭐 배고프면 우리가 먹어도 되고."

"이건 참 수지 맞는 일이야. 무기나 마약을 파는 일만큼이나 이익이 남는 장사지."

둘은 밝은 노란색과 핑크색의 깨끗한 수레를 끌면서 시장을 향해 출발했다.

존은 시장으로 향하던 발걸음을 돌려서 경찰서를 향했다. 그는 산초를 찾았으나, 경찰서에는 아무도 없었다. 그는 나오면서, 경찰서 반대편에 자전거에서 내리는 나이 든 경찰 한 명을 발견했다. 그는 빠르게 그에게 달려가서 방금 있었던 일을 이야기한 뒤, 마리오와 공범들을 잡을 수 있게 도와달라고 했다. 그러나 경찰은 그리 협조적이지 않았다.

“어이, 아저씨. 당신이 과일을 훔쳤다고 하지만, 정작 당신은 과일 하나 먹지 않았고, 그 대가로 동전 하나 받지 못했어. 이런 걸로 당신을 어떻게 할 수는 없다고. 거기다가 마리오? 그런 이름 가진 사람이 여기 한두 명인 줄 알아? 일단 증거를 가져오라고.”

“시장에 잠복해서 그를 잡읍시다. 내 생각에 마리오 하나만이 이런 도둑질을 하지는 않을 것이오. 좀 더 적극적으로 나서서 그들을 잡고, 과일들을 주인에게 돌려줘야 되지 않겠습니까?”

“이봐. 여기서 하루에 거래되는 과일이 얼마나 많은지 알아? 수천 개라고. 그걸 어떻게 일일이 다 조사하겠나? 과일들이 자기가 도둑질 당한 과일이라고 말을 하는 것도 아니고. 그리고 경찰이 하는 일이 과일 도둑 잡는 일뿐인 것 같아? 우리 바쁜 사람들이야.”

붉은 머리에 약간 뚱뚱한 경찰은 존에게 눈길도 주지 않고, 옆에 놓인 사과를 한입 베어 물었다. 존은 그 과일이 시장에서 돈을 주고 사온 건지, 과일 가게 주인에게 하나 뺏은 건지, 과일 도둑들에게 상납받은 건지 알 수 없었다.

“힘들어도 해야 할 일이 있소. 당신이 마리오를 잡는다고 과일 도둑이 사라지는 것도 아니고, 도둑질 당한 과일이 모두 주인 손에 돌아가는 것은 아니지만….”

“그래. 바로 그거라고.”

경찰은 양손을 마주치면서 크게 말했다.

“설령 당신 말이 맞다고 해도, 변하는 건 없어. 마리오 같은 놈들은 세상에 널려 있고, 그런 놈들 잡는다고 달라질 것은 없어. 아무 소용

없는 일을 내가 왜 해야 되냐고? 엉? 내가 보기에 당신은 관심 받기 위해 거짓을 꾸며대고 있어. 어릴 때 엄마가 장난감을 안 사줬나? 선생님이 발표를 안 시켜줘서 서운했나? 이미 성인이 된지 오래잖아. 경찰 앞에서 그런 소설을 쓸 시간에 집 청소나 하라고. 알았어? 당장 여기서 꺼져!"

경찰의 도움을 얻지 못한 존은 혼자 힘으로 해결해 보기로 생각했다. 그는 시장 어귀에서 공범이나 마리오가 나타나는 것을 기다리기로 했다.

시장 어귀에는 그들을 잡기 위해 존이 경계를 하고 있었지만, 그들은 존이 먼저 있는 것을 보았고, 눈에 띄지 않는 길로 돌아갔다. 늘어선 과일 가게 중 한 가게의 뒷문을 열고 둘이 들어가자, 과일 장수는 자신의 아내에게 가게를 보라고 하고, 어두운 과일 창고로 둘을 안내했다.

"어디 보자. 사과, 체리모야, 두리안, 블루베리… 음, 골고루 가져왔네. 그런데 이거 왜 이렇게 흠이 많아. 많이 부딪혔는데…."

"가져오는데 어떤 멍청한 놈이 과일을 뺏으려고 해서…."

"마리오가 섭외한 놈이 잘못된 놈이었나 보네. 예전에는 니들끼리 잘 했잖아. 그러게 괜히 모르는 놈을 미끼로 쓰는 것은 위험부담이 많다니까."

"그러게요. 그러니 값 좀 잘 쳐줘요."

"다 합쳐서 40달러 줄게. 장물인데 이 정도면 후하잖아?"

"아, 좀만 더 쳐 주면 안 돼요? 오늘은 정말 힘들었어요. 다음에 좋은 과일 가지고 올게요."

"왜 이래? 40달러면 딱 넷이 나누기 좋잖아. 이 과일들 밖에 진열해도 제 값 받고 못 팔아."

"4달러만 더 줘요. 44달러."

과일장수는 지갑에서 44달러를 꺼내서 그에게 쥐어주었다. 둘은 돈을 가지고 주변을 살피면서 밖에 나갔다. 과일장수는 검은색 상자에서 상표를 꺼내서 과일에 붙였다. 그는 과일 중 일부를 담아서 박스에 넣고 포장하기 시작했다. 그는 콧노래를 흥얼거렸다.

"우리 집의 과일은 최고의 과일이지. 가장 싸게 산 과일이라네. 익기 전의 싱싱한 과일, 익은 후의 성숙한 과일, 모든 고객의 입맛을 맞춰줄 수 있다네. 나는 선량한 과일 가게 주인. 나쁜 짓은 다른 놈들이 다하고 다니지. 하지만 나는 그들에게 자비를 베풀어주지. 그리고 과일들에게도 너무 잘해 주지. 나만큼 훌륭한 과일 가게 주인은 없어. 최상의 서비스로 고객을 모시고, 고객이 원하는 과일을 제공해주는 나는 천사지."

그는 포장된 박스를 구석에 쌓았다. 박스들은 세계 여러 나라의 도시가 도착지로 적힌 스티커가 붙어 있었다. 그는 여전히 콧노래를 흥얼거렸다.

"자, 이제 고객님들을 맞이하러 나가야지. 잘 익고 싱싱한 과일들이 고객님의 선택을 기다리고 있습니다. 어디서 왔는지 묻지 마세요. 어떻게 왔는지도 묻지 마세요. 여러분은 싼 가격에 과일들을 사서 맛있게 먹기만 하면 됩니다. 자주 오시면 서비스도 드려요."

그는 남은 과일들을 가지고 나가서 한쪽에다가 따로 진열했다. 싱싱해 보이지만, 부딪힌 자국이 많은 과일들은 다른 과일에 비해 약간 저렴한 가격표가 붙었다. 그때 그의 앞에 손님이 왔다. 약간 통통하고 다부진 체격의 남자.

"아저씨, 싸고 맛있는 과일들 좀 주세요."

과일 가게 앞에 선 사람은 어딘지 낯이 익은 사람이었다. 그 사람… 산초는 배가 고파서, 일단 사과부터 하나 집어 먹었다. 사과를 먹으면서, 그는 체리모야, 망고 등을 몇 개 더 집었다.

"과일들이 비슷한 거 같은데, 이건 좀 더 싸네요."

"아, 그거. 원래 정말 좋은 과일들인데 운송 중에서 상처가 났어. 과일주스 가게 같은 데서 이런 걸 쓰지. 원래 상처 난 과일들이 더 맛있는 법이거든. 그런데 사람들이 겉만 보고 흠 있는 것처럼 안 사려고 하니까 좀 싸게 파는 거야."

"맛있네요. 이렇게 팔아서 좀 남아요?"

"허허. 별 걱정을 다하네. 여기는 과일들이 많이 모이는 곳이라서 원가가 저렴하다네. 과일장사도 잘 하면 다 돈이 되는 법이지. 걱정되면 자주 와서 팔아주라고. 비싼 과일도 좀 사 먹으면 더욱 좋지."

연신 과일을 먹으면서 고개를 끄덕거리던 산초는 돈을 지불하고 그 가게를 떠났다. 산초가 떠나자, 운송용 트럭이 도착했다. 가게 주인은 트럭 운전사를 반겼다.

"마침 잘 왔네. 주문 받은 과일이 다섯 박스도 넘게 있어. 내가 창고에서 가지고 나올 테니 다 실으라고."

주인은 스티커가 붙은 상자들을 가지고 나왔고, 운전사는 그 상자들을 트럭에 실었다. 주인은 운전사에게 망고 하나를 던져주었다.

"이 과일들은 세계 곳곳의 원하는 고객들에게 가겠군. 최고의 제품을 가장 빠르게 전달해 주는 서비스. 거기에 덤까지 얹어주지. 이러니 장사가 잘될 수밖에 없지. 그렇지 않나?"

"어이. 장사가 잘 되는 이유는 따로 있잖아? 공짜나 다름없는 원가가 그 비결 아니야?"

운전사는 망고의 껍질을 이빨로 벗기면서 작게 말했다. 주인은 주변을 둘러보다가 사람이 없음을 알고 웃었다.

"이거 왜 이래? 나만 그래? 여기서 과일 파는 사람 중에 제값 주고 과수원에서 과일 사오는 사람들이 있나? 다 이렇게 장사를 하는 거지. 순진한 고객이 들으면 충격 받겠네. 어서 가. 다른 사람들 기다리겠다."

운전사는 다른 곳에 있지만, 실상은 이곳과 전혀 다를 바가 없는 다른 과일 가게를 향했다. 다른 가게에도 주인이 모르는 누군가의 손에 의해서 이곳으로 옮겨진 과일들이 있을 것이고, 그 과일들은 그들을 원하는 고객들에게 팔려나갈 것이다.

존스와 다른 공범은 창고로 돌아갔다. 창고에는 마리오와 파울로가 있었다. 마리오는 약간의 과일을 꺼냈고, 네 명은 그것을 나누어 먹었다. 존스가 돈을 꺼냈다.

"44달러. 40달러라고 하는 걸 간신히 더 받아 낸 거야. 우리가 네 명이라고, 4달러 단위로 협상을 하네."

마리오는 돈을 받은 뒤, 한 명에게 11달러씩 나누어주었다.

"뭐, 장물 받는 가게가 거기 하나인가? 다 그렇지. 그래도 거기는 그 자리에서 바로 현금계산해 주잖아. 전에 폴은 꼭 하루나 이틀 늦게 돈을 줘서 말이야. 오늘 고생 많았다."

턱을 어루만지던 존스는 돈을 바지 뒷주머니에 쑤셔 넣었다.

“우리끼리 하면 안 되나? 어차피 과수원 주인 놈한테 안 걸리면 되잖아. 파울로가 알아서 망 봐주는데, 굳이 다른 놈 껴가지고 해야 하나?”

“안 돼. 다른 놈이 있어야 만일 걸려도 파울로가 빠져나올 수 있지. 잡혀도 뒤집어씌울 수 있고…. 여기서 이것만큼 돈 되는 게 어디 있다고 그래. 우리가 마약이나 무기를 밀매하기는 힘들잖아. 좀 번거로워도 참어.”

리더인 듯한 마리오는 존스의 빨갛게 부어오른 턱을 보고, 주머니에서 5달러를 꺼내서 건네주었다.

“좀만 더 벌어서 우리도 여기서 나가자. 언제까지 이렇게 살 수는 없잖아.”

굳게 닫힌 과수원 앞에서 존은 정중하게 문을 두드렸다. 문이 열리고 평범하게 생긴 중년남자가 나왔다. 존은 인사한 뒤, 자초지종을 설명했다. 과수원의 주인은 이 마을은 관광수입 외에 소득이 없어서 그런 도둑들이 많다고 했다. 그들은 자기들이 직접 과일들을 파는데, 과일 주스들은 대부분 도난당한 과일들이고, 가게에서 저렴하게 파는 것들은 100%라고 했다. 과일이 팔리지 않으면 신선함을 유지하기 위해 약품 처리도 한다고 하였다. 존은 과일 값을 변상했고, 그 남자는 돈을 거절하지 않았다. 단 한 가지, 고용인이 그들과 공범일지 모른다는 말은 믿지 않았는데, 왜냐하면 고용인은 주인의 먼 친척이 되는 사람이고, 이곳에 온 지 얼마 안 된 사람이기 때문이었다. 주인은 정직하게 말을 해 주고 변상해줘서 고맙다면서 망고를 두 개 따서 존에게 주었다. 그는 아까 과수원에서 밝고 명랑한 소녀 같았던 과일들을 떠올렸다. 익지 않은 과일들도 있었는데, 그 과일들이 지금 어떤 상자에서 어떤 상태로 있는지, 어두컴컴한 창고 속에 있는지, 아니면 주스로 갈려서 팔리는지, 시간이 지나고 잘 팔리지 않으면 싱싱해 보이는 약품 처리를 해야 하는지, 눈에 아른거렸다. 그런 나쁜 짓을 한 마리오를 잡지 못한 것이 아쉬웠다. 과수원을 뒤로 한 채, 선물로 받은 망고 두 개를 주머니에 넣고 그는 다시 길을 떠났다. 아름다운 바다도, 초원도 눈에 들어오지 않았다. 존은 무거운 발걸음을 돌려서 과수원을 나갔다.

한편, 산초는 처음에 존과 헤어진 과수원 근처를 서성거리면서 존을 기다리고 있었다. 멀리서 그를 바라보던 마리오는 슬슬 몸을 풀면서 산초에게 다가갈 준비를 하고 있었다.

"아, 아… 난 아들이 둘 있어. 큰 애는 쿠파고, 작은 애는 까밀로라고 하지."

연습을 하면서 산초에게 다가가던 마리오는 갑자기 과수원 문이 열리고, 존이 나오자 깜짝 놀라면서 근처의 골목으로 달려가 숨었다. 멀리서 보니, 아까 그 중년 남자는 자신이 목표로 생각해둔 남자와 일행인 것 같았다. 그리고 목표라고 생각했던 남자가 허리에서 수갑을 꺼내는 것이 보였다. 무슨 이야기인지 알 수 없었지만, 아마도 잠복수사를 하는 경찰일 거라는 느낌이 왔다.

"큰일 날 뻔했네. 난 운이 좋아. 후우…."

고개를 떨어뜨리며 돌아서는 마리오의 눈에 검은 구두와 파란 제복의 남자가 보였다. 경찰복을 입고 있는 붉은 머리의 통통한 남자가 그의 눈에 들어왔다.

"마리오. 아까 관광객 하나 속여 먹었지. 다 알고 있어. 내놔."

"미키. 깜짝 놀랐… 아까 관광객을 속여 먹다뇨?"

"멍청한 남자가 경찰서에 와서 마리오에게 속았다고, 시장에서 잠복했다가 마리오를 잡아야 한다고 했어. 내가 잘 설득해서 돌려보냈지. 알잖아? 이런 건 공짜가 아니라는 거…."

"아, 알았어요. 고마워요. 미키. 내가 늘 당신에게 고마워하는 거 알고 있죠? 앞으로도 잘 부탁해요. 우린 같은 사업을 하는 동지잖아요."

마리오는 품에서 지폐 몇 장을 꺼내서 미키에게 건네주었다. 주변을 살피던 미키는 지폐를 바지 주머니에 구겨 넣었다.

"조심하고 다니라고. 그리고 만일 걸려도 입 다물어. 만일 네 입에서 내 이름이 나오면, 넌 철창 안에서 의문사 당하게 될 테니까."

미키의 말은 맞았다. 마리오 같은 사람은 많았고, 그를 잡는다 한들 변할 것은 없었다. 수많은 마리오들 위에 군림하는 미키는 가져온 자전거에 올라타서 법과 정의를 수호하는 경찰서를 향해 갔다. 마리오는 과수원에서는 밝고 아름다운 아가씨였던 과일들이 자신들을 찾는 수요자들에게 팔려나가기 위해 갇혀 지내는 어두운 그의 창고를 향해 걸었다. 그 마을에 있는 수많은 마리오들은 오늘도, 내일도 과일을 훔쳐서 팔 것이다.

예술을 위하여

존은 자신이 범죄에 동참하게 된 일을 산초와 이야기하면서, 무척 후회하고 반성하는 모습을 보였다. 그는 가급적 다른 사람들의 인생에 영향을 주는 행동을 주는 것을 자제했었는데, 자신도 모르는 사이에 범죄를 도운 셈이 되었던 것이다. 산초는 다시 돌아간다 해도, 마리오를 찾기 어려우니, 그냥 털고 가자고 했다. 지난번 술집사건부터 산초에게 존은 평범하게 보이기 시작했다. 그전까지 산초의 눈에 존은 약간 비범한 사람으로 보였다. 어떻게 보면, 정말 신의 사자 같은 느낌이었고, 어떻게 보면, 혼자만의 상상의 세계에 미친 사람이었지만, 남과 다른 능력과 사고방식 그리고 삶의 모습은 자신과 완전히 다른 사람인 것처럼 보였다. 그러나 존이 잘못을 하고, 그 잘못에 대해 괴로워하는 모습을 보이자, 산초는 그가 무척 인간답게 느껴졌다. 가끔 산초는 존의 말에 공감하는 자신을 보고 놀라곤 했다. 존의 이야기를 듣다 보면, 마치 자신이 우주의 생성부터 지금까지 모든 역사를 아는 사람 같았다. 뭐, 어떤 이야기가 나와도 결론은 지금 인류를 돕기 위해서 많은 잘못을 바로잡아야 하며, 이를 위해서 뭐가 잘못되었는지부터 사람들에게 알려야 한다는 것이었지만….

그날도 어김없이, 과거 인류의 행동이 현재 인류의 모습의 이유가 되고, 현재 인류의 행동이 미래 인류의 모습을 결정한다는 인과론적인 이야기를 듣고 있을 무렵, 마을 앞쪽에서 여러 사람들의 성난 목소리가 들려왔다. 이제 존의 반복되는 이야기가 끝날 시간이라고 여긴 산초는 큰일이라도 난 것처럼 소리가 나는 쪽으로 달려갔다. 존은 체력이 그리 좋은 편은 아니지만, 둘시난테의 도움으로 산초를 금방 따라잡을 수 있었다. 마을 어귀에서는 2, 30명 정도 되어 보이는 마을 사람들이 큰 소리로 구호를 외치고 있었다.

"자연을 파괴하는 도시인들 물러가라."

"신성한 유적지에 영화 촬영이 웬 말이냐!"

다른 사람들은 아무도 없는 공터에서 자기들끼리 구호를 외치던 사람들은 존과 산초가 도착하자, 구호를 멈추고 그 둘을 바라보았다. 존은 부드럽게 물었다.

"무슨 일입니까? 저희가 좀 알 수 있을까요?"

"일단 우리와 함께 구호를 외치시오. 시간이 되었소."

영문도 모르고 존과 산초는 그들에게 합류하여 소리를 지르게 되었다. 2, 3분 정도 지나자, 대형 트럭 몇 대가 그들을 지나쳐서 마을 밖으로 빠져나갔다. 그 트럭에 탄 사람들은 시위하는 사람들에게 눈길조차 주지 않았다. 그들이 나가자, 마을 사람들은 집으로 돌아가기 시작했다. 존은 지도자 같은 사람을 붙잡고 물었다.

"무슨 일인지 이야기 좀 해 주십시오. 저 트럭들은 뭡니까?"

"영화 촬영하는 사람들이오. 저 사람들이 영화 촬영한다고 우리 마을에 왔는데, 큰 도시에서 받은 허가서를 가지고 마을의 자연과 유적을 마구 부수고 있어요. 항의해 봤는데, 예술을 이해 못하는 멍청이들이라면서 우리를 무시하고 촬영을 강행하고 있습니다. 그래서 우리가 항의하고 있는 거지요."

"영화 촬영이요? 여자 배우가 누구죠?"

산초는 젊은 남자의 본능과 욕망을 순수하게 투영하면서 물었다.

"신데렐라요. 요새 뜨는 여자 배우죠."

"어디서 많이 듣던 이름인데…."

"가명이에요. 본명은 모르겠어요. 동쪽 어딘가에서 온 사람들인데, 제대로 이야기해 본 적이 없어서 정확히 모르겠어요."

"유적과 자연을 파괴한다는 게 무슨 말입니까?"

"저 사람들은 촬영에 방해가 된다고 생각하면, 나무도 베고 유적도 마구 부숴요. 영화 찍는 것만 중요하고 다른 건 중요하지 않다고 생각하는 것 같아요."

"무슨 유적인데, 그렇게 부술 수 있나요?"

"'화목한 가정'이라고 불리는 3천 년 전의 도시에요. 영화 제목은 '러브 인 드라마'인데, 왜 이곳에서 찍는지도 모르겠지만, 지금까지 있었던 그 어떤 것보다 '화목한 가정'을 파괴하는 데 큰 역할을 하고 있는 것은 분명합니다."

존은 잠시 팔짱을 끼고 고민했다. 존은 예술을 사랑하는 사람이지만, 과거의 유적이나 자연도 소중하다고 생각했다. 훌륭한 영화를 찍고 있고, 폐허 정도의 유적이라면 적당히 타협할 수 있을 것이나, 그렇지 않은 경우, 영화 촬영보다 유적의 보존이 더 중요할 수 있었다. 무엇보다도, 마을 주민의 말만 믿고 일방적으로 영화 촬영이 잘못되었다고 판단할 수는 없었다. 존은 마을의 지도자와 산초와 함께 그 유적을 직접 보러 가는 것을 제안했다. 만일 주민들의 의견이 옳다면 그를 도와주기로 하고, 그렇지 않다면, 자신이 중재를 할 생각이었다. 그는 원래 문제에 개입하지 않는 것을 선호했지만, 이번 문제를 해결함으로써, 지난 잘못을 고치려는 미련을 가지고 있었다.

유적지에 도착한 사람들은 촬영 준비에 한창이었다. 각자 맡은 역할에 충실히 하고 있을 때, 가장 편한 자리에 앉은 감독에게 약간 마른 남자가 다가왔다.

"감독님. 주민들이 계속 저러면 곤란해요. 홍보에 악영향을 주게 될 겁니다."

"신경 쓰지 마. 정 불편하면, 잡일꾼으로 몇 명 고용해. 그리고 우리 영화는 촬영 중에도 일자리를 창출한 착한 영화라고 미리 신문에 광고해. 그리고 기자들 좀 매수하고…. 정의로운 기자들 말고, 돈이면 아무거나 다 하는 기자들 말하는 거야."

"아직 언론에 알려지지 않았지만, 우리 촬영 때문에 유적도 많이 망가졌어요. 이건 어떻게 수습해야 하나요?"

그 이야기를 듣자마자, 감독은 화를 내면서 모자를 땅에 집어던지고, 일어섰다.

"이 멍청한 철학자야. 또 그 소리냐? 도대체 이딴 고물덩어리들이 어디에 필요가 있냔 말이야? 여기서 사람이 살아? 돈 되는 관광지야? 아무도 신경 안 써. 그냥 다 쓰레기들이라고. 역사 복수 전공했다고 자랑하는 거야? 그냥 다 버리면 돼. 요새 누가 이런 구닥다리들을 신경 쓰냐? 우리에게 중요한 건 예술과 미래야. 역사와 과거 따위는 개나 갖다 주라고. 알겠어? 누가 과거 속에서 허우적거리는 문과 아니랄까 봐, 헛소리만 계속 해대고 있어."

감독에게 말을 꺼냈다가, 이후 글로 옮겨 적을 수 없는 욕설을 잔뜩 들은 조감독은 더 이상 아무 말도 못하고 돌아가야만 했다.

그들이 대화에 시간을 소비하고 있는 동안, 존이 직접 현장을 답사하고 느낀 바는 상당히 컸다. 화목한 가정은 매우 중요한 곳이었다. 유적과 유물의 상태도 나쁘지 않았고, 보존가치가 있었다. 그러나 그에 비해 영화는 그리 중요하지 않았다. 마을 주민들이 건넨 자료에 보면 영화의 출연진 및 주요내용이 모두 나와 있었다. 영화 제목 그대로 한국 드라마에서 나오는 연인들의 일반적인 사랑이야기를 다룬 작품으로 불륜이나 출생의 비밀 같은 단골 소재들을 제외해서 신선하다는 장점을 갖추고 있었으나, 그 외의 한국 드라마적 요소는 거의 다 갖추고 있었다. 감독은 빅 독, 조감독은 스몰 독으로 불리는 사람들로 영화 촬영은 처음이었다. 남자 주인공의 이름은 재벌주니어인데, 이는 한국 드라마에 등장하는 남자 주인공의 직업을 이름으로 바꾼 것이었다. 여자 주인공은 신데렐라인데, 이것도 여자 주인공의 드라마 속 인생을 이름으로 쓴 것이었다. 남자 주인공의 어머니는 악당부자인데, 그들은 돈 많은 여성이나 여주인공에게는 늘 악하기 때문에 그 이름도 적절했다. 여자 주인공을 좋아하고 모든 조력을 아끼지 않으나, 남자 주인공에 의해 실연당하는 남자 조연의 이름은 호구였다. 어쩜 드라마 속의 남자 조연이 하는 역할은 늘 똑같은지…. 마지막으로 남자

주인공을 좋아하고, 돈 많고, 예쁘며, 여자 주인공을 괴롭히는 여자 조연은 마녀였다. 대부분의 배역은 여자 주인공을 기준으로 역할이 정해졌다. 산초는 프로필 사진과 설정을 보면서, 왜 재벌주니어가 마녀를 택하지 않고, 신데렐라를 택하는지 현실적으로 이해가 안 된다고 말했다. 외모로 보나 취향으로 보나 인간관계나 성장환경, 집안, 직업 모든 것이 마녀가 더 잘 어울리는데다가, 신데렐라는 재벌주니어를 사랑하지 않지만, 마녀는 사랑하고 있는데, 재벌주니어가 자신의 모든 것을 포기하고 사랑에 빠지는 것이 잘 이해가 되지 않는다고 했다. 그리고 실제 이런 상황이라면 신데렐라도 재벌주니어보다 호구랑 사귀는 게 현실에 가깝지 않냐고 물었다. 늘 옆에서 신데렐라를 도와주고, 힘이 되어주는 남자는 호구인데, 호구를 적당히 이용하다가 버리고, 돈 많은 남자에게 매달리는 것은 비현실적이지 않느냐는 것이었다. 존은 연애를 책에서 배운 산초를 딱하다는 듯이 바라보았다.

"한국의 현실은 다른가 보지. 가봤냐? 한국은 평범한 여자들이 재벌 2세들이랑 결혼하는 것이 일상인가 보지. 드라마는 현실을 반영한 거잖아. 내가 본 한국 드라마는 내용이 다 비슷하던데, 이게 현실에서 불가능한 판타지라면 그렇게 비슷한 작품을 계속 찍어낼 수 있겠어? 설마 시청자들이 멍청이도 아닌데 말도 안 되는 드라마를 욕하면서 보지는 않을 거 아냐? 영화도 마찬가지겠지."

"하긴 말도 안 되는 신데렐라 스토리가 늘 인기 있을 리 없죠. 한국 사람들이 아무 생각 없이 뻔한 드라마를 수용할 리도 없고… 한국은 사랑이 전부인 나라인가 보네요. 그런데 한국은 평범한 여자들이 이렇게 예쁜가요? 이 정도 미모면 평범한 수준이 아닌데, 설정에는 못생졌다고 나와 있어요."

"설정이니까 그렇지. 한국도 나만타랑 똑같아. 예쁜 여자도 있고, 아닌 여자도 있는 거지. 설정 기준으로 판단하면 안 돼."

존은 영화의 내용을 산초보다 먼저 보았다. 그는 한류의 영향으로 한국 드라마를 좀 본 적이 있는데, 이번 영화는 평범한 한국 드라마에서 발전한 것이 없어 보였다. 그래서 그는 촬영보다 유적 보존이 더 중요하다고 판단했다. 그는 대화에 앞서 좋지 않은 환경을 만들어야 대화가 쉽게 이루어진다고 생각했다. 그는 영화 촬영을 방해하기 위해 산초와 작전을 세웠다.

다음 날, 감독은 중요한 장면을 촬영할 준비를 하고 있었다. 재벌주니어는 아버지의 기업에서 높은 직책을 가지고 있었다. 보통 사람들이 그 정도 직책을 가지고 있으면, 주말에도 출근하고, 야근도 해야 하지만, 재벌주니어는 너무 너무 능력이 좋아서 그럴 필요가 없었다. 그가 일은 내팽개치고, 신데렐라의 꽁무니만 졸졸 따라다녀도 회사는 아무 문제 없이 발전할 수 있었다. 그래서 그는 신데렐라가 자신의 전화를 받지 않자, 회사에서 일하다 말고 그녀를 만나러 왔고, 오늘 촬영할 장면이 바로 그 장면이었다. 스텝들은 조명에 방해가 되는 석판들을 부수기 시작했다. 그 석판들은 과거의 가장들이 가족을 위해 어떤 일을 하였고, 어머니들이 아이들을 어떻게 교육했는지 적혀 있는 석판들이었다. 스텝들은 망치를 가지고, 석판을 부순 뒤, 보이지 않는 곳으로 던져버렸다. 기다리던 촬영이 시작되었다. 완벽하게 화장을 하고, 전혀 눌리지 않은 머리 모양을 한 상태로 낮잠을 자던 신데렐라는 재벌주니어의 방문에 놀라며, 집 밖으로 나왔다. 여주인공

정도가 되려면, 평범하게 낮잠을 잘 때도 그 정도 준비는 되어 있어야 했다.

반대편에서 이를 지켜보던 사람들이 있었다. 존과 산초, 마을 사람들이었다. 산초가 예측한 바에 의해서 젖은 나무를 태우면, 많은 연기가 날 것이고, 그가 예측한 바람 방향에 따라 촬영장을 매운 연기가 가득 매울 것이며, 그렇게 되면, 사람들이 촬영을 못하고 철수할 것이고, 연기 속의 미세먼지와 재는 기계를 훼손시킬 수 있었다. 몰래 촬영장을 염탐하던 존은 젖은 나뭇가지에 불을 붙이라는 신호를 보냈다.

"불이 잘 안 붙는데."

"물을 너무 많이 뿌렸나…."

산초와 마을 사람들은 몇 번이나 시도를 해봤지만, 물을 너무 많이 뿌려서인지 나무는 불이 붙지 않았다. 거기다 바람도 전혀 불지 않았다. 그들이 열심히 노력하고 있을 때, 촬영장에서 불어오는 바람에 감독 목소리가 실려 왔다. 불이 붙었더라도, 오히려 마을 사람들이 연기를 잔뜩 마셨을 바람의 방향이었다.

"컷. 잘했어. 화면 잘나왔어."

"감독님."

"왜, 신데렐라?"

"다시 찍을래요. 내 손톱이 좀 안 이뻐요."

"뭐 어때? 잘 보이지도 않고, 낮잠 자다가 막 일어난 사람이 손톱까지 어떻게 다 꾸밀 수 있나?"

"왜 이러세요? 나 여배우에요. 이쁘게 나와야 한다구요. 다시 찍어요. 네?"

"알았어. 다시 찍어."

계속 불을 붙인 덕에 나무는 좀 말라 있었고, 불을 붙이는데 성공했다. 존은 안도의 한숨을 내쉬었다. 그러나 바람 방향은 그대로였고, 연기는 촬영장과 아무 상관 없는 곳으로 날아갔다.

"뭐야, 바람이 이쪽으로 불잖아. 아, 매워, 아…."

불을 붙이던 사람들은 잠시 연기를 피해 도망갔다. 그러나 바람의 방향이 바뀌기 전에 촬영이 끝났고, 존과 산초는 다음을 기약하면서 물러날 수밖에 없었다.

재벌주니어와 친한 마녀는 신데렐라를 싫어했다. 마녀는 여러 방법으로 신데렐라를 괴롭히려고 했다. 그중 마녀가 직접적으로 신데렐라에게 재벌주니어와 헤어지라고 하는 장면을 촬영해야 했다. 그들은 적당한 장소로 화목한 가정에서 아이들이 부모님과 함께 놀이를 하던 광장의 입구를 선택했다. 현실과 영화는 달랐고, 신데렐라가 마녀보다 더 유명한 여배우였기 때문에, 영화 내용과 달리 마녀는 신데렐라에게 고분고분했다. 여배우들의 장면이라는 것을 알고 있던 존과 산초는 지난번과 달리 확실한 준비를 했다. 그들은 지난밤 한숨도 못 자고, 날벌레를 잡으러 다녔다. 벌레들을 본 여배우들이 기겁하고 도망가면서 촬영을 거부할 수도 있다고 판단한 산초는 혼자서 날벌레를 열다섯 마리나 잡는 대단한 능력을 발휘했다. 그 둘은 나무 상자에 잡은 벌레들을 담고 나무 그들에 숨어서 적절한 때가 오기를 기다렸다. 촬영은 열심히 진행 중이었다.

"우리 오빠랑 헤어져. 우리 오빠가 너무 착하니까, 널 동정하는 것뿐이야. 사랑하는 게 아니라고. 더 이상 우리 오빠 힘들게 하지 마."

마녀는 대사와 함께 신데렐라의 빰을 때렸다. 컷 소리와 함께 신데렐라가 손을 흔들면서 'X'자 표시를 했다.

"감독님. 이번 장면 못 쓰겠어요. 얘가 이쪽 손으로 나를 때리면, 카메라에 내 얼굴이 안 잡히잖아요. 반대쪽 손으로 날 때려야 내가 고개를 돌릴 때, 카메라에 얼굴이 더 잘 나와요. 다시 찍어요. 야, 그리고 너. 요령 없냐? 세게 휘두르는 척하다가, 마지막에 속도를 줄여. 방금처럼 치면 실감이 안 나. 살살 치는 건 알겠는데 말이야. 연기는 예술이야. 그렇게 속이면 안 돼. 알았어? 이번에 잘해."

"예. 선배님."

존과 산초는 말없이 서로를 바라보았다. 그들은 천천히 벌레가 담긴 상자의 뚜껑을 열었다. 그러나 여배우들을 향해 날아가야 할 날벌레들은 가만히 있었다. 벌레들의 폭주를 기대했던 존과 산초는 상자를 놓고 자리를 피했다가, 다시 돌아와서 움직이지 않는 벌레들을 보았다. 한참을 기다려도 벌레들은 움직이지 않았다. 촬영은 끝나는 분위기였다. 화가 난 산초는 상자를 세게 발로 찼다. 그러자 벌레들이 일시에 튀어나왔는데, 그 벌레들은 가까이 있는 존과 산초에게 달려들었다.

"으웩!"

존과 산초는 예상치 못한 벌레들의 공격을 받고, 도망치기 시작했다. 윙윙거리는 날개 소리도 듣기 싫었고, 날벌레 특유의 감촉이 얼굴이나 팔을 스치는 기분도 더럽기 짝이 없었다. 무시하고 대충 털어버리기에 밤새 잡은 벌레의 수는 너무 많았다.

"야, 조감독. 저쪽 숲속에서 무슨 소리 안 들리냐?"

"어디 보자. 벌레 날개 소리랑 사람 소리 같은 게 나는데요. 누가 벌집을 건드렸나?"

"마을 주민들이겠구만. 하여간 예술을 이해 못하는 벌레랑 다를 바가 없어요. 야, 오늘 촬영 끝났다. 정리하고 가자."

이렇게 두 번째 시도도 실패했다. 하지만, 존과 산초는 여기서 굴하지 않았다. 그들은 다음에 절대 실패하지 않는 작전을 준비하기로 결심했다.

영화 속 신데렐라에게는 늘 긍정적이고 자상하며, 그녀를 도와주지만, 재벌주니어에게 밀리는 호구가 있어야 한다. 그는 악당부자나 마녀에게 상처받은 신데렐라에게 위로를 선물해 주어야 하며, 신데렐라는 그저 울다가, 용기를 되찾는 장면만 연기하면 된다. 물론 그 용기란 것은 호구가 아닌 재벌주니어와 연인이 되는 데 작용하는 감정을 말하는 것이다. 그들은 작은 집 앞에서 촬영을 하고 있는데, 불행하게도 집 주변에는 3천 년 전의 토기와 그릇들이 있었다. 스텝들은 오래된 토기들을 모두 버렸고, 일부는 토기를 쓰레기통으로 활용했다. 조감독은 그것을 하지 못하도록 했지만, 진취적이고 미래 지향적이며 철학 및 역사와 아무 상관없는 대학교육을 마친 감독은 그 그릇들을 활용해서 회식할 때 장식품으로 쓰거나 고기를 굽는 도구로 쓰도록 했다. 역시 감독은 아무나 되는 것이 아니었다. 수천 년 전의 유물을 그렇게 훌륭한 용도로 쓸 창조적인 아이디어가 있어야 감독을 할 수 있었다.

"아, 정말 무겁네."

존과 산초는 큰 통에 오염된 물을 가득 담아왔다. 촬영장 근처에 오래되어 안 쓰는 우물이 하나 있었다. 존은 지난번 조감독이 그 우물물을 퍼서 침을 뱉은 뒤, 그 물을 감독에게 마시라고 주는 것을 우연히 보았다. 그는 그 것을 보고, 이 우물이 영화 촬영을 하는 사람들의 식수원으로 사용된다는 것을 추리해낼 수 있었다. 그는 스스로를 흐뭇해하면서 왓슨[36] 박사를 바라보는 눈길로 산초를 보았다. 오염수를 섞으면 배탈이 날 거고, 그럼 촬영은 중단될 것이다. 죄 없는 사람들을 아프게 하는 것은 해서는 안 되지만, 두 번의 실패로 자존심이 상한 산초의 강력한 주장에 존은 동의했고, 마을 사람들은 이 우물을 쓰지 않으니, 피해가 확산되지 않을 거라는 생각이 들었다. 큰 통 안에 든 오염된 물을 우물에 다 버린 후, 존과 산초는 촬영팀에게 들키지 않게 조심하면서 마을로 내려갔다. 성공을 확신한 그들은 자축하는 의미에서 내려가는 길에 있던 깨끗한 우물을 한 잔씩 퍼서 나누어 마셨다. 그들의 작전은 완벽했다. 단 두 가지만 빼면 말이다. 하나, 그들은 오염수를 우물에 들이 붓던 손을 씻지 않고, 그 손으로 우물물을 마셨다…. 그리고 둘….

"감독님. 나 이 장면 맘에 들어요. 우는 모습이 너무 예쁘게 나왔네요. 아. 기분 좋아요. 내가 오늘 저녁 쏠게요. 우리 밥차 불러서 뷔페식으로 밥 먹어요. 그리고 올 때, 내 생수 주문하는 거 잊지 마요. 나 특별한 생수만 마시는 거 알죠? 난 소중하니까."

그 후로 2, 3일간 존과 산초는 꼼짝도 못하고 누워있어야만 했다. 배탈과 설사로 인해 3kg 이상의 체중을 감량하여 날렵한 체형으로

36) 코난 도일의『셜록 홈스』에서 주인공 홈스의 조수 격으로 늘 그를 도와주는 의사

변한 그들은 촬영기간이 얼마 남지 않았다는 것을 알게 되었고, 마지막 도전을 하기 위한 준비를 하기 시작했다.

재벌주니어가 마녀의 부탁에도, 신데렐라에게 애정을 보이자, 마녀는 악당부자에게 그 사실을 알렸다. 재벌주니어의 냉정한 어머니, 악당부자는 신데렐라에게 돈봉투를 주면서 자기 아들과 헤어지라고 말했다. 그 장면은 극적 긴장감을 고조시키기 위해 한밤중에 묘지 부근에서 촬영하기로 결정이 되었다. 스텝들은 좋은 장면을 만들기 위해 묘지에 여러 작업—묘비를 부수거나 봉분을 깎는 등—을 하고 있었고, 그들을 감시하던 마을 사람들은 존과 산초에게 그 소식을 알렸다. 존과 산초는 울림마이크와 낡은 천 등으로 유령소동을 벌이기로 준비한다. 그들은 아픈 몸을 이끌고 마을 사람들과 함께 준비한 소품을 들고 촬영장으로 갔다. 그들이 도착하자마자 촬영장에서는 '컷' 소리와 함께 박수소리가 들렸다. 그리고 만족한 감독의 목소리가 들렸다.

"역시 빨라. 내가 다른 작품 만들 때 이 장면을 다섯 번도 더 찍어봤거든. 수고했어. 오늘 돌아가서 쉬자고."

모든 것은 끝났다. 그리고 파괴된 유적의 흔적만이 남아 있었다. 촬영 준비를 하는 감독에게 존은 성치 않은 몸을 이끌고 다가갔다. 감독은 이미 존이 무슨 말을 하려고 하는지 알고 있었다. 존이 말하기 전에 감독이 먼저 선수를 쳤다.

"어이. 무슨 말을 하려는지 알아요. 마을 주민들의 말에 너무 깊이 빠지지 말아요. 인생은 짧고 예술은 길어요. 난 예술을 위해서 작은 희생을 감수하는 것뿐이요."

"영화 예술을 추구하는 마음은 이해합니다. 하지만, 예술보다 더 긴 것도 있어요. 자연이나 유적은 우리들의 감성보다 소중합니다. 지구에 인간 하나만 사는 게 아니잖아요. 이 유적도 소중한 곳입니다. 그 영화 내용이 무엇인지 모르겠지만, 어떤 영화라도 화목한 가정을 파괴해서는 안 됩니다."

"예술보다 소중한 건 없어요. 구태의연한 돌조각에서 역사적인 의미를 찾지 마시오. 그건 정말 시간을 낭비하는 일이오. 지나간 건 흘려보내야지, 과거에 사람들이 뭘 먹고, 뭘 입고 살았는지 아는 것이 뭐가 중요합니까?"

"그 과거가 이어져서 우리의 현재를 만들었습니다."

"한 30년 전의 과거만 과거로 칩시다. 사실 예술계는 어제의 유행도 한물 간 거나 다름없어요. 예술을 먼저 이해해요. 사람은 누구나 영화 같은 인생을 살고 싶어 하잖아요. 이게 사람들의 꿈이라고요. 저 돌조각들이 아니라…."

"영화는 현실이 아닙니다. 그러나 부서진 유적과 파괴된 자연은 현실이죠. 우리는 영화 속에서 살지 않아요. 당신은 떠나가면 그만이지만, 이 마을 주민들에게 '화목한 가정'은 사는 동안 내내 필요한 존재들입니다."

감독은 잠시 망설이다가, 명함 한 장을 건넸다.

"난 여기서 말장난할 시간이 없어요. 혹시 다음에 기회되면 한 번 찾아와요. 내가 차 한 잔 살 테니까. 그리고 마을 주민들 잘 다독여줘요. 괜한 소문 나면 영화 흥행에 방해되니까요. 나중에 봅시다. 내가 잘되면, 사례하지요."

감독은 존의 말을 전혀 듣지 않은 사람 같았다. 존이 아무리 뛰어난 지성과 영성을 가지고 있어도 듣지 않는 자를 설득시킬 능력은 없었다. 결국 촬영팀은 떠나버렸고, 존과 산초는 유적 잔해에 남긴 쓰레기들을 며칠간 수거해서 그들의 뒤처리를 하는 정도에서 만족해야만 했다.

시내에 도착한 존은 '러브 인 드라마'가 개봉했다는 광고를 보았다. 그는 산초와 함께 영화를 보러갔다. 영화는 개봉한 지 얼마 안 되었음에도 불구하고, 관객석이 텅 비어 있었다.

영화 내용은 드라마의 내용을 추가해서 편집을 한 것이었다. 신데렐라와 마녀가 알고 보니 자매 사이였으며, 그 비밀을 알게 된 마녀의 아버지가 쓰러져서 사망했고, 호구도 사실은 돈이 많은 사람이었다. 신데렐라는 삼각관계를 즐기다가, 결국 재벌주니어와 연인이 되면서 영화가 끝이 났다. 영화가 끝나자, 산초 옆자리에 앉은 한국 사람 한 명이 팝콘을 집어 던지면서 일어났다.

"TV 드라마랑 내용이 똑같잖아. 그냥 집에서 볼걸."

그러나 그 정도의 파격적인 내용을 처음 본 산초는 매우 놀랐다. 그가 본 영화나 드라마 중에서 저런 작품은 없었기 때문이었다.

"한국 영화가 정말 대단하구나. 어떻게 저런 상상을 할 수가 있지. 존… 영화가 현실을 반영한다고 했죠? 한국 가정들은 실제로 저런 가족 관계를 유지하면서 사나요? 자식을 열심히 키웠는데, 사실은 남의 자식이었다거나 하면서요?"

"나도 모르겠다. 한국 사람들에게 물어봐야지. 아니면, 저런 드라마를 쓰는 작가들에게 물어봐. 왜 그런 식으로 글을 쓰는지…."

영화가 끝나고 존과 산초는 바로 오는 버스에 올라탔다. 그들은 버스 안에서 감독 빅 독을 보았다. 감독은 전화를 하고 있었는데, 안타까운 목소리로 사정하는 것을 봐서, 썩 상황이 좋아 보이지 않았다. 존은 그의 옆에 앉았다.

"안 좋은 일이 있소? 예술 하는 친구!"

전화기를 내려놓은 감독은 존을 보았다.

"투자금액의 반도 못 건졌소. 투자자들이 크게 실망했어요. 이런 드라마는 이렇게 만들면, 늘 시청률이 높게 나오던데…. 좀 더 비현실적이고 잔인하고 황당한 요소를 넣었어야 했나… 더 자극적으로 만들었으면 좋았을 것을… 더 욕하면서 보게 만들어야 했는데…."

감독은 다음 정거장에서 내렸다. 존은 뭐라고 좀 더 말하고 싶었지만, 산초가 말리는 바람에 그냥 감독을 보내주었다. 다음 정거장에서 내린 존과 산초는 인생과 영화와 예술에 대해서 대화하기 시작했다. 마을 밖을 벗어나 한참을 걷다가, 존은 적당히 오늘의 토론을 정리했다.

"인간들은 영화 같은 인생을 위해 많은 대가를 지불하지. 그런데 모든 인생이 지불한 대가만큼 가치가 있는 것은 아니야. 우리의 인생이라는 영화 한 편을 찍기 위해 얼마나 많은 환경이 파괴되고, 다른 사람들이 희생되고, 지구의 자원이 소모되는지…. 그런데 그 영화가 특별하지 않다면, 참 슬플 거야…."

2권에서 계속…